मंटो
२५ श्रेष्ठ
कहानियां
AF557822
SANAGE
PUBLISHING HOUSE

Paperback: 978-819491413-6

Printed by:Manipal Technologies Limited, Manipal

Sanage Publishing House LLP
Mumbai, India

sanagepublishing@gmail.com

सआदत हसन मंटो (११ मई १९१२ – १८ जनवरी १९५५) उर्दू लेखक थे. सआदत हसन मंटो का साहित्यिक सफ़र अंग्रेज़ी फ्रेंच और रुसी लेखकों की रचनाओ के अनुवाद से आरंभ हुआ . शुरू के लेखन में मंटो समाजवादी और वामपंथी सोच से प्रभावित नज़र आते है , लेकिन देश के बटवारे ने उन को बहुत गहरा और अमिट घाव दिया जिसकी झलक उनकी अनेक कहानियो में मिलती है , जिन में उन दिनों के पागलपन , क्रूरता और दहशत को दर्शाया गया है . मंटो के बाईस कहानी संग्रह, पाँच रेडियो नाटक संग्रह, एक उपन्यास, तीन निजी स्कैच संग्रह और तीन लेख संग्रह छपे हैं। जलियाँवाला बाग़ हत्याकांड की मंटो के मन पर गहरी छाप थी। इसको लेकर ही मंटो ने अपनी पहली कहानी 'तमाशा' लिखी थी। कई बार उनकी लिखी कहानियो पर अशलीलता के आरोप लगाये गए. इनके कुछ कार्यों का दूसरी भाषाओं में भी अनुवाद किया गया है।

लघुकथा की सूची

खोल दो

अमृतसर से स्शपेशल ट्रेन दोपहर दो बजे को चली और आठ घंटों के बाद मुग़लपुरा पहुंची। रास्ते में कई आदमी मारे गए। मुतअद्दिद ज़ख़्मी हुए और कुछ इधर उधर भटक गए।

सुबह दस बजे कैंप की ठंडी ज़मीन पर जब सिराजुद्दीन ने आँखें खोलीं और अपने चारों तरफ़ मर्दों, औरतों और बच्चों का एक मुतलातिम समुंदर देखा तो उसकी सोचने समझने की कुव्वतें और भी ज़ईफ़ हो गईं। वो देर तक गदले आसमान को टकटकी बांधे देखता रहा। यूं तो कैंप में हर तरफ़ शोर बरपा था। लेकिन बूढ़े सिराजुद्दीन के कान जैसे बंद थे। उसे कुछ सुनाई नहीं देता था। कोई उसे देखता तो ये ख़याल करता कि वो किसी गहरी फ़िक्र में ग़र्क़ है मगर ऐसा नहीं था। उसके होश-ओ-हवास शल थे। उसका सारा वजूद ख़ला में मुअल्लक़ था।

गदले आसमान की तरफ़ बग़ैर किसी इरादे के देखते देखते सिराजुद्दीन की निगाहें सूरज से टकराईं। तेज़ रोशनी उसके वजूद के रग-ओ-रेशे में उतर गई और वो जाग उठा। ऊपर तले उसके दिमाग़ पर कई तस्वीरें दौड़ गईं। लूट, आग... भागम भाग... स्टेशन... गोलियां... रात और सकीना... सिराजुद्दीन एकदम उठ खड़ा हुआ और पागलों की तरह उसने अपने चारों तरफ़ फैले हुए इंसानों के समुंदर को खंगालना शुरू किया।

पूरे तीन घंटे वो सकीना सकीना पुकारता कैंप में ख़ाक छानता रहा। मगर उसे अपनी जवान इकलौती बेटी का कोई पता न मिला। चारों तरफ़ एक धांदली सी मची थी। कोई अपना बच्चा ढूंढ रहा था, कोई माँ। कोई बीवी और कोई बेटी। सिराजुद्दीन थक हार कर एक तरफ़ बैठ गया और हाफ़िज़े पर ज़ोर दे कर सोचने लगा कि सकीना उससे कब और कहाँ जुदा

हुई। लेकिन सोचते सोचते उसका दिमाग़ सकीना की माँ की लाश पर जम जाता जिसकी सारी अंतड़ियां बाहर निकली हुई थीं। इससे आगे वो और कुछ न सोच सकता।

सकीना की माँ मर चुकी थी। उसने सिराजुद्दीन की आँखों के सामने दम तोड़ा था। लेकिन सकीना कहाँ थी जिसके मुतअल्लिक़ उसकी माँ ने मरते हुए कहा था, "मुझे छोड़ो और सकीना को लेकर जल्दी यहां से भाग जाओ।"

सकीना उसके साथ ही थी। दोनों नंगे पांव भाग रहे थे। सकीना का दुपट्टा गिर पड़ा था। उसे उठाने के लिए उसने रुकना चाहा था मगर सकीना ने चिल्ला कर कहा था, "अब्बा जी... छोड़िए।" लेकिन उसने दुपट्टा उठा लिया था... ये सोचते-सोचते उसने अपने कोट की उभरी हुई जेब की तरफ़ देखा और उसमें हाथ डाल कर एक कपड़ा निकाला... सकीना का वही दुपट्टा था... लेकिन सकीना कहाँ थी?

सिराजुद्दीन ने अपने थके हुए दिमाग़ पर बहुत ज़ोर दिया मगर वो किसी नतीजे पर न पहुंच सका। क्या वो सकीना को अपने साथ स्टेशन तक ले आया था? क्या वो उसके साथ ही गाड़ी में सवार थी? रास्ते में जब गाड़ी रोकी गई थी और बलवाई अंदर घुस आए थे तो क्या वो बेहोश होगया था जो वो सकीना को उठा करले गए?

सिराजुद्दीन के दिमाग़ में सवाल ही सवाल थे, जवाब कोई भी नहीं था। उसको हमदर्दी की ज़रूरत थी। लेकिन चारों तरफ़ जितने भी इंसान फैले हुए थे सबको हमदर्दी की ज़रूरत थी। सिराजुद्दीन ने रोना चाहा मगर आँखों ने उसकी मदद न की। आँसू जाने कहाँ ग़ायब हो गए थे।

छः रोज़ के बाद जब होश-ओ-हवास किसी क़दर दुरुस्त हुए तो सिराजुद्दीन उन लोगों से मिला जो उसकी मदद करने के लिए तैयार थे।

आठ नौजवान थे, जिनके पास लारी थी, बंदूकें थीं। सिराजुद्दीन ने उनको लाख लाख दुआएं दीं और सकीना का हुलिया बताया, "गोरा रंग है और बहुत ही ख़ूबसूरत है... मुझ पर नहीं अपनी माँ पर थी... उम्र सत्रह बरस के क़रीब है... आँखें बड़ी बड़ी... बाल स्याह, दाहिने गाल पर मोटा सा तिल... मेरी इकलौती लड़की है। ढूंढ लाओ, तुम्हारा ख़ुदा भला करेगा।"

रज़ाकार नौजवानों ने बड़े जज़्बे के साथ बूढ़े सिराजुद्दीन को यक़ीन दिलाया कि अगर उसकी बेटी ज़िंदा हुई तो चंद ही दिनों में उसके पास होगी।

आठों नौजवान ने कोशिश की। जान हथेलियों पर रख कर वो अमृतसर गए। कई औरतों, कई मर्दों और कई बच्चों को निकाल निकाल कर उन्होंने महफ़ूज़ मुक़ामों पर पहुंचाया। दस रोज़ गुज़र गए मगर उन्हें सकीना कहीं न मिली।

एक रोज़ वो उसी ख़िदमत के लिए लारी पर अमृतसर जा रहे थे कि छः हरटा के पास सड़क पर उन्हें एक लड़की दिखाई दी। लारी की आवाज़ सुन कर वह बिदकी और भागना शुरू कर दिया। रज़ाकारों ने मोटर रोकी और सबके सब उसके पीछे भागे। एक खेत में उन्होंने लड़की को पकड़ लिया। देखा तो बहुत ख़ूबसूरत थी। दाहिने गाल पर मोटा तिल था। एक लड़के ने उससे कहा, "घबराओ नहीं... क्या तुम्हारा नाम सकीना है?"

लड़की का रंग और भी ज़र्द होगया। उसने कोई जवाब न दिया, लेकिन जब तमाम लड़कों ने उसे दम दिलासा दिया तो उसकी वहशत दूर हुई और उसने मान लिया कि वो सिराजुद्दीन की बेटी सकीना है।

आठ रज़ाकार नौजवानों ने हर तरह सकीना की दिलजोई की। उसे खाना खिलाया, दूध पिलाया और लारी में बिठा दिया। एक ने अपना कोट उतार कर उसे दे दिया क्योंकि दुपट्टा न होने के बाइस वो बहुत

उलझन महसूस कर रही थी और बार बार बाँहों से अपने सीने को ढाँकने की नाकाम कोशिश में मसरूफ़ थी।

कई दिन गुज़र गए... सिराजुद्दीन को सकीना की कोई ख़बर न मिली। वो दिन भर मुख़्तलिफ़ कैम्पों और दफ़्तरों के चक्कर काटता रहता। लेकिन कहीं से भी उसकी बेटी का पता न चला। रात को वो बहुत देर तक उन रज़ाकार नौजवानों की कामयाबी के लिए दुआएं मांगता रहता। जिन्होंने उसको यक़ीन दिलाया था कि अगर सकीना ज़िंदा हुई तो चंद दिनों ही में वो उसे ढूंढ निकालेंगे।

एक रोज़ सिराजुद्दीन ने कैंप में उन नौजवान रज़ाकारों को देखा, लारी में बैठे थे। सिराजुद्दीन भागा भागा उनके पास गया। लारी चलने ही वाली थी कि उसने पूछा, "बेटा, मेरी सकीना का पता चला?"

सब ने यक ज़बान हो कर कहा, "चल जाएगा, चल जाएगा।" और लारी चला दी।

सिराजुद्दीन ने एक बार फ़िर उन नौजवानों की कामयाबी के लिए दुआ मांगी और उसका जी किसी क़दर हल्का होगया।

शाम के क़रीब कैंप में जहां सिराजुद्दीन बैठा था। उसके पास ही कुछ गड़बड़ सी हुई। चार आदमी कुछ उठा कर ला रहे थे। उसने दरयाफ़्त किया तो मालूम हुआ कि एक लड़की रेलवे लाइन के पास बेहोश पड़ी थी। लोग उसे उठा कर लाए हैं। सिराजुद्दीन उनके पीछे पीछे हो लिया। लोगों ने लड़की को हस्पताल वालों के सुपुर्द किया और चले गए। कुछ देर वो ऐसे ही हस्पताल के बाहर गढ़े हुए लकड़ी के खंबे के साथ लग कर खड़ा रहा। फिर आहिस्ता आहिस्ता अन्दर चला गया। कमरे में कोई भी नहीं था। एक स्ट्रेचर था जिस पर एक लाश पड़ी थी। सिराजुद्दीन छोटे छोटे क़दम उठाता उसकी तरफ़ बढ़ा। कमरे में दफ़अतन रोशनी हुई। सिराजुद्दीन ने लाश के

ज़र्द चेहरे पर चमकता हुआ तिल देखा और चिल्लाया, "सकीना!"

डाक्टर ने जिसने कमरे में रोशनी की थी सिराजुद्दीन से पूछा, "क्या है?"

सिराजुद्दीन के हलक़ से सिर्फ़ इस क़दर निकल सका, "जी मैं... जी मैं... इसका बाप हूँ!"

डाक्टर ने स्ट्रेचर पर पड़ी हुई लाश की तरफ़ देखा। उसकी नब्ज़ टटोली और सिराजुद्दीन से कहा, "खिड़की खोल दो।"

सकीना के मुर्दा जिस्म में जुंबिश पैदा हुई। बेजान हाथों से उसने इज़ारबंद खोला और शलवार नीचे सरका दी। बूढ़ा सिराजुद्दीन ख़ुशी से चिल्लाया, "ज़िंदा है... मेरी बेटी ज़िंदा है..." डाक्टर सर से पैर तक पसीने में ग़र्क़ हो गया।

काली सलवार

दिल्ली आने से पहले वो अंबाला छावनी में थी जहां कई गोरे इस के गाहक थे। इन गोरों से मिलने-जुलने के बाइस वो अंग्रेज़ी के दस पंद्रह जुमले सीख गई थी, उन को वो आम गुफ़्तगु में इस्तिमाल नहीं करती थी लेकिन जब वो दिल्ली में आई और उस का कारोबार न चला तो एक रोज़ उस ने अपनी पड़ोसन तमंचा जान से कहा। "दिस लीफ़...... वेरी बैड।" यानी ये ज़िंदगी बहुत बुरी है जबकि खाने ही को नहीं मिलता।

अबनाला छावनी में उस का धंदा बहुत अच्छी तरह चलता था। छावनी के गोरे शराब पी कर उस के पास आजाते थे और वो तीन चार घंटों ही में आठ दस गोरों को निमटा कर बीस तीस रुपय पैदा कर लिया करती थी। ये गोरे, उस के हम वतनों के मुक़ाबले में बहुत अच्छे थे। इस में कोई शक नहीं कि वो ऐसी ज़बान बोलते थे जिस का मतलब सुलताना की समझ में नहीं आता था मगर उन की ज़बान से ये ला-इल्मी उस के हक़ में बहुत अच्छी साबित होती थी। अगर वो उस से कुछ रियायत चाहते तो वो सर हिला कर कह दिया करती थी। "साहिब, हमारी समझ में तुम्हारी बात नहीं आता।" और अगर वो उस से ज़रूरत से ज़्यादा छेड़छाड़ करते तो वो उन को अपनी ज़बान में गालियां देना शुरू करदेती थी। वो हैरत में उस के मुँह की तरफ़ देखते तो वो उन से कहती "साहिब, तुम एक दम उल्लु का पट्ठा है। हराम-ज़ादा है... समझा।" ये कहते वक़्त वो अपने लहजा में सख़्ती पैदा न करती बल्कि बड़े प्यार के साथ उन से बातें करती। ये गोरे हंस देते और हंसते वक़्त वो सुलताना को बिलकुल उल्लू के पट्ठे दिखाई देते।

मगर यहां दिल्ली में वो जब से आई थी एक गोरा भी उस के यहां नहीं आया था। तीन महीने उस को हिंदूस्तान के इस शहर में रहते होगए थे जहां उस ने सुना था कि बड़े लॉट साहब रहते हैं, जो गरमीयों में शिमले

चले जाते हैं, मगर सिर्फ़ छः आदमी उस के पास आए थे। सिर्फ़ छः, यानी महीने में दो और इन छः ग्राहकों से उस ने ख़ुदा झूट न बुलवाए तो साढ़े अठारह रुपय वसूल किए थे। तीन रुपय से ज़्यादा पर कोई मानता ही नहीं था। सुलताना ने इन में से पाँच आदमीयों को अपना रेट दस रुपय बताया था मगर तअज्जुब की बात है कि इन में से हर एक ने यही कहा। "भई हम तीन रुपय से एक कोड़ी ज़्यादा न देंगे।" न जाने क्या बात थी कि इन में से हर एक ने उसे सिर्फ़ तीन रुपय के काबिल समझा। चुनांचे जब छटा आया तो उस ने ख़ुद इस से कहा। "देखो, मैं तीन रुपय एक टीम के लूंगी। इस से एक धेला तुम कम कहो तो मैं न लूंगी। अब तुम्हारी मर्ज़ी हो तो रहो वर्ना जाओ।" छट्ठे आदमी ने ये बात सुन कर तकरार न की और इस के हाँ ठहर गया। जब दूसरे कमरे में दरवाज़े वरवाज़े बंद करके वो अपना कोट उतारने लगा तो सुलताना ने कहा। "लाईए एक रुपया दूध का।" उस ने एक रुपया तो ना दिया लेकिन नए बादशाह की चमकती हुई अठन्नी जेब में से निकाल कर उस को दे दी और सुलताना ने भी चुपके से ले ली कि चलो जो आया है ग़नीमत है।

साढ़े अठारह रुपय तीन महीनों में...... बीस रुपय माहवार तो इस कोठे का किराया था जिस को मालिक मकान अंग्रेज़ी ज़बान में फ़्लैट कहता था। इस फ़्लैट में ऐसा पाख़ाना था जिस में ज़ंजीर खींचने से सारी गंदगी पानी के ज़ोर से एक दम नीचे नल में ग़ायब हो जाती थी और बड़ा शोर होता था। शुरू शुरू में तो इस शोर ने उसे बहुत डराया था। पहले दिन जब वो रफ़ा-ए-हाजत के लिए इस पाख़ाना में गई तो उस के कमर में शिद्दत का दर्द होरहा था। फ़ारिग़ हो कर जब उठने लगी तो उस ने लटकी हुई ज़ंजीर का सहारा ले लिया। इस ज़ंजीर को देख कर उस ने ख़याल किया चूँकि ये मकान ख़ास हम लोगों की रिहायश के लिए तैय्यार किए गए हैं ये ज़ंजीर इस लिए लगाई गई है कि उठते वक़्त तकलीफ़ न हो और सहारा मिल जाया करे मगर जूंही उस ने ज़ंजीर पकड़ कर उठना

चाहा, ऊपर खट खट सी हूई और फिर एक दम पानी इस शोर के साथ बाहर निकला कि डर के मारे इस के मुँह से चीख़ निकल गई। ख़ुदाबख़्श दूसरे कमरे में अपना फोटोग्राफी का सामान दरुस्त कररहा था और एक साफ़ बोतल में हाई डरो कौनैन डाल रहा था कि उस ने सुलताना की चीख़ सुनी। दौड़ कर वह बाहर निकला और सुलताना से पूछा। "किया हुआ?...... ये चीख़ तुम्हारी थी?"

सुलताना का दिल धड़क रहा था। उस ने कहा। "ये मोह पाख़ाना है या क्या है। बीच में ये रेल गाड़ीयों की तरह ज़ंजीर किया लटका रखी है। मेरी कमर में दर्द था। मैंने कहा चलो इस का सहारा ले लूंगी, पर इस मोय ज़ंजीर को छेड़ना था कि वो धमाका हुआ कि मैं तुम से क्या कहूं।"

इस पर ख़ुदाबख़्श बहुत हंसा था और उस ने सुलताना को इस पैख़ाने की बाबत सब कुछ बता दिया था कि ये नए फैश का है जिस में ज़ंजीर हिलाने से सब गंदगी नीचे ज़मीन में धँस जाती है।

ख़ुदाबख़्श और सुलताना का आपस में कैसे संबंध हुआ ये एक लंबी कहानी है। ख़ुदाबख़्श रावलपिंडी का था। इनटर नट्स पास करने के बाद उस ने लारी चलाना सीखा, चुनांचे चार बरस तक वो रावलपिंडी और कश्मीर के दरमयान लारी चलाने का काम करता रहा। इस के बाद कश्मीर में उस की दोस्ती एक औरत से होगई। उस को भगा कर वो लाहौर ले आया। लाहौर में चूँकि उस को कोई काम न मिला। इस लिए उस ने औरत को पेशे बिठा दिया। दो तीन बरस तक ये सिलसिला जारी रहा और वो औरत किसी और के साथ भाग गई। ख़ुदाबख़्श को मालूम हुआ कि वो अबनाला में है। वो उस की तलाश में अबनाला आया जहां उस को सुलताना मिल गई। सुलताना ने उस को पसंद किया, चुनांचे दोनों का संबंध हो गया।

ख़ुदाबख़्श के आने से एक दम सुलताना का कारोबार चमक उठा।

औरत चूँ कि ज़ईफ़-उल-एतिक़ाद थी। इस लिए उस ने समझा कि ख़ुदाबख़्श बड़ा भागवान है जिस के आने से इतनी तरक़्क़ी होगई, चुनांचे इस ख़ुश एतिक़ादी ने ख़ुदाबख़्श की वक़ात उस की नज़रों में और भी बढ़ा दी।

ख़ुदाबख़्श आदमी मेहनती था। सारा दिन हाथ पर हाथ धर कर बैठना पसंद नहीं करता था। चुनांचे उस ने एक फ़ोटो ग्राफ़र से दोस्ती पैदा की जो रेलवे स्टेशन के बाहर मिनट कैमरे से फ़ोटो खींचा करता था। इस लिए उस ने फ़ोटो खींचना सीख लिया। फिर सुलताना से साठ रुपय लेकर कैमरा भी ख़रीद लिया। आहिस्ता आहिस्ता एक पर्दा बनवाया, दो कुर्सियां खरीदीं और फ़ोटो धोने का सब सामान लेकर उस ने अलाहिदा अपना काम शुरू कर दिया।

काम चल निकला, चुनांचे उस ने थोड़ी ही देर के बाद अपना अड्डा अबनाले छावनी में क़ायम कर दिया। यहां वो गोरों के फ़ोटो खींचता रहता। एक महीने के अंदर अंदर उस की छावनी के मुतअद्दिद गोरों से वाक़फ़ियत होगई, चुनांचे वो सुलताना को वहीं ले गया। यहां छावनी में ख़ुदाबख़्श के ज़रिया से कई गोरे सुलताना के मुस्तकिल गाहक बन गए और उस की आमदनी पहले से दोगुनी हो गई।

सुलताना ने कानों के लिए बुनदे ख़रीदे। साढ़े पाँच तोले की आठ कन्गनीयाँ भी बनवा लीं। दस पंद्रह अच्छी अच्छी साड़ियां भी जमा करलीं, घर में फ़र्नीचर वग़ैरा भी आगया। क़िस्सा मुख़्तसर ये कि अबनाला छावनी में वो बड़ी ख़ुशहाल थी मगर इका इकी न जाने ख़ुदाबख़्श के दिल में क्या समाई कि उस ने दिल्ली जाने की ठान ली। सुलताना इनकार कैसे करती जबकि ख़ुदाबख़्श को अपने लिए बहुत मुबारक ख़याल करती थी। उस ने ख़ुशी ख़ुशी दिल्ली जाना क़बूल करलिया। बल्कि उस ने ये भी सोचा कि इतने बड़े शहर में जहां लॉट साहब रहते हैं उस का धंदा और

भी अच्छा चलेगा। अपनी सहेलियों से वो दिल्ली की तारीफ़ सुन चुकी थी। फिर वहां हज़रत निज़ाम उद्दीन औलिया की ख़ानक़ाह थी। जिस से इसे बेहद अक़ीदत थी, चुनांचे जल्दी जल्दी घर का भारी सामान बेच बाच कर वो ख़ुदाबख़्श के साथ दिल्ली आ गई। यहां पहुंच कर ख़ुदाबख़्श ने बीस रुपय माहवार पर एक छोटा सा फ़्लैट ले लिया जिस में वो दोनों रहने लगे।

एक ही क़िस्म के नए मकानों की लंबी सी क़तार सड़क के साथ साथ चली गई थी। म्यूनसिंपल कमेटी ने शहर का ये हिस्सा ख़ास कसबियों के लिए मुक़र्रर कर दिया था ताकि वो शहर में जगह जगह अपने अड्डे न बनाएं। नीचे दुकानें थीं और ऊपर दोमंज़िला रिहायशी फ़्लैट। चूँकि सब इमारतें एक ही डिज़ाइन की थीं इस लिए शुरू शुरू में सुलताना को अपना फ़्लैट तलाश करने में बहुत दिक्क़त महसूस हुई थी पर जब नीचे लांड्री वाले ने अपना बोर्ड घर की पेशानी पर लगा दिया तो उस को एक पक्की निशानी मिल गई। यहां मैले कपड़ों की धुलाई की जाती है। ये बोर्ड पढ़ते ही वो अपना फ़्लैट तलाश कर लिया करती थी। इसी तरह उस ने और बहुत सी निशानीयां क़ायम करली थीं, मसलन बड़े बड़े हुरूफ़ में जहां कोयलों की दूकान लिखा था वहां उस की सहेली हीरा बाई रहती थी जो कभी कभी रेडीयो घर में गाने जाया करती थी। जहां शरिफा के खाने का आला इंतिज़ाम है। लिखा था वहां उस की दूसरी सहेली मुख़तार रहती थी। निवाड़ के कारख़ाना के ऊपर अनवरी रहती थी जो उसी कारख़ाना के सेठ के पास मुलाज़िम थी। चूँकि सेठ साहब को रात के वक़्त अपने कारख़ाना की देख भाल करना होती थी इस लिए वो अनवरी के पास ही रहते थे।

दूकान खोलते ही ग्राहक थोड़े ही आते हैं। चुनांचे जब एक महीने तक सुलताना बेकार रही तो उस ने यही सोच कर अपने दिल को तसल्ली दी, पर जब दो महीने गुज़र गए और कोई आदमी उस के कोठे पर न आया

तो उसे बहुत तशवीश हुई। उस ने ख़ुदाबख़्श से कहा। "क्या बात है ख़ुदाबख़्श, दो महीने आज पूरे होगए हैं हमें यहां आए हुए, किसी ने इधर का रुख़ भी नहीं किया...... मानती हूँ आजकल बाज़ार बहुत मंदा है, पर इतना मंदा भी तो नहीं कि महीने भर में कोई शक्ल देखने ही में न आए।" ख़ुदाबख़्श को भी ये बात बहुत अर्सा से खटक रही थी मगर वो ख़ामोश था, पर जब सुलताना ने ख़ुद बात छेड़ी तो उस ने कहा। "मैं कई दिनों से इस की बाबत सोच रहा हूँ। एक बात समझ में आती है, वो ये कि जंग की वजह से लोग बाग दूसरे धुंदों में पड़ कर इधर का रस्ता भूल गए हैं...... या फिर ये हो सकता है कि... " वो इस के आगे कुछ कहने ही वाला था कि सीढ़ीयों पर किसी के चढ़ने की आवाज़ आई। ख़ुदाबख़्श और सुलताना दोनों इस आवाज़ की तरफ़ मुतवज्जा हुए। थोड़ी देर के बाद दस्तक हुई। ख़ुदाबख़्श ने लपक कर दरवाज़ा खोला। एक आदमी अंदर दाख़िल हुआ। ये पहला गाहक था जिस से तीन रुपय में सौदा तय हुआ। इस के बाद पाँच और आए यानी तीन महीने में छः, जिन से सुलताना ने सिर्फ़ साढ़े अठारह रुपय वसूल किए।

बीस रुपय माहवार तो फ़्लैट के किराया में चले जाते थे, पानी का टैक्स और बिजली का बिल जुदा था। इस के इलावा घर के दूसरे ख़र्च थे। खाना पीना, कपड़े लत्ते, दवा दारू और आमदन कुछ भी नहीं थी। साढ़े अठारह रुपय तीन महीने में आए तो उसे आमदन तो नहीं कह सकते। सुलताना परेशान होगई। साढ़े पाँच तोले की आठ कन्गनीयाँ जो उस ने अंबाले में बनवाई थीं आहिस्ता आहिस्ता बक गईं। आख़िरी कन्गनी की जब बारी आई तो उस ने ख़ुदाबख़्श से कहा। "तुम मेरी सुनो और चलो वापस अंबाले में यहां क्या धरा है?... भई होगा, पर हमें तो ये शहर रास नहीं आया। तुम्हारा काम भी वहां ख़ूब चलता था, चलो, वहीं चलते हैं। जो नुक़्सान हुआ है उस को अपना सर सदक़ा समझो। इस कन्गनी को बीच कर आओ, मैं अस्बाब वग़ैरा बांध कर तैय्यार रखती हूँ। आज रात की

गाड़ी से यहां से चल देंगे।"

ख़ुदाबख़्श ने कन्गनी सुलताना के हाथ से ले ली और कहा। "नहीं जान-ए-मन, अंबाला अब नहीं जाऐंगे, यहीं दिल्ली में रह कर कमाएं गे। ये तुम्हारी चूड़ियां सब की सब यहीं वापस आयेंगी। अल्लाह पर भरोसा रखो। वो बड़ा कारसाज़ है। यहां भी वो कोई न कोई अस्बाब बना ही देगा।"

सुलताना चुप होरही, चुनांचे आख़िरी कन्गनी हाथ से उतर गई। बचे हाथ देख कर उस को बहुत दुख होता था, पर क्या करती, पेट भी तो आख़िर किसी हीले से भरना था।

जब पाँच महीने गुज़र गए और आमदन ख़र्च के मुक़ाबले में चौथाई से भी कुछ कम रही तो सुलताना की परेशानी और ज़्यादा बढ़ गई। ख़ुदाबख़्श भी सारा दिन अब घर से ग़ायब रहने लगा था। सुलताना को इस का भी दुख था। इस में कोई शक नहीं कि पड़ोस में उस की दो तीन मिलने वालियां मौजूद थीं जिन के साथ वो अपना वक़्त काट सकती थी पर हर रोज़ उन के यहां जाना और घंटों बैठे रहना उस को बहुत बुरा लगता था। चुनांचे आहिस्ता आहिस्ता उस ने इन सहेलीयों से मिलना-जुलना बिलकुल तर्क कर दिया। सारा दिन वो अपने सुनसान मकान में बैठी रहती। कभी छालीया काटती रहती, कभी अपने पुराने और फटे हुए कपड़ों को सीती रहती और कभी बाहर बालकोनी में आकर जंगले के साथ खड़ी हो जाती और सामने रेलवे शैड में साकित और मुतहर्रिक इंजनों की तरफ़ घंटों बेमतलब देखती रहती।

सड़क की दूसरी तरफ़ माल गोदाम था जो उस कोने से इस कोने तक फैला हुआ था। दाहिने हाथ को लोहे की छत के नीचे बड़ी बड़ी गांठें पड़ी रहती थीं और हर क़िस्म के माल अस्बाब के ढेर से लगे रहते थे। बाएं हाथ को खुला मैदान था जिस में बेशुमार रेल की पटड़ीयाँ बिछी हूई थीं। धूप में लोहे की ये पटड़ियाँ चमकतीं तो सुलताना अपने हाथों की तरफ़

देखती जिन पर नीली नीली रगें बिलकुल इन पटड़ियों की तरह उभरी रहती थीं, इस लंबे और खुले मैदान में हरवक़्त इंजन और गाड़ियां चलती रहती थीं। कभी इधर कभी उधर। इन इंजनों और गाड़ीयों की छक छक फ़क़ फ़क़ सदा गूंजती रहती थी। सुबह सवेरे जब वो उठ कर बालकोनी में आती तो एक अजीब समां नज़र आता। धुंदलके में इंजनों के मुँह से गाढ़ा गाढ़ा धुआँ निकलता था और गदले आसमान की जानिब मोटे और भारी आदमीयों की तरह उठता दिखाई देता था। भाप के बड़े बड़े बादल भी एक शोर के साथ पटड़ियों से उठते थे और आँख झपकने की देर में हवा के अंदर घुल मिल जाते थे। फिर कभी कभी जब वो गाड़ी के किसी डिब्बे को जिसे इंजन ने धक्का दे कर छोड़ दिया हो अकेले पटड़ियों पर चलता देखती तो उसे अपना ख़याल आता। वो सोचती कि उसे भी किसी ने ज़िंदगी की पटड़ी पर धक्का दे कर छोड़ दिया है और वो ख़ुदबख़ुद जा रही है। दूसरे लोग कांटे बदल रहे हैं और वो चली जा रही है...... न जाने कहाँ। फिर एक रोज़ ऐसा आएगा जब इस धक्के का ज़ोर आहिस्ता आहिस्ता ख़त्म हो जाएगा और वो कहीं रुक जाएगी। किसी ऐसे मुक़ाम पर जो उस का देखा भाला न होगा।

यूं तो वो बेमतलब घंटों रेल की इन टेढ़ी बांकी पटड़ियों और ठहरे और चलते हूए इंजनों की तरफ़ देखती रहती थी पर तरह तरह के ख़याल उस के दिमाग़ में आते रहते थे। अंबाला छावनी में जब वो रहती थी तो स्टेशन के पास ही उस का मकान था मगर वहां उस ने कभी इन चीज़ों को ऐसी नज़रों से नहीं देखा था। अब तो कभी कभी उस के दिमाग़ में ये भी ख़याल आता कि ये जो सामने रेल की पटड़ियों का जाल सा बिछा है और जगह जगह से भाप और धुआँ उठ रहा है एक बहुत बड़ा चकला है। बहुत सी गाड़ियां हैं जिन को चंद मोटे मोटे इंजन इधर उधर धकेलते रहते हैं। सुलताना को तो बाअज़ औक़ात ये इंजन सेठ मालूम होते हैं जो कभी कभी अंबाला में उस के हाँ आया करते थे। फिर कभी कभी जब वो किसी इंजन

को आहिस्ता आहिस्ता गाड़ीयों की क़तार के पास से गुज़रता देखती तो उसे ऐसा महसूस होता कि कोई आदमी चकले के किसी बाज़ार में से ऊपर कोठों की तरफ़ देखता जा रहा है।

सुलताना समझती थी कि ऐसी बातें सोचना दिमाग़ की ख़राबी का बाइस है, चुनांचे जब इस क़िस्म के ख़याल उस को आने लगे तो उस ने बालकोनी में जाना छोड़ दिया। ख़ुदाबख़्श से उस ने बारहा कहा। "देखो, मेरे हाल पर रहम करो। यहां घर में रहा करो। मेंW सारा दिन यहां बीमारों की तरह पड़ी रहती हूँ। मगर उस ने हर बार सुलताना से ये कह कर उस की तश्फ़ी करदी। जान-ए-मन... मैं बाहर कुछ कमाने की फ़िक्र कर रहा हूँ। अल्लाह ने चाहा तो चंद दिनों ही में बेड़ा पार हो जाएगा।"

पूरे पाँच महीने होगए थे मगर अभी तक न सुलताना का बेड़ा पार हुआ था न ख़ुदाबख़्श का।

मुहर्रम का महीना सर पर आरहा था मगर सुलताना के पास काले कपड़े बनवाने के लिए कुछ भी न था। मुख़तार ने लेडी हैमिल्टन की एक नई वज़ा की क़मीज़ बनवाई थी जिस की आसतीनें काली जॉर्जजट की थीं। इस के साथ मैच करने के लिए उस के पास काली साटन की सलवार थी जो काजल की तरह चमकती थी। अनवरी ने रेशमी जॉर्जजट की एक बड़ी नफ़ीस साड़ी ख़रीदी थी। उस ने सुलताना से कहा था कि वो इस साड़ी के नीचे सफ़ैद बोसकी का पेटीकोट पहनेगी क्योंकि ये नया फ़ैशन है। इस साड़ी के साथ पहनने को अनवरी काली मख़मल का एक जूता लाई थी जो बड़ा नाज़ुक था। सुलताना ने जब ये तमाम चीज़ें देखीं तो उस को इस एहसास ने बहुत दुख दिया कि वो मुहर्रम मनाने के लिए ऐसा लिबास ख़रीदने की इस्तिताअत नहीं रखती।

अनवरी और मुख़तार के पास ये लिबास देख कर जब वो घर आई तो उस का दिल बहुत मग़्मूम था। उसे ऐसा मालूम होता था कि फोड़ा सा उस

के अंदर पैदा होगया है। घर बिलकुल ख़ाली था। ख़ुदाबख़्श हस्ब-ए-मामूल बाहर था। देर तक वो दरी पर गाव तकिया सर के नीचे रख कर लेटी रही, पर जब उस की गर्दन ऊंचाई के बाइस अकड़ सी गई तो उठ कर बाहर बालकोनी में चली गई ताकि ग़म अफ़ज़ा ख़यालात को अपने दिमाग़ में से निकाल दे।

सामने पटड़ियों पर गाड़ीयों के डिब्बे खड़े थे पर इंजन कोई भी न था। शाम का वक़्त था। छिड़काओ हो चुका था इस लिए गर्द-ओ-गुबार दब गया था। बाज़ार में ऐसे आदमी चलने शुरू होगए थे जो ताक झांक करने के बाद चुपचाप घरों का रुख़ करते हैं। ऐसे ही एक आदमी ने गर्दन ऊंची करके सुलताना की तरफ़ देखा। सुलताना मुस्कुरा दी और उस को भूल गई क्योंकि अब सामने पटड़ियों पर एक इंजन नुमूदार होगया था। सुलताना ने गौरसे उस की तरफ़ देखना शुरू किया और आहिस्ता आहिस्ता ये ख़याल इस के दिमाग़ में आया कि इंजन ने भी काला लिबास पहन रखा है। ये अजीब-ओ-ग़रीब ख़याल दिमाग़ से निकालने की ख़ातिर जब उस ने सड़क की जानिब देखा तो उसे वही आदमी बैलगाड़ी के पास खड़ा नज़र आया जिस ने उस की तरफ़ ललचाई नज़रों से देखा था। सुलताना ने हाथ से उसे इशारा किया। उस आदमी ने इधर उधर देख कर एक लतीफ़ इशारे से पूछा, किधर से आऊं, सुलताना ने उसे रास्ता बता दिया। वो आदमी थोड़ी देर खड़ा रहा मगर फिर बड़ी फुरती से ऊपर चला आया।

सुलताना ने उसे दरी पर बिठाया। जब वो बैठ गया तो उस ने सिलसिल-ए-गुफ़्तुगू शुरू करने के लिए कहा। "आप ऊपर आते डर रहे थे।" वो आदमी ये सुन कर मुस्कुराया। "तुम्हें कैसे मालूम हुआ...... डरने की बात ही क्या थी?" इस पर सुलताना ने कहा। "ये मैंने इस लिए कहा कि आप देर तक वहीं खड़े रहे और फिर कुछ सोच कर इधर आए।" वो

ये सुन कर फिर मुस्कुराया। "तुम्हें ग़लतफ़हमी हूई। में तुम्हारे ऊपर वाले फ़्लैट की तरफ़ देख रहा था। वहां कोई औरत खड़ी एक मर्द को ठेंगा दिखा रही थी। मुझे ये मंज़र पसंद आया। फिर बालकोनी में सबज़ बल्ब रोशन हुआ तो मैं कुछ देर के लिए ठहर गया। सबज़ रोशनी मुझे पसंद है। आँखों को बहुत अच्छी लगती है।" ये कह उस ने कमरे का जायज़ा लेना शुरू कर दिया। फिर वो उठ खड़ा हुआ। सुलताना ने पूछा। "आप जा रहे हैं?" उस आदमी ने जवाब दिया। "नहीं, मैं तुम्हारे इस मकान को देखना चाहता हूँ...... चलो मुझे तमाम कमरे दिखाओ।"

सुलताना ने उस को तीनों कमरे एक एक करके दिखा दिए। उस आदमी ने बिलकुल ख़ामोशी से इन कमरों का मुआइना किया। जब वो दोनों फिर उसी कमरे में आगए जहां पहले बैठे तो उस आदमी ने कहा। "मेरा नाम शंकर है।"

सुलताना ने पहली बार ग़ौर से शंकर की तरफ़ देखा। वो मुतवस्सित क़द का मामूली शक्ल-ओ-सूरत का आदमी था मगर उस की आँखें ग़ैरमामूली तौर पर साफ़ और शफ़्फ़ाफ़ थीं। कभी कभी इन में एक अजीब क़िस्म की चमक भी पैदा होती थी। गठीला और कसरती बदन था। कनपटियों पर उस के बाल सफ़ैद होरहे थे। ख़ाकसतरी रंग की गर्म पतलून पहने था। सफ़ैद क़मीज़ थी जिस का कालर गर्दन पर से ऊपर को उठा हुआ था।

शंकर कुछ इस तरह दरी पर बैठा था कि मालूम होता था शंकर के बजाय सुलताना गाहक है। इस एहसास ने सुलताना को क़दरे परेशान कर दिया। चुनांचे उस ने शंकर से कहा। "फ़रमाईए...... "

शंकर बैठा था, ये सुन कर लेट गया। "मैं क्या फ़र्माऊँ, कुछ तुम ही फ़रमाओ। बुलाया तुम्हें ने है मुझे।" जब सुलताना कुछ ना बोली तो वो उठ बैठा। "मैं समझा, लो अब मुझ से सुनो, जो कुछ तुम ने समझा, ग़लत है, मैं उन लोगों में से नहीं हूँ जो कुछ देकर जाते हैं। डाक्टरों की तरह मेरी भी

फ़ीस है। मुझे जब बुलाया जाये तो फ़ीस देना ही पड़ती है।"

सुलताना ये सुन कर चकरा गई मगर इस के बावजूद उसे बेइख़्तयार हंसी आ गई।

"आप काम क्या करते हैं?"

शंकर ने जवाब दिया। "यही जो तुम लोग करते हो।"

"क्या?"

"तुम क्या करती हो?"

"मैं... मैं... मैं कुछ भी नहीं करती।"

"मैं भी कुछ नहीं करता।"

"सुलताना ने भुन्ना कर कहा। "ये तो कोई बात न हुई...... आप कुछ न कुछ तो ज़रूर करते होंगे।"

शंकर ने बड़े इत्मिनान से जवाब दिया। "तुम भी कुछ न कुछ ज़रूर करती होगी।"

"झक मारती हूँ।"

"मैं भी झक मारता हूँ।"

"तो आओ दोनों झक मारें।"

"मैं हाज़िर हूँ मगर झक मारने के लिए दाम में कभी नहीं दिया करता।"

"होश की दवा करो...... ये लंगर ख़ाना नहीं।"

"और मैं भी वालंटियर नहीं हूँ।"

सुलताना यहां रुक गई। उस ने पूछा। "ये वालंटियर कौन होते हैं।"

शंकर ने जवाब दिया। "उल्लु के पट्ठे।"

"मैं भी उल्लू की पट्ठी नहीं।"

"मगर वो आदमी ख़ुदाबख़्श जो तुम्हारे साथ रहता है ज़रूर उल्लु का पट्ठा है।"

"क्यों?"

"इस लिए कि वो कई दिनों से एक ऐसे ख़ुदा रसीदा फ़क़ीर के पास अपनी क़िस्मत खुलवाने की ख़ातिर जा रहा है जिस की अपनी क़िस्मत ज़ंग लगे ताले की तरह बंद है।"

ये कह कर शंकर हंसा।

इस पर सुलताना ने कहा। "तुम हिंदू हो, इसी लिए हमारे इन बुज़ुर्गों का मज़ाक़ उड़ाते हो।"

शंकर मुस्कुराया। "ऐसी जगहों पर हिंदू मुस्लिम सवाल पैदा नहीं हुआ करते। पण्डित मोलवी और मिस्टर जिनाह अगर यहां आएं तो वो भी शरीफ़ आदमी बन जाएं।"

"जाने तुम क्या ऊटपटांग बातें करते हो...... बोलो रहोगे?"

"उसी शर्त पर जो पहले बता चुका हूँ।"

सुलताना उठ खड़ी हूई। "तो जाओ रस्ता पकड़ो।"

शंकर आराम से उठा। पतलून की जेबों में उस ने अपने दोनों हाथ ठूंसे और जाते हुए कहा। "मैं कभी कभी इस बाज़ार से गुज़रा करता हूँ। जब भी तुम्हें मेरी ज़रूरत हो बुला लेना...... मैं बहुत काम का आदमी हूँ।"

शंकर चला गया और सुलताना काले लिबास को भूल कर देर तक उस के मुतअल्लिक़ सोचती रही। उस आदमी की बातों ने उस के दुख को बहुत हल्का कर दिया था। अगर वो अंबाले में आया होता जहां कि वो ख़ुशहाल थी तो उस ने किसी और ही रंग में उस आदमी को देखा होता और बहुत मुम्किन है कि उसे धक्के देकर बाहर निकाल दिया होता मगर यहां चूँकि वो बहुत उदास रहती थी,इस लिए शंकर की बातें उसे पसंद आईं।

शाम को जब ख़ुदाबख़्श आया तो सुलताना ने उस से पूछा। "तुम आज सारा दिन किधर ग़ायब रहे हो?"

ख़ुदाबख़्श थक कर चूर चूर होरहा था, "कहने लगा। पुराने क़िला के पास से आरहा हूँ। वहां एक बुज़ुर्ग कुछ दिनों से ठहरे हूए हैं, उन्ही के पास हर रोज़ जाता हूँ कि हमारे दिन फिर जाएं... "

"कुछ उन्हों ने तुम से कहा?"

"नहीं, अभी वो मेहरबान नहीं हूए... पर सुलताना, मैं जो उन की ख़िदमत कर रहा हूँ वो अकारत कभी नहीं जाएगी। अल्लाह का फ़ज़्ल शामिल-ए-हाल रहा तो ज़रूर वारे न्यारे हो जाऐंगे।"

सुलताना के दिमाग़ में मुहर्रम मनाने का ख़याल समाया हुआ था, ख़ुदाबख़्श से रूनी आवाज़ में कहने लगी। "सारा सारा दिन बाहर ग़ायब रहते हो... मैं यहां पिंजरे में क़ैद रहती हूँ, न कहीं जा सकती हूँ न आसकती हूँ। मुहर्रम सर पर आगया है, कुछ तुम ने इसकी भी फ़िक्र की कि मुझे काले कपड़े चाहिऐं, घर में फूटी कोड़ी तक नहीं। कन्गनीयाँ थीं सौ वो एक एक करके बिक गईं, अब तुम ही बताओ क्या होगा?... यूं फ़क़ीरों के पीछे कब तक मारे मारे फिरा करोगे। मुझे तो ऐसा दिखाई देता है कि यहां दिल्ली में ख़ुदा ने भी हम से मुँह मोड़ लिया है। मेरी सुनो तो अपना काम शुरू कर दो। कुछ तो सहारा हो ही जाएगा।"

ख़ुदाबख़्श दरी पर लेट गया और कहने लगा। "पर ये काम शुरू करने के लिए भी तो थोड़ा बहुत सरमाया चाहिए...... ख़ुदा के लिए अब ऐसी दुख भरी बातें न करो। मुझ से अब बर्दाश्त नहीं हो सकतीं। मैंने सचमुच अंबाला छोड़ने में सख़्त ग़लती की, पर जो करता है अल्लाह ही करता है और हमारी बेहतरी ही के लिए करता है, क्या पता है कि कुछ देर और तकलीफें बर्दाश्त करने के बाद हम...... "

सुलताना ने बात काट कर कहा। "तुम ख़ुदा के लिए कुछ करो। चोरी करो या डाका मॉरो पर मुझे एक सलवार का कपड़ा ज़रूर लादू। मेरे पास सफ़ैद बोसकी की क़मीज़ पड़ी है, उस को में काला रंगवा लूंगी। सफ़ैद नेनों का एक नया दुपट्टा भी मेरे पास मौजूद है, वही जो तुम ने मुझे दीवाली पर ला कर दिया था, ये भी क़ीज़ के साथ ही काला रंगवा लिया जाएगा। एक सिर्फ़ सलवार की कसर है, सो वह तुम किसी न किसी तरह पैदा करदो...... देखो तुम्हें मेरी जान की क़सम किसी न किसी तरह ज़रूर लादो...... मेरी भित्ति खाओ अगर न लाओ।"

ख़ुदाबख़्श उठ बैठा। "अब तुम ख़्वाह-मख़्वाह ज़ोर दिए चली जा रही हो...... मैं कहाँ से लाऊँगा...... अफ़ीम खाने के लिए तो मेरे पास पैसा नहीं।"

"कुछ भी करो मगर मुझे साढ़े चार गज़ काली साटन लादो।"

"दुआ करो कि आज रात ही अल्लाह दो तीन आदमी भेज दे।"

"लेकिन तुम कुछ नहीं करोगे...... तुम अगर चाहो तो ज़रूर इतने पैसे पैदा कर सकते हो। जंग से पहले ये साटन बारह चौदह आना गज़ मिल जाती थी, अब सवा रुपय गज़ के हिसाब से मिलती है। साढ़े चार गज़ों पर कितने रुपय ख़र्च हो जाऐंगे?"

"अब तुम कहती हो तो मैं कोई हीला करूंगा।" ये कह कर ख़ुदाबख़्श

उठा। "लो अब इन बातों को भूल जाओ, मैं होटल से खाना ले आऊं।"

होटल से खाना आया दोनों ने मिल कर ज़हर मार किया और सौ गए। सुबह हुई। ख़ुदाबख़्श पुराने क़िले वाले फ़क़ीर के पास चला गया और सुलताना अकेली रह गई। कुछ देर लेटी रही, कुछ देर सोई रही। इधर उधर कमरों में टहलती रही, दोपहर का खाना खाने के बाद उस ने अपना सफ़ैद नेनों का दुपट्टा और सफ़ैद बोसकी की क़मीज़ निकाली और नीचे लांड्री वाले को रंगने के लिए दे आई। कपड़े धोने के इलावा वहां रंगने का काम भी होता था। ये काम करने के बाद उस ने वापिस आकर फिल्मों की किताबें पढ़ीं जिन में उस की देखी हुई फिल्मों की कहानी और गीत छपे हूए थे। ये किताबें पढ़ते पढ़ते वो सौ गई, जब उठी तो चार बज चुके थे क्योंकि धूप आंगन में से मोरी के पास पहुंच चुकी थी। नहा धो कर फ़ारिग़ हूई तो गर्म चादर ओढ़ कर बालकोनी में आ खड़ी हूई। क़रीबन एक घंटा सुलताना बालकोनी में खड़ी रही। अब शाम होगई थी। बत्तियां रोशन होरही थीं। नीचे सड़क में रौनक के आसार नज़र आने लगे। सर्दी में थोड़ी सी शिद्दत होगई थी मगर सुलताना को ये नागवार मालूम न हूई। वो सड़क पर आते जाते टांगों और मोटरों की तरफ़ एक अर्सा से देख रही थी। दफ़अतन उसे शंकर नज़र आया। मकान के नीचे पहुंच कर उस ने गर्दन ऊंची की और सुलताना की तरफ़ देख कर मुस्कुरा दिया। सुलताना ने ग़ैर इरादी तौर पर हाथ का इशारा किया और उसे ऊपर बुला लिया।

जब शंकर ऊपर आगया तो सुलताना बहुत परेशान हूई कि इस से क्या कहे। दरअसल उस ने ऐसे ही बिला सोचे समझे उसे इशारा कर दिया था। शंकर बेहद मुतमइन था जैसे उसका अपना घर है, चुनांचे बड़ी बेतकल्लुफ़ी से पहले रोज़ की तरह वो गाव तकिया सर के नीचे रख कर लेट गया। जब सुलताना ने देर तक उस से कोई बात न की तो उस से कहा। "तुम मुझे सौ दफ़ा बुला सकती हो और सौ दफ़ा ही कह सकती हो

कि चले जाओ...... मैं ऐसी बातों पर कभी नाराज़ नहीं हुआ करता।"

सुलताना शश-ओ-पंज में गिरफ़्तार होगई, कहने लगी। "नहीं बैठो, तुम्हें जाने को कौन कहता है।"

शंकर इस पर मुस्कुरा दिया। "तो मेरी शर्तें तुम्हें मंज़ूर हैं।"

"कैसी शर्तें?" सुलताना ने हंस कर कहा। "क्या निकाह कर रहे हो मुझ से?"

"निकाह और शादी कैसी?...... न तुम उम्र भर में किसी से निकाह करोगी ना मैं। ये रस्में हम लोगों के लिए नहीं...... छोड़ो इन फुज़ूलीयात को। कोई काम की बात करो।"

"बोलो क्या बात करूं?"

"तुम औरत हो...... कोई ऐसी बात शुरू करो जिस से दो घड़ी दिल बेहल जाये। इस दुनिया में सिर्फ़ दोकानदारी ही दोकानदारी नहीं, और कुछ भी है।"

सुलताना ज़हनी तौर पर अब शंकर को क़बूल कर चुकी थी। कहने लगी। "साफ़ साफ़ कहो, तुम मुझ से क्या चाहते हो।"

"जो दूसरे चाहते हैं।" शंकर उठ कर बैठ गया।

"तुम में और दूसरों में फिर फ़र्क़ ही क्या रहा।"

"तुम में और मुझ में कोई फ़र्क़ नहीं। उन में और मुझ में ज़मीन-ओ-आसमान का फ़र्क़ है। ऐसी बहुत सी बातें होती हैं जो पूछना नहीं चाहिए ख़ुद समझना चाहिए।"

सुलताना ने थोड़ी देर तक शंकर की इस बात को समझने की कोशिश की फिर कहा। "मैं समझ गई हूँ।"

“तो कहो, क्या इरादा है।”

“तुम जीते, में हारी। पर मैं कहती हूँ, आज तक किसी ने ऐसी बात क़बूल न की होगी।”

“तुम ग़लत कहती हो...... इसी मुहल्ले में तुम्हें ऐसी सादा लौह औरतें भी मिल जाएंगी जो कभी यक़ीन नहीं करेंगी कि औरत ऐसी ज़िल्लत क़बूल कर सकती है जो तुम बग़ैर किसी एहसास के क़बूल करती रही हो। लेकिन उन के न यक़ीन करने के बावजूद तुम हज़ारों की तादाद में मौजूद हो...... तुम्हारा नाम सुलताना है न?”

“सुलताना ही है।”

शंकर उठ खड़ा हुआ और हँसने लगा। “मेरा नाम शंकर है...... ये नाम भी अजब ऊटपटांग होते हैं, चलो आओ अंदर चलें।”

शंकर और सुलताना दरी वाले कमरे में वापस आए तो दोनों हंस रहे थे, न जाने किस बात पर। जब शंकर जाने लगा तो सुलताना ने कहा। “शंकर मेरी एक बात मानोगे?”

शंकर ने जवाबन कहा। “पहले बात बताओ।”

सुलताना कुछ झेंप सी गई। “तुम कहोगे कि मैं दाम वसूल करना चाहती हूँ मगर।”

“कहो कहो... रुक क्यों गई हो।”

सुलताना ने जुर्रत से काम लेकर कहा। “बात ये है कि मुहर्रम आरहा है और मेरे पास इतने पैसे नहीं कि मैं काली सलवार बनवा सकूं...... यहां के सारे दुखड़े तो तुम मुझ से सुन ही चुके हो। क़मीज़ और दुपट्टा मेरे पास मौजूद था जो मैंने आज रंगवाने के लिए दे दिया है।”

शंकर ने ये सुन कर कहा। "तुम चाहती हो कि मैं तुम्हें कुछ रुपय दे दूं जो तुम ये काली सलवार बनवा सको।"

सुलताना ने फ़ौरन ही कहा। "नहीं, मेरा मतलब ये है कि अगर हो सके तो तुम मुझे एक काली सलवार बनवा दो।"

शंकर मुस्कुराया। "मेरी जेब में तो इत्तिफ़ाक़ ही से कभी कुछ होता है, बहरहाल में कोशिश करूंगा। मुहर्रम की पहली तारीख़ को तुम्हें ये सलवार मिल जाएगी। ले बस अब ख़ुश हो गईं।" सुलताना के बुन्दों की तरफ़ देख कर शंकर ने पूछा। "क्या ये बुनदे तुम मुझे दे सकती हो?"

सुलताना ने हंस कर कहा। "तुम इन्हें क्या करोगे। चांदी के मामूली बुन्दे हैं। ज़्यादा से ज़्यादा पाँच रुपये के होंगे।"

इस पर शंकर ने कहा। "मैंने तुम से बंदे मांगे हैं। उन की क़ीमत नहीं पूछी, बोलो, देती हो।"

"ले लो। ये कह कर सुलताना ने बुन्दे उतार कर शंकर को दे दिए। इस के बाद अफ़सोस हुआ मगर शंकर जा चुका था।"

सुलताना को क़तअन यक़ीन नहीं था कि शंकर अपना वाअदा पूरा करेगा मगर आठ रोज़ के बाद मुहर्रम की पहली तारीख़ को सुबह नौ बजे दरवाज़े पर दस्तक हूई। सुलताना ने दरवाज़ा खोला तो शंकर खड़ा था। अख़बार में लिपटी हुई चीज़ इस ने सुलताना को दी और कहा। "साटन की काली सलवार है ...... देख लेना, शायद लंबी हो...... अब मैं चलता हूँ।"

शंकर सलवार दे कर चला गया और कोई बात उस ने सुलताना से न की। उस की पतलून में शिकनें पड़ी हुई थीं। बाल बिखरे हूए थे। ऐसा मालूम होता था कि अभी अभी सौ कर उठा है और सीधा इधर ही चला आया है।

सुलताना ने काग़ज़ खोला। साटन की काली सलवार थी ऐसी ही जैसी कि वो अनवरी के पास देख कर आई थी। सुलताना बहुत ख़ुश हूई। बुंदों और इस सौदे का जो अफ़सोस उसे हुआ था इस सलवार ने और शंकर की वाअदा ईफ़ाई ने दूर कर दिया।

दोपहर को वो नीचे लांड्री वाले से अपनी रंगी हुई क़मीज़ और दुपट्टा लेकर आई। तीनों काले कपड़े उस ने जब पहन लिए तो दरवाज़े पर दस्तक हूई। सुलताना ने दरवाज़ा खोला तो अनवरी अंदर दाख़िल हुई। उस ने सुलताना के तीनों कपड़ों की तरफ़ देखा और कहा। "क़मीज़ और दुपट्टा तो रंगा हुआ मालूम होता है, पर ये सलवार नई है ...... कब बनवाई?"

सुलताना ने जवाब दिया। "आज ही दर्ज़ी लाया है।" ये कहते हुए उस की नज़रें अनवरी के कानों पर पड़ीं। "ये बुन्दे तुम ने कहाँ से लिए?"

अनवरी ने जवाब दिया। "आज ही मंगवाए हैं।"

इस के बाद दोनों को थोड़ी देर तक ख़ामोश रहना पड़ा।

ठंडा गोश्त

ईश्वर सिंह जूंही होटल के कमरे में दाख़िल हुआ। कुलवंत कौर पलंग पर से उठी। अपनी तेज़ तेज़ आँखों से उसकी तरफ़ घूर के देखा और दरवाज़े की चटख़्नी बंद कर दी। रात के बारह बज चुके थे, शहर का मुज़ाफ़ात एक अजीब पुर-असरार ख़ामोशी में ग़र्क़ था।

कुलवंत कौर पलंग पर आलती पालती मार कर बैठ गई। ईशर सिंह जो ग़ालिबन अपने परागंदा ख़यालात के उलझे हुए धागे खोल रहा, हाथ में कृपान लिये एक कोने में खड़ा था। चंद लम्हात इसी तरह ख़ामोशी में गुज़र गए। कुलवंत कौर को थोड़ी देर के बाद अपना आसन पसंद न आया, और वो दोनों टांगें पलंग से नीचे लटका कर हिलाने लगी। ईशर सिंह फिर भी कुछ न बोला।

कुलवंत कौर भरे भरे हाथ पैरों वाली औरत थी। चौड़े चकले कूल्हे, थुलथुल करने वाले गोश्त से भरपूर कुछ बहुत ही ज़्यादा ऊपर को उठा हुआ सीना, तेज़ आँखें। बालाई होंट पर बालों का सुरमई गुबार, ठोढ़ी की साख़्त से पता चलता था कि बड़े धड़ल्ले की औरत है।

ईशर सिंह गो सर नेवढ़ाए एक कोने में चुपचाप खड़ा था। सर पर उसकी कस कर बांधी हुई पगड़ी ढीली होरही थी। उसके हाथ जो कृपान थामे हुए थे, थोड़े थोड़े लर्ज़ां थे, गमड़ी उसके क़द-ओ-क़ामत और ख़द्द-ओ-ख़ाल से पता चलता था कि कुलवंत कौर जैसी औरत के लिए मौज़ूं तरीन मर्द है।

चंद और लमहात जब इसी तरह ख़ामोशी से गुज़र गए तो कुलवंत कौर छलक पड़ी, लेकिन तेज़ तेज़ आँखों को बचा कर वो सिर्फ़ इस क़दर कह सकी, "ईशर सय्यां।"

ईशर सिंह ने गर्दन उठा कर कुलवंत कौर की तरफ़ देखा, मगर उसकी निगाहों की गोलियों की ताब न ला कर मुँह दूसरी तरफ़ मोड़ लिया।

कुलवंत कौर चिल्लाई, "ईशर सय्यां।" लेकिन फ़ौरन ही आवाज़ भींच ली और पलंग पर से उठकर उसकी जानिब जाते हुए बोली, "कहाँ रहे तुम इतने दिन?"

ईशर सिंह ने ख़ुश्क होंटों पर ज़बान फेरी, "मुझे मालूम नहीं।"

कुलवंत कौर भन्ना गई, "ये भी कोई माँ या जवाब है?"

ईशर सिंह ने कृपान एक तरफ़ फेंक दी और पलंग पर लेट गया। ऐसा मालूम होता था कि वो कई दिनों का बीमार है। कुलवंत कौर ने पलंग की तरफ़ देखा, जो अब ईशर सिंह से लबालब भरा था। उसके दिल में हमदर्दी का जज़्बा पैदा हो गया। चुनांचे उसके माथे पर हाथ रख कर उसने बड़े प्यार से पूछा, "जानी क्या हुआ है तुम्हें?"

ईशर सिंह छत की तरफ़ देख रहा था, उससे निगाहें हटा कर उसने कुलवंत कौर के मानूस चेहरे को टटोलना शुरू किया, "कुलवंत!"

आवाज़ में दर्द था। कुलवंत कौर सारी की सारी सिमट कर अपने बालाई होंट में आगई, "हाँ जानी," कह कर वो उसको दाँतों से काटने लगी।

ईशर सिंह ने पगड़ी उतार दी। कुलवंत कौर की तरफ़ सहारा लेने वाली निगाहों से देखा, उसके गोश्त भरे कूल्हे पर ज़ोर से धप्पा मारा और सर को झटका दे कर अपने आप से कहा, "ये कुड़ी या दिमाग़ ही ख़राब है।"

झटका देने से उसके केस खुल गए। कुलवंत कौर उंगलियों से उनमें कंघी करने लगी। ऐसा करते हुए उसने बड़े प्यार से पूछा, "ईशर सय्यां, कहाँ रहे तुम इतने दिन?"

"बुरे की माँ के घर।" ईशर सिंह ने कुलवंत कौर को घूर के देखा और दफ़अतन दोनों हाथों से उसके उभरे हुए सीने को मसलने लगा, "क़सम वाहगुरु की बड़ी जानदार औरत है।"

कुलवंत कौर ने एक अदा के साथ ईशर सिंह के हाथ एक तरफ़ झटक दिए और पूछा, "तुम्हें मेरी क़सम बताओ, कहाँ रहे?... शहर गए थे?"

ईशर सिंह ने एक ही लपेट में अपने बालों का जूड़ा बनाते हुए जवाब दिया, "नहीं।"

कुलवंत कौर चिड़ गई, "नहीं तुम ज़रूर शहर गए थे... और तुमने बहुत सा रुपया लूटा है जो मुझ से छुपा रहे हो।"

"वो अपने बाप का तुख़्म न हो जो तुम से झूट बोले।"

कुलवंत कौर थोड़ी देर के लिए ख़ामोश होगई, लेकिन फ़ौरन ही भड़क उठी।

"लेकिन मेरी समझ में नहीं आता, उस रात तुम्हें क्या हुआ?... अच्छे भले मेरे साथ लेटे थे, मुझे तुमने वो तमाम गहने पहना रखे थे जो तुम शहर से लूट कर लाए थे। मेरी भपियां ले रहे थे, पर जाने एक दम तुम्हें क्या हुआ, उठे और कपड़े पहन कर बाहर निकल गए।"

ईशर सिंह का रंग ज़र्द होगया। कुलवंत कौर ने ये तब्दीली देखते ही कहा, "देखा कैसे रंग नीला पड़ गया... ईशर सय्यां, क़सम वाहगुरु की, ज़रूर कुछ दाल में काला है?"

"तेरी जान की क़सम, कुछ भी नहीं।"

ईशर सिंह की आवाज़ बेजान थी। कुलवंत कौर का शुब्हा और ज़्यादा मज़बूत होगया, बालाई होंट भींच कर उसने एक एक लफ़्ज़ पर ज़ोर देते

हुए कहा, "ईशर सय्यां, क्या बात है। तुम वो नहीं हो जो आज से आठ रोज़ पहले थे?"

ईशर सिंह एक दम उठ बैठा, जैसे किसी ने उस पर हमला किया था। कुलवंत कौर को अपने तनोमंद बाज़ूओं में समेट कर उसने पूरी कुव्वत के साथ उसे भंभोड़ना शुरू कर दिया। "जानी मैं वही हूँ... घट घट पा जफियां, तेरी निकले हडां दी गर्मी..."

कुलवंत कौर ने मुज़ाहमत न की, लेकिन वो शिकायत करती रही, "तुम्हें उस रात हो क्या गया था?"

"बुरे की माँ का वो होगया था।"

"बताओगे नहीं?"

"कोई बात हो तो बताऊं।"

"मुझे अपने हाथों से जलाओ अगर झूट बोलो।"

ईशर सिंह ने अपने बाज़ू उसकी गर्दन में डाल दिए और होंट उसके होंटों में गाड़ दिए। मूंछों के बाल कुलवंत कौर के नथनों में घुसे तो उसे छींक आगई। दोनों हँसने लगे।

ईशर सिंह ने अपनी सदरी उतार दी और कुलवंत कौर को शहवत भरी नज़रों से देख कर कहा, "आ जाओ, एक बाज़ी ताश की हो जाये!"

कुलवंत कौर के बालाई होंट पर पसीने की नन्ही नन्ही बूंदें फूट आईं, एक अदा के साथ उसने अपनी आँखों की पुतलियां घुमाईं और कहा, "चल दफ़ान हो।"

ईशर सिंह ने उसके भरे हुए कूल्हे पर ज़ोर से चुटकी भरी। कुलवंत कौर तड़प कर एक तरफ़ हट गई। "न कर ईशर सय्यां, मेरे दर्द होता है।"

ईशर सिंह ने आगे बढ़ कर कुलवंट कौर का बालाई होंट अपने दाँतों तले दबा लिया और किचकिचाने लगा। कुलवंत कौर बिल्कुल पिघल गई। ईशर सिंह ने अपना कुरता उतार के फेंक दिया और कहा, "लो, फिर हो जाये तुरुप चाल..."

कुलवंत कौर का बालाई होंट कपकपाने लगा, ईशर सिंह ने दोनों हाथों से कुलवंत कौर की क़मीज़ का घेरा पकड़ा और जिस तरह बकरे की खाल उतारते हैं, इसी तरह उसको उतार कर एक तरफ़ रख दिया, फ़िर उसने घूर के उसके नंगे बदन को देखा और ज़ोर से उसके बाज़ू पर चुटकी भरते हुए कहा, "कुलवंत, क़सम वाहगुरु की, बड़ी करारी औरत है तू।"

कुलवंत कौर अपने बाज़ू पर उभरते हुए लाल धब्बे को देखने लगी, "बड़ा ज़ालिम है तू ईशर सय्यां।"

ईशर सिंह अपनी घनी काली मूँछों में मुस्कुराया, "होने दे आज ज़ुल्म?" और ये कह कर उसने मज़ीद ज़ुल्म ढाने शुरू किए। कुलवंत कौर का बालाई होंट दाँतों तले किचकिचाया। कान की लवों को काटा, उभरे हुए सीने को भंभोड़ा, उभरे हुए कूल्हों पर आवाज़ पैदा करने वाले चाँटे मारे। गालों के मुँह भर भर के बोसे लिये। चूस चूस कर उसका सारा सीना थूकों से लथेड़ दिया।

कुलवंत कौर तेज़ आंच पर चढ़ी हुई हांडी की तरह उबलने लगी। लेकिन ईशर सिंह उन तमाम हीलों के बावजूद ख़ुद में हरारत पैदा न कर सका। जितने गुर और जितने दाव उसे याद थे। सब के सब उसने पिट जाने वाले पहलवान की तरह इस्तेमाल करदिए, पर कोई कारगर न हुआ। कुलवंत कौर ने जिसके बदन के सारे तार तन कर ख़ुदबख़ुद बज रहे थे। ग़ैर ज़रूरी छेड़छाड़ से तंग आकर कहा, "ईशर सय्यां, काफ़ी फेंट चुका है, अब पत्ता फेंक!"

ये सुनते ही ईशर सिंह के हाथ से जैसे ताश की सारी गड्डी नीचे फिसल गई। हाँपता हुआ वो कुलवंत कौर के पहलू में लेट गया और उसके माथे पर सर्द पसीने के लेप होने लगे। कुलवंत कौर ने उसे गरमाने की बहुत कोशिश की। मगर नाकाम रही, अब तक सब कुछ मुँह से कहे बग़ैर होता रहा था लेकिन जब कुलवंत कौर के मुंतज़िर बअमल आज़ा को सख़्त नाउम्मीदी हुई तो वो झल्लाकर पलंग से नीचे उतर गई। सामने खूंटी पर चादर पड़ी थी, उसको उतार कर उसने जल्दी जल्दी ओढ़ कर और नथुने फुला कर, बिफरे हुए लहजे में कहा, "ईशर सय्यां, वो कौन हरामज़ादी है, जिसके पास तू इतने दिन रह कर आया है। जिसने तुझे निचोड़ डाला है?"

ईशर सिंह पलंग पर लेटा हाँपता रहा और उसने कोई जवाब न दिया।

कुलवंत कौर ग़ुस्से से उबलने लगी, "मैं पूछती हूँ? कौन है चड्डू... कौन है वो उल्फ़ती... कौन है वो चोर पत्ता?"

ईशर सिंह ने थके हुए लहजे में जवाब दिया, "कोई भी नहीं कुलवंत, कोई भी नहीं।"

कुलवंत कौर ने अपने भरे हुए कूल्हों पर हाथ रख कर एक अज़्म के साथ कहा, "ईशर सय्यां, मैं आज झूट-सच जान के रहूंगी... खा वाहगुरु जी की क़सम... क्या उसकी तह में कोई औरत नहीं?"

ईशर सिंह ने कुछ कहना चाहा, मगर कुलवंत कौर ने उसकी इजाज़त न दी। "क़सम खाने से पहले सोच ले कि मैं सरदार निहाल सिंह की बेटी हूँ... तिक्का बोटी कर दूँगी, अगर तू ने झूट बोला... ले अब खा वाहगुरु जी की क़सम... क्या इसकी तह में कोई औरत नहीं?"

ईशर सिंह ने बड़े दुख के साथ इस्बात में सर हिलाया, कुलवंत कौर बिल्कुल दिवानी होगई। लपक कर कोने में से कृपान उठाई, म्यान को

केले के छिलके की तरह उतार कर एक तरफ़ फेंका और ईशर सिंह पर वार कर दिया।

आन की आन में लहू के फव्वारे छूट पड़े। कुलवंत कौर की इससे भी तसल्ली न हुई तो उसने वहशी बिल्लियों की तरह ईशर सिंह के केस नोचने शुरू कर दिए। साथ ही साथ वो अपनी नामालूम सौत को मोटी मोटी गालियां देती रहीं। ईशर सिंह ने थोड़ी देर के बाद नक़ाहत भरी इल्तिजा की, "जाने दे अब कुलवंत! जाने दे।"

आवाज़ में बला का दर्द था, कुलवंत कौर पीछे हट गई।

ख़ून, ईशर सिंह के गले से उड़ उड़ कर उसकी मूंछों पर गिर रहा था, उसने अपने लर्ज़ां होंट खोले और कुलवंत कौर की तरफ़ शुक्रिए और गिले की मिली जुली निगाहों से देखा, "मेरी जान! तुम ने बहुत जल्दी की... लेकिन जो हुआ ठीक है।"

कुलवंत कौर का हसद फिर भड़का, "मगर वो कौन है तुम्हारी माँ?"

लहू ईशर सिंह की ज़बान तक पहुंच गया, जब उसने उसका ज़ायक़ा चखा तो उसके बदन पर झुरझुरी सी दौड़ गई।

"और मैं... और मैं... भीनी या छः आदमियों को क़त्ल कर चुका हूँ... इसी कृपान से..."

कुलवंत कौर के दिमाग़ में सिर्फ़ दूसरी औरत थी, "मैं पूछती हूँ, कौन है वो हरामज़ादी?"

ईशर सिंह की आँखें धुँदला रही थीं, एक हल्की सी चमक उनमें पैदा हुई और उसने कुलवंत कौर से कहा, "गाली न दे उस भड़वी को।"

कुलवंत चिल्लाई, "मैं पूछती हूँ, वो है कौन?"

ईशर सिंह के गले में आवाज़ रुँध गई, "बताता हूँ।" ये कह कर उसने अपनी गर्दन पर हाथ फेरा और उस पर अपना जीता जीता ख़ून देख कर मुस्कुराया, "इंसान माँ या भी एक अजीब चीज़ है।"

कुलवंत कौर उसके जवाब की मुंतज़िर थी। "ईशर सय्यां, तू मतलब की बात कर।"

ईशर सिंह की मुस्कुराहट उसकी लहू भरी मूंछों में और ज़्यादा फैल गई, "मतलब ही की बात कर रहा हूँ... गला चिरा है माँ या मेरा... अब धीरे-धीरे ही सारी बात बताऊंगा।"

और जब वो बात बनाने लगा तो उसके माथे पर ठंडे पसीने के लेप होने लगे।

"कुलवंत! मेरी जान... मैं तुम्हें नहीं बता सकता, मेरे साथ क्या हुआ? इंसान कुड़िया भी एक अजीब चीज़ है... शहर में लूट मची तो सबकी तरह मैंने भी उसमें हिस्सा लिया... गहने-पाते और रुपये-पैसे जो भी हाथ लगे वो मैंने तुम्हें दे दिए... लेकिन एक बात तुम्हें न बताई।"

ईशर सिंह ने घाव में दर्द महसूस किया और कराहने लगा। कुलवंत कौर ने उसकी तरफ़ तवज्जो न दी और बड़ी बेरहमी से पूछा, "कौन सी बात?"

ईशर सिंह ने मूंछों पर जमते हुए लहू को फूंक के ज़रिये से उड़ाते हुए कहा, "जिस मकान पर मैंने धावा बोला था... उसमें सात... उसमें सात आदमी थे... छः मैंने क़त्ल कर दिए... इसी कृपान से जिस से तू ने मुझे... छोड़ उसे... सुन... एक लड़की थी बहुत सुंदर... उसको उठा मैं अपने साथ ले आया।"

कुलवंत कौर, ख़ामोश सुनती रही। ईशर सिंह ने एक बार फिर फूंक

मार के मूंछों पर से लहू उड़ाया, "कुलवंत जानी, मैं तुम से क्या कहूं, कितनी सुंदर थी... मैं उसे भी मार डालता, पर मैंने कहा, नहीं, ईशर सय्यां, कुलवंत कौर के तो हर रोज़ मज़े लेता है, ये मेवा भी चख देख।"

कुलवंत कौर ने सिर्फ़ इस क़दर कहा, "हूँ...!"

और मैं उसे कंधे पर डाल कर चल दिया... रास्ते में... क्या कह रहा था मैं?... हाँ रास्ते में... नहर की पटड़ी के पास, थोहड़ की झाड़ियों तले मैंने उसे लिटा दिया... पहले सोचा कि फेंटूं, लेकिन फिर ख़याल आया कि नहीं... ये कहते कहते ईशर सिंह की ज़बान सूख गई।

कुलवंत कौर ने थूक निगल कर अपना हलक़ तर किया और पूछा, "फिर क्या हुआ?"

ईशर

आवाज़ डूब गई।

कुलवंत कौर ने उसे झंझोड़ा, "फिर क्या हुआ?"

ईशर सिंह ने अपनी बंद होती हुई आँखें खोलीं और कुलवंत कौर के जिस्म के तरफ़ देखा, जिसकी बोटी बोटी थिरक रही थी। "वो... वो मरी हुई थी... लाश थी... बिल्कुल ठंडा गोश्त... जानी मुझे अपना हाथ दे..."

कुलवंत कौर ने अपना हाथ ईशर सिंह के हाथ पर रखा, जो बर्फ़ से भी ज़्यादा ठंडा था।

टोबा टेक

बंटवारे के दो-तीन साल बाद पाकिस्तान और हिंदोस्तान की हुकूमतों को ख़्याल आया कि अख़लाक़ी क़ैदियों की तरह पागलों का तबादला भी होना चाहिए यानी जो मुसलमान पागल, हिंदोस्तान के पागलख़ानों में हैं उन्हें पाकिस्तान पहुंचा दिया जाये और जो हिंदू और सिख, पाकिस्तान के पागलख़ानों में हैं उन्हें हिंदोस्तान के हवाले कर दिया जाये।

मालूम नहीं ये बात माकूल थी या ग़ैरमाकूल, बहरहाल दानिशमंदों के फ़ैसले के मुताबिक़ इधर उधर ऊंची सतह की कांफ्रेंसें हुईं और बिलआख़िर एक दिन पागलों के तबादले के लिए मुक़र्रर हो गया। अच्छी तरह छानबीन की गई। वो मुसलमान पागल जिनके लवाहिक़ीन हिंदोस्तान ही में थे, वहीं रहने दिए गए थे। जो बाक़ी थे, उनको सरहद पर रवाना कर दिया गया।

यहां पाकिस्तान में चूँकि क़रीब-क़रीब तमाम हिंदू-सिख जा चुके थे इसीलिए किसी को रखने रखाने का सवाल ही न पैदा हुआ। जितने हिंदू-सिख पागल थे सबके सब पुलिस की हिफ़ाज़त में बॉर्डर पर पहुंचा दिए गए।

उधर का मालूम नहीं, लेकिन इधर लाहौर के पागलखाने में जब इस तबादले की ख़बर पहुंची तो बड़ी दिलचस्प चेमिगोईयां होने लगीं। एक मुसलमान पागल जो बारह बरस से हर रोज़ बाक़ायदगी के साथ 'ज़मींदार' पढ़ता था, उससे जब उसके एक दोस्त ने पूछा, "मौलबी साब! ये पाकिस्तान क्या होता है?" तो उसने बड़े ग़ौर-ओ-फ़िक्र के बाद जवाब दिया, "हिंदोस्तान में एक ऐसी जगह है जहां उस्तरे बनते हैं।" ये जवाब सुन कर उसका दोस्त मुतमइन हो गया।

इसी तरह एक सिख पागल ने एक दूसरे सिख पागल से पूछ, "सरदार

जी हमें हिंदोस्तान क्यों भेजा जा रहा है... हमें तो वहां की बोली नहीं आती।"

दूसरा मुस्कुराया, "मुझे तो हिंदोस्तोड़ों की बोली आती है... हिंदोस्तानी बड़े शैतानी, अकड़-अकड़ फिरते हैं।"

एक दिन नहाते नहाते एक मुसलमान पागल ने "पाकिस्तान ज़िंदाबाद" का नारा इस ज़ोर से बुलंद किया कि फ़र्श पर फिसल कर गिरा और बेहोश हो गया।

बा'ज़ पागल ऐसे भी थे जो पागल नहीं थे। उनमें अक्सरियत ऐसे क़ातिलों की थी जिनके रिश्तेदारों ने अफ़सरों को दे दिला कर, पागलखाने भिजवा दिया था कि फांसी के फंदे से बच जाएं। ये कुछ कुछ समझते थे कि हिंदोस्तान क्यों तक़्सीम हुआ है और ये पाकिस्तान क्या है। लेकिन सही वाक़ियात से वो भी बेख़बर थे।

अख़्बारों से कुछ पता नहीं चलता था और पहरेदार सिपाही अनपढ़ और जाहिल थे। उनकी गुफ़्तुगूओं से भी वो कोई नतीजा बरामद नहीं कर सकते थे। उनको सिर्फ़ इतना मालूम था कि एक आदमी मोहम्मद अली जिन्ना है जिसको क़ाइद-ए-आज़म कहते हैं। उसने मुसलमानों के लिए एक अलाहिदा मुल्क बनाया है जिसका नाम पाकिस्तान है... ये कहाँ है, उसका महल-ए-वक़ूअ क्या है, उसके मुतअल्लिक़ वो कुछ नहीं जानते थे।

यही वजह है कि पागलख़ाने में वो सब पागल जिनका दिमाग़ पूरी तरह माऊफ़ नहीं हुआ था, इस मुख़समे में गिरफ़्तार थे कि वो पाकिस्तान में हैं या हिंदोस्तान में... अगर हिंदोस्तान में हैं तो पाकिस्तान कहाँ है!

अगर वो पाकिस्तान में हैं तो ये कैसे हो सकता है कि वो कुछ अर्से पहले यहीं रहते हुए भी हिंदोस्तान में थे!

एक पागल तो पाकिस्तान और हिंदोस्तान और हिंदोस्तान और पाकिस्तान के चक्कर में कुछ ऐसा गिरफ़्तार हुआ कि और ज़्यादा पागल हो गया, झाड़ू देते एक दिन दरख़्त पर चढ़ गया और टहनी पर बैठ कर दो घंटे मुसलसल तक़रीर करता रहा जो पाकिस्तान और हिंदोस्तान के नाज़ुक मसले पर थी।

सिपाहियों ने उसे नीचे उतरने को कहा तो वो और ऊपर चढ़ गया। डराया धमकाया गया तो उसने कहा, "मैं हिंदोस्तान में रहना चाहता हूँ न पाकिस्तान में... मैं इस दरख़्त पर ही रहूँगा।"

बड़ी मुश्किलों के बाद जब उसका दौरा सर्द पड़ा तो वो नीचे उतरा और अपने हिंदू-सिख दोस्तों से गले मिल मिल कर रोने लगा। इस ख़याल से उसका दिल भर आया था कि वो उसे छोड़ कर हिंदोस्तान चले जाऐंगे।

एक एम.एससी. पास रेडियो इंजिनियर में जो मुसलमान था और दूसरे पागलों से बिल्कुल अलग थलग, बाग़ की एक ख़ास रविश पर, सारा दिन ख़ामोश टहलता रहता था, ये तब्दीली नुमूदार हुई कि उसने तमाम कपड़े उतार कर दफ़अदार के हवाले कर दिए और नंग-धड़ंग सारे बाग़ में चलना फिरना शुरू कर दिया।

चैनयूट के एक मोटे मुसलमान पागल ने जो मुस्लिम लीग का सरगर्म कारकुन रह चुका था और दिन में पंद्रह सौ मर्तबा नहाया करता था, यकलख़्त ये आदत तर्क कर दी। उसका नाम मोहम्मद अली था। चुनांचे उसने एक दिन अपने जंगले में ऐलान कर दिया कि वो क़ाइद-ए-आज़म मोहम्मद अली जिन्ना है। उसकी देखा देखी एक सिख पागल मास्टर तारा सिंह बन गया। क़रीब था कि इस जंगले में ख़ूनख़राबा हो जाये मगर दोनों को ख़तरनाक पागल क़रार दे कर अलाहिदा अलाहिदा बंद कर दिया गया।

लाहौर का एक नौजवान हिंदू वकील था जो मोहब्बत में नाकाम हो कर पागल हो गया था। जब उसने सुना कि अमृतसर हिंदोस्तान में चला गया है तो उसे बहुत दुख हुआ। उसी शहर की एक हिंदू लड़की से उसे मोहब्बत हुई थी। गो उसने उस वकील को ठुकरा दिया था, मगर दीवानगी की हालत में भी वो उसको नहीं भूला था। चुनांचे वो उन तमाम हिंदू और मुस्लिम लीडरों को गालियां देता था जिन्होंने मिल मिला कर हिंदोस्तान के दो टुकड़े कर दिए, उसकी महबूबा हिंदुस्तानी बन गई और वो पाकिस्तानी।

जब तबादले की बात शुरू हुई तो वकील को कई पागलों ने समझाया कि वो दिल बुरा न करे, उसको हिंदोस्तान भेज दिया जाएगा। उस हिंदोस्तान में जहां उसकी महबूबा रहती है। मगर वो लाहौर छोड़ना नहीं चाहता था इसलिए कि उसका ख़याल था कि अमृतसर में उसकी प्रैक्टिस नहीं चलेगी।

यूरोपियन वार्ड में ऐंगलो इंडियन पागल थे। उनको जब मालूम हुआ कि हिंदोस्तान को आज़ाद कर के अंग्रेज़ चले गए हैं तो उनको बहुत सदमा हुआ। वो छुपछुप कर घंटों आपस में इस अहम मसले पर गुफ़्तुगू करते रहते कि पागलख़ाने में अब उनकी हैसियत किस क़िस्म की होगी। यूरोपियन वार्ड रहेगा या उड़ा दिया जाएगा। ब्रेकफास्ट मिला करेगा या नहीं। क्या उन्हें डबल रोटी के बजाय ब्लडी इंडियन चपाती तो ज़हर मार नहीं करना पड़ेगी।

एक सिख था जिसको पागलखाने में दाख़िल हुए पंद्रह बरस हो चुके थे। हर वक़्त उसकी ज़बान से ये अजीब-ओ-ग़रीब अल्फ़ाज़ सुनने में आते थे, "ओपड़ दी गुड़ गुड़ दी अनैक्स दी बे ध्याना दी मंग दी दाल उफ़ दी लालटैन।" देखता था रात को। पहरेदारों का ये कहना था कि पंद्रह बरस के तवील अर्से में वो एक लहज़े के लिए भी नहीं सोया। लेटा भी नहीं

था। अलबत्ता कभी कभी किसी दीवार के साथ टेक लगा लेता था।

हर वक़्त खड़ा रहने से उसके पांव सूज गए थे। पिंडलियां भी फूल गई थीं, मगर उस जिस्मानी तकलीफ़ के बावजूद लेट कर आराम नहीं करता था। हिंदोस्तान, पाकिस्तान और पागलों के तबादले के मुतअल्लिक़ जब कभी पागलखाने में गुफ़्तुगू होती थी वो ग़ौर से सुनता था। कोई उससे पूछता था कि उसका क्या ख़याल है तो वो बड़ी संजीदगी से जवाब देता, "ओपड़ दी गुड़ गुड़ दी अनैक्स दी बे ध्याना दी मंग दी वाल ऑफ़ दी पाकिस्तान गर्वनमैंट।"

लेकिन बाद में "ऑफ़ दी पाकिस्तान गर्वनमैंट" की जगह "ऑफ़ दी टोबा टेक सिंह गर्वनमैंट" ने ले ली और उसने दूसरे पागलों से पूछना शुरू किया कि टोबाटेक सिंह कहाँ है, जहां का वो रहने वाला है। लेकिन किसी को भी मालूम नहीं था कि वो पाकिस्तान में है या हिंदोस्तान में। जो बताने की कोशिश करते थे, ख़ुद इस उलझाव में गिरफ़्तार हो जाते थे कि सियालकोट पहले हिंदोस्तान में होता था पर अब सुना है कि पाकिस्तान में है।

क्या पता है कि लाहौर जो अब पाकिस्तान में है कल हिंदोस्तान में चला जाये या सारा हिंदोस्तान ही पाकिस्तान बन जाये और ये भी कौन सीने पर हाथ रख कर कह सकता था कि हिंदोस्तान और पाकिस्तान दोनों किसी दिन सिरे से ग़ायब ही हो जाएं।

उस सिख पागल के केस छिदरे हो कर बहुत मुख़्तसर रह गए थे। चूँकि बहुत कम नहाता था, इसलिए दाढ़ी और सर के बाल आपस में जम गए थे, जिसके बाइस उसकी शक्ल बड़ी भयानक हो गई थी। मगर आदमी बेज़रर था। पंद्रह बरसों में उसने कभी किसी से झगड़ा फ़साद नहीं किया था। पागलखाने के जो पुराने मुलाज़िम थे, वो उसके मुतअल्लिक़ जानते थे कि टोबाटेक सिंह में उसकी कई ज़मीनें थीं। अच्छा खाता-पीता ज़मींदार

था कि अचानक दिमाग़ उलट गया।

उसके रिश्तेदार लोहे की मोटी-मोटी ज़ंजीरों में उसे बांध कर लाए और पागलखाने में दाख़िल करा गए।

महीने में एक बार मुलाक़ात के लिए ये लोग आते थे और उसकी ख़ैर-ख़ैरियत दरयाफ़्त कर के चले जाते थे। एक मुद्दत तक ये सिलसिला जारी रहा। पर जब पाकिस्तान, हिंदोस्तान की गड़बड़ शुरू हुई तो उनका आना बंद हो गया।

उसका नाम बिशन सिंह था मगर उसे टोबाटेक सिंह कहते थे। उसको ये क़तअन मालूम नहीं था कि दिन कौन सा है, महीना कौन सा है या कितने साल बीत चुके हैं। लेकिन हर महीने जब उसके अ'ज़ीज़-ओ-अक़ारिब उससे मिलने के लिए आते थे तो उसे अपने आप पता चल जाता था। चुनांचे वो दफ़अदार से कहता कि उसकी मुलाक़ात आ रही है।

उस दिन वो अच्छी तरह नहाता, बदन पर ख़ूब साबुन घिसता और सर में तेल लगा कर कंघा करता, अपने कपड़े जो वो कभी इस्तेमाल नहीं करता था, निकलवा के पहनता और यूं सज कर मिलने वालों के पास जाता। वो उससे कुछ पूछते तो वो ख़ामोश रहता या कभी कभार "ऊपर दी गुड़ गुड़ दी अनैक्स दी बे ध्याना दी मंग दी वाल ऑफ़ दी लालटैन" कह देता।

उसकी एक लड़की थी जो हर महीने एक उंगली बढ़ती-बढ़ती पंद्रह बरसों में जवान हो गई थी। बिशन सिंह उसको पहचानता ही नहीं था। वो बच्ची थी जब भी अपने बाप को देख कर रोती थी, जवान हुई तब भी उसकी आँखों से आँसू बहते थे।

पाकिस्तान और हिंदोस्तान का क़िस्सा शुरू हुआ तो उसने दूसरे पागलों से पूछना शुरू किया कि टोबाटेक सिंह कहाँ है। जब इत्मिनानबख़्श जवाब

न मिला तो उसकी कुरेद दिन-ब-दिन बढ़ती गई। अब मुलाक़ात भी नहीं आती थी। पहले तो उसे अपने आप पता चल जाता था कि मिलने वाले आ रहे हैं, पर अब जैसे उसके दिल की आवाज़ भी बंद हो गई थी जो उसे उनकी आमद की ख़बर दे दिया करती थी।

उसकी बड़ी ख़्वाहिश थी कि वो लोग आएं जो उससे हमदर्दी का इज़हार करते थे और उसके लिए फल, मिठाईयां और कपड़े लाते थे। वो अगर उनसे पूछता कि टोबाटेक सिंह कहाँ है, तो वो उसे यक़ीनन बता देते कि पाकिस्तान में है या हिंदोस्तान में क्योंकि उसका ख़याल था कि वो टोबाटेक सिंह ही से आते हैं, जहां उसकी ज़मीनें हैं।

पागलख़ाने में एक पागल ऐसा भी था जो ख़ुद को ख़ुदा कहता था। उससे जब एक रोज़ बिशन सिंह ने पूछा कि टोबाटेक सिंह पाकिस्तान में है या हिंदोस्तान में तो उसने हस्ब-ए-आदत क़हक़हा लगाया और कहा, "वो पाकिस्तान में है न हिंदोस्तान में। इसलिए कि हमने अभी तक हुक्म नहीं दिया।"

बिशन सिंह ने उस ख़ुदा से कई मर्तबा मिन्नत-समाजत से कहा कि वो हुक्म देदे ताकि झंझट ख़त्म हो, मगर वो बहुत मसरूफ़ था इसलिए कि उसे और बेशुमार हुक्म देने थे। एक दिन तंग आ कर वो उस पर बरस पड़ा, "ओपड़ दी गुड़ गुड़ दी अनैक्स दी बे ध्याना दी मंग दी दाल ऑफ़ वाहे गुरू जी दा ख़ालिसा ऐंड वाहे गूरूजी की फ़तह... जो बोले सो निहाल, सत सिरी अकाल।"

उसका शायद ये मतलब था कि तुम मुसलमान के ख़ुदा हो... सिखों के ख़ुदा होते तो ज़रूर मेरी सुनते।

तबादले से कुछ दिन पहले टोबाटेक सिंह का एक मुसलमान जो उसका दोस्त था, मुलाक़ात के लिए आया। पहले वो कभी नहीं आया था। जब

बिशन सिंह ने उसे देखा तो एक तरफ़ हट गया और वापस जाने लगा, मगर सिपाहियों ने उसे रोका, "ये तुम से मिलने आया है... तुम्हारा दोस्त फ़ज़लदीन है।"

बिशन सिंह ने फ़ज़लदीन को एक नज़र देखा और कुछ बड़बड़ाने लगा। फ़ज़लदीन ने आगे बढ़ कर उसके कंधे पर हाथ रखा, "मैं बहुत दिनों से सोच रहा था कि तुम से मिलूं लेकिन फ़ुर्सत ही न मिली... तुम्हारे सब आदमी ख़ैरियत से हिंदोस्तान चले गए... मुझसे जितनी मदद हो सकी, मैंने की... तुम्हारी बेटी रूप कौर..."

वो कुछ कहते कहते रुक गया। बिशन सिंह कुछ याद करने लगा, "बेटी रूप कौर!"

फ़ज़लदीन ने रुक रुक कर कहा, "हाँ... वो... वो भी ठीक ठाक है... उनके साथ ही चली गई।"

बिशन सिंह ख़ामोश रहा। फ़ज़लदीन ने कहना शुरू किया, "उन्होंने मुझसे कहा था कि तुम्हारी ख़ैर ख़ैरियत पूछता रहूं... अब मैंने सुना है कि तुम हिंदोस्तान जा रहे हो... भाई बलबीर सिंह और भाई वधावा सिंह से मेरा सलाम कहना... और बहन अमृत कौर से भी...

"भाई बलबीर से कहना फ़ज़लदीन राज़ी ख़ुशी है... दो भूरी भैंसें जो वो छोड़ गए थे, उनमें से एक ने कट्टा दिया है और दूसरी के कट्टी हुई थी पर वो छः दिन की हो के मर गई... और मेरे लायक़ जो ख़िदमत हो कहना, मैं हर वक़्त तैयार हूँ... और ये तुम्हारे लिए थोड़े से मरोंडे लाया हूँ।"

बिशन सिंह ने मरोंडों की पोटली ले कर पास खड़े सिपाही के हवाले कर दी और फ़ज़लदीन से पूछा, "टोबाटेक सिंह कहाँ है?"

फ़ज़लदीन ने क़दरे हैरत से कहा, "कहाँ है... वहीं है जहां था।"

बिशन सिंह ने फिर पूछा, "पाकिस्तान में या हिंदोस्तान में?"

"हिंदोस्तान में... नहीं नहीं, पाकिस्तान में।" फ़ज़लदीन बौखला सा गया।

बिशन सिंह बड़बड़ाता हुआ चला गया, "ओपड़ दी गुड़ गुड़ दी अनैक्स दी बे ध्याना दी मंग दी दाल ऑफ़ पाकिस्तान ऐंड हिंदोस्तान आफ़ दी दुरफ़टे मुँह।"

तबादले की तैयारियां मुकम्मल हो चुकी थीं। इधर से उधर और उधर से इधर आने वाले पागलों की फ़हरिस्तें पहुंच गई थीं और तबादले का दिन भी मुक़र्रर हो चुका था।

सख़्त सर्दियां थीं, जब लाहौर के पागलखाने से हिंदू-सिख पागलों से भरी हुई लारियां पुलिस के मुहाफ़िज़ दस्ते के साथ रवाना हुईं। मुतअल्लिक़ा अफ़सर भी हमराह थे। वाघा के बॉर्डर पर तरफ़ैन के सुपरिन्टेन्डेन्ट एक दूसरे से मिले और इब्तिदाई कार्रवाई ख़त्म होने के बाद तबादला शुरू हो गया जो रात भर जारी रहा।

पागलों को लारियों से निकालना और उनको दूसरे अफ़सरों के हवाले करना बड़ा कठिन काम था। बा'ज़ तो बाहर निकलते ही नहीं थे। जो निकलने पर रज़ामंद हुए थे, उनको सँभालना मुश्किल हो जाता था क्योंकि इधर-उधर भाग उठते थे, जो नंगे थे, उनको कपड़े पहनाए जाते वो फाड़ कर अपने तन से जुदा कर देते। कोई गालियां बक रहा है। कोई गा रहा है। आपस में लड़ झगड़ रहे हैं। रो रहे हैं, बिलक रहे हैं। कान पड़ी आवाज़ सुनाई नहीं देती थी... पागल औरतों का शोर-ओ-गोगा अलग था और सर्दी इतनी कड़ाके की थी कि दाँत से दाँत बज रहे थे।

पागलों की अक्सरियत इस तबादले के हक़ में नहीं थी, इसलिए कि उनकी समझ में नहीं आता था कि उन्हें अपनी जगह से उखाड़ कर यहां

फेंका जा रहा है। वो चंद जो कुछ सोच समझ सकते थे, "पाकिस्तान ज़िंदाबाद" और "पाकिस्तान मुर्दाबाद" के नारे लगा रहे थे। दो तीन मर्तबा फ़साद होते होते बचा क्योंकि बा'ज़ मुसलमानों और सिखों को ये नारा सुन कर तैश आ गया था।

जब बिशन सिंह की बारी आई और वाघा के उस पार मुतअल्लिक़ा अफ़सर उसका नाम रजिस्टर में दर्ज करने लगा तो उसने पूछा, "टोबाटेक सिंह कहाँ है... पाकिस्तान में या हिंदोस्तान में?"

मुतअल्लिक़ा अफ़सर हंसा, "पाकिस्तान में।"

ये सुन कर बिशन सिंह उछल कर एक तरफ़ हटा और दौड़ कर अपने बाक़ी-मांदा साथियों के पास पहुंच गया।

पाकिस्तानी सिपाहियों ने उसे पकड़ लिया और दूसरी तरफ़ ले जाने लगे, मगर उसने चलने से इनकार कर दिय,: "टोबाटेक सिंह यहां है..." और ज़ोर ज़ोर से चिल्लाने लगा, "ओपड़ दी गुड़ गुड़ दी अनैक्स दी बे ध्याना दी मंग दी दाल ऑफ़ टोबाटेक सिंह ऐंड पाकिस्तान।"

उसे बहुत समझाया गया कि देखो अब टोबाटेक सिंह हिंदोस्तान में चला गया है... अगर नहीं गया तो उसे फ़ौरन वहां भेज दिया जाएगा, मगर वो न माना। जब उसको ज़बरदस्ती दूसरी तरफ़ ले जाने की कोशिश की गई तो वो दरमियान में एक जगह इस अंदाज़ में अपनी सूजी हुई टांगों पर खड़ा हो गया जैसे अब उसे कोई ताक़त वहां से नहीं हिला सकेगी।

आदमी चूँकि बेज़रर था इसलिए उससे मज़ीद ज़बरदस्ती न

सूरज निकलने से पहले साकित-ओ-सामित बिशन सिंह के हलक़ से एक फ़लक-शिगाफ़ चीख़ निकली... इधर उधर से कई अफ़सर दौड़े आए और देखा कि वो आदमी जो पंद्रह बरस तक दिन-रात अपनी टांगों पर

खड़ा रहा था, औंधे मुँह लेटा है। उधर ख़ारदार तारों के पीछे हिंदोस्तान था... इधर वैसे ही तारों के पीछे पाकिस्तान। दरमियान में ज़मीन के उस टुकड़े पर जिसका कोई नाम नहीं था, टोबाटेक सिंह पड़ा था।

बू

बरसात के यही दिन थे। खिड़की के बाहर पीपल के पत्ते इसी तरह नहा रहे थे। सागवान के इस स्प्रिंगदार पलंग पर जो अब खिड़की के पास से थोड़ा इधर सरका दिया गया था एक घाटन लौंडिया रणधीर के साथ चिपटी हुई थी।

खिड़की के पास बाहर पीपल के नहाए हुए पत्ते रात के दूधिया अंधेरे में झूमरों की तरह थरथरा रहे थे और शाम के वक़्त जब दिन भर एक अंग्रेज़ी अख़बार की सारी ख़बरें और इश्तिहार पढ़ने के बाद कुछ सुनाने के लिए वो बालकनी में आ खड़ा हुआ था तो उसने उस घाटन लड़की को जो साथ वाले रस्सियों के कारख़ाने में काम करती थी और बारिश से बचने के लिए इमली के पेड़ के नीचे खड़ी थी, खांस खांस कर अपनी तरफ़ मुतवज्जा कर लिया था और उसके बाद हाथ के इशारे से ऊपर बुला लिया था।

वो कई दिन से शदीद क़िस्म की तन्हाई से उकता गया था। जंग के बाइस बंबई की तक़रीबन तमाम क्रिस्चियन छोकरियाँ जो सस्ते दामों मिल जाया करती थीं औरतों की अंग्रेज़ी फ़ौज में भर्ती होगई थीं, उनमें से कई एक ने फोर्ट के इलाक़े में डांस स्कूल खोल लिए थे जहां सिर्फ़ फ़ौजी गोरों को जाने की इजाज़त थी... रणधीर बहुत उदास होगया था।

उसकी अना का सबब तो ये था कि क्रिस्चियन छोकरियां नायाब होगई थीं और दूसरा ये कि फ़ौजी गोरों के मुक़ाबले में कहीं ज़्यादा मुहज़्ज़ब, तालीमयाफ़्ता और ख़ूबसूरत नौजवान उस पर फोर्ट के लगभग तमाम क्लबों के दरवाज़े बंद करदिए थे। उसकी चमड़ी सफ़ेद नहीं थी।

जंग से पहले रणधीर नागपाड़ा और ताजमहल होटल की कई मशहूर-ओ-मारूफ़ क्रिस्चियन लड़कियों से जिस्मानी तअल्लुक़ात क़ायम

कर चुका था। उसे बख़ूबी इल्म था कि इस क़िस्म के तअल्लुक़ात की क्रिस्चियन लड़कों के मुक़ाबले में कहीं ज़्यादा मालूमात रखता था जिनसे ये छोकरियां आम तौर पर रोमांस लड़ाती हैं और बाद में किसी बेवकूफ़ से शादी कर लेती हैं।

रणधीर ने बस यूं ही हैजल से बदला लेने की ख़ातिर उस घाटन लड़की को इशारे पर बुलाया था। हैजल उसके फ़्लैट के नीचे रहती थी और हर रोज़ सुबह वर्दी पहन कर कटे हुए बालों पर ख़ाकी रंग की टोपी तिर्छे ज़ाविए से जमा कर बाहर निकलती थी और लड़कपन से चलती थी जैसे फुटपाथ पर चलने वाले सभी लोग टाट की तरह उसके रास्ते में बिछे चले जाऐंगे।

रणधीर सोचता था कि आख़िर क्यों वो इन क्रिस्चियन छोकरियों की तरफ़ इतना ज़्यादा माइल है। इसमें कोई शक नहीं कि वो अपने जिस्म की तमाम दिखाई जा सकने वाली अश्या की नुमाइश करती हैं। किसी क़िस्म की झिजक महसूस किए बग़ैर अपने कारनामों का ज़िक्र कर देती हैं। अपने बीते पुराने रोमांसों का हाल सुना देती हैं... ये सब ठीक है लेकिन किसी दूसरी लड़की में भी तो ये खासियतें हो सकती हैं।

रणधीर ने जब घाटन लड़की को इशारे से ऊपर बुलाया तो उसे किसी तरह भी इस बात का यक़ीन नहीं था कि वो उसे अपने साथ सुला लेगा लेकिन थोड़ी ही देर के बाद उसने उसके भीगे हुए कपड़े देख कर ये सोचा था कि कहीं ऐसा न हो कि बेचारी को निमोनिया हो जाये तो रणधीर ने उससे कहा था, "ये कपड़े उतार दो। सर्दी लग जाएगी।"

वो रणधीर की इस बात का मतलब समझ गई थी क्योंकि उसकी आँखों में शर्म के लाल डोरे तैर गए थे लेकिन बाद में जब रणधीर ने उसे अपनी धोती निकाल कर दी तो उसने कुछ देर सोच कर अपना लहंगा उतार दिया। जिस पर मैल भीगने की वजह से और भी नुमायां होगया था।

लहंगा उतार कर उसने एक तरफ़ रख दिया और जल्दी से धोती अपनी रानों पर डाल ली। फिर उसने अपनी तंग भिंची भिंची चोली उतारने की कोशिश की जिसके दोनों किनारों को मिला कर उसने एक गांठ दे रखी थी। वो गांठ उसके तंदुरुस्त सीने के नन्हे लेकिन समटीले गढ़े में छिप गई थी।

देर तक वो अपने घिसे हुए नाख़ुनों की मदद से चोली की गांठ खोलने की कोशिश करती रही जो भीगने की वजह से बहुत ज़्यादा मज़बूत होगई थी। जब थक हार कर बैठ गई तो उसने मराठी ज़बान में रणधीर से कुछ कहा जिसका मतलब ये था, “मैं क्या करूं... नहीं निकलती।”

रणधीर उसके पास बैठ गया और गांठ खोलने लगा। जब नहीं खुली तो उसने चोली के दोनों सिरों को दोनों हाथों में पकड़ कर इस ज़ोर से झटका दिया कि गांठ सरासर फैल गई और इसके साथ ही दो धड़कती हुई छातियां एक दम से नुमायां होगईं।

लम्हा भर के लिए रणधीर ने सोचा कि उसके अपने हाथों ने इस घाटन लड़की के सीने पर, नर्म नर्म गुँधी हुई मिट्टी को माहिर कुम्हार की तरह दो प्यालों की शक्ल बना दी है।

उसकी सेहत मंद छातियों में वही गुदगुदाहट, वही धड़कन, वही गोलाई, वही गर्मगर्म ठंडक थी जो कुम्हार के हाथों से निकले हुए ताज़ा बर्तनों में होती है।

मटमैले रंग की जवान छातियों में जो बिल्कुल कुंवारी थीं। एक अजीब-ओ-ग़रीब क़िस्म की चमक पैदा करदी थी जो चमक होते हुए भी चमक नहीं थी। उसके सीने पर ये ऐसे दीये मालूम होते थे जो तालाब के गदले पानी पर जल रहे थे।

बरसात के यही दिन थे। खिड़की के बाहर पीपल के पत्ते इसी तरह

कपकपा रहे थे। लड़की के दोनों कपड़े जो पानी में शराबोर हो चुके थे एक गदले ढेर की सूरत में पड़े थे और वो रणधीर के साथ चिपटी हुई थी। उसके नंगे बदन की गर्मी उसके जिस्म में ऐसी हलचल सी पैदा कर रही थी जो सख़्त जाड़े के दिनों में नाइयों के गर्म हमामों में नहाते वक़्त महसूस हुआ करती है।

दिन भर वो रणधीर के साथ चिपटी रही... दोनों जैसे एक दूसरे के गड मड होगए थे। उन्होंने बमुशकिल एक दो बातें की होंगी। क्योंकि जो कुछ भी होरहा था सांसों, होंटों और हाथों से तय हो रहा था। रणधीर के हाथ सारी की छातियों पर हवा के झोंकों की तरह फिरते रहे। छोटी छोटी चूचियां और मोटे-मोटे गोल दाने जो चारों तरफ़ एक स्याह दायरे की शक्ल में फैले हुए थे हवाई झोंकों से जाग उठते और उस घाटन लड़की के पूरे बदन में एक सरसराहट पैदा हो जाती कि ख़ुद रणधीर भी कपकपा उठता।

ऐसी कपकपाहटों से रणधीर का सैकड़ों बार वास्ता पड़ चुका था। वो उनको बख़ूबी जानता था। कई लड़कियों के नर्म-ओ-नाज़ुक और सख़्त सीनों से अपना सीना मिला कर कई कई रातें गुज़ार चुका था। वो ऐसी लड़कियों के साथ भी रह चुका था जो बिल्कुल उसके साथ लिपट कर घर की वो सारी बातें सुना दिया करती थीं जो किसी ग़ैर के लिए नहीं होतीं। वो ऐसी लड़कियों से भी जिस्मानी तअल्लुक़ क़ायम कर चुका था जो सारी मेहनत करती थीं और उसे कोई तकलीफ़ नहीं देती थीं... लेकिन ये घाटन लड़की जो पेड़ के नीचे भीगी हुई खड़ी थी और जिसे उसने इशारे से ऊपर बुला लिया था, मुख़्तलिफ़ क़िस्म की लड़की थी।

सारी रात रणधीर को उसके जिस्म से एक अजीब क़िस्म की बू आती रही थी। उस बू को जो ब-यक-वक़्त ख़ुशबू भी थी और बदबू भी... वो सारी रात पीता रहा। उसकी बग़लों से, उसकी छातियों से, उसके बालों से, उसके पेट से, जिस्म के हर हिस्से से ये जो बदबू भी थी और ख़ुशबू

भी, रणधीर के पूरे सरापा में बस गई थी। सारी रात वो सोचता रहा था कि ये घाटन लड़की बिल्कुल क़रीब होने पर भी हर्गिज़ इतनी क़रीब न होती अगर उसके जिस्म से ये बू न उड़ती... ये बू उसके दिल-ओ-दिमाग़ की हर सलवट में रेंग रही थी। उसके तमाम नए- पुराने महसूसात में रच गई थी।

उस बू ने उस लड़की और रणधीर को जैसे एक दूसरे से हम-आहंग कर दिया था। दोनों एक दूसरे में मुदग़म होगए थे। उन बेकरां गहराईयों में उतर गए थे जहां पहुंच कर इंसान एक ख़ालिस इंसानी तस्कीन से महज़ूज़ होता है। ऐसी तस्कीन जो लम्हाती होने पर भी जाविदां थी। मुसलसल तग़य्युर पज़ीर होने पर भी मज़बूत और मुस्तहकम थी। दोनों एक ऐसा जवाब बन गए थे जो आसमान के नीले ख़ला में माइल-ए-परवाज़ रहने पर भी दिखाई देता रहे।

उस बू को जो उस घाटन लड़की के अंग अंग से फूट रही थी रणधीर बख़ूबी समझता था लेकिन समझते हुए भी वो उसका तजज़िया नहीं कर सकता था। जिस तरह कभी मिट्टी पर पानी छिड़कने से सोंधी-सोंधी बू निकलती है... लेकिन नहीं, वो बू कुछ और तरह की थी। उसमें लैवेंडर और इत्र की आमेज़िश नहीं थी, वो बिल्कुल असली थी... औरत और मर्द के जिस्मानी तअल्लुक़ात की तरह असली और मुक़द्दस।

रणधीर को पसीने की बू से सख़्त नफ़रत थी। नहाने के बाद वो हमेशा बग़लों वग़ैरा में पाउडर छिड़कता था या कोई ऐसी दवा इस्तेमाल करता था जिससे वो बदबू जाती रहे लेकिन तअज्जुब है कि उसने कई बार... हाँ कई बार उस घाटन लड़की की बालों भरी बग़लों को चूमा और उसे बिल्कुल घिन नहीं आई बल्कि अजीब क़िस्म की तस्कीन का एहसास हुआ। रणधीर को ऐसा लगता था कि वो उसे पहचानता है। उसके मानी भी समझता है लेकिन किसी और को नहीं समझा सकता।

बरसात के यही दिन थे... यूं ही खिड़की के बाहर जब उसने देखा तो पीपल इसी तरह नहा रहे थे। हवा में सरसराहटें और फड़फड़ाहटें घुली हुई थीं।

उसमें दबी-दबी धुंदली सी रौशनी समाई हुई थी। जैसे बारिश की बूंदों का हल्का फुलका गुबार नीचे उतर आया हो... बरसात के यही दिन थे जब मेरे कमरे में सागवान का सिर्फ़ एक ही पलंग था। लेकिन अब इसके साथ एक और पलंग भी था और कोने में एक नई ड्रेसिंग टेबल भी मौजूद थी। दिन लंबे थे, मौसम भी बिल्कुल वैसा ही था। बारिश की बूंदों के हमराह सितारों की तरह उसका गुबार सा इसी तरह उतर रहा था लेकिन फ़िज़ा में हिना के इत्र की तेज़ ख़ुश्बू बसी हुई थी।

दूसरा पलंग ख़ाली था। उस पलंग पर रणधीर औंधे मुँह लेटा खिड़की के बाहर पीपल के पत्तों पर बारिश की बूंदों का रक़्स देख रहा था। एक गोरी चिट्टी लड़की जिस्म को चादर में छिपाने की नाकाम कोशिश करते करते क़रीब-क़रीब सो गई। उसकी सुर्ख़ रेशमी शलवार दूसरे पलंग पर पड़ी थी जिसके गहरे सुर्ख़ रंग का एक फुंदना नीचे लटक रहा था। पलंग पर उसके दूसरे उतारे कपड़े भी पड़े थे। सुनहरी फूलदार जंपर, अंगिया, जंगिया और दुपट्टा सुर्ख़ था। गहरा सुर्ख़ और इन सब में हिना के इत्र की तेज़ ख़ुश्बू बसी हुई थी। लड़की के स्याह बालों में मुक्क़ेश के ज़र्रे धूल के ज़र्रों की तरह जमे हुए थे। चेहरे पर पाउडर, सुर्ख़ी और मुक्क़ेश के इन ज़र्रों ने मिल जुल कर एक अजीब रंग बिखेर दिया था... बेनाम सा उड़ा उड़ा रंग और उसके गोरे सीने पर कच्चे रंग के जगह जगह सुर्ख़ धब्बे बना दिए थे।

छातियां दूध की तरह सफ़ेद थीं... उनमें हल्का-हल्का नीलापन भी था। बग़लों के बाल मुंडे हुए थे जिसकी वजह से वहां सुरमई गुबार सा पैदा हो गया था।

रणधीर उस लड़की की तरफ़ देख देख कर कई बार सोच चुका था... क्या ऐसा नहीं लगता जैसे मैंने अभी अभी कीलें उखेड़ कर उसको लकड़ी के बंद बक्स में से निकाला हो।

किताबों और चीनी के बर्तनों पर हल्की हल्की ख़राशें पड़ जाती हैं, ठीक उसी तरह उस लड़की के जिस्म पर भी कई निशान थे।

जब रणधीर ने उसकी तंग और चुस्त अंगिया की डोरियां खोली थीं तो उसकी पीठ पर और सामने सीने पर नर्म नर्म गोश्त पर झुर्रियां सी बनी हुई थीं और कमर के चारों तरफ़ कस कर बांधे हुए इज़ारबंद का निशान... वज़नी और नुकीले जड़ाऊ नेकलस से उसके सीने पर कई जगह ख़राशें पड़ गई थीं। जैसे नाखुनों से बड़े ज़ोर से खुजाया गया हो।

बरसात के वही दिन थे। पीपल के नर्म नर्म पत्तों पर बारिश की बूंदें गिरने से वैसी ही आवाज़ पैदा होरही थी जैसी रणधीर उस दिन सारी रात सुनता रहा था। मौसम बेहद सुहाना था। ठंडी ठंडी हवा चल रही थी लेकिन उसमें हिना के इत्र की तेज़ ख़ुश्बू घुली हुई थी।

रणधीर के हाथ बहुत देर तक उस गोरी चिट्टी लड़की के कच्चे दूध की तरह सफ़ेद सीने पर हवा के झोंकों की तरह फिरते रहे थे। उसकी उंगलियों ने उस गोरे गोरे बदन में कई चिनगारियां दौड़ती हुई महसूस की थीं। इस नाज़ुक बदन में कई जगहों पर सिमटी हुई कपकपाहटों का भी उसे पता चला था जब उसने अपना सीना उसके सीने के साथ मिलाया तो रणधीर के जिस्म के हर रोंगटे ने उस लड़की के बदन के छिड़े हुए तारों की भी आवाज़ सुनी थी... मगर वो आवाज़ कहाँ थी?

वो पुकार जो उसने घाटन लड़की के बदन में देखी थी... वो पुकार जो दूध के प्यासे बच्चे के रोने से ज़्यादा होती है, वो पुकार जो हल्का-ए-ख़्वाब से निकल कर बेआवाज़ हो गई थी।

रणधीर खिड़की से बाहर देख रहा था। उसके बिल्कुल क़रीब ही पीपल के नहाते हुए पत्ते थरथरा रहे थे। वो उनकी मस्ती भरी कपकपाहटों के उस पार कहीं बहुत दूर देखने की कोशिश कर रहा था जहां मठीले बादलों में अजीब-ओ-ग़रीब क़िस्म की रौशनी घुली हुई दिखाई दे रही थी... ठीक वैसे ही जैसी उस घाटन लड़की के सीने में उसे नज़र आती थी। ऐसी पुरअसरार गुफ़्तगु की तरह दबी लेकिन वाज़ेह थी।

रणधीर के पहलू में एक गोरी चिट्टी लड़की... जिसका जिस्म दूध और घी में गुँधे मैदे की तरह मुलाइम था, लेटी थी... उसके नींद से माते बदन से हिना के इत्र की ख़ुशबू आरही थी... जो अब थकी थकी सी मालूम होती थी। रणधीर को ये दम तोड़ती और जनों की हुई ख़ुश्बू बहुत बुरी मालूम हुई। उसमें कुछ खटास थी... एक अजीब क़िस्म की जैसी बदहज़मी के डकारों में होती है। उदास... बेरंग... बेचैन।

रणधीर ने अपने पहलू में लेटी हुई लड़की की तरफ़ देखा। जिस तरह फटे हुए दूध के बेरंग पानी में सफ़ेद मुर्दा फुटकियां तैरने लगती हैं उसी तरह उस लड़की के जिस्म पर ख़राशें और धब्बे तैर रहे थे और वो हिना के इत्र की ऊटपटांग ख़ुश्बू... रणधीर के दिल-ओ-दिमाग़ में वो बू बसी हुई थी जो उस घाटन लड़की के जिस्म से बना किसी कोशिश के अज़ ख़ुद निकल रही थी। वो बू जो हिना के इत्र से कहीं ज़्यादा हल्की फुल्की और दबी हुई थी जिसमें सूंघे जाने की कोशिश शामिल नहीं थी। वो ख़ुदबख़ुद नाक के अंदर घुस कर अपनी सही मंज़िल पर पहुंच जाती थी।

रणधीर ने आख़िरी कोशिश के तौर पर उस लड़की के दूधिया जिस्म पर हाथ फेरा लेकिन कपकपी महसूस न हुई... उसकी नई नवेली बीवी जो एक फ़र्स्ट क्लास मजिस्ट्रेट की बीवी थी, जिसने बी.ए. तक तालीम हासिल की थी और जो अपने कॉलिज के सैकड़ों लड़कों के दिलों की धड़कन थी, रणधीर की किसी भी हिस्स को न छू सकी। वो हिना की ख़ुशबू में उस बू

को तलाश कर रहा था जो उन्हीं दिनों में जबकि खिड़की के बाहर पीपल के पत्ते बारिश में नहा रहे थे। इस घाटन लड़की के मैले बदन से आई थी।

* * * * * *

टिटवाल का कुत्ता

कई दिन से तरफ़ैन अपने अपने मोर्चे पर जमे हुए थे। दिन में इधर और उधर से दस बारह फ़ायर किए जाते जिनकी आवाज़ के साथ कोई इंसानी चीख़ बुलंद नहीं होती थी। मौसम बहुत ख़ुशगवार था। हवा ख़ुद रो फूलों की महक में बसी हुई थी। पहाड़ियों की ऊंचाइयों और ढलवानों पर जंग से बेख़बर कुदरत अपने मुक़र्ररा अश्ग़ाल में मसरूफ़ थी। परिंदे उसी तरह चहचहाते थे। फूल उसी तरह खिल रहे थे और शहद की सुस्त रो मक्खियां उसी पुराने ढंग से उन पर ऊँघ ऊँघ कर रस चूसती थीं।

जब पहाड़ियों में किसी फ़ायर की आवाज़ गूंजती तो चहचहाते हुए परिंदे चौंक कर उड़ने लगते, जैसे किसी का हाथ साज़ के ग़लत तार से जा टकराया है और उनकी समाअत को सदमा पहुंचाने का मूजिब हुआ है।

सितंबर का अंजाम अक्तूबर के आग़ाज़ से बड़े गुलाबी अंदाज़ में बग़लगीर हो रहा था। ऐसा लगता था कि मौसम-ए-सरमा और गर्मा में सुलह-सफ़ाई हो रही है। नीले-नीले आसमान पर धुनकी हुई रुई ऐसे पतले-पतले और हल्के -हल्के बादल यूं तैरते थे जैसे अपने सफ़ेद बजरों में तफ़रीह कर रहे हैं।

पहाड़ी मोर्चों में दोनों तरफ़ के सिपाही कई दिन से बड़ी कोफ़्त महसूस कर रहे थे कि कोई फ़ैसलाकुन बात क्यों वकूअ पज़ीर नहीं होती। उकता कर उनका जी चाहता था कि मौक़ा-बे-मौक़ा एक दूसरे को शेअर सुनाएँ। कोई न सुने तो ऐसे ही गुनगुनाते रहें।

पथरीली ज़मीन पर औंधे या सीधे लेटे रहते थे और जब हुक्म मिलता था एक दो फ़ायर कर देते थे।

दोनों के मोर्चे बड़ी महफ़ूज़ जगह थे। गोलियां पूरी रफ़्तार से आती थीं और पत्थरों की ढाल के साथ टकरा कर वहीं चित्त हो जाती थीं। दोनों पहाड़ियां जिन पर ये मोर्चे थे। क़रीब-क़रीब एक क़द की थीं। दरमियान में छोटी सी सब्ज़ पोश वादी थी जिसके सीने पर एक नाला मोटे साँप की तरह लोटता रहता था।

हवाई जहाज़ों का कोई ख़तरा नहीं था। तोपें इनके पास थीं न उनके पास, इसलिए दोनों तरफ़ बेख़ौफ-ओ-ख़तर आग जलाई जाती थीं। उनसे धूएं उठते और हवाओं में घुल मिल जाते। रात को चूँकि बिल्कुल ख़ामोशी होती थी, इसलिए कभी कभी दोनों मोर्चों के सिपाहियों को एक दूसरे के किसी बात पर लगाए हुए क़हक़हे सुनाई दे जाते थे।

कभी कोई लहर में आके गाने लगता तो उसकी आवाज़ रात के सन्नाटे को जगह देती। एक के पीछे एक बाज़गश्त सदाएं गूंजतीं तो ऐसा लगता कि पहाड़ियां आमोख़्ता दुहरा रही हैं।

चाय का दौर ख़त्म हो चुका था। पत्थरों के चूल्हे में चीड़ के हल्के फुल्के कोयले क़रीब-क़रीब सर्द हो चुके थे। आसमान साफ़ था। मौसम में ख़ुनकी था। हवा में फूलों की महक नहीं थी जैसे रात को उन्होंने अपने इत्रदान बंद कर लिये थे, अलबत्ता चीड़ के पसीने यानी बिरोज़े की बू थी मगर ये भी कुछ ऐसी नागवार नहीं थी।

सब कम्बल ओढ़े सो रहे थे, मगर कुछ इस तरह कि हल्के से इशारे पर उठ कर लड़ने मरने के लिए तैयार हो सकते थे। जमादार हरनाम सिंह ख़ुद पहरे पर था। उसकी रासकोप घड़ी में दो बजे तो उसने गंडा सिंह को जगाया और पहरे पर मुतय्यन कर दिया। उसका जी चाहता था कि सो जाये, पर जब लेटा तो आँखों से नींद को इतना दूर पाया जितने कि आसमान के सितारे थे। जमादार हरनाम सिंह चित लेटा उनकी तरफ़ देखता रहा... और गुनगुनाने लगा;

जुत्ती लेनी आं सितारियाँ वाली... सितारियाँ वाली... वे हर नाम सिंघा

हो यारा, भावीं तेरी महीं विक जाये,

और हरनाम सिंह को आसमान हर तरफ़ सितारों वाले जूते बिखरे नज़र आए जो झिलमिल झिलमिल कररहे थे;

जती लय दों सितारियाँ वाली... सितारियाँ वाली... नी हरनाम कोरे

हो नारे, भावीं मेरी महीं विक जाये"

ये गा कर वो मुस्कुराया, फिर ये सोच कर कि नींद नहीं आएगी, उसने उठ कर सब को जगह दिया। नार के ज़िक्र ने उसके दिमाग़ में हलचल पैदा क रदी थी। वो चाहता था कि ऊटपटांग गुफ़्तगु हो, जिससे इस बोली की हरनाम कोरी कैफ़ियत पैदा हो जाये। चुनांचे बातें शुरू हुईं मगर उखड़ी उखड़ी रहीं।

बनता सिंह जो इन सबमें कम उम्र और ख़ुशआवाज़ था, एक तरफ़ हट कर बैठ गया। बाक़ी अपनी बज़ाहिर पुरलुत्फ़ बातें करते और जमाइयाँ लेते रहे। थोड़ी देर के बाद बनता सिंह ने एक दम अपनी पुरसोज़ आवाज़ में हीर गाना शुरू करदी;

हीर आख्या जोगया झूठ बोलीं, कौन रोठड़े यार मनाओंदाई

ऐसा कोई न मिलया मैं ढूंढ थकी जीहड़ा गयां नूं मोड़ लयाओंदाई

इक बाज़ तो कांग ने कूंज खोई दीखां चुप है कि कर लाओंदाई

दुखां वालियां नूं गलां सुखदियां नी क़िस्से जोड़ जहान सुना ओंदाई,"

फिर थोड़े वक़्फ़े के बाद उसने हीर की इन बातों का जवाब रांझे की ज़बान में गाया:

जेहड़े बाज़ तों कांग ने कूंज खोई सब्र शुक्र कर बाज़ फ़नाह होया

एंवीं हाल है इस फ़क़ीर दानी धन माल गया तय तबाह होया

करें सिदक़ ते कम मालूम होवे तेरा रब रसूल गवाह होया

दुनिया छड उदासियां पहन लियां सय्यद वारिसों हुन वारिस शाह होया,"

बनता सिंह ने जिस तरह एक दम गाना शुरू किया था, उसी तरह वो एक दम ख़ामोश होगया। ऐसा मालूम होता था कि ख़ाकसतरी पहाड़ियों ने भी उदासियां पहन ली हैं। जमादार हरनाम सिंह ने थोड़ी देर के बाद किसी ग़ैर मरई चीज़ को मोटी सी गाली दी और लेट गया।

दफ़अतन रात के आख़िरी पहर की इस उदास फ़िज़ा में कुत्ते के भौंकने की आवाज़ आई। सब चौंक पड़े। आवाज़ क़रीब से आई थी। सूबेदार हरनाम सिंह ने बैठ कर कहा, "ये कहाँ से आ गया भोंकू?"

कुत्ता फिर भोंका। अब उसकी आवाज़ और भी नज़दीक से आई थी। चंद लम्हात के बाद दूर झाड़ियों में आहट हुई। बनता सिंह उठा और उसकी तरफ़ बढ़ा। जब वापस आया तो उसके साथ एक आवारा सा कुत्ता था जिसकी दुम हिल रही थी। वो मुस्कुराया, "जमादार साहब, मैं हो कमर इधर बोला तो कहने लगा, मैं हूँ चपड़ झुन झुन!"

सब हँसने लगे। जमादार हरनाम सिंह ने कुत्ते को पुचकारा, "इधर आ चपड़ झुन झुन।"

कुत्ता दुम हिलाता हरनाम सिंह के पास चला गया और ये समझ कर कि शायद कोई खाने की चीज़ फेंकी गई है, ज़मीन के पत्थर सूँघने लगा।

जमादार हरनाम सिंह ने थैला खोल कर एक बिस्कुट निकाला और

उसकी तरफ़ फेंका। कुत्ते ने उसे सूंघ कर मुँह खोला, लेकिन हरनाम सिंह ने लपक कर उसे उठा लिया, "ठहर। कहीं पाकिस्तानी तो नहीं!"

सब हँसने लगे। सरदार बनता सिंह ने आगे बढ़ कर कुत्ते की पीठ पर हाथ फेरा और जमादार हरनाम सिंह से कहा, "नहीं जमादार साहब, चपड़ झुन झुन हिंदुस्तानी है।"

जमादार हरनाम सिंह हंसा और कुत्ते से मुख़ातिब हुआ, "निशानी दिखा ओय?"

कुत्ता दुम हिलाने लगा।

हरनाम सिंह ज़रा खुल के हंसा, "ये कोई निशानी नहीं। दुम तो सारे कुत्ते हिलाते हैं।"

बनता सिंह ने कुत्ते की लर्ज़ां दुम पकड़ ली, "शरणार्थी है बेचारा!"

जमादार हरनाम सिंह ने बिस्कुट फेंका जो कुत्ते ने फ़ौरन दबोच लिया। एक जवान ने अपने बूट की एड़ी से ज़मीन खोदते हुए कहा, "अब कुत्तों को भी या तो हिंदुस्तानी होना पड़ेगा या पाकिस्तानी!"

जमादार ने अपने थैले से एक बिस्कुट निकाला और फेंका, "पाकिस्तानियों की तरह पाकिस्तानी कुत्ते भी गोली से उड़ा दिए जाऐंगे!"

एक ने ज़ोर से नारा बुलंद किया, "हिंदुस्तान ज़िंदाबाद!"

कुत्ता जो बिस्कुट उठाने के लिए आगे बढ़ा था डर के पीछे हट गया। उसकी दुम टांगों के अंदर घुस गई। जमादार हरनाम सिंह हंसा, "अपने नारे से क्यों डरता है चपड़ झुन झुन... खा... ले एक और ले।" उसने थैले से एक और बिस्कुट निकाल कर उसे दिया।

बातों बातों में सुबह होगई। सूरज अभी निकलने का इरादा ही कर रहा

था कि चार सू उजाला होगया। जिस तरह बटन दबाने से एक दम बिजली की रोशनी होती है। उसी तरह सूरज की शुआएं देखते ही देखते उस पहाड़ी इलाक़े में फैल गई जिस का नाम टेटवाल था।

इस इलाक़े में काफ़ी देर से लड़ाई जारी थी। एक एक पहाड़ी के लिए दर्जनों जवानों की जान जाती थी, फिर भी क़ब्ज़ा ग़ैर यक़ीनी होता था। आज ये पहाड़ी उनके पास है, कल दुश्मन के पास, परसों फिर उनके क़ब्ज़े में इससे दूसरे रोज़ वो फिर दूसरों के पास चली जाती थी।

सूबेदार हरनाम सिंह ने दूरबीन लगा कर आसपास का जायज़ा लिया। सामने पहाड़ी से धुआँ उठ रहा था। इसका ये मतलब था कि चाय वग़ैरा तैयार हो रही है, इधर भी नाशते की फ़िक्र हो रही थी। आग सुलगाई जा रही थी। उधर वालों को भी यक़ीनन इधर से धुआँ उठता दिखाई दे रहा था।

नाशते पर सब जवानों ने थोड़ा थोड़ा कुत्ते को दिया जिसको उसने ख़ूब पेट भर के खाया। सब उससे दिलचस्पी ले रहे थे जैसे वो उसको अपना दोस्त बनाना चाहते हैं। उसके आने से काफ़ी चहल पहल हो गई थी। हर एक उसको थोड़े थोड़े वक़्फ़े के बाद पुचकार कर चपड़ झुन झुन के नाम से पुकारता और उसे प्यार करता।

शाम के क़रीब दूसरी तरफ़ पाकिस्तानी मोर्चे में सूबेदार हिम्मत ख़ान अपनी बड़ी बड़ी मूंछों को जिनसे बेशुमार कहानियां वाबस्ता थीं, मरोड़े दे कर टेटवाल के नक़्शे का बग़ौर मुताला कर रहा था। उसके साथ ही वायरलैस ऑप्रेटर बैठा था और सूबेदार हिम्मत ख़ां के लिए प्लाटून कमांडर से हिदायात वसूल कर रहा था। कुछ दूर एक पत्थर से टेक लगाए और अपनी बंदूक़ लिए बशीर हौले हौले गुनगुना रहा था ।

चन किथ्थे गवा आई रात वे... चन किथ्थे गवा आई"

बशीर ने मज़े में आकर ज़रा ऊंची आवाज़ की तो सूबेदार हिम्मत ख़ान की कड़क बुलंद हुई, "ओए कहाँ रहा है तू रात भर?"

बशीर ने सवालिया नज़रों से हिम्मत ख़ान को देखना शुरू किया जो बशीर के बजाय किसी और से मुख़ातिब था।

"बता ओए।"

बशीर ने देखा। कुछ फ़ासले पर वो आवारा कुत्ता बैठा था जो कुछ दिन हुए उनके मोर्चे में बिन बुलाए मेहमान की तरह आया था और वहीं टिक गया था। बशीर मुस्कुराया और कुत्ते से मुख़ातिब हो कर बोला,

"चन किथ्थे गवा आई रात वे... चन किथ्थे गवा आई?"

कुत्ते ने ज़ोर से दुम हिलाना शुरू करदी जिससे पथरीली ज़मीन पर झाड़ू सी फिरने लगी।

सूबेदार हिम्मत ख़ां ने एक कंकर उठा कर कुत्ते की तरफ़ फेंका, "साले को दुम हिलाने के सिवा और कुछ नहीं आता!"

बशीर ने एक दम कुत्ते की तरफ़ ग़ौर से देखा, "इसकी गर्दन में क्या है?" ये कह कर वह उठा, मगर इससे पहले एक और जवान ने कुत्ते को पकड़ कर उसकी गर्दन में बंधी हुई रस्सी उतारी। उसमें गत्ते का एक टुकड़ा पिरोया हुआ था जिस पर कुछ लिखा था।

सूबेदार हिम्मत ख़ां ने ये टुकड़ा लिया और अपने जवानों से पूछा, "लिंडे हैं। जानता है तुम में से कोई पढ़ना।"

बशीर ने आगे बढ़ कर गत्ते का टुकड़ा लिया, "हाँ... कुछ कुछ पढ़ लेता हूँ।" और उसने बड़ी मुश्किल से हर्फ़ जोड़ जोड़ कर ये पढ़ा, "चप... चपड़... झुन झुन... चपड़ झुन झुन... ये क्या हुआ?"

सूबेदार हिम्मत ख़ां ने अपनी बड़ी बड़ी तारीख़ी मूंछों को ज़बरदस्त मरोड़ा दिया, "कोडवर्ड होगा कोई।" फिर उसने बशीर से पूछा, "कुछ और लिखा है बशीरे।"

बशीर ने जो हुरूफ़ शनासी में मशग़ूल था। जवाब दिया, "जी हाँ... ये... हिंद... हिंद... हिंदुस्तानी... ये हिंदुस्तानी कुत्ता है!"

सूबेदार हिम्मत ख़ां ने सोचना शुरू किया, "मतलब क्या हुआ इसका?.. क्या पढ़ा था तुम ने... चपड़?"

बशीर ने जवाब दिया, "चपड़ झुन झुन!"

एक जवान ने बड़े आक़लाना अंदाज़ में कहा, "जो बात है इसी में है।"

सूबेदार हिम्मत ख़ान को ये बात माकूल मालूम हुई, "हाँ कुछ ऐसा लगता है।"

बशीर ने गत्ते पर लिखी हुई इबारत पढ़ी, "चपड़ झुन झुन... ये हिंदुस्तानी कुत्ता है!"

सूबेदार हिम्मत ख़ान ने वायरलैस सेट लिया और कानों पर हेड फ़ोन जमा कर प्लाटून कमांडर से ख़ुद इस कुत्ते के बारे में बातचीत की। वो कैसे आया था, किस तरह उनके पास कई दिन पड़ा रहा। फिर एका एकी ग़ायब हो गया और रात भर ग़ायब रहा।

अब आया है तो उसके गले में रस्सी नज़र आई जिसमें गत्ते का एक टुकड़ा था। इस पर जो इबारत लिखी थी वो उसने तीन चार मर्तबा दुहरा कर प्लाटून कमांडर को सुनाई मगर कोई नतीजा बरामद न हुआ।

बशीर अलग कुत्ते के पास बैठ कर उसे कभी पुचकार कर, कभी डरा-धमका कर पूछता रहा कि वो रात कहाँ ग़ायब रहा था और उसके गले में

वो रस्सी और गत्ते का टुकड़ा किसने बांधा था मगर कोई ख़ातिर ख़्वावाह जवाब न मिला।

वो जो सवाल करता, उसके जवाब में कुत्ता अपनी दुम हिला देता। आख़िर गुस्से में आकर बशीर ने उसे पकड़ लिया और ज़ोर से झटका दिया। कुत्ता तकलीफ़ के बाइस चाऊं-चाऊं करने लगा।

वायरलैस से फ़ारिग़ हो कर सूबेदार हिम्मत ख़ान ने कुछ देर नक़्शे का बग़ौर मुताला किया फिर फ़ैसलाकुन अंदाज़ में उठा और सिगरेट की डिबिया का ढकना खोल कर बशीर को दिया, "बशीरे, लिख इस पर गुरमुखी में... इन कीड़े मकोड़ों में..."

बशीर ने सिगरट की डिबिया का गत्ता लिया और पूछा, "क्या लिखूं सूबेदार साहब।"

सूबेदार हिम्मत ख़ां ने मूंछों को मरोड़े दे कर सोचना शुरू किया, "लिख दे... बस लिख दे!" ये कह उसने जेब से पेंसिल निकाल कर बशीर को दी, "क्या लिखना चाहिए?"

बशीर पेंसिल के मुँह को लब लगा कर सोचने लगा! फिर एक दम सवालिया अंदाज़ में बोला, "सपड़ सुन सुन?..." लेकिन फ़ौरन ही मुतमइन हो कर उसने फ़ैसलाकुन लहजे में कहा, "ठीक है... चपड़ झुन झुन का जवाब सपड़ सुन सुन ही हो सकता है... क्या याद रखेंगे अपनी माँ के सिखड़े।"

बशीर ने पेंसिल सिगरेट की डिबिया पर जमाई, "सपर सुन सुन?"

"सोलह आने... लिख... सब... सपर... सुन सुन!" ये कह कर सूबेदार हिम्मत ख़ां ने ज़ोर का क़हक़हा लगाया, "और आगे लिख... ये पाकिस्तानी कुत्ता है!"

सूबेदार हिम्मत ख़ां ने गत्ता बशीर के हाथ से लिया। पेंसिल से उसमें एक तरफ़ छेद किया और रस्सी में पिरो कर कुत्ते की तरफ़ बढ़ा, "ले जा, ये अपनी औलाद के पास!"

ये सुन कर सब ख़ूब हंसे। सूबेदार हिम्मत ख़ां ने कुत्ते के गले में रस्सी बांध दी। वो इस दौरान में अपनी दुम हिलाता रहा। इसके बाद सूबेदार ने उसे कुछ खाने को दिया और बड़े नासिहाना अंदाज़ में कहा, "देखो दोस्त ग़द्दारी मत करना... याद रखो ग़द्दार की सज़ा मौत होती है!"

कुत्ता दुम हिलाता रहा। जब वो अच्छी तरह खा चुका तो सूबेदार हिम्मत ख़ां ने रस्सी से पकड़ कर उसका रुख़ पहाड़ी की इकलौती पगडंडी की तरफ़ फेरा और कहा, "जाओ... हमारा ख़त दुश्मनों तक पहुंचा दो... मगर देखो वापस आजाना... ये तुम्हारे अफ़सर का हुक्म है समझे?"

कुत्ते ने अपनी दुम हिलाई और आहिस्ता आहिस्ता पगडंडी पर जो बल खाती हुए नीचे पहाड़ी के दामन में जाती थी चलने लगा। सूबेदार हिम्मत ख़ां ने अपनी बंदूक़ उठाई और हवा में एक फ़ायर किया।

फ़ायर और उसकी बाज़गश्त दूसरी तरफ़ हिंदुस्तानियों के मोर्चे में सुनी गई। इसका मतलब उनकी समझ में न आया। जमादार हरनाम सिंह मालूम नहीं किस बात पर चिड़चिड़ा हो रहा था, ये आवाज़ सुन कर और भी चिड़चिड़ा होगया।

उसने फ़ायर का हुक्म दे दिया। आधे घंटे तक चुनांचे दोनों मोर्चों से गोलियों की बेकार बारिश होती रही। जब इस शगल से उकता गया तो जमादार हरनाम सिंह ने फ़ायर बंद करा दिया और दाढ़ी में कंघा करना शुरू कर दिया।

इससे फ़ारिग़ होकर उसने जाली के अंदर सारे बाल बड़े सलीक़े से जमाए और बनता सिंह से पूछा, "ओए बनतां सय्यां! चपड़ झुन झुन कहाँ

गया?"

बनता सिंह ने चीड़ की ख़ुश्क लकड़ी से बिरोज़ा अपने नाख़ुनों से जुदा करते हुए कहा, "कुत्ते को घी हज़म नहीं हुआ?"

बनता सिंह इस मुहावरे का मतलब न समझा, "हमने तो उसे घी की कोई चीज़ नहीं खिलाई थी।"

ये सुन कर जमादार हरनाम सिंह बड़े ज़ोर से हंसा, "ओए अनपढ़। तेरे साथ तो बात करना पच्चानवें का घाटा है!"

इतने में वो सिपाही जो पहरे पर था और दूरबीन लगाए इधर से उधर देख रहा था। एक दम चिल्लाया, "वो... वो आरहा है!"

सब चौंक पड़े। जमादार हरनाम सिंह ने पूछा, "कौन?"

पहरे के सिपाही ने कहा, "क्या नाम था उसका?... चपड़ झुन झुन!"

"चपड़ झुन झुन?" ये कह कर जमादार हरनाम सिंह उठा, "क्या कर रहा है।"

पहरे के सिपाही ने जवाब दिया, "आ रहा है।"

जमादार हरनाम सिंह ने दूरबीन उसके हाथ से ली और देखना शुरू किया... "इधर ही आरहा है... रस्सी बंधी हुई है गले में... लेकिन... ये तो उधरसे आ रहा है दुश्मन के मोर्चे से।" ये कह कर उसने कुत्ते की माँ को बहुत बड़ी गाली दी।

इसके बाद उसने बंदूक़ उठाई और शिस्त बांध कर फ़ायर किया। निशाना चूक गया। गोली कुत्ते से कुछ फ़ासले पर पत्थरों की किरचें उड़ाती ज़मीन में दफ़न होगई। वो सहम कर रुक गया।

दूसरे मोर्चे में सूबेदार हिम्मत ख़ां ने दूरबीन में से देखा कि कुत्ता

पगडंडी पर खड़ा है। एक और फ़ायर हुआ तो वो दुम दबा कर उल्टी तरफ़ भागा। सूबेदार हिम्मत ख़ां के मोर्चे की तरफ़। वो ज़ोर से पुकारा, "बहादुर डरा नहीं करते... चल वापस" और उसने डराने के लिए एक फ़ायर किया। कुत्ता रुक गया।

उधर से जमादार हरनाम सिंह ने बंदूक़ चलाई। गोली कुत्ते के कान से सनसनाती हुई गुज़र गई। उसने उछल कर ज़ोर ज़ोर से दोनों कान फड़फड़ाने शुरू किए। उधर से सूबेदार हिम्मत ख़ां ने दूसरा फ़ायर किया जो उसके अगले पंजों के पास पत्थरों में पैवस्त होगया।

बौखला कर कभी वो इधर दौड़ा, कभी उधर। उसकी इस बौखलाहट से हिम्मत ख़ां और हरनाम दोनों मसरूर हुए और ख़ूब क़हक़हे लगाते रहे। कुत्ते ने जमादार हरनाम सिंह के मोर्चे की तरफ़ भागना शुरू किया। उसने ये देखा तो बड़े थोक में आकर मोटी सी गाली दी और अच्छी तरह शिस्त बांध कर फ़ायर किया।

गोली कुत्ते की टांग में लगी। एक फ़लक शिगाफ़ चीख़ बुलंद हुई। उसने अपना रुख़ बदला। लंगड़ा लंगड़ा कर सूबेदार हिम्मत ख़ां के मोर्चे की तरफ़ दौड़ने लगा तो उधर से भी फ़ायर हुआ, मगर वो सिर्फ़ डराने के लिए किया गया था। हिम्मत ख़ां फ़ायर करते ही चिल्लाया, "बहादुर पर्वा नहीं किया करते ज़ख़्मों की... खेल जाओ अपनी जान पर... जाओ... जाओ!"

कुत्ता फ़ायर से घबरा कर मुड़ा। एक टांग उसकी बिल्कुल बेकार हो गई थी। बाक़ी तीन टांगों की मदद से उसने ख़ुद को चंद क़दम दूसरी जानिब घसीटा कि जमादार हरनाम सिंह ने निशाना ताक कर गोली चलाई जिसने उसे वहीं ढेर कर दिया।

सूबेदार हिम्मत ख़ां ने अफ़सोस के साथ कहा, "चच चच... शहीद हो

गया बेचारा!"

जमादार हरनाम सिंह ने बंदूक़ की गर्म-गर्म नाली अपने हाथ में ली और कहा, "वही मौत मरा जो कुत्ते की होती है!"

१९१९ की एक बात

ये १९१९ ई. की बात है भाई जान, जब रूल्ट ऐक्ट के ख़िलाफ़ सारे पंजाब में एजिटेशन हो रही थी। मैं अमृतसर की बात कर रहा हूँ। सर माईकल ओडवायर ने डिफ़ेंस आफ़ इंडिया रूल्ज़ के मातहत गांधी जी का दाख़िला पंजाब में बंद कर दिया था। वो इधर आ रहे थे कि पलवाल के मुक़ाम पर उनको रोक लिया गया और गिरफ़्तार कर के वापस बम्बई भेज दिया गया। जहां तक मैं समझता हूँ भाई जान, अगर अंग्रेज़ ये ग़लती न करता तो जलियाँवाला बाग़ का हादिसा उसकी हुक्मरानी की स्याह तारीख़ में ऐसे ख़ूनीं वर्क़ का इज़ाफ़ा कभी न करता।

क्या मुसलमान, क्या हिंदू, क्या सिख, सबके दिल में गांधी जी की बेहद इज़्ज़त थी। सब उन्हें महात्मा मानते थे। जब उनकी गिरफ़्तारी की ख़बर लाहौर पहुंची तो सारा कारोबार एक दम बंद हो गया। यहां से अमृतसर वालों को मालूम हुआ, चुनांचे यूं चुटकियों में मुकम्मल हड़ताल हो गई।

कहते हैं कि नौ अप्रैल की शाम को डाक्टर सत्यपाल और डाक्टर किचलू की जिला वतनी के अहकाम डिप्टी कमिशनर को मिल गए थे। वो उनकी तामील के लिए तैयार नहीं था। इसलिए कि उसके ख़याल के मुताबिक़ अमृतसर में किसी हैजानख़ेज बात का ख़तरा नहीं था।

लोग पुरअम्न तरीक़े पर एहतिजाजी जलसे वग़ैरा करते थे जिनसे तशद्दुद का सवाल ही पैदा नहीं होता था। मैं अपनी आँखों देखा हाल बयान करता हूँ। नौ को रामनवमी था। जलूस निकला मगर मजाल है जो किसी ने हुक्काम की मर्ज़ी के ख़िलाफ़ एक क़दम उठाया हो, लेकिन भाई जान, सर माईकल अजब औंधी खोपरी का इंसान था।

उसने डिप्टी कमिशनर की एक न सुनी। उस पर बस यही ख़ौफ़ सवार था कि ये लीडर महात्मा गांधी के इशारे पर सामराज का तख़्ता उलटने के दर पे हैं और जो हड़तालें हो रही हैं और जल्से मुनअक़िद होते हैं उनके पस-ए-पर्दा यही साज़िश काम कर रही है।

डाक्टर किचलू और डाक्टर सत्यपाल की जिला वतनी की ख़बर आनन-फ़ानन शहर में आग की तरह फैल गई। दिल हर शख़्स का मुकद्दर था। हर वक़्त धड़का सा लगा रहता था कि कोई बहुत बड़ा हादसा बरपा होने वाला है, लेकिन भाई जान, जोश बहुत ज़्यादा था। कारोबार बंद थे। शहर क़ब्रिस्तान बना हुआ था, पर इस क़ब्रिस्तान की ख़ामोशी में भी एक शोर था।

जब डॉ. किचलू और सत्यपाल की गिरफ़्तारी की ख़बर आई तो लोग हज़ारों की तादाद में इकट्ठे हुए कि मिल कर डिप्टी कमिशनर बहादुर के पास जाएं और अपने महबूब लीडरों की जिला वतनी के अहकाम मंसूख़ कराने की दरख़ास्त करें। मगर वो ज़माना भाई जान दरख़ास्तें सुनने का नहीं था। सर माईकल जैसा फ़िरऔन हाकिम-ए-आला था। उसने दरख़ास्त सुनना तो कुजा लोगों के इस इजतिमा ही को ग़ैरक़ानूनी क़रार दिया।

अमृतसर... वो अमृतसर जो कभी आज़ादी की तहरीक का सबसे बड़ा मर्कज़ था जिसके सीने पर जलियाँवाला बाग़ जैसा क़ाबिल-ए-फ़ख़्र ज़ख़्म था। आज किस हालत में है? लेकिन छोड़ीए इस क़िस्से को। दिल को बहुत दुख होता है। लोग कहते हैं कि इस मुक़द्दस शहर में जो कुछ आज से पाँच बरस पहले हुआ उसके ज़िम्मेदार भी अंग्रेज़ हैं। होगा भाई जान, पर सच पूछिए तो इस लहू में जो वहां बहा है हमारे अपने ही हाथ रंगे हुए नज़र आते हैं। ख़ैर!

डिप्टी कमिशनर साहब का बंगला सिविल लाईन्ज़ में था। हर बड़ा

अफ़सर और हर बड़ा टोडी शहर के इस अलग थलग हिस्से में रहता था... आपने अमृतसर देखा है तो आपको मालूम होगा कि शहर और सिविल लाईन्ज़ को मिलाने वाला एक पुल है जिस पर से गुज़र कर आदमी ठंडी सड़क पर पहुंचता है। जहां हाकिमों ने अपने लिए ये अर्ज़ी जन्नत बनाई हुई थी।

हुजूम जब हाल दरवाज़े के क़रीब पहुंचा तो मालूम हुआ कि पुल पर घोड़ सवार गोरों का पहरा है। हुजूम बिल्कुल न रूका और बढ़ता गया। भाई जान, मैं उस में शामिल था। जोश कितना था, मैं बयान नहीं कर सकता, लेकिन सब निहत्ते थे। किसी के पास एक मामूली छड़ी तक भी नहीं थी।

असल में वो तो सिर्फ़ इस ग़रज़ से निकले थे कि इजतमाई तौर पर अपनी आवाज़ हाकिम-ए-शहर तक पहुंचाएं और उससे दरख़ास्त करें कि डाक्टर किचलू और डाक्टर सत्यपाल को ग़ैरमशरूत तौर पर रिहा करदे। हुजूम पुल की तरफ़ बढ़ता रहा। लोग क़रीब पहुंचे तो गोरों ने फ़ायर शुरू करदिए। इससे भगदड़ मच गई। वो गिनती में सिर्फ़ बीस-पच्चीस थे और हुजूम सैंकड़ों पर मुश्तमिल था, लेकिन भाई गोली की दहशत बहुत होती है। ऐसी अफ़रातफ़री फैली कि अल अमां। कुछ गोलियों से घायल हुए और कुछ भगदड़ में ज़ख़्मी हुए।

दाएं हाथ को गंदा नाला था। धक्का लगा तो मैं उसमें गिर पड़ा। गोलियां चलनी बंद हुईं तो मैंने उठ कर देखा। हुजूम तितर-बितर हो चुका था। ज़ख़्मी सड़क पर पड़े थे और पुल पर गोरे खड़े हंस रहे थे। भाई जान, मुझे क़तअन याद नहीं कि उस वक़्त मेरी दिमाग़ी हालत किस क़िस्म की थी।

मेरा ख़याल है कि मेरे होश-ओ-हवास पूरी तरह सलामत नहीं थे। गंदे नाले में गिरते वक़्त तो क़तअन मुझे होश नहीं था। जब बाहर निकला तो जो हादिसा वकूअ पज़ीर हुआ था, उसके ख़द्द-ओ-ख़ाल आहिस्ता

आहिस्ता दिमाग़ में उभरने शुरू हुए।

दूर शोर की आवाज़ सुनाई दे रही थी जैसे बहुत से लोग ग़ुस्से में चीख़-चिल्ला रहे हैं। मैं गंदा नाला उबूर करके ज़ाहिरा पीर के तकिए से होता हुआ हाल दरवाज़े के पास पहुंचा तो देखा कि तीस-चालीस नौजवान जोश में भरे पत्थर उठा उठा कर दरवाज़े के घड़ियाल पर मार रहे हैं। उसका शीशा टूट कर सड़क पर गिरा तो एक लड़के ने बाक़ीयों से कहा, "चलो... मलिका का बुत तोड़ें!"

दूसरे ने कहा, "नहीं यार... कोतवाली को आग लगाऐं!"

तीसरे ने कहा, "और सारे बैंकों को भी!"

चौथे ने उनको रोका, "ठहरो... इससे क्या फ़ायदा... चलो पुल पर उन लोगों को मारें।"

मैंने उसको पहचान लिया। ये थैला कंजर था... नाम मोहम्मद तुफ़ैल था मगर थैला कंजर के नाम से मशहूर था। इसलिए कि एक तवाइफ़ के बतन से था। बड़ा आवारागर्द था। छोटी उम्र ही में उसको जुए और शराबनोशी की लत पड़ गई थी।

उसकी दो बहनें शमशाद और अलमास अपने वक़्त की हसीन-तरीन तवाइफ़ें थीं। शमशाद का गला बहुत अच्छा था। उसका मुजरा सुनने के लिए रईस बड़ी बड़ी दूर से आते थे। दोनों अपने भाई के करतूतों से बहुत नालां थीं। शहर में मशहूर था कि उन्होंने एक क़िस्म का उसको आक़ कर रखा है।

फिर भी वो किसी न किसी हीले अपनी ज़रूरियात के लिए उनसे कुछ न कुछ वसूल कर ही लेता था। वैसे वो बहुत ख़ुशपोश रहता था। अच्छा खाता था, अच्छा पीता था। बड़ा नफ़ासतपसंद था। बज़्लासंजी

और लतीफ़ा गोई मिज़ाज में कूट कूट के भरी थी। मीरासियों और भांडों के सोक़यानापन से बहुत दूर रहता था। लंबा क़द, भरे भरे हाथ-पांव, मज़बूत कसरती बदन। नाक-नक़्शे का भी ख़ासा था।

पुरजोश लड़कों ने उसकी बात न सुनी और मलिका के बुत की तरफ़ चलने लगे। उसने फिर उनसे कहा, "मैंने कहा मत ज़ाए करो अपना जोश। इधर आओ मेरे साथ... चलो उनको मारें जिन्होंने हमारे बेक़सूर आदमियों की जान ली है और उन्हें ज़ख़्मी किया है... ख़ुदा की क़सम हम सब मिल कर उनकी गर्दन मरोड़ सकते हैं... चलो!"

कुछ रवाना हो चुके थे, बाक़ी रुक गए। थैला पुल की तरफ़ बढ़ा तो उसके पीछे चलने लगे। मैंने सोचा कि माओं के ये लाल बेकार मौत के मुँह में जा रहे हैं। फव्वारे के पास दुबका खड़ा था। वहीं मैंने थैले को आवाज़ दी और कहा, "मत जाओ यार... क्यों अपनी और उनकी जान के पीछे पड़े हो।"

थैले ने ये सुन कर एक अजीब सा क़हक़हा बुलंद किया और मुझ से कहा, "थैला सिर्फ़ ये बताने चला है कि वो गोलियों से डरने वाला नहीं।" फिर वो अपने साथियों से मुख़ातिब हुआ, "तुम डरते हो तो वापस जा सकते हो।"

ऐसे मौक़ों पर बढ़े हुए क़दम उल्टे कैसे हो सकते हैं और फिर वो भी उस वक़्त जब लीडर अपनी जान हथेली पर रख कर आगे आगे जा रहा हो। थैले ने क़दम तेज़ किए तो उसके साथियों को भी करने पड़े।

हाल दरवाज़े से पुल का फ़ासिला कुछ ज़्यादा नहीं होगा कोई... साठ-सत्तर गज़ के क़रीब... थैला सब से आगे आगे था। जहां से पुल का दो रोया मुतवाज़ी जंगला शुरू होता है, वहां से पंद्रह-बीस क़दम के फ़ासले पर दो घुड़सवार गोरे खड़े थे। थैला नारे लगाता जब बंगले के आग़ाज़ के पास

पहुंचा तो फ़ायर हुआ, मैं समझा कि वो गिर पड़ा है... लेकिन देखा कि वो उसी तरह... ज़िंदा आगे बढ़ रहा है। उसके बाक़ी साथी डर के भाग उठे हैं। मुड़ कर उसने पीछे देखा और चिल्लाया, "भागो नहीं... आओ!"

उसका मुँह मेरी तरफ़ था कि एक और फ़ायर हुआ। पलट कर उसने गोरों की तरफ़ देखा और पीठ पर हाथ फेरा... भाई जान, नज़र तो मुझे कुछ नहीं आना चाहिए था, मगर मैंने देखा कि उसकी सफ़ेद बोसकी की क़मीज़ पर लाल लाल धब्बे थे।

वो और तेज़ी से बढ़ा, जैसे ज़ख़्मी शेर... एक और फ़ायर हुआ। वो लड़खड़ाया मगर एक दम क़दम मज़बूत करके वो घुड़ सवार गोरे पर लपका और चश्म ज़दन में जाने क्या हुआ... घोड़े की पीठ ख़ाली थी। गोरा ज़मीन पर था और थैला उसके ऊपर... दूसरे गोरे ने जो क़रीब था और पहले बौखला गया था, बिदकते हुए घोड़े को रोका और धड़ा धड़ फ़ायर शुरू कर दिए... इसके बाद जो कुछ हुआ मुझे मालूम नहीं। मैं वहां फव्वारे के पास बेहोश हो कर गिर पड़ा।

भाई जान, जब मुझे होश आया तो मैं अपने घर में था। चंद पहचान के आदमी मुझे वहां से उठा लाए थे। उनकी ज़बानी मालूम हुआ कि पुल पर से गोलियां खा कर हुजूम मुश्तइल होगया था। नतीजा इस इश्तिआल का ये हुआ कि मलिका के बुत को तोड़ने की कोशिश की गई। टाउन हाल और तीन बैंकों को आग लगी और पाँच या छः यूरोपीयन मारे गए। ख़ूब लूट मची।

लूट-खसूट का अंग्रेज़ अफ़सरों को इतना ख़याल नहीं था। पाँच या छः यूरोपीयन हलाक हुए थे, उसका बदला लेने के लिए, चुनांचे जलियाँ वाला बाग़ का ख़ूनीं हादिसा रूनुमा हुआ।

डिप्टी कमिशनर बहादुर ने शहर की बाग-डोर जनरल डायर के सपुर्द

करदी। चुनांचे जनरल साहिब ने बारह अप्रैल को फ़ौजियों के साथ शहर के मुख़्तलिफ़ बाज़ारों में मार्च किया और दर्जनों बेगुनाह आदमी गिरफ़्तार किए। तेरह को जलियाँ वाला बाग़ में जलसा हुआ। क़रीब-क़रीब पच्चीस हज़ार का मजमा था।

शाम के क़रीब जनरल डायर मुसल्लह गोरों और सिखों के साथ वहां पहुंचा और निहत्ते आदमियों पर गोलियों की बारिश शुरू कर दी।

उस वक़्त तो किसी को नुक़्सान जान का ठीक अंदाज़ा नहीं था। बाद में जब तहक़ीक़ हुई तो पता चला कि एक हज़ार हलाक हुए हैं और तीन या चार हज़ार के क़रीब ज़ख़्मी... लेकिन मैं थैले की बात कर रहा था... भाई जान, आँखों देखी आप को बता चुका हूँ... बेऐब ज़ात ख़ुदा की है।

मरहूम में चारों ऐब शरई थे। एक पेशा तवाइफ़ के बतन से था मगर जियाला था। मैं अब यक़ीन के साथ कह सकता हूँ कि इस मलऊन गोरे की पहली गोली भी उसके लगी थी। आवाज़ सुन कर उसने जब पलट कर अपने साथियों की तरफ़ देखा था और उन्हें हौसला दिलाया था।

जोश की हालत में उसको मालूम नहीं हुआ था कि उसकी छाती में गर्म-गर्म सीसा उतर चुका है। दूसरी गोली उसकी पीठ में लगी। तीसरी फिर सीने में... मैंने देखा नहीं, पर सुना है जब थैले की लाश गोरे से जुदा की गई तो उसके दोनों हाथ उसकी गर्दन में इस बुरी तरह पैवस्त थे कि अलाहिदा नहीं होते थे... गोरा जहन्नुम वासिल हो चुका था।

दूसरे रोज़ जब थैले की लाश कफ़न-दफ़न के लिए उसके घर वालों के सपुर्द की गई तो उसका बदन गोलियों से छलनी होरहा था। दूसरे गोरे ने तो अपना पूरा पिस्तौल उस पर ख़ाली कर दिया था।

मेरा ख़याल है उस वक़्त मरहूम की रूह क़फ़स-ए-उंसुरी से परवाज़ कर चुकी थी। उस शैतान के बच्चे ने सिर्फ़ उसके मुर्दा जिस्म पर चांद मारी

की थी।

कहते हैं जब थैले की लाश मुहल्ले में पहुंची तो कुहराम मच गया। अपनी बिरादरी में वो इतना मक़बूल नहीं था, लेकिन उसकी क़ीमा-क़ीमा लाश देख कर सब धाड़ें मार मार कर रोने लगे। उसकी बहनें शमशाद और अलमास तो बेहोश होगईं। जब जनाज़ा उठा तो उन दोनों ने ऐसे बैन किए कि सुनने वाले लहू के आँसू रोते रहे।

भाई जान, मैंने कहीं पढ़ा था कि फ़रांस के इन्क़िलाब में पहली गोली वहां की एक टखयाई के लगी थी। मरहूम मुहम्मद तुफ़ैल एक तवाइफ़ का लड़का था। इन्क़िलाब की इस जद्द-ओ-जहद में उसको जो पहली गोली लगी थी दसवीं थी या पचासवीं। इसके मुताल्लिक़ किसी ने भी तहक़ीक़ नहीं की। शायद इसलिए कि सोसाइटी में इस ग़रीब का कोई रुतबा नहीं था।

मैं तो समझता हूँ पंजाब के इस ख़ूनीं ग़ुसल में नहाने वालों की फ़हरिस्त में थैले कंजर का नाम-ओ-निशान तक भी नहीं होगा और ये भी कोई पता नहीं कि ऐसी कोई फ़हरिस्त तैयार भी हुई थी।

सख़्त हंगामी दिन थे। फ़ौजी हुकूमत का दौर-दौरा था। वो देव जिसे मार्शल ला कहते हैं, शहर के गली-गली, कूचे-कूचे में डकारता फिरता था। बहुत अफ़रातफ़री के आलम में उस ग़रीब को जल्दी जल्दी यूं दफ़न किया गया जैसे उसकी मौत उसके सोगवार अज़ीज़ों का एक संगीन जुर्म थी जिसके निशानात वो मिटा देना चाहते थे।

बस भाई जान, थैला मर गया। थैला दफ़ना दिया गया और... और ये कह कर मेरा हमसफ़र पहली मर्तबा कुछ कहते-कहते रुका और ख़ामोश होगया।

ट्रेन दनदनाती हुई जा रही थी। पटड़ियों की खटाखट ने ये कहना

शुरू कर दिया। थैला मर गया... थैला दफ़ना दिया गया... थैला मर गया ... थैला दफ़ना दिया गया। इस मरने और दफ़नाने के दरमियान कोई फ़ासला नहीं था, जैसे वो इधर मरा और उधर दफ़ना दिया गया।

और खट-खट के साथ इन अलफ़ाज़ की हमआहंगी कुछ इस क़दर जज़्बात से आरी थी कि मुझे अपने दिमाग़ से उन दोनों को जुदा करना पड़ा। चुनांचे मैंने अपने हम सफ़र से कहा, "आप कुछ और भी सुनाने वाले थे?"

चौंक कर उसने मेरी तरफ़ देखा, "जी हाँ... उस दास्तान का एक अफ़सोसनाक हिस्सा बाक़ी है।"

मैंने पूछा, "क्या?"

उसने कहना शुरू किया, "मैं आपसे अर्ज़ कर चुका हूँ कि थैले की दो बहनें थीं, शमशाद और अलमास। बहुत ख़ूबसूरत थीं। शमशाद लंबी थी। पतले पतले नक़्श, ग़लाफ़ी आँखें। ठुमरी बहुत ख़ूब गाती थी। सुना है ख़ां साहब फ़तह अली ख़ां से तालीम लेती रही थी।

दूसरी अलमास थी। उसके गले में सुर नहीं था, लेकिन बतावे में अपना सानी नहीं रखती थी। मुजरा करती थी तो ऐसा लगता था कि उसका अंग-अंग बोल रहा है। हर भाव में एक घात होती थी... आँखों में वो जादू था जो हर एक के सर पर चढ़ के बोलता था।" मेरे हम सफ़र ने तारीफ़-ओ-तौसीफ में कुछ ज़रूरत से ज़्यादा वक़्त लिया। मगर मैंने टोकना मुनासिब न समझा।

थोड़ी देर के बाद वो ख़ुद इस लंबे चक्कर से निकला और दास्तान के अफ़सोसनाक हिस्से की तरफ़ आया, "क़िस्सा ये है भाई जान कि इन आफ़त की परकाला दो बहनों के हुस्न-ओ-जमाल का ज़िक्र किसी ख़ुशामदी ने फ़ौजी अफ़सरों से कर दिया... बलवे में एक मेम... क्या नाम

था उस चुड़ैल का? मिस... मिस शरवड मारी गई थी... तय ये हुआ कि उनको बुलवाया जाये और... और... जी भर के इंतिक़ाम लिया जाये।आप समझ गए न भाई जान?"

मैंने कहा, "जी हाँ!"

मेरे हमसफ़र ने एक आह भरी, "ऐसे नाज़ुक मुआमलों में तवाइफ़ें और कस्बीयाँ भी अपनी माएं-बहनें होती हैं... मगर भाई जान, ये मुल्क अपनी इज़्ज़त-ओ-नामूस को मेरा ख़याल है पहचानता ही नहीं।

जब ऊपर से इलाक़े के थानेदार को आर्डर मिला तो वो फ़ौरन तैयार होगया। चुनांचे वो ख़ुद शमशाद और अलमास के मकान पर गया और कहा कि साहब लोगों ने याद किया है। वो तुम्हारा मुजरा सुनना चाहते हैं।भाई की क़ब्र की मिट्टी भी अभी तक ख़ुश्क नहीं हुई थी। अल्लाह को प्यारा हुए उस ग़रीब को सिर्फ़ दो दिन हुए थे कि ये हाज़िरी का हुक्म सादिर हुआ कि आओ हमारे हुज़ूर नाचो।

अज़ियत का इससे बढ़ कर पुरअज़ियत तरीक़ा क्या हो सकता है? मुस्तबइद तमस्ख़ुर की ऐसी मिसाल मेरा ख़याल है शायद ही कोई और मिल सके... क्या हुक्म देने वालों को इतना ख़याल भी न आया कि तवाइफ़ भी ग़ैरत मंद होती है? हो सकती है... क्यों नहीं हो सकती?" उसने अपने आपसे सवाल किया, लेकिन मुख़ातिब वो मुझ से था।

मैंने कहा, "हो सकती है!"

"जी हाँ"... थैला आख़िर उनका भाई था। उसने किसी क़िमारख़ाने की लड़ाई-भिड़ाई में अपनी जान नहीं दी थी। वो शराब पी कर दंगा-फ़साद करते हुए हलाक नहीं हुआ था। उसने वतन की राह में बड़े बहादुराना तरीक़े पर शहादत का जाम पिया था। वो एक तवाइफ़ के बतन से था। लेकिन वो तवाइफ़ माँ थी और शमशाद और अलमास उसी की बेटियां थीं

और ये थैले की बहनें थीं... तवाइफ़ें बाद में थीं... और वो थैले की लाश देख कर बेहोश होगई थीं। जब उसका जनाज़ा उठा था तो उन्होंने ऐसे बैन किए थे कि सुन कर आदमी लहू रोता था।

मैंने पूछा, "वो गईं?"

मेरे हम सफ़र ने इसका जवाब थोड़े वक़्फ़े के बाद अफ़सुरदगी से दिया, "जी हाँ... जी हाँ गईं... ख़ूब सज-बन कर।"

एक दम उसकी अफ़सुरदगी तीखापन इख़्तियार करगई, "सोलह सिंगार करके अपने बुलाने वालों के पास गईं... कहते हैं कि ख़ूब महफ़िल जमी... दोनों बहनों ने अपने जौहर दिखाए... ज़र्क़-बर्क़ पेशवाज़ों में मलबूस वो कोह-ए-क़ाफ़ की परियां मालूम होती थीं।

शराब के दौर चलते रहे और वो नाचती गाती रहीं। ये दोनों दौर चलते रहे और कहते हैं कि रात के दो बजे एक बड़े अफ़सर के इशारे पर महफ़िल बरख़ास्त हुई।" वो उठ खड़ा हुआ और बाहर भागते हुए दरख़्तों को देखने लगा।

पहियों और पटड़ियों की आहनी गड़गड़ाहट की ताल पर उसके आख़िरी दो लफ़्ज़ नाचने लगे, "बरख़ास्त हुई... बरख़ास्त हुई।"

मैंने अपने दिमाग़ में उन्हें, आहनी गड़गड़ाहट से नोच कर अलाहिदा करते हुए उससे पूछा, "फिर क्या हुआ?"

भागते हुए दरख़्तों और खंबों से नज़रें हटा कर उसने बड़े मज़बूत लहजे में कहा, "उन्होंने अपनी ज़र्क़-बर्क़ पेशवाज़ें नोच डालीं और अलिफ़ नंगी होगईं और कहने लगीं... लो देख लो... हम थैले की बहनें हैं। उस शहीद की जिसके ख़ूबसूरत जिस्म को तुमने सिर्फ़ इसलिए अपनी गोलियों से छलनी छलनी किया था कि उसमें वतन से मोहब्बत करने वाली रूह थी।

हम उसी की ख़ूबसूरत बहनें हैं... आओ, अपनी शहवत के गर्म-गर्म लोहे से हमारा ख़ुशबूओं में बसा हुआ जिस्म दागदार करो... मगर ऐसा करने से पहले सिर्फ़ हमें एक बार अपने मुँह पर थूक लेने दो।"

ये कह कर वो ख़ामोश होगया, कुछ इस तरह कि और नहीं बोलेगा। मैंने फ़ौरन ही पूछा, "फिर क्या हुआ?"

उसकी आँखों में आँसू डबडबा आए, "उनको... उनको गोली से उड़ा दिया गया।"

मैंने कुछ न कहा। गाड़ी आहिस्ता होकर स्टेशन पर रुकी तो उसने कुली बुला कर अपना अस्बाब उठवाया। जब जाने लगा तो मैंने उससे कहा, "आपने जो दास्तान सुनाई, उसका अंजाम मुझे आप का ख़ुद साख़्ता मालूम होता है।"

एक दम चौंक कर उसने मेरी तरफ़ देखा, "ये आपने कैसे जाना?"

मैंने कहा, "आपके लहजे में एक नाक़ाबिल-ए-बयान कर्ब था।"

मेरे हम सफ़र ने अपने हलक़ की तल्ख़ी थूक के साथ निगलते हुए कहा, "जी हाँ... उन हराम..." वो गाली देते-देते रुक गया, "उन्होंने अपने शहीद भाई के नाम पर बट्टा लगा दिया।" ये कह कर वो प्लेटफार्म पर उतर गया।

आँखें

उस के सारे जिस्म में मुझे उसकी आँखें बहुत पसंद थीं।

ये आँखें बिल्कुल ऐसी ही थीं जैसे अंधेरी रात में मोटर कार की हेडलाइट्स जिनको आदमी सब से पहले देखता है। आप ये न समझिएगा कि वो बहुत ख़ूबसूरत आँखें थीं, हरगिज़ नहीं। मैं ख़ूबसूरती और बदसूरती में तमीज़ कर सकता हूँ। लेकिन माफ़ कीजिएगा, इन आँखों के मुआमले में सिर्फ़ इतना ही कह सकता हूँ कि वो ख़ूबसूरत नहीं थीं। लेकिन इसके बावजूद उनमें बेपनाह कशिश थी।

मेरी और उन आँखों की मुलाक़ात एक हस्पताल में हुई। मैं उस हस्पताल का नाम आपको बताना नहीं चाहता, इसलिए कि इससे मेरे इस अफ़साने को कोई फ़ायदा नहीं पहुंचेगा।

बस आप यही समझ लीजिए कि एक हस्पताल था, जिसमें मेरा एक अज़ीज़ ऑप्रेशन कराने के बाद अपनी ज़िंदगी के आख़िरी सांस ले रहा था।

यूं तो मैं तीमारदारी का क़ाइल नहीं। मरीज़ों के पास जा कर उनको दम दिलासा देना भी मुझे नहीं आता। लेकिन अपनी बीवी के पैहम इसरार पर मुझे जाना पड़ता कि मैं अपने मरने वाले अज़ीज़ को अपने ख़ुलूस और मोहब्बत का सबूत दे सकूं।

यक़ीन मानिए कि मुझे सख़्त कोफ़्त हो रही थी। हस्पताल के नाम ही से मुझे नफ़रत है, मालूम नहीं क्यों। शायद इसलिए कि एक बार बंबई में अपनी बूढ़ी हमसाई को जिसकी कलाई में मोच आ गई थी, मुझे जे जे हस्पताल में ले जाना पड़ा था। वहां कैजुअलिटी डिपार्टमेंट में मुझे कम-

अज़-कम ढाई घंटे इंतिज़ार करना पड़ा था। वहां मैं जिस आदमी से भी मिला, लोहे के मानिंद सर्द और बेहिस था।

मैं उन आँखों का ज़िक्र कर रहा था जो मुझे बेहद पसंद थीं।

पसंद का मुआमला इन्फ़िरादी हैसियत रखता है। बहुत मुम्किन है अगर आप ये आँखें देखते तो आप के दिल-ओ-दिमाग़ में कोई रद्द-ए-अमल पैदा न होता। ये भी मुम्किन है कि आपसे अगर उनके बारे में कोई राय तलब की जाती तो आप कह देते, "निहायत वाहियात आँखें हैं।" लेकिन जब मैंने उस लड़की को देखा तो सबसे पहले मुझे उसकी आँखों ने अपनी तरफ़ मुतवज्जा किया।

वो बुर्क़ा पहने हुए थी, मगर नक़ाब उठा हुआ था। उसके हाथ में दवा की बोतल थी और वो जनरल वार्ड के बरामदे में एक छोटे से लड़के के साथ चली आ रही थी।

मैं ने उसकी तरफ़ देखा तो उसकी आँखों में जो बड़ी थीं, न छोटी, स्याह थीं न भूरी, नीली थीं न सब्ज़, एक अजीब क़िस्म की चमक पैदा हुई। मेरे क़दम रुक गए, वो भी ठहर गई। उसने अपने साथी लड़के का हाथ पकड़ा और बौखलाई हुई आवाज़ में कहा, "तुमसे चला नहीं जाता!"

लड़के ने अपनी कलाई छुड़ाई और तेज़ी से कहा, "चल तो रहा हूँ, तू तो अंधी है!"

मैंने ये सुना तो उस लड़की की आँखों की तरफ़ दुबारा देखा। उसके सारे वजूद में सिर्फ़ उसकी आँखें ही थीं जो पसंद आई थीं।

मैं आगे बढ़ा और उसके पास पहुंच गया। उसने मुझे पलकें न झपकने वाली आँखों से देखा और पूछा, "ऐक्सरे कहाँ लिया जाता है?"

इत्तिफ़ाक़ की बात है कि उन दिनों ऐक्सरे डिपार्टमेंट में मेरा एक दोस्त

काम कर रहा था, और मैं उसी से मिलने के लिए आया था। मैंने उस लड़की से कहा, "आओ, मैं तुम्हें वहां ले चलता हूँ, मैं भी उधर ही जा रहा हूँ।"

लड़की ने अपने साथी लड़के का हाथ पकड़ा और मेरे साथ चल पड़ी। मैंने डाक्टर सादिक़ को पूछा तो मालूम हुआ कि वो ऐक्सरे लेने में मसरूफ़ हैं।

दरवाज़ा बंद था और बाहर मरीज़ों की भीड़ लगी थी। मैंने दरवाज़ा खटखटाया। अंदर से तेज़-ओ-तुंद आवाज़ आई, "कौन है... दरवाज़ा मत ठोको!"

लेकिन मैंने फिर दस्तक दी। दरवाज़ा खुला और डाक्टर सादिक़ मुझे गाली देते देते रह गया, "ओह तुम हो!"

"हाँ भई... मैं तुमसे मिलने आया था। दफ़्तर में गया तो मालूम हुआ कि तुम यहां हो।"

"आ जाओ अंदर।"

मैंने लड़की की तरफ़ देखा और उससे कहा, "आओ... लेकिन लड़के को बाहर ही रहने दो!"

डाक्टर सादिक़ ने हौले से मुझसे पूछा, "कौन है ये?"

मैंने जवाब दिया, "मालूम नहीं कौन है... ऐक्सरे डिपार्टमेंट को पूछ रही थी। मैंने कहा चलो, मैं लिए चलता हूँ।"

डाक्टर सादिक़ ने दरवाज़ा और ज़्यादा खोल दिया। मैं और वो लड़की अंदर दाख़िल हो गए।

चार-पाँच मरीज़ थे। डाक्टर सादिक़ ने जल्दी जल्दी उनकी स्क्रीनिंग

की और उन्हें रुख़सत किया। इस के बाद कमरे में हम सिर्फ़ दो रह गए। मैं और वो लड़की।

डाक्टर सादिक़ ने मुझसे पूछा, “इन्हें क्या बीमारी है?”

मैंने उस लड़की से पूछा, “क्या बीमारी है तुम्हें... एक्स-रे के लिए तुमसे किस डाक्टर ने कहा था?”

अंधेरे कमरे में लड़की ने मेरी तरफ़ देखा और जवाब दिया, “मुझे मालूम नहीं क्या बीमारी है... हमारे मुहल्ले में एक डाक्टर है, उसने कहा था कि ऐक्सरे लो।”

डाक्टर सादिक़ ने उससे कहा कि मशीन की तरफ़ आए। वो आगे बढ़ी तो बड़े ज़ोर के साथ उससे टकरा गई। डाक्टर ने तेज़ लहजे में उससे कहा, “क्या तुम्हें सुझाई नहीं देता।”

लड़की ख़ामोश रही। डाक्टर ने उसका बुर्क़ा उतारा और स्क्रीन के पीछे खड़ा कर दिया। फिर उसने स्विच ऑन किया। मैंने शीशे में देखा तो मुझे उसकी पसलियां नज़र आईं। उसका दिल भी एक कोने में काले से धब्बे की सूरत में धड़क रहा था।

डाक्टर सादिक़ पाँच छः मिनट तक उसकी पसलियों और हड्डियों को देखता रहा। इसके बाद उसने स्विच ऑफ़ कर दिया और रोशनी करके मुझसे मुख़ातिब हुआ, “छाती बिल्कुल साफ़ है।”

लड़की ने मालूम नहीं क्या समझा कि अपनी छातियों पर जो काफ़ी बड़ी बड़ी थीं, दुपट्टे को दुरुस्त किया और बुर्क़ा ढूढ़ने लगी।

बुर्क़ा एक कोने में मेज़ पर पड़ा था। मैंने बढ़ कर उसे उठाया और उसके हवाले कर दिया। डाक्टर सादिक़ ने रिपोर्ट लिखी और उससे पूछा, “तुम्हारा नाम क्या है?”

लड़की ने बुर्क़ा ओढ़ते हुए जवाब दिया, “जी मेरा नाम... मेरा नाम हनीफ़ा है।”

“हनीफ़ा!” डाक्टर सादिक़ ने उसका नाम पर्ची पर लिखा और उसको दे दी, “जाओ, ये अपने डाक्टर को दिखा देना।”

लड़की ने पर्ची ली और क़मीज़ के अंदर अपनी अंगिया में उड़स ली।

जब वो बाहर निकली तो मैं ग़ैर-इरादी तौर पर उसके पीछे पीछे था। लेकिन मुझे इसका पूरी तरह एहसास था कि डाक्टर सादिक़ ने मुझे शक की नज़रों से देखा था। उसे जहां तक मैं समझता हूँ, इस बात का यक़ीन था कि उस लड़की से मेरा तअल्लुक़ है, हालाँकि जैसा आप जानते हैं, ऐसा कोई मुआमला नहीं था, सिवाए इसके कि मुझे उसकी आँखें पसंद आ गई थीं।

मैं उसके पीछे-पीछे था। उसने अपने साथी लड़की की उंगली पकड़ी हुई थी। जब वो तांगों के अड्डे पर पहुंचे तो मैंने हनीफा से पूछा, “तुम्हें कहाँ जाना है?”

उसने एक गली का नाम लिया तो मैंने उससे झूट-मूट कहा, “मुझे भी उधर ही जाना है... मैं तुम्हें तुम्हारे घर छोड़ दूंगा।”

मैंने जब उसका हाथ पकड़ कर तांगे में बिठाया तो मुझे महसूस हुआ कि मेरी आँखें ऐक्स रेज़ का शीशा बन गई हैं। मुझे उसका गोश्त-पोस्त दिखाई नहीं देता था, सिर्फ़ ढांचा नज़र आता था, लेकिन उसकी आँखें... वो बिल्कुल साबित-ओ-सालिम थीं, जिनमें बे-पनाह कशिश थी।

मेरा जी चाहता था कि उसके साथ बैठूं लेकिन ये सोच कर कोई देख लेगा, मैंने उसके साथी लड़के को उसके साथ बिठा दिया और आप अगली नशिस्त पर बैठ गया।

"मैं... मैं सआदत हसन मंटो हूँ।"

"मंटो... ये मंटो क्या हुआ?"

"कश्मीरियों की एक ज़ात है।"

"हम भी कश्मीरी हैं।"

"अच्छा!"

"हम कुंग दाईस हैं।"

मैंने मुड़ कर उससे कहा, "ये तो बहुत ऊंची ज़ात है।"

वो मुस्कुराई और उसकी आँखें और ज़्यादा पुरकशिश हो गईं।

मैं ने अपनी ज़िंदगी में बेशुमार ख़ूबसूरत आँखें देखी थीं लेकिन वो आँखें जो हनीफा के चेहरे पर थीं, बेहद पुरकशिश थीं। मालूम नहीं उनमें क्या चीज़ थी जो कशिश का बाइस थी। मैं इससे पेशतर अर्ज़ कर चुका हूँ कि वो क़तअन ख़ूबसूरत नहीं थीं, लेकिन इसके बावजूद मेरे दिल में खुब रही थीं।

मैंने जसारत से काम लिया और उसके बालों की एक लट को जो उसके माथे पर लटक कर उसकी एक आँख को ढाँप रही थी, उंगली से उठाया और उसके सर पर चस्पाँ कर दी। उसने बुरा न माना।

मैंने और जसारत की और उसका हाथ अपने हाथ में ले लिया। इस पर भी उसने कोई मुज़ाहमत न की और अपने साथी लड़के से मुख़ातिब हुई, "तुम मेरा हाथ क्यों दबा रहे हो?"

मैंने फ़ौरन उसका हाथ छोड़ दिया और लड़के से पूछा, "तुम्हारा मकान कहाँ है?"

लड़के ने हाथ का इशारा किया, "उस बाज़ार में!"

तांगे ने उधर का रुख़ किया, बाज़ार में बहुत भीड़ थी, ट्रैफ़िक भी मामूल से ज़्यादा। ताँगा रुक-रुक कर चल रहा था। सड़क में चूँकि गढ़े थे, इसलिए ज़ोर के धचके लग रहे थे। बार-बार उसका सर मेरे कंधों से टकराता था और मेरा जी चाहता था कि उसे अपने ज़ानू पर रख लूं और उसकी आँखें देखता रहूं।

थोड़ी देर के बाद उनका घर आ गया। लड़के ने तांगे वाले से रुकने के लिए कहा। जब ताँगा रुका तो वो नीचे उतरा। हनीफ़ा बैठी रही। मैंने उससे कहा, "तुम्हारा घर आ गया है!"

हनीफ़ा ने मुड़ कर मेरी तरफ़ अजीब-ओ-ग़रीब आँखों से देखा, "बदरु कहाँ है?"

मैंने उससे पूछा, "कौन बदरु?"

"वो लड़का जो मेरे साथ था।"

मैंने लड़के की तरफ़ देखा जो तांगे के पास ही था, "ये खड़ा तो है!"

"अच्छा... " ये कह कर उसने बदरु से कहा, "बदरु! मुझे उतार तो दो।"

बदरु ने उसका हाथ पकड़ा और बड़ी मुश्किल से नीचे उतारा। मैं सख़्त मुतहय्यर था। पिछली नशिस्त पर जाते हुए मैंने उस लड़के से पूछा, "क्या बात है ये ख़ुद नहीं उतर सकतीं?"

बदरु ने जवाब दिया, "जी नहीं... इनकी आँखें ख़राब हैं... दिखाई नहीं देता।"

* * * * * *

आर्टिस्ट लोग

जमीला को पहली बार महमूद ने बाग़-ए-जिन्ना में देखा। वो अपनी दो सहेलियों के साथ चहल क़दमी कर रही थी। सबने काले बुर्के पहने थे। मगर नक़ाबें उलटी हुई थीं। महमूद सोचने लगा। ये किस क़िस्म का पर्दा है कि बुर्क़ा ओढ़ा हुआ है, मगर चेहरा नंगा है। आख़िर इस पर्दे का मतलब क्या? महमूद जमीला के हुस्न से बहुत मुतास्सिर हुआ।

वो अपनी सहेलियों के साथ हंसती खेलती जा रही थी। महमूद उसके पीछे चलने लगा... उसको इस बात का क़तअन होश नहीं था कि वो एक ग़ैर अख़लाक़ी हरकत का मुर्तकिब हो रहा है। उसने सैंकड़ों मर्तबा जमीला को घूर घूर के देखा। इसके इलावा एक दो बार उसको अपनी आँखों से इशारे भी किए। मगर जमीला ने उसे दर-ख़ूर ऐतिना न समझा और अपनी सहेलियों के साथ बढ़ती चली गई।

उसकी सहेलियां भी काफ़ी ख़ूबसूरत थीं। मगर महमूद ने उसमें एक ऐसी कशिश पाई जो लोहे के साथ मक़्नातीस की होती है... वो उसके साथ चिमट कर रह गया।

एक जगह उसने जुर्रत से काम लेकर जमीला से कहा, "हुज़ूर अपना नक़ाब तो संभालिए, हवा में उड़ रहा है।"

जमीला ने ये सुन कर शोर मचाना शुरू कर दिया। इस पर पुलिस के दो सिपाही जो उस वक़्त बाग़ में ड्यूटी पर थे, दौड़ते आए और जमीला से पूछा, "बहन क्या बात है?"

जमीला ने महमूद की तरफ़ देखा जो सहमा खड़ा था और कहा, "ये लड़का मुझसे छेड़ख़ानी कर रहा था, जबसे मैं इस बाग़ में दाख़िल हुई हूँ, ये मेरा पीछा कर रहा है।"

सिपाहियों ने महमूद का सरसरी जायज़ा लिया और उसको गिरफ़्तार कर के हवालात में दाख़िल कर दिया... लेकिन उसकी ज़मानत हो गई।

अब मुक़द्दमा शुरू हुआ... उसकी रूएदाद में जाने की ज़रूरत नहीं। इसलिए कि ये तफ़सील तलब है... क़िस्सा मुख़्तसर ये है कि महमूद का जुर्म साबित हो गया और उसे दो माह क़ैद बा-मुशक़्क़त की सज़ा मिल गई।

उसके वालिदैन नादार थे। इसलिए वो सेशन की अदालत में अपील न कर सके। महमूद सख़्त परेशान था कि आख़िर उसका क़ुसूर क्या है। उसको अगर एक लड़की पसंद आ गई थी और उसने उससे चंद बातें करना चाहीं तो ये क्या जुर्म है, जिसकी पादाश में वो दो माह क़ैद बा-मुशक़्क़त भुगत रहा है।

जेलख़ाने में वो कई मर्तबा बच्चों की तरह रोया... उसको मुसव्विरी का शौक़ था, लेकिन उससे वहां चक्की पिसवाई जाती थी।

अभी उसे जेल ख़ाने में आए बीस रोज़ ही हुए थे कि उसे बताया गया कि उसकी मुलाक़ात आई है... महमूद ने सोचा कि ये मुलाक़ाती कौन है? उसके वालिद तो उससे सख़्त नाराज़ थे। वालिदा अपाहिज थीं और कोई रिश्तेदार भी नहीं थे।

सिपाही उसे दरवाज़े के पास ले गया जो आहनी सलाख़ों का बना हुआ था। उन सलाख़ों के पीछे उसने देखा कि जमीला खड़ी है... वो बहुत हैरत-ज़दा हुआ। उसने समझा कि शायद किसी और को देखने आई होगी। मगर जमीला ने सलाख़ों के पास आकर उससे कहा, "मैं आपसे मिलने आई हूँ।"

महमूद की हैरत में और भी इज़ाफ़ा होगया, "मुझसे..."

“जी हाँ... मैं माफ़ी मांगने आई हूँ कि मैंने जल्दबाज़ी की, जिसकी वजह से आपको यहां आना पड़ा।”

महमूद मुस्कुराया, “हाय इस ज़ूद-ए-पशेमाँ का पशेमाँ होना।”

जमीला ने कहा, “ये ग़ालिब है?”

“जी हाँ, ग़ालिब के सिवा और कौन हो सकता है जो इंसान के जज़्बात की तर्जुमानी कर सके... मैंने आपको माफ़ कर दिया, लेकिन मैं यहां आपकी कोई ख़िदमत नहीं कर सकता। इसलिए कि ये मेरा घर नहीं है सरकार का है... इसके लिए मैंमाफ़ी का ख़्वास्तगार हूँ।”

“जमीला की आँखों में आँसू आगए, “मैं आपकी ख़ादिमा हूँ।”

चंद मिनट उनके दरमियान और बातें हुईं, जो मुहब्बत के अहद-ओ-पैमान थीं... जमीला ने उसको साबुन की एक टिकिया दी, मिठाई भी पेश की। इसके बाद वो हर पंद्रह दिन के बाद महमूद से मुलाक़ात करने के लिए आती रही। इस दौरान में इन दोनों की मुहब्बत उस्तवार होगई।

जमीला ने महमूद को एक रोज़ बताया, “मुझे मौसीक़ी सीखने का शौक़ है... आजकल मैं ख़ां साहब सलाम अली ख़ां से सबक़ ले रही हूँ।”

महमूद ने उससे कहा, “मुझे मुसव्विरी का शौक़ है, मुझे यहां जेलख़ाने में और कोई तकलीफ़ नहीं... मशक़्क़त से में घबराता नहीं। लेकिन मेरी तबीयत जिस फ़न की तरफ़ माएल है उसकी तस्कीन नहीं होती। यहां कोई रंग है न रोगन है। कोई काग़ज़ है न पैंसिल... बस चक्की पीसते रहो।”

जमीला की आँखें फिर आँसू बहाने लगीं, “बस अब थोड़े ही दिन बाक़ी रह गए हैं। आप बाहर आएं तो सब कुछ हो जाएगा।”

महमूद दो माह की क़ैद काटने के बाद बाहर आया तो जमीला दरवाज़े

पर मौजूद थी... उस काले बुर्के में जो अब भूसला होगया था और जगह जगह से फटा हुआ था।

दोनों आर्टिस्ट थे। इसलिए उन्होंने फ़ैसला किया कि शादी कर लें... चुनांचे शादी होगई। जमीला के माँ-बाप कुछ असासा छोड़ गए थे, उससे उन्होंने एक छोटा सा मकान बनाया और पुर मसर्रत ज़िंदगी बसर करने लगे।

महमूद एक आर्ट स्टूडियो में जाने लगा ताकि अपनी मुसव्विरी का शौक़ पूरा करे... जमीला ख़ां साहब सलाम अली ख़ां से फिर तालीम हासिल करने लगी।

एक बरस तक वो दोनों तालीम हासिल करते रहे। महमूद मुसव्विरी सीखता रहा और जमीला मौसीक़ी। उसके बाद सारा असासा ख़त्म होगया और नौबत फ़ाक़ों पर आगई। लेकिन दोनों आर्ट शैदाई थे। वो समझते थे कि फ़ाक़े करने वाले ही सही तौर पर अपने आर्ट की मेराज तक पहुंच सकते हैं। इसलिए वो अपनी इस मुफ़लिसी के ज़माने में भी ख़ुश थे।

एक दिन जमीला ने अपने शौहर को ये मुज़्दा सुनाया कि उसे एक अमीर घराने में मौसीक़ी सिखाने की ट्युशन मिल रही है। महमूद ने ये सुन कर उससे कहा, "नहीं ट्युशन-व्युशन बकवास है... हम लोग आर्टिस्ट हैं।"

उसकी बीवी ने बड़े प्यार के साथ कहा, "लेकिन मेरी जान गुज़ारा कैसे होगा?"

महमूद ने अपने फूसड़े निकले हुए कोट का कालर बड़े अमीराना अंदाज़ में दुरुस्त करते हुए जवाब दिया, "आर्टिस्ट को इन फ़ुज़ूल बातों का ख़याल नहीं रखना चाहिए। हम आर्ट के लिए ज़िंदा रहते हैं... आर्ट हमारे लिए ज़िंदा नहीं रहता।"

जमीला ये सुन कर ख़ुश हुई, "लेकिन मेरी जान आप मुसव्विरी सीख रहे हैं... आपको हर महीने फ़ीस अदा करनी पड़ती है। उसका बंदोबस्त भी तो कुछ होना चाहिए... फिर खाना-पीना है। उसका ख़र्च अलाहिदा है।"

"मैंने फ़िलहाल मुसव्विरी की तालीम लेना छोड़ दी है... जब हालात मुवाफ़िक़ होंगे तो देखा जाएगा।"

दूसरे दिन जमीला घर आई तो इसके पर्स में पंद्रह रुपये थे जो उसने अपने ख़ाविंद के हवाले कर दिए और कहा, "मैंने आज से ट्युशन शुरू कर दी है, ये पंद्रह रुपये मुझे पेशगी मिले हैं... आप मुसव्विरी का फ़न सीखने का काम जारी रखें।"

महमूद के मर्दाना जज़्बात को बड़ी ठेस लगी, "मैं नहीं चाहता कि तुम मुलाज़मत करो... मुलाज़मत मुझे करना चाहिए।"

जमीला ने ख़ास अंदाज़ में कहा, "हाय... मैं आपकी ग़ैर हूँ। मैंने अगर कहीं थोड़ी देर के लिए मुलाज़मत कर ली है तो इसमें हर्ज ही क्या है... बहुत अच्छे लोग हैं। जिस लड़की को मैं मौसीक़ी की तालीम देती हूँ, बहुत प्यारी और ज़हीन है।"

ये सुन कर महमूद ख़ामोश होगया। उसने मज़ीद गुफ़्तुगू न की।

दूसरे हफ़्ते के बाद वो पच्चीस रुपये लेकर आया और अपनी बीवी से कहा, "मैंने आज अपनी एक तस्वीर बेची है, ख़रीदार ने उसे बहुत पसंद किया। लेकिन ख़सीस था। सिर्फ़ पच्चीस रुपये दिए। अब उम्मीद है कि मेरी तस्वीरों के लिए मार्किट चल निकलेगी।"

जमीला मुस्कुराई, "तो फिर काफ़ी अमीर आदमी हो जाऐंगे।"

महमूद ने उससे कहा, "जब मेरी तस्वीरें बिकना शुरू हो जाएंगी तो मैं तुम्हें ट्युशन नहीं करने दूँगा।"

जमीला ने अपने ख़ाविंद की टाई की गिरह दुरुस्त की और बड़े प्यार से कहा, "आप मेरे मालिक हैं जो भी हुक्म देंगे मुझे तस्लीम होगा।"

दोनों बहुत ख़ुश थे इसलिए कि वो एक दूसरे से मुहब्बत करते थे। महमूद ने जमीला से कहा, "अब तुम कुछ फ़िक्र न करो। मेरा काम चल निकला है... चार तस्वीरें कल परसों तक बिक जाएंगी और अच्छे दाम वसूल हो जाऐंगे। फिर तुम अपनी मौसीक़ी की तालीम जारी रख सकोगी।"

एक दिन जमीला जब शाम को घर आई तो इसके सर के बालों में धुन्की हुई रूई का गुबार इस तरह जमा था जैसे किसी अधेड़ उम्र आदमी की दाढ़ी में सफ़ेद बाल।

महमूद ने उससे इस्तिफ़सार किया, "ये तुमने अपने बालों की क्या हालत बना रखी है... मौसीक़ी सिखाने जाती हो या किसी जंग फ़ैक्ट्री में काम करती हो।"

जमीला ने, जो महमूद की नई रज़ाई की पुरानी रूई को धुनक रही थी मुस्कुरा कर कहा, "हम आर्टिस्ट लोग हैं। हमें किसी बात का होश भी नहीं रहता..."

महमूद ने हुक़्क़े की नय मुँह में लेकर अपनी बीवी की तरफ़ देखा और कहा, "होश वाक़ई नहीं रहता।"

जमीला ने महमूद के बालों में अपनी उंगलियों से कंघी करना शुरू की। ये धुन्की हुई रूई का गुबार आप के सर में कैसे आगया?" महमूद ने हुक्के का एक कश लगाया, "जैसा कि तुम्हारे सर में मौजूद है... हम दोनों एक ही जंग फ़ैक्ट्री में काम करते हैं सिर्फ़ आर्ट की ख़ातिर।"

आख़िरी सल्यूट

ये कश्मीर की लड़ाई भी अजीब-ओ-ग़रीब थी। सूबेदार रब नवाज़ का दिमाग़ ऐसी बंदूक़ बन गया था। जंग का घोड़ा ख़राब हो गया हो।

पिछली बड़ी जंग में वो कई महाज़ों पर लड़ चुका था। मारना और मरना जानता था। छोटे बड़े अफ़सरों की नज़रों में उसकी बड़ी तौक़ीर थी, इसलिए कि वो बड़ा बहादुर, निडर और समझदार सिपाही था। प्लाटून कमांडर मुश्किल काम हमेशा उसे ही सौंपते थे और वो उनसे ओहदा बरआ होता था। मगर इस लड़ाई का ढंग ही निराला था।

दिल में बड़ा वलवला, बड़ा जोश था। भूक-प्यास से बेपर्वा सिर्फ़ एक ही लगन थी, दुश्मन का सफ़ाया कर देने की, मगर जब उससे सामना होता, तो जानी-पहचानी सूरतें नज़र आतीं। बा'ज़ दोस्त दिखाई देते, बड़े बग़ली क़िस्म के दोस्त, जो पिछली लड़ाई में उसके दोश बदोश, इत्तिहादियों के दुश्मनों से लड़े थे, पर अब जान के प्यासे बने हुए थे।

सूबेदार रब नवाज़ सोचता था कि ये सब ख़्वाब तो नहीं। पिछली बड़ी जंग का ऐलान। भर्ती, क़दर आवर छातियों की पैमाइश, पी टी, चांद मारी और फिर महाज़। उधर से इधर, इधर से उधर, आख़िर जंग का ख़ातमा।

फिर एक दम पाकिस्तान का क़ियाम और साथ ही कश्मीर की लड़ाई। ऊपर तले कितनी चीज़ें। रब नवाज़ सोचता था कि करने वाले ने ये सब कुछ सोच समझ कर किया है ताकि दूसरे बौखला जाएं और समझ न सकें। वर्ना ये भी कोई बात थी कि इतनी जल्दी इतने बड़े इन्क़िलाब बरपा हो जाएं।

इतनी बात तो सूबेदार रब नवाज़ की समझ में आती थी कि वो कश्मीर

हासिल करने के लिए लड़ रहे हैं। कश्मीर क्यों हासिल करना है, ये भी वो अच्छी तरह समझता था इसलिए कि पाकिस्तान की बक़ा के लिए उसका इलहाक़ अशद ज़रूरी है, मगर निशाना बांधते हुए उसे जब कोई जानी पहचानी शक्ल नज़र आ जाती थी तो वो कुछ देर के लिए भूल जाता था कि वो किस ग़रज़ के लिए लड़ रहा है, किस मक़सद के लिए उसने बंदूक़ उठाई है। और वो ये ग़ालिबन इसीलिए भूलता था कि उसे बार बार ख़ुद को याद कराना पड़ा था कि अब की वो सिर्फ़ तनख़्वाह ज़मीन के मुरब्बों और तमगों के लिए नहीं बल्कि अपने वतन की ख़ातिर लड़ रहा है।

ये वतन पहले भी उसका वतन था, वो इसी इलाक़े का रहने वाला था जो अब पाकिस्तान का एक हिस्सा बन गया था। अब उसे अपने उसी हमवतन के ख़िलाफ़ लड़ना था जो कभी उसका हमसाया होता था, जिसके ख़ानदान से उसके ख़ानदान के पुश्त-हा-पुश्त के देरीना मरासिम थे।

अब उसका वतन वो था जिसका पानी तक भी उसने कभी नहीं पिया था, पर अब उसकी ख़ातिर, एक दम उसके कांधे पर बंदूक़ रख कर ये हुक्म दे दिया गया था कि जाओ, ये जगह जहां तुमने अभी अपने घर के लिए दो ईंटें भी नहीं चुनीं, जिसकी हवा और जिसके पानी का मज़ा अभी तक तुम्हारे मुँह में ठीक तौर पर नहीं बैठा, तुम्हारा वतन है... जाओ उसकी ख़ातिर पाकिस्तान से लड़ो... उस पाकिस्तान से जिसके ऐन दिल में तुम ने अपनी उम्र के इतने बरस गुज़ारे हैं।

रब नवाज़ सोचता था कि यही दिल उन मुसलमान फ़ौजियों का है जो हिंदुस्तान में अपना घर बार छोड़कर यहां आए हैं। वहां उनसे सब कुछ छीन लिया गया था यहां आकर उन्हें और तो कुछ नहीं मिला। अलबत्ता बंदूक़ें मिल गई हैं। उसी वज़न की, उसी शक्ल की, उसी मार्के और छाप की।

पहले सब मिल कर एक ऐसे दुश्मन से लड़ते थे जिनको उन्होंने पेट

और इनाम-ओ-इकराम की ख़ातिर अपना दुश्मन यक़ीन कर लिया था। अब वो ख़ुद दो हिस्सों में बट गए थे। पहले सब हिंदुस्तानी फ़ौजी कहलाते थे। अब एक पाकिस्तानी था और दूसरा हिंदुस्तानी। उधर हिंदुस्तान में मुसलमान हिंदुस्तानी फ़ौजी थे।

रब नवाज़ जब उनके मुतअल्लिक़ सोचता तो उसके दिमाग़ में एक अजीब गड़बड़ सी पैदा हो जाती और जब वो कश्मीर के मुतअल्लिक़ सोचता तो उसका दिमाग़ बिल्कुल जवाब दे जाता...

पाकिस्तानी फ़ौजी कश्मीर के लिए लड़ रहे थे या कश्मीर के मुसलमानों के लिए? अगर उन्हें कश्मीर के मुसलमानों ही के लिए लड़ाया जाता था तो हैदराबाद, और जूनागढ़ के मुसलमानों के लिए क्यों उन्हें लड़ने के लिए नहीं कहा जाता था और अगर ये जंग ठेट इस्लामी जंग थी तो दुनिया में दूसरे इस्लामी मुल्क हैं वो उसमें क्यों हिस्सा नहीं लेते।

रब नवाज़ अब बहुत सोच-बिचार के बाद इस नतीजे पर पहुंचा था कि ये बारीक बारीक बातें फ़ौजी को बिल्कुल नहीं सोचना चाहिऐं। उसकी अक़्ल मोटी होनी चाहिए क्योंकि मोटी अक़्ल वाला ही अच्छा सिपाही हो सकता है, मगर फ़ित्रत से मजबूर कभी कभी वो चोर दिमाग से उन पर ग़ौर कर ही लेता था और बाद में अपनी इस हरकत पर ख़ूब हँसता था।

दरियाए किशनगंगा के किनारे इस सड़क के लिए जो मुज़फ़्फ़राबाद से करन जाती है। कुछ अर्से से लड़ाई हो रही थी... अजीब-ओ-गरीब लड़ाई थी। रात को बा'ज़ औक़ात आसपास की पहाड़ियां फ़ायरों के बजाय गंदी-गंदी गालियों से गूंज उठती थीं।

एक मर्तबा सूबेदार रब नवाज़ अपनी प्लाटून के जवानों के साथ शब ख़ून मारने के लिए तैयार हो रहा था कि दूर नीचे एक खाई से गालियों का शोर उठा। पहले तो वो घबरा गया। ऐसा लगता था कि बहुत से भूत

मिल कर नाच रहे हैं और ज़ोर-ज़ोर के क़हक़हे लगा रहे हैं, वो बड़बड़ाया, "ख़िनज़ीर की दुम... ये क्या हो रहा है।"

एक जवान ने गूंजती हुई आवाज़ों से मुख़ातिब हो कर ये बड़ी गाली दी और रब नवाज़ से कहा, "सूबेदार साहब गालियां दे रहे हैं। अपनी माँ के यार।"

रब नवाज़ ये गालियां सुन रहा था जो बहुत उकसाने वाली थीं। उसके जी में आई कि बज़न बोल दे मगर ऐसा करना ग़लती थी, चुनांचे वो ख़ामोश रहा। कुछ देर जवान भी चुप रहे, मगर जब पानी सर से गुज़र गया तो उन्होंने भी गला फाड़ फाड़ के गालियां लुढ़काना शुरू कर दीं... रब नवाज़ के लिए इस क़िस्म की लड़ाई बिल्कुल नई चीज़ थी।

उसने जवानों को दो तीन मर्तबा ख़ामोश रहने के लिए कहा, मगर गालियां ही कुछ ऐसी थीं कि जवाब दिए बिना इंसान से नहीं रहा जाता था।

दुश्मन के सिपाही नज़र से ओझल थे। रात को तो ख़ैर अंधेरा था, मगर वो दिन को भी नज़र नहीं आते थे। सिर्फ़ उनकी गालियां नीचे पहाड़ी के क़दमों से उठती थीं और पत्थरों के साथ टकड़ा टकड़ा कर हवा में हल हो जाती थीं।

रब नवाज़ की प्लाटून के जवान जब उन गालियों का जवाब देते थे तो उसको ऐसा लगता था कि वो नीचे नहीं जातीं, ऊपर को उड़ जाती हैं। इससे उसको ख़ासी कोफ़्त होती थी... चुनांचे उसने झुँझला कर हमला करने का हुक्म दे दिया।

रब नवाज़ को वहां की पहाड़ीयों में एक अजीब बात नज़र आई थी। चढ़ाई की तरफ़ कोई पहाड़ी दरख़्तों और बूटों से लदी फंदी होती थी और उतराई की तरफ़ गंजी। कश्मीरी हितो के सर की तरह। किसी की चढ़ाई का हिस्सा गंजा होता था और उतराई की तरफ़ दरख़्त ही दरख़्त होते थे।

चीड के लिए लंबे तनावर दरख़्त जिनके बटे हुए धागे जैसे पत्तों पर फ़ौजी बूट फिसल फिसल जाते थे।

जिस पहाड़ी पर सूबेदार रब नवाज़ की प्लाटून थी, उसकी उतराई दरख़्तों और झाड़ियों से बेनयाज़ थी। ज़ाहिर है कि हमला बहुत ही ख़तरनाक था मगर सब जवान हमले के लिए बख़ुशी तैयार थे। गालियों का इंतिक़ाम लेने के लिए वो बेताब थे।

हमला हुआ और कामयाब रहा। दो जवान मारे गए। चार ज़ख़्मी हुए। दुश्मन के तीन आदमी खेत रहे। बाक़ी रसद का कुछ सामान छोड़कर भाग निकले।

सूबेदार रब नवाज़ और उसके जवानों को इस बात का बड़ा दुख था कि दुश्मन का कोई ज़िंदा सिपाही उनके हाथ न आया जिसको वो ख़ातिर ख़्वाह गालियों का मज़ा चखाते। मगर ये मोर्चा फ़तह करने से वो एक बड़ी अहम पहाड़ी पर क़ाबिज़ होगए थे।

वायरलैस के ज़रिये से सूबेदार रब नवाज़ ने प्लाटून कमांडर मेजर असलम को फ़ौरन ही अपने हमले के इस नतीजे से मुत्तला कर दिया था और शाबाशी वसूल करली थी।

क़रीब-क़रीब हर पहाड़ी की चोटी पर पानी का एक तालाब सा होता था। इस पहाड़ी पर भी तालाब था, मगर दूसरी पहाड़ीयों के तालाबों के मुक़ाबले में ज़्यादा बड़ा। उसका पानी भी बहुत साफ़ और शफ़्फ़ाफ़ था। गो मौसम सख़्त सर्द था, मगर सब नहाए। दाँत बजते रहे मगर उन्होंने कोई परवाह न की। वो अभी इस शग़ल में मस्रूफ़ थे कि फ़ायर की आवाज़ आई। सब नंगे ही लेट गए।

थोड़ी देर के बाद सूबेदार रब नवाज़ ख़ां ने दूरबीन लगा कर नीचे ढलवानों पर नज़र दौड़ाई, मगर उसे दुश्मन के छुपने की जगह का पता

न चला।

उसके देखते देखते एक और फ़ायर हुआ। दूर उतराई के फ़ौरन बाद एक निस्बतन छोटी पहाड़ी की दाढ़ी से उसे धुआँ उठता नज़र आया। उसने फ़ौरन ही अपने जवानों को फ़ायर का हुक्म दिया। उधर से धड़ा धड़ फ़ायर हुए। इधर से भी जवाबन गोलियां चलने लगीं... सूबेदार रब नवाज़ ने दूरबीन से दुश्मन की पोज़ीशन का बग़ौर मुताला किया।

वो ग़ालिबन बड़े बड़े पत्थरों के पीछे महफ़ूज़ थे। मगर ये मुहाफ़िज़ दीवार बहुत ही छोटी थी। ज़्यादा देर तक वो जमे नहीं रह सकते थे। इनमें से जो भी इधर उधर हटता, उसका सूबेदार रब नवाज़ की ज़द में आना यक़ीनी था।

थोड़ी देर फ़ायर होते रहे। इसके बाद रब नवाज़ ने अपने जवानों को मना कर दिया कि वो गोलियां ज़ाए न करें सिर्फ़ ताक में रहें। जूंही दुश्मन का कोई सिपाही पत्थरों की दीवार से निकल कर इधर या उधर जाने की कोशिश करे उसको उड़ा दें।

ये हुक्म दे कर उसने अपने अलिफ़ नंगे बदन की तरफ़ देखा और बड़बड़ाया, “ख़िनज़ीर की दुम... कपड़ों के बग़ैर आदमी हैवान मालूम होता है।”

लंबे लंबे वक़्फ़ों के बाद दुश्मन की तरफ़ से इक्का दुक्का फ़ायर होता रहा। यहां से उसका जवाब कभी कभी दे दिया जाता। ये खेल पूरे दो दिन जारी रहा... मौसम यकलख़्त बहुत सर्द हो गया। इस क़दर सर्द कि दिन को भी ख़ून मुंजमिद होने लगता था, चुनांचे सूबेदार रब नवाज़ ने चाय के दौर शुरू करा दिए।

हर वक़्त आग पर केतली धरी रहती। जूंही सर्दी ज़्यादा सताती एक दौर इस गर्म-गर्म मशरूब का हो जाता। वैसे दुश्मन पर बराबर निगाह

थी। एक हटता तो दूसरा उसकी जगह दूरबीन लेकर बैठ जाता।

हड्डीयों तक उतर जाने वाली सर्द हवा चल रही थी। जब उस जवान ने जो पहरेदार था, बताया कि पत्थरों की दीवार के पीछे कुछ गड़बड़ हो रही है। सूबेदार रब नवाज़ ने उससे दूरबीन ली और ग़ौर से देखा।

उसे हरकत नज़र न आई लेकिन फ़ौरन ही एक आवाज़ बुलंद हुई और देर तक उसकी गूंज आस पास की पहाड़ियों के साथ टकराती रही। रब नवाज़ उसका मतलब न समझा। उसके जवाब में उसने अपनी बंदूक़ दाग़ दी।

उसकी गूंज दबी तो फिर उधर से आवाज़ बुलंद हुई, जो साफ़ तौर पर उनसे मुख़ातिब थी। रब नवाज़ चिल्लाया, "ख़िंज़ीर की दुम। बोल क्या कहता है तू!"

फ़ासला ज़्यादा नहीं था। रब नवाज़ के अल्फ़ाज़ दुश्मन तक पहुंच गए, क्योंकि वहां से किसी ने कहा, "गाली न दे भाई।"

रब नवाज़ ने अपने जवानों की तरफ़ देखा और बड़े झुंझलाए हुए तअज्जुब के साथ कहा, "भाई?..." फिर वो अपने मुँह के आगे दोनों हाथों का भोंपू बना कर चिल्लाया, "भाई होगा तेरी माँ का जना... यहां सब तेरी माँ के यार हैं! "

एक दम उधर से एक ज़ख़्मी आवाज़ बुलंद हुई, "रब नवाज़! "

रब नवाज़ काँप गया... ये आवाज़ आस-पास की पहाड़ियों से सर फोड़ती रही और मुख़्तलिफ़ अंदाज़ में, रब नवाज़... रब नवाज़, दोहराती बिलआख़िर ख़ून मुंजमिद कर देने वाली सर्द हवा के साथ जाने कहाँ उड़ गई।

रब नवाज़ बहुत देर के बाद चौंका, "ये कौन था।" फिर वो आहिस्ते से

बड़बड़ाया, "ख़िंज़ीर की दुम! "

उसको इतना मालूम था टेटवाल के महाज़ पर सिपाहियों की अक्सरियत ६/६ रेजिमेंट की है। वो भी उसी रेजिमेंट में था। मगर ये आवाज़ थी किस की?

वो ऐसे बेशुमार आदमियों को जानता था जो कभी उसके अज़ीज़ तरीन दोस्त थे। कुछ ऐसे भी जिनसे उसकी दुश्मनी थी, चंद ज़ाती अग़राज़ की बिना पर। लेकिन ये कौन था जिसने उसकी गाली का बुरा मान कर उसे चीख़ कर पुकारा था।

रब नवाज़ ने दूरबीन लगा कर देखा, मगर पहाड़ी की हिलती हुई छिद्री दाढ़ी में उसे कोई नज़र न आया। दोनों हाथों का भोंपू बना कर उसने ज़ोर से अपनी आवाज़ उधर फेंकी, "ये कौन था?... रब नवाज़ बोल रहा है... रब नवाज़... रब नवाज़।"

ये रब नवाज़, भी कुछ देर तक पहाड़ियों के साथ टकराता रहा। रब नवाज़ बड़बड़ाया, "ख़िंज़ीर की दुम!"

फ़ौरन ही उधर से आवाज़ बुलंद हुई, "मैं हूँ... मैं हूँ राम सिंह!"

रब नवाज़ ये सुन कर यूं उछला जैसे वो छलांग लगा कर दूसरी तरफ़ जाना चाहता है। पहले उसने अपने आपसे कहा, "राम सिंह?" फिर हलक़ फाड़ के चिल्लाया, "राम सिंह?... ओए राम सिन्धा... ख़िंज़ीर की दुम!"

ख़िंज़ीर की दुम अभी पहाड़ियों के साथ टकरा टकरा कर पूरी तरह गुम नहीं हुई थी कि राम सिंह की फटी फटी आवाज़ बुलंद हुई, "ओए कुम्हार के खोते!"

रब नवाज़ फूं फूं करने लगा। जवानों की तरफ़ रोबदार नज़रों से देखते हुए वो बड़बड़ाया, "बकता है... ख़िंज़ीर की दुम!" फिर उसने राम

सिंह को जवाब दिया, "ओए बाबा टल के कड़ाह प्रशाद... ओए ख़िंज़ीर के झटके।"

राम सिंह बेतहाशा क़हक़हे लगाने लगा। रब नवाज़ भी ज़ोर ज़ोर से हँसने लगा। पहाड़ियां ये आवाज़ें बड़े खलंडरे अंदाज़ में एक दूसरे की तरफ़ उछालती रहीं... सूबेदार रब नवाज़ के जवान ख़ामोश थे।

जब हंसी का दौर ख़त्म हुआ तो उधर से राम सिंह की आवाज़ बुलंद हुई, "देखो यार। हमें चाय पीनी है!"

रब नवाज़ बोला, "पियो... ऐश करो।"

राम सिंह चिल्लाया, "ओए ऐश किस तरह करें... सामान तो हमारा उधर पड़ा है।"

रब नवाज़ ने पूछा, "किधर।"

राम सिंह की आवाज़ आई, "उधर... जिधर तुम्हारा फ़ायर हमें उड़ा सकता है।"

रब नवाज़ हंसा, "तो क्या चाहते हो तुम... ख़िंज़ीर की दुम!"

राम सिंह बोला, "हमें सामान ले आने दे।"

"ले आ!" ये कह कर उसने अपने जवानों की तरफ़ देखा।

राम सिंह की तशवीश भरी आवाज़ बुलंद हुई, "तू उड़ा देगा, कुम्हार के खोते!"

रब नवाज़ ने भन्ना कर कहा, "बक नहीं, ओए संतोख सर के कछुवे।"

राम सिंह हंसा, "क़सम खा नहीं मारेगा!"

रब नवाज़ ने पूछा, "किसकी क़सम खाऊं!"

राम सिंह ने कहा, “किसी की भी खा ले!”

रब नवाज़ हंसा, "ओए जा... मंगवा ले अपना सामान।"

चंद लम्हात ख़ामोशी रही। दूरबीन एक जवान के हाथ में थी। उसने मानी ख़ेज़ नज़रों से सूबेदार रब नवाज़ की तरफ़ देखा। बंदूक़ चलाने ही वाला था कि रब नवाज़ ने उसे मना किया, “नहीं... नहीं!”

फिर उसने दूरबीन लेकर ख़ुद ही देखा। एक आदमी डरते डरते पंजों के बल पत्थरों के अक़ब से निकल कर जा रहा था। थोड़ी दूर इस तरह चल कर वो उठा और तेज़ी से भागा और कुछ दूर झाड़ियों में ग़ायब होगया। दो मिनट के बाद वापस आया तो उसके दोनों हाथों में कुछ सामान था।

एक लहज़े के लिए वो रुका। फिर तेज़ी से ओझल हुआ तो रब नवाज़ ने अपनी बंदूक़ चला दी। तड़ाख़ के साथ ही रब नवाज़ का क़हक़हा बुलंद हुआ। ये दोनों आवाज़ें मिल कर कुछ देर झनझनाती रहीं। फिर राम सिंह की आवाज़ आई, “थैंक यू।”

“नो मेंशन।” रब नवाज़ ने ये कह कर जवानों की तरफ़ देखा, “एक राउंड हो जाये।”

तफ़रीह के तौर पर दोनों तरफ़ से गोलियां चलने लगीं। फिर ख़ामोशी होगई। रब नवाज़ ने दूरबीन लगा कर देखा। पहाड़ी की दाढ़ी में से धुआँ उठ रहा था। वो पुकारा, “चाय तैयार करली राम सिन्घा?”

जवाब आया, “अभी कहाँ ओए कुम्हार के खोते!”

रब नवाज़ ज़ात का कुम्हार था। जब कोई उसकी तरफ़ इशारा करता था तो ग़ुस्से से उसका ख़ून खौलने लगता था। एक सिर्फ़ राम सिंह के मुँह से वो इसे बर्दाश्त कर लेता था इसलिए कि वो उसका बेतकल्लुफ़ दोस्त था।

एक ही गांव में वो पल कर जवान हुए थे। दोनों की उम्र में सिर्फ़ चंद दिन का फ़र्क़ था। दोनों के बाप, फिर उनके बाप भी एक दूसरे के दोस्त थे। एक ही स्कूल में प्राइमरी तक पढ़ते थे और एक ही दिन फ़ौज में भर्ती हुए थे और पिछली बड़ी जंग में कई महाज़ों पर इकट्ठे लड़े थे।

रब नवाज़ अपने जवानों की नज़रों में ख़ुद को ख़फ़ीफ़ महसूस करके बड़बड़ाया, "ख़िंज़ीर की दुम... अब भी बाज़ नहीं आता।" फिर वो राम सिंह से मुख़ातिब हुआ, "बक नहीं ओए खोते की जूँ।"

राम सिंह का क़हक़हा बुलंद हुआ। रब नवाज़ ने ऐसे ही शिस्त बांधी हुई थी। तफ़रीहन उसने लबलबी दबा दी। तड़ाख़ के साथ ही एक फ़लक शिगाफ़ चीख़ बुलंद हुई। रब नवाज़ ने फ़ौरन दूरबीन लगाई और देखा कि एक आदमी, नहीं, राम सिंह पेट पकड़े, पत्थरों की दीवारों से ज़रा हट कर दोहरा हुआ और गिर पड़ा।

रब नवाज़ ज़ोर से चीख़ा, "राम सिंह! और उछल कर खड़ा होगया," उधर से बयक वक़्त तीन चार फ़ायर हुए। एक गोली रब नवाज़ का दायां बाज़ू चाटती हुई निकल गई। फ़ौरन ही वो औंधे मुँह ज़मीन पर गिर पड़ा।

अब दोनों तरफ़ से फ़ायर शुरू होगए। इधर कुछ सिपाहियों ने गड़बड़ से फ़ायदा उठा कर पत्थरों के अक़ब से निकल कर भागना चाहा। उधर से फ़ायर जारी थे मगर निशाने पर कोई न बैठा। रब नवाज़ ने अपने जवानों को उतरने का हुक्म दिया। तीन फ़ौरन ही मारे गए, लेकिन उफ़्तां-ओ-ख़ेज़ां बाक़ी जवान दूसरी पहाड़ी पर पहुंच गए।

राम सिंह ख़ून में लत पत पथरीली ज़मीन पर पड़ा कराह रहा था। गोली उसके पेट में लगी थी। रब नवाज़ को देख कर उसकी आँखें तमतमा उठीं। मुस्कुरा कर उसने कहा, "ओए कुम्हार के खोते, ये तू ने क्या किया।"

रब नवाज़, राम सिंह का ज़ख़्म अपने पेट में महसूस कर रहा था,

लेकिन वो मुस्कुरा कर उसपर झुका और दोज़ानू हो कर उसकी पेटी खोलने लगा, "ख़िंज़ीर की दुम। तुमसे किसने बाहर निकलने को कहा था।"

पेटी उतारने से राम सिंह को सख़्त तकलीफ़ हुई। दर्द से वो चिल्ला चिल्ला पड़ा। जब पेटी उतर गई और रब नवाज़ ने ज़ख़्म का मुआइना किया जो बहुत ख़तरनाक था तो राम सिंह ने रब नवाज़ का हाथ दबा कर कहा, "मैं अपना आप दिखाने के लिए बाहर निकला था कि तू ने... ओए रब के पुत्तर, फ़ायर कर दिया।"

रब नवाज़ का गला रुँध गया, "क़सम वहदहु ला शरीक की... मैंने ऐसे ही बंदूक़ चलाई थी... मुझे मालूम नहीं था कि तू खोते का सिंह बाहर निकल रहा है... मुझे अफ़सोस है!"

राम सिंह का ख़ून काफ़ी बह निकला था। रब नवाज़ और उसके साथी कई घंटों के बाद वहां पहुंचे थे। इस अर्से तक तो एक पूरी मशक ख़ून की ख़ाली हो सकती थी।

रब नवाज़ को हैरत थी कि इतनी देर तक राम सिंह ज़िंदा रह सका है। उसको उम्मीद नहीं थी कि वो बचेगा। हिलाना जुलाना ग़लत था, चुनांचे उसने फ़ौरन वायरलैस के ज़रिये से प्लाटून कमांडर से दरख़ास्त की कि जल्दी एक डाक्टर रवाना किया जाये। उसका दोस्त राम सिंह ज़ख़्मी हो गया है।

डाक्टर का वहां तक पहुंचना और फिर वक़्त पर पहुंचना बिल्कुल मुहाल था। रब नवाज़ को यक़ीन था कि राम सिंह सिर्फ़ चंद घड़ियों का मेहमान है। फिर भी वायरलैस पर पैग़ाम पहुंचा कर उसने मुस्कुरा कर राम सिंह से कहा, "डाक्टर आ रहा है... कोई फ़िक्र न कर!"

राम सिंह बड़ी नहीफ़ आवाज़ में सोचते हुए बोला, "फ़िक्र किसी बात

की नहीं... ये बता मेरे कितने जवान मारे हैं तुम लोगों ने?"

रब नवाज़ ने जवाब दिया, "सिर्फ़ एक!"

राम सिंह की आवाज़ और ज़्यादा नहीफ़ होगई, "तेरे कितने मारे गए?"

रब नवाज़ ने झूट बोला, "छः!" और ये कह कर उसने मानी ख़ेज़ नज़रों से अपने जवानों की तरफ़ देखा।

"छः... छः!" राम सिंह ने एक-एक आदमी अपने दिल में गिना, "मैं ज़ख़्मी हुआ तो वो बहुत बददिल होगए थे... पर मैंने कहा... खेल जाओ अपनी और दुश्मन की जान से... छः... ठीक है!"

वो फिर माज़ी के धुंदलकों में चला गया, "रब नवाज़... याद हैं वो दिन तुम्हें..."

और राम सिंह ने बीते दिन याद करने शुरू कर दिए। खेतों खलियानों की बातें। स्कूल के क़िस्से ६/६ जाट रेजिमेंट की दास्तानें... कमांडिंग अफ़सरों के लतीफ़े और बाहर के मुल्कों में अजनबी औरतों से मुआशक़े। उनका ज़िक्र करते हुए राम सिंह को कोई बहुत दिलचस्प वाक़िया याद आगया। हँसने लगा तो उसके टीस उठी मगर उसकी परवाह न करते हुए ज़ख़्म से ऊपर ही ऊपर हंस कर कहने लगा, "ओए सुअर के तिल... याद है तुम्हें वो मेडम..."

रब नवाज़ ने पूछा, "कौन?"

राम सिंह ने कहा, "वो... इटली की... क्या नाम रखा था हमने उसका... बड़ी मार खोर औरत थी!"

रब नवाज़ को फ़ौरन ही वो औरत याद आगई, "हाँ, हाँ... वो... मेडम

मनीता फ़नतो... पैसा ख़त्म, तमाशा ख़त्म... पर तुझसे कभी कभी रिआयत कर देती थी मसोलीनी की बच्ची!"

राम सिंह ज़ोर से हंसा... और उसके ज़ख़्म से जमे हुए ख़ून का एक लोथड़ा बाहर निकल आया। सरसरी तौर पर रब नवाज़ ने जो पट्टी बांधी थी, वो खिसक गई थी। उसे ठीक करके उसने राम सिंह से कहा, "अब ख़ामोश रहो।"

राम को बहुत तेज़ बुख़ार था। उसका दिमाग़ उसके बाइस बहुत तेज़ होगया था। बोलने की ताक़त नहीं थी मगर बोले चला जा रहा था। कभी कभी रुक जाता। जैसे ये देख रहा है कि टंकी में कितना पैट्रोल बाक़ी है।

कुछ देर के बाद उस पर हिज़यानी कैफ़ियत तारी होगई, लेकिन कुछ ऐसे वक़्फ़े भी आते थे कि उसके होश-ओ-हवास सलामत होते थे। इन्ही वक़्फ़ों में उसने एक मर्तबा नवाज़ से सवाल किया, "यारा सच्चो सच बताओ, क्या तुम लोगों को वाक़ई कश्मीर चाहिए!"

रब नवाज़ ने पूरे ख़ुलूस के साथ कहा, "हाँ, राम सिन्धा!"

राम सिंह ने अपना सर हिलाया, "नहीं... मैं नहीं मान सकता... तुम्हें वरग़लाया गया है।"

रब नवाज़ ने उसको यक़ीन दिलाने के अंदाज़ में कहा, "तुम्हें वरग़लाया गया है... कसम पंजतन पाक की..."

राम सिंह ने रब नवाज़ का हाथ पकड़ लिया, "क़सम न खा यारा... ठीक होगा।" लेकिन उसका लहजा साफ़ बता रहा था कि उसको रब नवाज़ की क़सम का यक़ीन नहीं।

दिन ढलने से कुछ देर पहले प्लाटून कमांडैंट मेजर असलम आया। उसके साथ चंद सिपाही थे, मगर डाक्टर नहीं था। राम सिंह बेहोशी और

नज़ा की हालत में कुछ बड़बड़ा रहा था। मगर आवाज़ इस क़दर कमज़ोर और शिकस्ता थी कि समझ में कुछ नहीं आता था।

मेजर असलम भी ९/६ जाट रेजिमेंट का था और राम सिंह को बहुत अच्छी तरह जानता था। रब नवाज़ से सारे हालात दर्याफ़्त करने के बाद उसने राम सिंह को बुलाया, "राम सिंह... राम सिंह!"

राम सिंह ने अपनी आँखें खोलीं, लेटे लेटे अटेंशन हो कर उसने सेलूट किया। लेकिन फिर आँखें खोल कर उसने एक लहज़े के लिए ग़ौर से मेजर असलम की तरफ़ देखा। उसका सेलूट करने वाला अकड़ा हुआ हाथ एक दम गिर पड़ा। झुँझला कर उसने बड़बड़ाना शुरू किया, "कुछ नहीं ओए राम सय्यां... भूल ही गया तू सुअर के नल्ला... कि ये लड़ाई... ये लड़ाई?"

राम सिंह अपनी बात पूरी न कर सका। बंद होती हुई आँखों से उसने रब नवाज़ की तरफ़ नीम सवालिया अंदाज़ मैं देखा और सर्द हो गया।

औरत ज़ात

महाराजा ग से रेस कोर्स पर अशोक की मुलाक़ात हुई। इसके बाद दोनों बेतकल्लुफ़ दोस्त बन गए।

महाराजा ग को रेस के घोड़े पालने का शौक़ ही नहीं ख़ब्त था। उसके अस्तबल में अच्छी से अच्छी नस्ल का घोड़ा मौजूद था और महल में जिसके गुंबद रेस कोर्स से साफ़ दिखाई देते थे। तरह तरह के अजाइब मौजूद थे।

अशोक जब पहली बार महल में गया तो महाराजा ग ने कई घंटे सर्फ़ करके उसको अपने तमाम नवादिर दिखाए। ये चीज़ें जमा करने में महाराजा को सारी दुनिया का दौरा करना पड़ा था। हर मुल्क का कोना कोना छानना पड़ा था। अशोक बहुत मुतअस्सिर हुआ। चुनांचे उसने नौजवान महाराजा ग के ज़ौक़-ए-इंतिख़ाब की ख़ूब दाद दी।

एक दिन अशोक घोड़ों के टप लेने के लिए महाराजा के पास गया तो वो डार्क रुम में फ़िल्म देख रहा था। उसने अशोक को वहीं बुलवा लिया। स्केटन मिलीमीटर फ़िल्म थे जहाँ महाराजा ने ख़ुद अपने कैमरे से लिए थे। जब प्रोजेक्टर चला तो पिछली रेस पूरी की पूरी पर्दे से दौड़ गई। महाराजा का घोड़ा इस रेस में वन आया था।

इस फ़िल्म के बाद महाराजा ने अशोक की फ़र्माइश पर और कई फ़िल्म दिखाए। स्विटज़रलैंड, पैरिस, न्यूयार्क, होनो लूलू, हवाई, वादी-ए-कश्मीर... अशोक बहुत महज़ूज़ हुआ ये फ़िल्म क़ुदरती रंगों में थे।

अशोक के पास भी स्केटन मिलीमीटर कैमरा और प्रोजैक्टर था। मगर उसके पास फिल्मों का इतना ज़ख़ीरा नहीं था। दरअसल उसको इतनी

फ़ुर्सत ही नहीं मिलती थी कि अपना ये शौक़ जी भर के पूरा करसके।

महाराजा जब कुछ फ़िल्म दिखा चुका तो उसने कैमरे में रोशनी की और बड़ी बेतकल्लुफ़ी से अशोक की रान पर धप्पा मार कर कहा, "और सुनाओ दोस्त।"

अशोक ने सिगरेट सुलगाया, "मज़ा आगया फ़िल्म देख कर।"

"और दिखाऊँ।"

"नहीं नहीं।"

"नहीं भई, एक ज़रूर देखो... मज़ा आजाएगा तुम्हें," ये कह कर महाराजा ग ने एक सन्दूक़चा खोल कर एक रील निकाली और प्रोजैक्टर पर चढ़ा दी, "ज़रा इत्मिनान से देखना।"

अशोक ने पूछा, "क्या मतलब?"

महाराजा ने कमरे की लाईट ऑफ़ कर दी, "मतलब ये कि हर चीज़ ग़ौर से देखना", ये कह कर उसने प्रोजैक्टर का स्विच दबा दिया।

पर्दे पर चंद लम्हात सिर्फ़ सफ़ेद रोशनी थरथराती रही, फिर एक दम तस्वीरें शुरू होगईं। एक अलिफ़ नंगी औरत सोफे पर लेटी थी। दूसरी सिंगार मेज़ के पास खड़ी अपने बाल संवार रही थी।

अशोक कुछ देर ख़ामोश बैठा देखता रहा... इसके बाद एक दम उसके हलक़ से अजीब-ओ-ग़रीब आवाज़ निकली। महाराजा ने हंस कर उससे पूछा, "क्या हुआ?"

अशोक के हलक़ से आवाज़ फंस फंस कर बाहर निकली, "बंद करो यार, बंद करो।"

"क्या बंद करो?"

अशोक उठने लगा, महाराजा ग ने उसे पकड़ कर बिठा दिया, "ये फ़िल्म तुम्हें पूरे का पूरा देखना पड़ेगा।"

फ़िल्म चलता रहा। पर्दे पर ब्रहनगी मुँह खोले नाचती रही। मर्द और औरत का जिन्सी रिश्ता मादरज़ाद उर्यानी के साथ थिरकता रहा। अशोक ने सारा वक़्त बेचैनी में काटा। जब फ़िल्म बंद हुआ और पर्दे पर सिर्फ़ सफ़ेद रोशनी थी तो अशोक को ऐसा महसूस हुआ कि जो कुछ उसने देखा था। प्रोजैक्टर की बजाय उसकी आँखें फेंक रही हैं।

महाराजा ग ने कमरे की लाईट ऑन की और अशोक की तरफ़ देखा और एक ज़ोर का क़हक़हा लगाया, "क्या होगया है तुम्हें?"

अशोक कुछ सिकुड़ सा गया था। एक दम रोशनी के बाइस उसकी आँखें भींची हुई थीं। माथे पर पसीने के मोटे मोटे क़तरे थे। महाराजा ग ने ज़ोर से उसकी रान पर धप्पा मारा। और इस क़दर बेतहाशा हंसा कि उसकी आँखों में आँसू आगए। अशोक सोफे पर से उठा। रूमाल निकाल कर अपने माथे का पसीना पोंछा, "कुछ नहीं यार।"

"कुछ नहीं क्या... मज़ा नहीं आया।"

अशोक का हलक़ सूखा हुआ था। थूक निगल कर उसने कहा, "कहाँ से लाए ये फ़िल्म?"

महाराजा ने सोफे पर लेटते हुए जवाब दिया, "पैरिस से... पेरी... पेरी!"

अशोक ने सर को झटका सा दिया, "कुछ समझ में नहीं आता।"

"क्या?"

"ये लोग... मेरा मतलब है कैमरे के सामने ये लोग कैसे..."

"यही तो कमाल है... है कि नहीं?"

"है तो सही।" ये कह कर अशोक ने रूमाल से अपनी आँखें साफ़ कीं, "सारी तस्वीरें जैसे मेरी आँखों में फंस गई हैं।"

महाराजा ग उठा, "मैंने एक दफ़ा चंद लेडीज़ को ये फ़िल्म दिखाया"

अशोक चिल्लाया, "लेडीज़ को?"

"हाँ हाँ... बड़े मज़े ले ले कर देखा उन्होंने।"

"ग़लत।"

महाराजा ने बड़ी संजीदगी के साथ कहा, "सच कहता हूँ... एक दफ़ा देख कर दूसरी दफ़ा फिर देखा। भींचती, चिल्लाती और हंसती रहीं।"

अशोक ने अपने सर को झटका सा दिया, "हद होगई है... मैं तो समझता था वो... बेहोश होगई होंगी।"

"मेरा भी यही ख़याल था, लेकिन उन्होंने ख़ूब लुत्फ़ उठाया।"

अशोक ने पूछा, "क्या यूरोपियन थीं?"

महाराजा ग ने कहा, "नहीं भाई... अपने देस की थीं... मुझसे कई बार ये फ़िल्म और प्रोजैक्टर मांग कर ले गईं... मालूम नहीं कितनी सहेलियों को दिखा चुकी हैं।"

"मैंने कहा..." अशोक कुछ कहते कहते रुक गया।

"क्या?"

"एक दो रोज़ के लिए ये फ़िल्म दे सकते हो मुझे?"

"हाँ हाँ, ले जाओ!" ये कह कर महाराजा ने अशोक की पसलियों में ठोंका दिया, "साले किसको दिखाएगा।"

"दोस्तों को।"

"दिखा, जिसको भी तेरी मर्ज़ी!" ये कह कर महाराजा ग ने प्रोजैक्टर में से फ़िल्म का स्पूल निकाला। उसको दूसरे स्पूल चढ़ा दिया और डिब्बा अशोक के हवाले कर दिया, "ले पकड़... ऐश कर!"

अशोक ने डिब्बा हाथ में ले लिया तो उसके बदन में झुरझरी सी दौड़ गई। घोड़ों के टप लेना भूल गया और चंद मिनट इधर उधर की बातें करने के बाद चला गया।

घर से प्रोजैक्टर ले जा कर उसने कई दोस्तों को फ़िल्म दिखाया। तक़रीबन सबके लिए इंसानियत की ये उर्यानी बिल्कुल नई चीज़ थी। अशोक ने हर एक का रद्द-ए-अमल नोट किया। बा'ज़ ने ख़फ़ीफ़ सी घबराहट और फ़िल्म का एक एक इंच ग़ौर से देखा।

बा'ज़ ने थोड़ा सा देख कर आँखें बंद करलीं। बा'ज़ आँखें खुली रखने के बावजूद फ़िल्म को तमाम-ओ-कमाल तौर पर न देख सके। एक बर्दाश्त न कर सका और उठ कर चला गया।

तीन-चार रोज़ के बाद अशोक को फ़िल्म लौटाने का ख़याल आया तो उसने सोचा क्यों न अपनी बीवी को दिखाऊँ चुनांचे वो प्रोजैक्टर अपने घर ले गया। रात हुई तो उसने अपनी बीवी को बुलाया। दरवाज़े बंद किए। प्रोजैक्टर का कनेक्शन वग़ैरा ठीक किया। फ़िल्म निकाला, उसको फिट किया, कमरे की बत्ती बुझाई और फ़िल्म चला दिया।

पर्दे पर चंद लम्हात सफ़ेद रोशनी थरथराई। फिर तस्वीरें शुरू हुई। अशोक की बीवी ज़ोर से चीख़ी, तड़पी, उछली। उसके मुँह से अजीब-ओ-ग़रीब आवाज़ निकलीं। अशोक ने उसे पकड़ कर बिठाना चाहा तो उसने आँखों पर हाथ रख लिए और चीख़ना शुरू कर दिया, "बंद करो... बंद करो।"

अशोक ने हंस कर कहा, "अरे भई देख लो... शरमाती क्यों हो?"

"नहीं नहीं," ये कह कर उसने हाथ छुड़ा कर भागना चाहा।

अशोक ने उसको ज़ोर से पकड़ लिया। वो हाथ जो उसकी आँखों पर था, एक तरफ़ खींचा। इस खींचातानी में दफ़अतन अशोक की बीवी ने रोना शुरू कर दिया। अशोक के ब्रेक से लग गई। उसने तो महज़ तफ़रीह की ख़ातिर अपनी बीवी को फ़िल्म दिखाया था।

रोती और बड़बड़ाती उसकी बीवी दरवाज़ा खोल कर बाहर निकल गई। अशोक चंद लम्हात बिल्कुल ख़ालीउज़्ज़हन बैठा नंगी तस्वीरें देखता रहा। जो हैवानी हरकात में मशग़ूल थीं। फिर एक दम उसने मुआमले की नज़ाकत को महसूस किया।

इस एहसास ने उसे ख़जालत के समुंदर में ग़र्क़ कर दिया। उसने सोचा मुझसे बहुत ही नाज़ेबा हरकत सरज़द हुई, लेकिन हैरत है कि मुझे इसका ख़याल तक न आया... दोस्तों को दिखाया था। ठीक था, घर में और किसी को नहीं, अपनी बीवी... अपनी बीवी को... उसके माथे पर पसीना आगया।

फ़िल्म चल रहा था। मादरज़ाद ब्रहनगी मुख़्तलिफ़ आसन इख़्तियार करती दौड़ रही थी। अशोक ने उठ कर स्विच ऑफ़ कर दिया... पर्दे पर सब कुछ बुझ गया। मगर उसने अपनी निगाहें दूसरी तरफ़ फेर लीं।

उसका दिल-ओ-दिमाग़ शर्मसारी में डूबा हुआ था। ये एहसास उसको चुभ रहा था कि उससे एक निहायत ही नाज़ेबा... निहायत ही वाहियात हरकत सरज़द हुई। उसने यहां तक सोचा कि वो कैसे अपनी बीवी से आँख मिला सकेगा।

कमरे में घुप अंधेरा था। एक सिगरेट सुलगा कर उसने एहसास-ए-

नदामत को मुख़्तलिफ़ ख़यालों के ज़रिये से दूर करने की कोशिश की मगर कामयाब न हुआ। थोड़ी देर दिमाग़ में इधर उधर हाथ मारता रहा। जब चारों तरफ़ से सरज़निश हुई तो ज़च-बच होगया और एक अजीब सी ख़्वाहिश उसके दिल में पैदा हुई कि जिस तरह कमरे में अंधेरा है उसी तरह उसके दिमाग़ पर भी अंधेरा छा जाये।

बार बार उसे ये चीज़ सता रही थी, "ऐसी वाहियात हरकत और मुझे ख़याल तक न आया।"

फिर वो सोचता, बात अगर सास तक पहुंच गई... सालियों को पता चल गया। मेरे मुतअल्लिक़ क्या राय क़ायम करेंगे ये लोग कि ऐसे गिरे हुए अख़लाक़ का आदमी निकला... ऐसी गंदी ज़ेहनियत कि अपनी बीवी को...

तंग आकर अशोक ने सिगरेट सुलगाया। वो नंगी तस्वीरें जो वो कई बार देख चुका था उसकी आँखों के सामने नाचने लगीं... उनके अक़ब में उसे अपनी बीवी का चेहरा नज़र आता। हैरान-ओ-परेशान, जिसने ज़िंदगी में पहली बार उफ़ूनत का इतना बड़ा ढेर देखा हो। सर झटक कर अशोक उठा और कमरे में टहलने लगा। मगर इससे भी उसका इज़्तिराब दूर न हुआ।

थोड़ी देर के बाद वो दबे पांव कमरे से बाहर निकला। साथ वाले कमरे में झांक कर देखा। उसकी बीवी मुँह सर लपेट कर लेटी हुई थी। काफ़ी देर खड़ा सोचता रहा कि अंदर जा कर मुनासिब-ओ-मौज़ूं अल्फ़ाज़ में उससे माफ़ी मांगे, मगर ख़ुद में इतनी जुर्रत पैदा न कर सका। दबे पांव लौटा और अंधेरे कमरे में सोफे पर लेट गया। देर तक जागता रहा, आख़िर सो गया।

सुबह सवेरे उठा। रात का वाक़ेआ उसके ज़ेहन में ताज़ा होगया।

अशोक ने बीवी से मिलना मुनासिब न समझा और नाश्ता किए बग़ैर निकल गया।

ऑफ़िस में उसने दिल लगा कर कोई काम न किया। ये एहसास उसके दिल-ओ-दिमाग़ के साथ चिपक कर रह गया था, "ऐसी वाहियात हरकत और मुझे ख़याल तक न आया।"

कई बार उसने घर बीवी को टेलीफ़ोन करने का इरादा किया मगर हर बार नंबर के आधे हिन्दसे घुमा कर रीसिवर रख दिया। दोपहर को घर से जब उसका खाना आया तो उसने नौकर से पूछा, "मेमसाहब ने खाना ख़ालिया?"

नौकर ने जवाब दिया, "जी नहीं... वो कहीं बाहर गए हैं।"

"कहाँ?"

"मालूम नहीं साहब!"

"कब गए थे?"

"ग्यारह बजे।"

अशोक का दिल धड़कने लगा। भूक ग़ायब होगई, दो-चार निवाले खाए और हाथ उठा लिया। उसके दिमाग़ में हलचल मच गई थी। तरह तरह के ख़यालात पैदा हो रहे थे... ग्यारह बजे... अभी तक लौटी नहीं... गई कहाँ है... माँ के पास? क्या वो उसे सब कुछ बता देगी? ज़रूर बताएगी। माँ से बेटी सब कुछ कह सकती है... हो सकता है बहनों के पास गई हो... सुनेंगी तो क्या कहेंगी? दोनों मेरी कितनी इज़्ज़त करती थीं, जाने बात कहाँ से कहाँ पहुंचेगी... ऐसी वाहियात हरकत और मुझे ख़याल तक न आया...

अशोक ऑफ़िस से बाहर निकल गया। मोटर ली और इधर उधर आवारा चक्कर लगाता रहा। जब कुछ समझ में न आया तो उसने मोटर का रुख़ घर की तरफ़ फेर दिया, "देखा जाएगा जो कुछ होगा।"

घर के पास पहुंचा तो उसका दिल ज़ोर-ज़ोर से धड़कने लगा। जब लिफ़्ट एक धचके के साथ ऊपर उठी तो उसका दिल उछल कर उसके मुँह में आगया।

लिफ़्ट तीसरी मंज़िल पर रुकी। कुछ देर सोच कर उसने दरवाज़ा खोला। अपने फ़्लैट के पास पहुंचा तो उसके क़दम रुक गए। उसने सोचा कि लौट जाये, मगर फ़्लैट का दरवाज़ा खुला और उसका नौकर बीड़ी पीने के लिए बाहर निकला। अशोक को देख कर उसने बीड़ी हाथ में छुपाई और सलाम किया। अशोक को अंदर दाख़िल होना पड़ा।

नौकर पीछे पीछे आरहा था। अशोक ने पलट कर उससे पूछा, "मेमसाहब कहाँ हैं?"

नौकर ने जवाब दिया, "अंदर कमरे में?"

"और कौन है?"

"उनकी बहनें साहब... कोलाबे वाले साहब की मेमसाहब और वो पार्टी बाइयाँ!"

ये सुन कर अशोक बड़े कमरे की तरफ़ बढ़ा। दरवाज़ा बंद था। उसने धक्का दिया। अंदर से अशोक की बीवी की पतली मगर तेज़ आवाज़ आई, "कौन है?"

नौकर बोला, "साहब।"

अंदर कमरे में एक दम गड़बड़ शुरू होगई। चीख़ें बुलंद हुईं, दरवाज़ों

की चटख़नियाँ खुलने की आवाज़ें आईं। खट-खट, फट-फट हुई। अ

शोक कोरीडोर से होता पिछले दरवाज़े से कमरे में दाख़िल हुआ तो उसने देखा कि प्रोजैक्टर चल रहा और पर्दे पर दिन की रोशनी में धुँदली धुँदली इंसानी शक्लें एक नफ़रतअंगेज़ मकानिकी यक आहंगी के साथ हैवानी हरकात में मशग़ूल हैं।

अशोक बेतहाशा हँसने लगा।

नया क़ानून

मंगू कोचवान अपने अड्डे में बहुत अक़्लमंद आदमी समझा जाता था। गो उसकी तालीमी हैसियत सिफ़र के बराबर थी और उसने कभी स्कूल का मुँह भी नहीं देखा था लेकिन इसके बावजूद उसे दुनिया भर की चीज़ों का इल्म था। अड्डे के वो तमाम कोचवान जिन को ये जानने की ख़्वाहिश होती थी कि दुनिया के अंदर क्या हो रहा है उस्ताद मंगू की वसीअ मालूमात से अच्छी तरह वाक़िफ़ थे।

पिछले दिनों जब उस्ताद मंगू ने अपनी एक सवारी से स्पेन में जंग छिड़ जाने की अफ़वाह सुनी थी तो उसने गामा चौधरी के चौड़े कांधे पर थपकी दे कर मुदब्बिराना अंदाज़ में पेशगोई की थी, "देख लेना गामा चौधरी, थोड़े ही दिनों में स्पेन के अंदर जंग छिड़ जाएगी।"

जब गामा चौधरी ने उससे ये पूछा था, "कि स्पेन कहाँ वाक़ा है," तो उस्ताद मंगू ने बड़ी मतानत से जवाब दिया था, "विलायत में और कहाँ?"

स्पेन की जंग छिड़ी और जब हर शख़्स को पता चल गया तो स्टेशन के अड्डे में जितने कोचवान हुक़्क़ा पी रहे थे, दिल ही दिल में उस्ताद मंगू की बड़ाई का एतराफ़ कर रहे थे। और उस्ताद मंगू उस वक़्त माल रोड की चमकीली सतह पर ताँगा चलाते हुए किसी सवारी से ताज़ा हिंदू-मुस्लिम फ़साद पर तबादला-ए-ख़्याल कर रहा था।

उस रोज़ शाम के क़रीब जब वो अड्डे में आया तो उसका चेहरा ग़ैर-मामूली तौर पर तमतमाया हुआ था। हुक़्क़े का दौर चलते चलते जब हिंदू-मुस्लिम फ़साद की बात छिड़ी तो उस्ताद मंगू ने सर पर से ख़ाकी पगड़ी उतारी और बग़ल में दाब कर बड़े मुफ़क्किराना लहजे में कहा, "ये किसी पीर की बददुआ का नतीजा है कि आए दिन हिंदूओं और

मुसलमानों में चाकू, छुरियां चलती रहती हैं और मैंने अपने बड़ों से सुना है कि अकबर बादशाह ने किसी दरवेश का दिल दुखाया था और उस दरवेश ने जल कर ये बददुआ दी थी। जा, तेरे हिंदुस्तान में हमेशा फ़साद ही होते रहेंगे। और देख लो जब से अकबर बादशाह का राज ख़त्म हुआ है हिंदुस्तान में फ़साद पर फ़साद होते रहते हैं।"

ये कह कर उसने ठंडी सांस भरी और फिर हुक्के का दम लगा कर अपनी बात शुरू की, "ये कांग्रेसी हिंदुस्तान को आज़ाद कराना चाहते हैं। मैं कहता हूँ अगर ये लोग हज़ार साल भी सर पटकते रहें तो कुछ न होगा।

"बड़ी से बड़ी बात ये होगी कि अंग्रेज़ चला जाएगा और कोई इटली वाला आजाएगा। या वो रूस वाला जिसकी बाबत मैंने सुना है कि बहुत तगड़ा आदमी है। लेकिन हिंदुस्तान सदा ग़ुलाम रहेगा। हाँ, मैं ये कहना भूल ही गया कि पीर ने ये बददुआ भी दी थी कि हिंदुस्तान पर हमेशा बाहर के आदमी राज करते रहेंगे।"

उस्ताद मंगू को अंग्रेज़ों से बड़ी नफ़रत थी और उस नफ़रत का सबब तो वो ये बतलाया करता था कि वो हिंदुस्तान पर अपना सिक्का चलाते हैं और तरह तरह के ज़ुल्म ढाते हैं। मगर उसके तनफ़्फ़ुर की सबसे बड़ी वजह ये थी कि छावनी के गोरे उसे बहुत सताया करते थे। वो उसके साथ ऐसा सुलूक करते थे, गोया वो एक ज़लील कुत्ता है।

इसके इलावा उसे उनका रंग भी बिल्कुल पसंद न था। जब कभी वो गोरे के सुर्ख़ व सपेद चेहरे को देखता तो उसे मतली आ जाती, न मालूम क्यों। वो कहा करता था कि "उन के लाल झुर्रियों भरे चेहरे देख कर मुझे वो लाश याद आ जाती है जिसके जिस्म पर से ऊपर की झिल्ली गल गल कर झड़ रही हो!"

जब किसी शराबी गोरे से उसका झगड़ा हो जाता तो सारा दिन उसकी

तबीयत मुक़द्दर रहती और वो शाम को अड्डे में आकर हल मार्का सिगरेट पीते या हुक़्क़े के कश लगाते हुए उस गोरे को जी भर कर सुनाया करता। ये मोटी गाली देने के बाद वो अपने सर को ढीली पगड़ी समेत झटका दे कर कहा करता था, "आग लेने आए थे। अब घर के मालिक ही बन गए हैं। नाक में दम कर रखा है इन बंदरों की औलाद ने। यूं रोब गांठते हैं, गोया हम उनके बावा के नौकर हैं।"

इस पर भी उसका ग़ुस्सा ठंडा नहीं होता था। जब तक उसका कोई साथी उसके पास बैठा रहता वो अपने सीने की आग उगलता रहता।

"शक्ल देखते होना तुम उसकी... जैसे कोढ़ हो रहा है... बिल्कुल मुरदार, एक धप्पे की मार और गिट-पिट यूं बक रहा था, जैसे मार ही डालेगा। तेरी जान की क़सम, पहले पहल जी में आई कि मलऊन की खोपड़ी के पुरज़े उड़ा दूं लेकिन इस ख़याल से टल गया कि इस मर्दूद को मारना अपनी हतक है..." ये कहते कहते वो थोड़ी देर के लिए ख़ामोश हो जाता और नाक को ख़ाकी क़मीज़ से साफ़ करने के बाद फिर बड़बड़ाने लग जाता।

"क़सम है भगवान की इन लॉट साहबों के नाज़ उठाते उठाते तंग आगया हूँ। जब कभी इन का मनहूस चेहरा देखता हूँ, रगों में ख़ून खौलने लग जाता है। कोई नया क़ानून-वानून बने तो इन लोगों से नजात मिले। तेरी क़सम जान में जान आ जाये।"

और जब एक रोज़ उस्ताद मंगू ने कचहरी से अपने तांगे पर दो सवारियां लादीं और उनकी गुफ़्तुगू से उसे पता चला कि हिंदुस्तान में जदीद आईन का निफ़ाज़ होने वाला है तो उसकी ख़ुशी की कोई इंतिहा न रही।

दो मारवाड़ी जो कचहरी में अपने दीवानी मुक़द्दमे के सिलसिले में आए

थे घर जाते हुए जदीद आईन यानी इंडिया ऐक्ट के मुतअल्लिक़ आपस में बातचीत कर रहे थे।

"सुना है कि पहली अप्रैल से हिंदुस्तान में नया क़ानून चलेगा... क्या हर चीज़ बदल जाएगी?"

"हर चीज़ तो नहीं बदलेगी, मगर कहते हैं कि बहुत कुछ बदल जाएगा और हिंदुस्तानियों को आज़ादी मिल जाएगी?"

"क्या ब्याज के मुतअल्लिक़ भी कोई नया क़ानून पास होगा?"

"ये पूछने की बात है कल किसी वकील से दरयाफ़्त करेंगे।" उन मारवाड़ियों की बातचीत उस्ताद मंगू के दिल में नाक़ाबिल-ए-बयान ख़ुशी पैदा कर रही थी। वो अपने घोड़े को हमेशा गालियां देता था और चाबुक से बहुत बुरी तरह पीटा करता था। मगर उस रोज़ वो बार-बार पीछे मुड़ कर मारवाड़ियों की तरफ़ देखता और अपनी बढ़ी हुई मूंछों के बाल एक उंगली से बड़ी सफ़ाई के साथ ऊंचे करके घोड़े की पीठ पर बागें ढीली करते हुए बड़े प्यार से कहता, "चल बेटा... ज़रा हवा से बातें करके दिखा दे।"

मारवाड़ियों को उनके ठिकाने पहुंचा कर उसने अनारकली में दीनू हलवाई की दुकान पर आध सेर दही की लस्सी पी कर एक बड़ी डकार ली और मुंछों को मुँह में दबा कर उनको चूसते हुए ऐसे ही बुलंद आवाज़ में कहा, "हिम्मत तेरी ऐसी तैसी।"

शाम को जब वो अड्डे को लौटा। तो खिलाफ़-ए-मामूल उसे वहां अपनी जान-पहचान का कोई आदमी न मिल सका। ये देख कर उसके सीने में एक अजीब-ओ-ग़रीब तूफ़ान बरपा हो गया। आज वो एक बड़ी ख़बर अपने दोस्तों को सुनाने वाला था... बहुत बड़ी ख़बर और इस ख़बर को अपने अंदर से निकालने के लिए वो सख़्त मजबूर हो रहा था लेकिन

वहां कोई था ही नहीं।

आध घंटे तक वो चाबुक बग़ल में दबाये स्टेशन के अड्डे की आहनी छत के नीचे बेक़रारी की हालत में टहलता रहा। उसके दिमाग़ में बड़े अच्छे अच्छे ख़यालात आ रहे थे। नए क़ानून के निफ़ाज़ की ख़बर ने उसको एक नई दुनिया में लाकर खड़ा कर दिया था। वो इस नए क़ानून के मुतअल्लिक़ जो पहली अप्रैल को हिंदुस्तान में नाफ़िज़ होने वाला था, अपने दिमाग़ की तमाम बत्तियां रोशन करके गौर व फ़िक्र कर रहा था। उसके कानों में मारवाड़ी का ये अंदेशा क्या ब्याज के मुतअल्लिक़ भी कोई नया क़ानून पास होगा? बार-बार गूंज रहा था और उसके तमाम जिस्म में मसर्रत की एक लहर दौड़ा रहा था। कई बार अपनी घनी मुंछों के अंदर हंस कर उसने मारवाड़ियों को गाली दी, "ग़रीबों की कुटिया में घुसे हुए खटमल... नया क़ानून उनके लिए खौलता हुआ पानी होगा।"

वो बेहद मसरूर था, ख़ासकर उस वक़्त उसके दिल को बहुत ठंडक पहुंचती जब वो ख़याल करता कि गोरों... सफ़ेद चूहों (वो उनको उसी नाम से याद किया करता था) की थूथनियां नए क़ानून के आते ही बिलों में हमेशा के लिए ग़ायब हो जाएंगी।

जब नत्थू गंजा, पगड़ी बग़ल में दबाये, अड्डे में दाख़िल हुआ तो उस्ताद मंगू बढ़ कर उससे मिला और उसका हाथ अपने हाथ में लेकर बुलंद आवाज़ से कहने लगा, "ला हाथ इधर... ऐसी ख़बर सुनाऊं कि जी ख़ुश हो जाये? तेरी इस गंजी खोपड़ी पर बाल उग आएं।"

और ये कह कर मंगू ने बड़े मज़े ले लेकर नए क़ानून के मुतअल्लिक़ अपने दोस्त से बातें शुरू कर दीं। दौरान-ए-गुफ़्तुगू उसने कई मर्तबा नत्थू गंजे के हाथ पर ज़ोर से अपना हाथ मार कर कहा, "तू देखता रह, क्या बनता है, ये रूस वाला बादशाह कुछ न कुछ ज़रूर करके रहेगा।"

उस्ताद मंगू मौजूदा सोवियत निज़ाम की इश्तिराकी सरगर्मियों के मुतअल्लिक़ बहुत कुछ सुन चुका था और उसे वहां के नए क़ानून और दूसरी नई चीज़ें बहुत पसंद थीं। इसीलिए उसने रूस वाले बादशाह को इंडिया ऐक्ट यानी जदीद आईन के साथ मिला दिया और पहली अप्रैल को पुराने निज़ाम में जो नई तबदीलियां होने वाली थीं, वो उन्हें रूस वाले बादशाह के असर का नतीजा समझता था।

कुछ अर्से से पेशावर और दीगर शहरों में सुर्ख़ पोशों की तहरीक जारी थी। मंगू ने इस तहरीक को अपने दिमाग़ में रूस वाले बादशाह और फिर नए क़ानून के साथ ख़लत-मलत कर दिया था। इसके इलावा जब कभी वो किसी से सुनता कि फ़ुलां शहर में बम साज़ पकड़े गए हैं, या फ़ुलां जगह इतने आदमियों पर बग़ावत के इल्ज़ाम में मुक़द्दमा चलाया गया है तो उन तमाम वाक़ियात को नए क़ानून का पेशख़ैमा समझता और दिल ही दिल में ख़ुश होता।

एक रोज़ उसके तांगे में दो बैरिस्टर बैठे नए आईन पर बड़े ज़ोर से तबादला-ए-ख़याल कर रहे थे और वो ख़ामोशी से उनकी बातें सुन रहा था। उनमें से एक दूसरे से कह रहा था,

"जदीद आईन का दूसरा हिस्सा फ़ैडरेशन है जो मेरी समझ में अभी तक नहीं आसका। फ़ैडरेशन दुनिया की तारीख़ में आज तक न सुनी न देखी गई। सियासी नज़रिया से भी ये फ़ैडरेशन बिल्कुल ग़लत है। बल्कि यूं कहना चाहिए कि ये कोई फ़ैडरेशन है ही नहीं!"

उन बैरिस्टरों के दरमियान जो गुफ़्तुगू हुई उसमें बेशतर अल्फ़ाज़ अंग्रेज़ी के थे। इसलिए उस्ताद मंगू सिर्फ़ ऊपर के जुमले ही को किसी क़दर समझा और उसने कहा, "ये लोग हिंदुस्तान में नए क़ानून की आमद को बुरा समझते हैं और नहीं चाहते कि उनका वतन आज़ाद हो। चुनांचे इस ख़याल के ज़ेर-ए-असर उसने कई मर्तबा उन दो बैरिस्टरों को

हक़ारत की निगाहों से देख कर कहा, "टू डी बच्चे!"

जब कभी वो किसी को दबी ज़बान में "टू डी बच्चा" कहता तो दिल में ये महसूस करके बड़ा ख़ुश होता कि उसने इस नाम को सही जगह इस्तेमाल किया है और ये कि वो शरीफ़ आदमी और "टू डी बच्चे" की तमीज़ करने की अहलियत रखता है।

इस वाक़े के तीसरे रोज़ वो गर्वनमेंट कॉलिज के तीन तलबा को अपने तांगे में बिठा कर मिज़ंग जा रहा था कि उसने उन तीन लड़कों को आपस में ये बातें करते सुना, "नए आईन ने मेरी उम्मीदें बढ़ा दी हैं, अगर साहब असेंबली के मेम्बर हो गए तो किसी सरकारी दफ़्तर में मुलाज़िमत ज़रूर मिल जाएगी।"

"वैसे भी बहुत सी जगहें और निकलेंगी। शायद इसी गड़बड़ में हमारे हाथ भी कुछ आ जाये।"

"हाँ, हाँ क्यों नहीं।"

वो बेकार ग्रेजुएट जो मारे मारे फिर रहे हैं। उन में कुछ तो कमी होगी।"

इस गुफ़्तुगू ने उस्ताद मंगू के दिल में जदीद आईन की अहमियत और भी बढ़ा दी। वो उसको ऐसी चीज़ समझने लगा जो बहुत चमकती हो। "नया क़ानून...!" वो दिन में कई बार सोचता यानी कोई नई चीज़! और हर बार उसकी नज़रों के सामने अपने घोड़े का वो साज़ आ जाता, जो उसने दो बरस हुए चौधरी ख़ुदा बख़्श से अच्छी तरह ठोंक बजा कर ख़रीदा था। उस साज़ पर जब वो नया था, जगह जगह लोहे की निकली हुई कीलें चमकती थीं और जहां-जहां पीतल का काम था वो तो सोने की तरह दमकता था। इस लिहाज़ से भी "नए क़ानून" का दरख़शां-ओ-ताबां होना ज़रूरी था।

पहली अप्रैल तक उस्ताद मंगू ने जदीद आईन के ख़िलाफ़ और उसके हक़ में बहुत कुछ सुना। मगर उसके मुतअल्लिक़ जो तसव्वुर वो अपने ज़ेहन में क़ायम कर चुका था, बदल न सका। वो समझता था कि पहली अप्रैल को नए क़ानून के आते ही सब मुआमला साफ़ हो जाएगा और उसको यक़ीन था कि उसकी आमद पर जो चीज़ें नज़र आयेंगी उनसे उसकी आँखों को ठंडक पहुंचेगी।

आख़िरकार मार्च के इकत्तीस दिन ख़त्म हो गए और अप्रैल के शुरू होने में रात के चंद ख़ामोश घंटे बाक़ी रह गए। मौसम खिलाफ़-ए-मामूल सर्द था और हवा में ताज़गी थी। पहली अप्रैल को सुब्ह सवेरे उस्ताद मंगू उठा और अस्तबल में जाकर घोड़े को जोते और बाहर निकल गया। उसकी तबीयत आज ग़ैर-मामूली तौर पर मसरूर थी... वो नए क़ानून को देखने वाला था।

उसने सुब्ह के सर्द धुंदलके में कई तंग और खुले बाज़ारों का चक्कर लगाया। मगर उसे हर चीज़ पुरानी नज़र आई, आसमान की तरह पुरानी। उसकी निगाहें आज ख़ासतौर पर नया रंग देखना चाहती थीं। मगर सिवाए उस कलग़ी के जो रंग बिरंग के परों से बनी थी और उसके घोड़े के सर पर जमी हुई थी और सब चीज़ें पुरानी नज़र आती थीं। ये नई कलग़ी उसने नए क़ानून की ख़ुशी में यकुम मार्च को चौधरी ख़ुदा बख़्श से साडे चौदह आना में ख़रीदी थी।

घोड़े की टापों की आवाज़, काली सड़क और उसके आस पास थोड़ा थोड़ा फ़ासिला छोड़कर लगाए हुए बिजली के खंबे, दुकानों के बोर्ड, उसके घोड़े के गले में पड़े हुए घुंघरू की झनझनाहट, बाज़ार में चलते फिरते आदमी... उनमें से कौन सी चीज़ नई थी? ज़ाहिर है कि कोई भी नहीं लेकिन उस्ताद मंगू मायूस नहीं था।

अभी बहुत सवेरा है दुकानें भी तो सबकी सब बंद हैं। इस ख़याल से

उसे तस्कीन थी। इसके इलावा वो ये भी सोचता था, "हाईकोर्ट में नौ बजे के बाद ही काम शुरू होता है। अब इससे पहले नए क़ानून का क्या नज़र आएगा?"

जब उसका ताँगा गर्वनमेंट कॉलिज के दरवाज़े के क़रीब पहुंचा तो कॉलिज के घड़ियाल ने बड़ी रऊनत से नौ बजाये। जो तलबा कॉलिज के बड़े दरवाज़े से बाहर निकल रहे थे, ख़ुशपोश थे। मगर उस्ताद मंगू को न जाने उनके कपड़े मैले मैले से क्यों नज़र आए। शायद उसकी वजह ये थी कि उसकी निगाहें आज किसी ख़ैरा-कुन जल्वे का नज़ारा करने वाली थीं।

तांगे को दाएं हाथ मोड़ कर वो थोड़ी देर के बाद फिर अनारकली में था। बाज़ार की आधी दुकानें खुल चुकी थीं और अब लोगों की आमद-ओ-रफ़्त भी बढ़ गई थी। हलवाई की दुकानों पर ग्राहकों की ख़ूब भीड़ थी। मनिहारी वालों की नुमाइशी चीज़ें शीशे की अलमारियों में लोगों को दावत-ए-नज़ारा दे रही थीं और बिजली के तारों पर कई कबूतर आपस में लड़ झगड़ रहे थे। मगर उस्ताद मंगू के लिए उन तमाम चीज़ों में कोई दिलचस्पी न थी... वो नए क़ानून को देखना चाहता था। ठीक उसी तरह जिस तरह वो अपने घोड़े को देख रहा था।

जब उस्ताद मंगू के घर में बच्चा पैदा होने वाला था तो उसने चार पाँच महीने बड़ी बेक़रारी से गुज़ारे थे। उसको यक़ीन था कि बच्चा किसी न किसी दिन ज़रूर पैदा होगा मगर वो इंतिज़ार की घड़ियां नहीं काट सकता था। वो चाहता था कि अपने बच्चे को सिर्फ़ एक नज़र देख ले। उसके बाद वो पैदा होता रहे।

चुनांचे इसी ग़ैर मग़लूब ख़्वाहिश के ज़ेर-ए-असर उसने कई बार अपनी बीमार बीवी के पेट को दबा दबा कर और उसके ऊपर कान रख कर अपने बच्चे के मुतअल्लिक़ कुछ जानना चाहा था मगर नाकाम रहा

था। एक मर्तबा वो इंतिज़ार करते करते इस क़दर तंग आगया था कि अपनी बीवी पर बरस पड़ा था, "तू हर वक़्त मुर्दे की तरह पड़ी रहती है। उठ ज़रा चल-फिर, तेरे अंग में थोड़ी सी ताक़त तो आए। यूं तख़्ता बने रहने से कुछ न हो सकेगा। तू समझती है कि इस तरह लेटे लेटे बच्चा जन देगी?"

उस्ताद मंगू तबअन बहुत जल्दबाज़ वाक़े हुआ था। वो हर सबब की अमली तशकील देखने का ख़्वाहिशमंद था बल्कि मुतजस्सिस था। उसकी बीवी गंगा वो उसकी इस क़िस्म की बेक़रारियों को देख कर आम तौर पर ये कहा करती थी, "अभी कुँआं खोदा नहीं गया और प्यास से निढाल हो रहे हो।"

कुछ भी हो मगर उस्ताद मंगू नए क़ानून के इंतिज़ार में इतना बेक़रार नहीं था जितना कि उसे अपनी तबीयत के लिहाज़ से होना चाहिए था। वो नए क़ानून को देखने के लिए घर से निकला था, ठीक उसी तरह जैसे वो गांधी या जवाहर लाल के जलूस का नज़ारा करने के लिए निकला करता था।

लीडरों की अज़मत का अंदाज़ा उस्ताद मंगू हमेशा उनके जलूस के हंगामों और उनके गले में डाले हुए फूलों के हारों से किया करता था अगर कोई लीडर गेंदे के फूलों से लदा हो तो उस्ताद मंगू के नज़दीक, वो बड़ा आदमी था और अगर किसी लीडर के जलूस में भीड़ के बाइस दो तीन फ़साद होते होते रह जाएं तो उसकी निगाहों में वो और भी बड़ा था। अब नए क़ानून को वो अपने ज़ेहन के इसी तराज़ू में तोलना चाहता था।

अनारकली से निकल कर वो माल रोड की चमकीली सतह पर अपने तांगे को आहिस्ता आहिस्ता चला रहा था कि मोटरों की दुकान के पास उसे छावनी की एक सवारी मिल गई। किराया तय करने के बाद उसने अपने घोड़े को चाबुक दिखाया और दिल में ख़याल किया,

"चलो ये भी अच्छा हुआ... शायद छावनी ही से नए क़ानून का कुछ पता चल जाये।"

छावनी पहुंच कर उस्ताद मंगू ने सवारी को उसकी मंज़िल-ए-मक़्सूद पर उतार दिया और जेब से सिगरेट निकाल कर बाएं हाथ की आख़िरी दो उंगलियों में दबा कर सुलगाया और पिछली नशिस्त के गद्दे पर बैठ गया।

जब उस्ताद मंगू को किसी सवारी की तलाश नहीं होती थी, या उसे किसी बीते हुए वाक़े पर ग़ौर करना होता था तो वो आम तौर पर अगली नशिस्त छोड़कर पिछली नशिस्त पर बड़े इत्मिनान से बैठ कर अपने घोड़े की बागें दाएं हाथ के गिर्द लपेट लिया करता था। ऐसे मौक़ों पर उसका घोड़ा थोड़ा सा हिनहिनाने के बाद बड़ी धीमी चाल चलना शुरू कर देता था। गोया उसे कुछ देर के लिए भाग दौड़ से छुट्टी मिल गई है।

घोड़े की चाल और उस्ताद मंगू के दिमाग़ में ख़यालात की आमद बहुत सुस्त थी। जिस तरह घोड़ा आहिस्ता आहिस्ता क़दम उठा रहा था, उसी तरह उस्ताद मंगू के ज़ेहन में नए क़ानून के मुतअल्लिक़ नए क़यासात दाख़िल हो रहे थे।

वो नए क़ानून की मौजूदगी में म्युनिसिपल कमेटी से तांगों के नंबर मिलने के तरीक़े पर ग़ौर कर रहा था। वो इस क़ाबिल-ए-ग़ौर बात को आईन-ए-जदीद की रोशनी में देखने की सई कर रहा था। वो इस सोच-बिचार में ग़र्क़ था। उसे यूं मालूम हुआ जैसे किसी सवारी ने उसे बुलाया है। पीछे पलट कर देखने से उसे सड़क के इस तरफ़ दूर बिजली के खंबे के पास एक गोरा खड़ा नज़र आया जो इसे हाथ से बुला रहा था।

जैसा कि बयान किया जा चुका है, उस्ताद मंगू को गोरों से बेहद नफ़रत थी। जब उसने अपने ताज़ा गाहक को गोरे की शक्ल में देखा तो उसके दिल में नफ़रत के जज़्बात बेदार हो गए।

पहले तो उसके जी में आई कि बिल्कुल तवज्जो न दे और उसको छोड़ कर चला जाये मगर बाद में उसको ख़याल आया, उनके पैसे छोड़ना भी बेवकूफ़ी है। कलग़ी पर जो मुफ़्त में साढ़े चौदह आने ख़र्च कर दिये हैं। उनकी जेब ही से वसूल करने चाहिऐं, चलो चलते हैं।

ख़ाली सड़क पर बड़ी सफ़ाई से टांगा मोड़ कर उसने घोड़े को चाबुक दिखाया और आँख झपकने में वो बिजली के खंबे के पास था। घोड़े की बागें खींच कर उसने ताँगा ठहराया और पिछली नशिस्त पर बैठे बैठे गोरे से पूछा, "साहब बहादुर कहाँ जाना माँगटा है?"

इस सवाल में बला का तंज़िया अंदाज़ था, साहब बहादुर कहते वक़्त उसका ऊपर का मोंछों भरा होंट नीचे की तरफ़ खिंच गया और पास ही गाल के इस तरफ़ जो मद्धम सी लकीर नाक के नथुने से ठोढ़ी के बालाई हिस्से तक चली आ रही थी, एक लरज़िश के साथ गहरी हो गई, गोया किसी ने नोकीले चाकू से शीशम की सांवली लकड़ी में धारी डाल दी है। उसका सारा चेहरा हंस रहा था, और अपने अंदर उसने उस गोरे को सीने की आग में जला कर भस्म कर डाला था।

जब 'गोरे' ने जो बिजली के खंबे की ओट में हवा का रुख़ बचा कर सिगरेट सुलगा रहा था मुड़ कर तांगे के पाएदान की तरफ़ क़दम बढ़ाया तो अचानक उस्ताद मंगू की और उसकी निगाहें चार हुईं और ऐसा मालूम हुआ कि बयक वक़्त आमने-सामने की बंदूकों से गोलियां ख़ारिज हुईं और आपस में टकरा कर एक आतिशीं बगूला बन कर ऊपर को उड़ गईं।

उस्ताद मंगू जो अपने दाएं हाथ से बाग के बल खोल कर तांगे पर से नीचे उतरने वाला था। अपने सामने खड़े गोरे को यूं देख रहा था गोया वो उसके वजूद के ज़र्रे-ज़र्रे को अपनी निगाहों से चबा रहा है और गोरा कुछ इस तरह अपनी नीली पतलून पर से ग़ैरमरई चीज़ें झाड़ रहा है, गोया वो उस्ताद मंगू के इस हमले से अपने वजूद के कुछ हिस्से को महफ़ूज़ रखने

की कोशिश कर रहा है।

गोरे ने सिगरेट का धुआँ निगलते हुए कहा, "जाना माँगटा या फिर गड़बड़ करेगा?"

"वही है।" ये लफ़्ज़ उस्ताद मंगू के ज़ेहन में पैदा हुए और उसकी चौड़ी छाती के अंदर नाचने लगे।

"वही है।" उसने ये लफ़्ज़ अपने मुँह के अंदर ही अंदर दुहराए और साथ ही उसे पूरा यक़ीन हो गया कि वो गोरा जो उसके सामने खड़ा था, वही है जिससे पिछले बरस उसकी झड़प हुई थी, और इस ख़्वाहमख़्वाह के झगड़े में जिसका बाइस गोरे के दिमाग़ में चढ़ी हुई शराब थी। उसे तौअन-करहन बहुत सी बातें सहना पड़ी थीं।

उस्ताद मंगू ने गोरे का दिमाग़ दुरुस्त कर दिया होता। बल्कि उसके पुरज़े उड़ा दिये होते, मगर वो किसी ख़ास मस्लिहत की बिना पर ख़ामोश हो गया था। उसको मालूम था कि इस क़िस्म के झगड़ों में अदालत का नज़ला आम तौर कोचवानों ही पर गिरता है।

उस्ताद मंगू ने पिछले बरस की लड़ाई और पहली अप्रैल के नए क़ानून पर ग़ौर करते हुए गोरे से कहा, "कहाँ जाना माँगटा है?" उस्ताद मंगू के लहजे में चाबुक ऐसी तेज़ी थी।

गोरे ने जवाब दिया, "हीरा मंडी।"

"किराया पाँच रुपये होगा।" उस्ताद मंगू की मुंछें थरथराईं।

ये सुन कर गोरा हैरान हो गया। वो चिल्लाया, "पाँच रुपये। क्या तुम...?"

"हाँ-हाँ, पाँच रुपये।" ये कहते हुए उस्ताद मंगू का दाहिना बालों भरा

हाथ भंज कर एक वज़नी घूंसे की शक्ल इख़्तियार कर गया।

"क्यों जाते हो या बेकार बातें बनाओगे?" उस्ताद मंगू का लहजा ज़्यादा सख़्त हो गया।

गोरा पिछले बरस के वाक़े को पेशे नज़र रख कर उस्ताद मंगू के सीने की चौड़ाई नज़र-अंदाज कर चुका था। वो ख़याल कर रहा था कि उसकी खोपड़ी फिर खुजला रही है। इस हौसला-अफ़ज़ा ख़याल के ज़ेर-ए-असर वो तांगे की तरफ़ अकड़ कर बढ़ा और अपनी छड़ी से उस्ताद मंगू को तांगे पर से नीचे उतरने का इशारा किया।

बेद की ये पालिश की हुई पतली छड़ी उस्ताद मंगू की मोटी रान के साथ दो तीन मर्तबा छूई। उसने खड़े खड़े ऊपर से पस्त क़द गोरे को देखा, गोया वो अपनी निगाहों के वज़न ही से उसे पीस डालना चाहता है। फिर उसका घूंसा कमान में से तीर की तरह से ऊपर को उठा और चश्म-ए-ज़दन में गोरे की ठुड्डी के नीचे जम गया। धक्का दे कर उसने गोरे को परे हटाया और नीचे उतर कर उसे धड़ा धड़ पीटना शुरू कर दिया।

शश्दर-ओ-मुतहय्यर गोरे ने इधर-उधर सिमट कर उस्ताद मंगू के वज़नी घूंसों से बचने की कोशिश की और जब देखा कि उसके मुख़ालिफ़ पर दीवानगी की सी हालत तारी है और उसकी आँखों में से शरारे बरस रहे हैं तो उसने ज़ोर-ज़ोर से चिल्लाना शुरू किया। उसकी चीख़-पुकार ने उस्ताद मंगू की बाँहों का काम और भी तेज़ कर दिया। वो गोरे को जी भर के पीट रहा था और साथ साथ ये कहता जाता था, "पहली अप्रैल को भी वही अकड़ फूं... पहली अप्रैल को भी वही अकड़ फूं..."

"है बच्चा?" लोग जमा हो गए और पुलिस के दो सिपाहियों ने बड़ी मुश्किल से गोरे को उस्ताद मंगू की गिरफ़्त से छुड़ाया। उस्ताद मंगू उन दो सिपाहियों के दरमियान खड़ा था उसकी चौड़ी छाती फूली सांस की

वजह से ऊपर नीचे हो रही थी।

मुँह से झाग बह रहा था और अपनी मुस्कुराती हुई आँखों से हैरतज़दा मजमें की तरफ़ देख कर वो हांपती हुई आवाज़ में कह रहा था, “वो दिन गुज़र गए, जब ख़लील ख़ां फ़ाख़्ता उड़ाया करते थे... अब नया क़ानून है मियां... नया क़ानून!”

और बेचारा गोरा अपने बिगड़े हुए चेहरे के साथ बे-वक़ूफ़ों के मानिंद कभी उस्ताद मंगू की तरफ़ देखता था और कभी हुजूम की तरफ़।

उस्ताद मंगू को पुलिस के सिपाही थाने में ले गए। रास्ते में और थाने के अंदर कमरे में वो “नया क़ानून, नया क़ानून” चिल्लाता रहा। मगर किसी ने एक न सुनी।

“नया क़ानून, नया क़ानून। क्या बक रहे हो... क़ानून वही है पुराना!” और उसको हवालात में बंद कर दिया गया।

धुआँ

वो जब स्कूल की तरफ़ रवाना हुआ तो उसने रास्ते में एक क़साई देखा, जिसके सर पर एक बहुत बड़ा टोकरा था। उस टोकरे में दो ताज़ा ज़बह किए हुए बकरे थे खालें उतरी हुई थीं, और उनके नंगे गोश्त में से धुआँ उठ रहा था। जगह जगह पर ये गोश्त जिसको देख कर मसऊद के ठंडे गालों पर गर्मी की लहरें सी दौड़ जाती थीं, फड़क रहा था जैसे कभी कभी उसकी आँख फड़का करती थी।

उस वक़्त सवा नौ बजे होंगे मगर झुके हुए ख़ाकसतरी बादलों के बाइस ऐसा मालूम होता था कि बहुत सवेरा है। सर्दी में शिद्दत नहीं थी, लेकिन राह चलते आदमियों के मुँह से गर्म-गर्म समावार की टोंटियों की तरह गाढ़ा सफ़ेद धुआँ निकल रहा था। हर शय बोझल दिखाई देती थी जैसे बादलों के वज़न के नीचे दबी हुई है। मौसम कुछ ऐसी ही कैफ़ियत का हामिल था। जो रबड़ के जूते पहन कर चलने से पैदा होती हो। इसके बावजूद कि बाज़ार में लोगों की आमद-ओ-रफ़्त जारी थी और दुकानों गें ज़िंदगी के आसार पैदा हो चुके थे आवाजें मद्धम थीं। जैसे सरगोशियां हो रही हैं, चुपके-चुपके, धीरे-धीरे बातें हो रही हैं, हौले-हौले लोग क़दम उठा रहे हैं कि ज़्यादा ऊंची आवाज़ पैदा न हो।

मसऊद बग़ल में बस्ता दबाये स्कूल जा रहा था। आज उसकी चाल भी सुस्त थी। जब उसने बे खाल के ताज़ा ज़बह किए हुए बकरों के गोश्त से सफ़ेद सफ़ेद धुआँ उठता देखा तो उसे राहत महसूस हुई। उस धुंए ने उसके ठंडे-ठंडे गालों पर गर्म-गर्म लकीरों का एक जाल सा बुन दिया। उस गर्मी ने उसे राहत पहुंचाई और वो सोचने लगा कि सर्दियों में ठंडे यख़ हाथों पर बेद खाने के बाद अगर ये धुआँ मिल जाया करे तो कितना अच्छा हो।

फ़िज़ा में उजलापन नहीं था। रोशनी थी मगर धुंदली। कुहर की एक पतली सी तह हर शय पर चढ़ी हुई थी जिससे फ़िज़ा में गदलापन पैदा होगया था। ये गदलापन आँखों को अच्छा मालूम होता था इसलिए कि नज़र आने वाली चीज़ों की नोक-पलक कुछ मद्धम पड़ गई थी।

मसऊद जब स्कूल पहुंचा तो उसे अपने साथियों से ये मालूम करके क़तई तौर पर ख़ुशी न हुई कि स्कूल सिकंदर साहब की मौत के बाइस बंद कर दिया गया है। सब लड़के ख़ुश थे जिसका सबूत ये था कि वो अपने बस्ते एक जगह पर रख कर स्कूल के सहन में ऊटपटांग खेलों में मशग़ूल थे। कुछ छुट्टी का पता मालूम करते ही घर चले गए। कुछ आ रहे थे और कुछ नोटिस बोर्ड के पास जमा थे और बार बार एक ही इबारत पढ़ रहे थे।

मसऊद ने जब सुना कि सिकंदर साहब मर गए हैं तो उसे बिल्कुल अफ़सोस न हुआ। उसका दिल जज़्बात से बिल्कुल ख़ाली था। अलबत्ता उसने ये ज़रूर सोचा कि पिछले बरस जब उसके दादा जान का इंतिक़ाल इन ही दिनों में हुआ तो उनका जनाज़ा ले जाने में बड़ी दिक़्क़त हुई थी इसलिए कि बारिश शुरू होगई थी। वो भी जनाज़े के साथ गया था और क़ब्रिस्तान में चिकनी कीचड़ के बाइस ऐसा फिसला था कि खुदी हुई क़ब्र में गिरते गिरते बचा था।

ये सब बातें उसको अच्छी तरह याद थीं। सर्दी की शिद्दत, उसके कीचड़ से लतपत कपड़े, सुर्ख़ी माइल नीले हाथ जिनको दबाने से सफ़ेद सफ़ेद धब्बे पड़ जाते थे। नाक जो कि बर्फ़ की डली मालूम होती थी और फिर आकर हाथ पांव धोने और कपड़े बदलने का मरहला... ये सब कुछ उसको अच्छी तरह याद था, चुनांचे जब उसने सिकंदर साहब की मौत की ख़बर सुनी तो उसे ये बीती हुई बातें याद आगईं और उसने सोचा, जब सिकंदर साहब का जनाज़ा उठेगा तो बारिश शुरू हो जाएगी और क़ब्रिस्तान में इतनी कीचड़ हो जाएगी कि कई लोग फिसलेंगे और उनको ऐसी चोटें

आयेंगी कि बिलबिला उठेंगे।

मसऊद ने ये ख़बर सुन कर सीधा अपने कमरे का रुख़ किया। कमरे में पहुंच कर उसने अपने डेस्क का ताला खोला। दो तीन किताबें जो कि उसे दूसरे रोज़ फिर लाना थीं उसमें रखीं और बाक़ी बस्ता उठा कर घर की जानिब चल पड़ा।

रास्ते में उसने फिर वही दो ताज़ा ज़बह किए हुए बकरे देखे। उनमें से एक को अब कसाई ने लटका दिया था, दूसरा तख़्ते पर पड़ा था। जब मसऊद दुकान पर से गुज़रा तो उसके दिल में ख़्वाहिश पैदा हुई कि वो गोश्त को जिसमें से धुआँ उठ रहा था छू कर देखे, चुनांचे आगे बढ़ कर उसने उंगली से बकरे के उस हिस्से को छूकर देखा जो अभी तक फड़क रहा था, गोश्त गर्म था। मसऊद की ठंडी उंगली को ये हरारत बहुत भली मालूम हुई। कसाई दुकान के अंदर छुरियां तेज़ करने में मसरूफ़ था। चुनांचे मसऊद ने एक बार फिर गोश्त को छू कर देखा और वहां से चल पड़ा।

घर पहुंच कर उसने जब अपनी माँ को सिकंदर साहब की मौत की ख़बर सुनाई तो उसे मालूम हुआ कि उसके अब्बा जी उन्ही के जनाजे के साथ गए हैं। अब घर में सिर्फ़ दो आदमी थे, माँ और बड़ी बहन। माँ बावर्चीख़ाना में बैठी सालन पका रही थी और बड़ी बहन कुलसूम पास ही एक कांगड़ी लिए दरबारी की सरगम याद कररही थी।

चूँकि गली के दूसरे लड़के गर्वनमेंट स्कूल में पढ़ते थे, जिस पर इस्लामिया स्कूल के सिकंदर की मौत का कुछ असर नहीं पड़ा था। इसलिए मसऊद ने ख़ुद को बिल्कुल बेकार महसूस किया। स्कूल का कोई काम भी नहीं था। छटी जमात में जो कुछ पढ़ाया जाता है वो घर में अपने अब्बा जी से पढ़ चुका था। खेलने के लिए भी उसके पास कोई चीज़ न थी।

एक मैला कुचैला ताश ताक़ में पड़ा था मगर उससे मसऊद को कोई दिलचस्पी नहीं थी। लूडो और इसी क़िस्म के दूसरे खेल जो उसकी बड़ी बहन अपनी सहेलियों के साथ हर रोज़ खेलती थी, उसकी समझ से बालातर थे। समझ से बालातर यूं थे कि मसऊद ने कभी उनको समझने की कोशिश ही नहीं की थी। उसको फ़ित्रतन ऐसे खेलों से कोई लगाव नहीं था।

बस्ता अपनी जगह पर रखने और कोट उतारने के बाद वो बावर्चीख़ाने में अपनी माँ के पास बैठ गया और दरबारी की सरगम सुनता रहा जिसमें कई दफ़ा सारे गामा आता था। उसकी माँ पालक काट रही थी। पालक काटने के बाद उसने सब्ज़-सब्ज़ पत्तों का गीला-गीला ढेर उठा कर हंडिया में डाल दिया। थोड़ी देर के बाद जब पालक को आंच लगी तो उसमें से सफ़ेद-सफ़ेद धुआँ उठने लगा। उस धुएँ को देख कर मसऊद को बकरे का गोश्त याद आगया।

चुनांचे उसने अपनी माँ से कहा, “अम्मी जान, आज मैंने क़साई की दुकान पर दो बकरे देखे। खाल उतरी हुई थी और उनमें से धुआँ निकल रहा था बिल्कुल ऐसे ही जैसा कि सुबह सवेरे मेरे मुँह से निकला करता है।”

“अच्छा...!” ये कह कर उसकी माँ चूल्हे में लकड़ियों के कोयले झाड़ने लगी।

“हाँ और मैंने गोश्त को अपनी उंगली से छू कर देखा तो वो गर्म था।”

“अच्छा...!” ये कह कर उसकी माँ ने वो बर्तन उठाया जिसमें उसने पालक का साग धोया था और बावर्चीख़ाना से बाहर चली गई।

“और ये गोश्त कई जगह पर फड़कता भी था।”

“अच्छा...” मसऊद की बड़ी बहन ने दरबारी सरगम याद करना छोड़

दी और उसकी तरफ़ मुतवज्जा हुई, "कैसे फड़कता था?"

"यूं... यूं।" मसऊद ने उंगलियों से फड़कन पैदा करके अपनी बहन को दिखाई।

"तो फिर क्या हुआ?"

ये सवाल कुलसूम ने अपने सरगम भरे दिमाग़ से कुछ इस तौर पर निकाला कि मसऊद एक लहज़े के लिए बिल्कुल ख़ालीउज़्ज़हन हो गया, "फिर क्या होना था, मैंने तो ऐसे ही आप से बात की थी कि क़साई की दुकान पर गोश्त फड़क रहा था। मैंने उंगली से छू कर भी देखा था, गर्म था।"

"गर्म था... अच्छा मसऊद ये बताओ तुम मेरा एक काम करोगे।"

"बताईए।"

"आओ, मेरे साथ आओ।"

"नहीं आप पहले बताईए, काम क्या है।"

"तुम आओ तो सही, मेरे साथ।"

"जी नहीं... आप पहले काम बताईए।"

"देखो मेरी कमर में बड़ा दर्द हो रहा है... मैं पलंग पर लेटती हूँ, तुम ज़रा पांव से दबा देना... अच्छे भाई जो हुए। अल्लाह की क़सम बड़ा दर्द हो रहा है।" ये कह कर मसऊद की बहन ने अपनी कमर पर मुक्कियां मारना शुरू करदीं।

"ये आप की कमर को क्या हो जाता है। जब देखो दर्द हो रहा है, और फिर आप दबवाती भी मुझी से हैं, क्यों नहीं अपनी सहेलियों से कहतीं।" मसऊद उठ खड़ा हुआ।

“चलिए, लेकिन ये आप से कहे देता हूँ कि दस मिनट से ज़्यादा में बिल्कुल नहीं दबाऊंगा।”

“शाबाश... शाबाश।” उसकी बहन उठ खड़ी हुई और सरगमों की कापी सामने ताक़ में रख कर उस कमरे की तरफ़ रवाना हुई जहां वो और मसऊद दोनों सोते थे।

सहन में पहुंच कर उसने अपनी दुखती हुई कमर सीधी की और ऊपर आसमान की तरफ़ देखा। मटियाले बादल झुके हुए थे, “मसऊद, आज ज़रूर बारिश होगी।”

ये कह कर उसने मसऊद की तरफ़ देखा मगर वो अंदर अपनी चारपाई पर लेटा था।

जब कुलसूम अपने पलंग पर औंधे मुँह लेट गई तो मसऊद ने उठ कर घड़ी में वक़्त देखा, “देखिए बाजी ग्यारह बजने में दस मिनट बाक़ी हैं। मैं पूरे ग्यारह बजे आपकी कमर दाबना छोड़ दूंगा।”

“बहुत अच्छा, लेकिन तुम अब ख़ुदा के लिए ज़्यादा नख़रे न बघारो। इधर मेरे पलंग पर आकर जल्दी कमर दबाओ वर्ना याद रखो बड़े ज़ोर से कान ऐंठूंगी।” कुलसूम ने मसऊद को डांट पिलाई।

मसऊद ने अपनी बड़ी बहन के हुक्म की तामील की और दीवार का सहारा लेकर पांव से उसकी कमर दबाना शुरू करदी। मसऊद के वज़न के नीचे कुलसूम की चौड़ी चकली कमर में ख़फ़ीफ़ सा झुकाव पैदा होगया। जब उसने पैरों से दबाना शुरू किया, ठीक उसी तरह जिस तरह मज़दूर मिट्टी गूँधते हैं तो कुलसूम ने मज़ा लेने की ख़ातिर हौले-हौले हाय-हाय करना शुरू किया।

कुलसूम के कूल्हों पर गोश्त ज़्यादा था, जब मसऊद का पांव उस

हिस्से पर पड़ा तो उसे ऐसा महसूस हुआ कि वो उस बकरे के गोश्त को दबा रहा है जो उसने क़साई की दुकान में अपनी उंगली से छू कर देखा था। इस एहसास ने चंद लमहात के लिए उसके दिल-ओ-दिमाग़ में ऐसे ख़यालात पैदा किए जिनका कोई सर था न पैर, वो उनका मतलब न समझ सका और समझता भी कैसे जबकि कोई ख़याल मुकम्मल नहीं था।

एक-दो बार मसऊद ने ये भी महसूस किया कि उसके पैरों के नीचे गोश्त के लोथड़ों में हरकत पैदा हुई है, उसी क़िस्म की हरकत जो उसने बकरे के गर्म-गर्म गोश्त में देखी थी। उसने बड़ी बददिली से कमर दबाना शुरू की थी मगर अब उसे इस काम में लज़्ज़त महसूस होने लगी। उसके वज़न के नीचे कुलसूम हौले-हौले कराह रही थी। ये भींची-भींची आवाज़ जो कि मसऊद के पैरों की हरकत का साथ दे रही थी इस गुमनाम सी लज़्ज़त में इज़ाफ़ा कर रही थी।

टाइम पीस में ग्यारह बज गए मगर मसऊद अपनी बहन कुलसूम की कमर दबाता रहा जब कमर अच्छी तरह दबाई जा चुकी तो कुलसूम सीधी लेट गई और कहने लगी, "शाबाश मसऊद, शाबाश। लो अब लगे हाथों टांगें भी दबा दो, बिल्कुल उसी तरह... शाबाश मेरे भाई।"

मसऊद ने दीवार का सहारा लेकर कुलसूम की रानों पर जब अपना पूरा वज़न डाला तो उसके पांव के नीचे मछलियां सी तड़प गईं। बेइख़्तयार वो हंस पड़ी और दुहरी होगई। मसऊद गिरते गिरते बचा, लेकिन उसके तलवों में मछलियों की वो तड़प मुंजमिद सी होगई। उसके दिल में ख़्वाहिश पैदा हुई कि वो फिर इसी तरह दीवार का सहारा लेकर अपनी बहन की रानें दबाये, चुनांचे उसने कहा, "ये आपने हंसना क्यों शुरू कर दिया। सीधी लेट जाईए, मैं आपकी टांगें दबा दूं।"

कुलसूम सीधी लेट गई। रानों की मछलियां इधर-उधर होने के बाइस जो गुदगुदी पैदा हुई थी उसका असर अभी तक उसके जिस्म में बाक़ी था,

“ना भाई मेरे गुदगुदी होती है। तुम ऊटपटांग तरीक़े से दबाते हो।”

मसऊद ने ख़याल किया कि शायद उसने ग़लत तरीक़ा इस्तेमाल किया है। “नहीं, अब की दफ़ा मैं पूरा बोझ आप पर नहीं डालूंगा... आप इत्मिनान रखिए। अब ऐसी अच्छी तरह दबाऊंगा कि आपको कोई तकलीफ़ न होगी।”

दीवार का सहारा लेकर मसऊद ने अपने जिस्म को तोला और इस अंदाज़ से आहिस्ता- आहिस्ता कुलसूम की रानों पर अपने पैर जमाए कि उसका आधा बोझ कहीं ग़ायब होगया।

हौले-हौले बड़ी होशयारी से उसने अपने पैर चलाने शुरू किए। कुलसूम की रानों में अकड़ी हुई मछलियां उसके पैरों के नीचे दब-दब कर इधर-उधर फिसलने लगीं। मसऊद ने एक बार स्कूल में तने हुए रस्से पर एक बाज़ीगर को चलते देखा था। उसने सोचा कि बाज़ीगर के पैरों के नीचे तना हुआ रस्सा इसी तरह फिसलता होगा।

इससे पहले कई बार उसने अपनी बहन कुलसूम की टांगें दबाई थीं मगर वो लज़्ज़त जो कि उसे अब महसूस हो रही थी पहले कभी महसूस नहीं हुई थी। बकरे के गर्म-गर्म गोश्त का उसे बार-बार ख़याल आता था। एक दो मर्तबा उसने सोचा कुलसूम को अगर ज़बह कर दिया जाये तो खाल उतर जाने पर क्या इसके गोश्त में से भी धुआँ निकलेगा? लेकिन ऐसी बेहूदा बातें सोचने पर उसने अपने आपको मुजरिम महसूस किया और दिमाग़ को इस तरह साफ़ कर दिया जैसे वो स्लेट को स्फ़ंज से साफ़ किया करता था।

“बस बस।” कुलसूम थक गई, “बस बस।”

मसऊद को एक दम शरारत सूझी। वो पलंग पर से नीचे उतरने लगा तो उसने कुलसूम की दोनों बग़लों में गुदगुदी करना शुरू करदी। हंसी

के मारे वो लोटपोट होगई। उसमें इतनी सकत नहीं थी कि वो मसऊद के हाथों को परे झटक दे। लेकिन जब उसने इरादा करके उसके लात जमानी चाही तो मसऊद उछल कर ज़द से बाहर होगया और स्लीपर पहन कर कमरे से निकल गया।

जब वो सहन में दाख़िल हुआ तो उसने देखा कि हल्की हल्की बूंदा बांदी होरही है। बादल और भी झुक आए थे। पानी के नन्हे नन्हे क़तरे आवाज़ पैदा किए बग़ैर सहन की ईंटों में आहिस्ता-आहिस्ता जज़्ब हो रहे थे। मसऊद का जिस्म एक दिल-नवाज़ हरारत महसूस कर रहा था। जब हवा का ठंडा ठंडा झोंका उसके गालों के साथ मस हुआ और दो-तीन नन्ही- नन्ही बूंदें उसकी नाक पर पड़ीं तो एक झुरझुरी सी उसके बदन में लहरा उठी।

सामने कोठे की दीवार पर एक कबूतर और कबूतरी पास पास पर फुलाए बैठे थे, ऐसा मालूम होता था कि दोनों दम-पुख़्त की हुई हंडिया की तरह गर्म हैं। गुल दाऊदी और नाज़बू के हरे- हरे पत्ते ऊपर लाल-लाल गमलों में नहा रहे थे। फ़िज़ा में नींदें घुली हुई थीं। ऐसी नींदें जिनमें बेदारी ज़्यादा होती है और इंसान के इर्द-गिर्द नर्म-नर्म ख़्वाब यूं लिपट जाते हैं जैसे ऊनी कपड़े।

मसऊद ऐसी बातें सोचने लगा जिनका मतलब उसकी समझ में नहीं आता था। वो उन बातों को छू कर देख सकता था मगर उनका मतलब उसकी गिरफ्त से बाहर था, फिर भी एक गुमनाम सा मज़ा इस सोच-बिचार में उसे आरहा था।

बारिश में कुछ देर खड़े रहने के बाइस जब मसऊद के हाथ बिल्कुल यख़ होगए और दबाने से उन पर सफ़ेद धब्बे पड़ने लगे तो उसने मुट्ठीयाँ कस लीं और उनको मुँह की भाप से गर्म करना शुरू किया। हाथों को इस अमल से कुछ गर्मी तो पहुंची मगर वो नमआलूद होगए। चुनांचे आग

तापने के लिए वो बावर्चीख़ाना में चला गया। खाना तैयार था, अभी उसने पहला लुक़्मा ही उठाया था कि उसका बाप क़ब्रिस्तान से वापस आगया।

बाप-बेटे में कोई बात न हुई। मसऊद की माँ उठ कर फ़ौरन दूसरे कमरे में चली गई और वहां देर तक अपने ख़ाविंद के साथ बातें करती रही।

खाने से फ़ारिग़ हो कर मसऊद बैठक में चला गया और खिड़की खोल कर फ़र्श पर लेट गया। बारिश की वजह से सर्दी की शिद्दत बढ़ गई थी क्योंकि अब हवा भी चल रही थी, मगर ये सर्दी नाख़ुशगवार मालूम नहीं होती थी। तालाब के पानी की तरह ये ऊपर ठंडी और अंदर गर्म थी।

मसऊद जब फ़र्श पर लेटा तो उसके दिल में ख़्वाहिश पैदा हुई कि वो इस सर्दी के अंदर धँस जाये जहां उसके जिस्म को राहत अंगेज़ गर्मी पहुंचे। देर तक वो ऐसी शीर-गर्म बातों के मुतअल्लिक़ सोचता रहा जिसके बाइस उसके पुट्ठों में हल्की-हल्की सी दुखन पैदा होगई।

एक दो बार उसने अंगड़ाई ली तो उसे मज़ा आया। उसके जिस्म के किसी हिस्से में, ये उसको मालूम नहीं था कि कहाँ, कोई चीज़ अटक सी गई थी, ये चीज़ क्या थी। इसके मुतअल्लिक़ भी मसऊद को इल्म नहीं था। अलबत्ता इस अटकाव ने उसके सारे जिस्म में इज़्तिराब, एक दबे हुए इज़्तिराब की कैफ़ियत पैदा करदी थी। उसका सारा जिस्म खिंच कर लंबा हो जाने का इरादा बन गया था।

देर तक गुदगुदे क़ालीन पर करवटें बदलने के बाद वो उठा और बावर्चीख़ाना से होता हुआ सहन में आ निकला। न कोई बावर्चीख़ाना में था और न सहन में। इधर-उधर जितने कमरे थे सबके सब बंद थे। बारिश अब रुक गई थी। मसऊद ने हाकी और गेंद निकाली और सहन में खेलना शुरू कर दिया। एक बार जब उसने ज़ोर से हिट लगाई तो गेंद

सहन के दाएं हाथ वाले कमरे के दरवाज़े पर लगी। अंदर से मसऊद के बाप की आवाज़ आई, "कौन?"

"जी, मैं हूँ मसऊद!"

अंदर से आवाज़ आई, "क्या कर रहे हो?"

"जी, खेल रहा हूँ।"

"खेलो..." फिर थोड़े से तवक्कुफ़ के बाद उसके बाप ने कहा, "तुम्हारी माँ मेरा सरदबा रही है... ज़्यादा शोर न मचाना।"

ये सुन कर मसऊद ने गेंद वहीं पड़ी रहने दी और हाकी हाथ में लिए सामने वाले कमरे का रुख़ किया। उसका एक दरवाज़ा बंद था और दूसरा नीम वा... मसऊद को एक शरारत सूझी। दबे पांव वो नीम वा दरवाज़े की तरफ़ बढ़ा और धमाके के साथ दोनों पट खोल दिए। दो चीख़ें बुलंद हुईं और कुलसूम और उसकी सहेली बिमला ने जो कि पास पास लेटी थी, ख़ौफ़ज़दा हो कर झट से लिहाफ़ ओढ़ लिया।

बिमला के ब्लाउज़ के बटन खुले हुए थे और कुलसूम उसके उर्यां सीने को घूर रही थी।

मसऊद कुछ समझ न सका, उसके दिमाग़ में धुआँ सा छा गया। वहां से उल्टे क़दम लौट कर वो जब बैठक की तरफ़ रवाना हुआ तो उसे मअन अपने अंदर एक अथाह ताक़त का एहसास हुआ, जिसने कुछ देर के लिए उसकी सोचने-समझने की कुव्वत बिल्कुल कमज़ोर कर दी।

बैठक में खिड़की के पास बैठ कर जब मसऊद ने हाकी को दोनों हाथों से पकड़ कर घुटने पर रखा तो ये सोचा कि हल्का सा दबाव डालने पर हाकी में ख़म पैदा हो जाएगा, और ज़्यादा ज़ोर लगाने पर हैंडल चटाख़ से टूट जाएगा। उसने घुटने पर हाकी के हैंडल में ख़म तो पैदा कर लिया

मगर ज़्यादा से ज़्यादा ज़ोर लगाने पर भी वो टूट न सका। देर तक वो हाकी के साथ कुश्ती लड़ता रहा। जब वो थक कर हार गया तो झुँझला कर उसने हाकी परे फेंक दी।

बादशाहत का ख़ात्मा

टेलीफ़ोन की घंटी बजी, मनमोहन पास ही बैठा था। उसने रिसीवर उठाया और कहा, "हेलो... फ़ोर फ़ोर फ़ोर फाईव सेवन..."

दूसरी तरफ़ से पतली सी निस्वानी आवाज़ आई, "सोरी... रोंग नंबर।" मनमोहन ने रिसीवर रख दिया और किताब पढ़ने में मशग़ूल हो गया।

ये किताब वो तक़रीबन बीस मर्तबा पढ़ चुका था। इसलिए नहीं कि उसमें कोई ख़ास बात थी। दफ़्तर में जो वीरान पड़ा था। एक सिर्फ़ यही किताब थी जिसके आख़िरी औराक़ कृम ख़ूर्दा थे।

एक हफ़्ते से दफ़्तर मनमोहन की तहवील में था क्योंकि उसका मालिक जो कि उसका दोस्त था, कुछ रुपया क़र्ज़ लेने के लिए कहीं बाहर गया हुआ था। मनमोहन के पास चूंकि रहने के लिए कोई जगह नहीं थी। इसलिए फुटपाथ से आरिज़ी तौर पर वो इस दफ़्तर में मुंतक़िल हो गया था और इस एक हफ़्ते में वो दफ़्तर की इकलौती किताब तक़रीबन बीस मर्तबा पढ़ चुका था।

दफ़्तर में वो अकेला पड़ा रहता। नौकरी से उसे नफ़रत थी। अगर वो चाहता तो किसी भी फ़िल्म कंपनी में बतौर फ़िल्म डायरेक्टर के मुलाज़िम हो सकता था मगर वो ग़ुलामी नहीं चाहता था। निहायत ही बेज़रर और मुख़्लिस आदमी था। इसलिए दोस्त यार उसके रोज़ाना अख़राजात का बंदोबस्त कर देते थे। ये अख़राजात बहुत ही कम थे। सुबह को चाय की प्याली और दो तोस। दोपहर को दो फुल्के और थोड़ा सा सालन, सारे दिन में एक पैकेट सिगरेट और बस!

मनमोहन का कोई अज़ीज़ या रिश्तेदार नहीं था। बेहद ख़ामोशी पसंद

था, जफ़ाकश था। कई कई दिन फ़ाक़े से रह सकता था। उसके मुतअल्लिक़ उसके दोस्त और तो कुछ नहीं लेकिन इतना जानते थे कि वो बचपन ही से घर छोड़ छाड़ के निकल आया था और एक मुद्दत से बंबई के फुटपाथों पर आबाद था। ज़िंदगी में सिर्फ़ उसको एक चीज़ की हसरत थी औरत की मोहब्बत की। "अगर मुझे किसी औरत की मोहब्बत मिल गई तो मेरी सारी ज़िंदगी बदल जाएगी।"

दोस्त उससे कहते, "तुम काम फिर भी न करोगे।"

मनमोहन आह भर कर जवाब देता, "काम?... मैं मुजस्सम काम बन जाऊंगा।"

दोस्त उससे कहते, "तो शुरू कर दो किसी से इश्क़।"

मनमोहन जवाब देता, "नहीं... मैं ऐसे इश्क़ का क़ाइल नहीं जो मर्द की तरफ़ से शुरू हो।"

दोपहर के खाने का वक़्त क़रीब आरहा था। मनमोहन ने सामने दीवार पर क्लाक की तरफ़ देखा। टेलीफ़ोन की घंटी बजना शुरू हुई। उसने रिसीवर उठाया और कहा, "हेलो... फ़ोर फ़ोर फ़ोर फाईव सेवन।"

दूसरी तरफ़ से पतली सी आवाज़ आई, "फ़ोर फ़ोर फ़ोर फाईव सेवन?"

मनमोहन ने जवाब दिया, "जी हाँ!"

निस्वानी आवाज़ ने पूछा, "आप कौन हैं?"

"मनमोहन!... फ़रमाईए!"

दूसरी तरफ़ से आवाज़ आई तो मनमोहन ने कहा, "फ़रमाईए किस से बात करना चाहती हैं आप?"

आवाज़ ने जवाब दिया, "आप से!"

मनमोहन ने ज़रा हैरत से पूछा, "मुझ से?"

"जी हाँ... आपसे क्या आपको कोई एतराज़ है।"

मनमोहन सटपटा सा गया, "जी... जी नहीं!"

आवाज़ मुस्कुराई, "आपने अपना नाम मदनमोहन बताया था।"

"जी नहीं... मनमोहन।"

"मनमोहन?"

चंद लम्हात ख़ामोशी में गुज़र गए तो मनमोहन ने कहा, "आप बातें करना चाहती थीं मुझ से?"

आवाज़ आई, "जी हाँ।"

"तो कीजिए!"

थोड़े वक़्फ़े के बाद आवाज़ आई, "समझ में नहीं आता क्या बात करूं... आप ही शुरू कीजिए न कोई बात।"

"बहुत बेहतर," ये कह कर मजमोहन ने थोड़ी देर सोचा, "नाम अपना बता चुका हूँ। आरिज़ी तौर पर ठिकाना मेरा ये दफ़्तर है... पहले फुटपाथ पर सोता था। अब एक हफ़्ता से इस दफ़्तर के बड़े मेज़ पर सोता हूँ।"

आवाज़ मुस्कुराई, "फुटपाथ पर आप मसहरी लगा कर सोते थे?"

मनमोहन हंसा, "इससे पहले कि मैं आपसे मज़ीद गुफ़्तगु करूं। मैं ये बात वाज़ेह करदेना चाहता हूँ कि मैंने कभी झूट नहीं बोला। फुटपाथों पर सोते मुझे एक ज़माना हो गया है, ये दफ़्तर तक़रीबन एक हफ़्ते से मेरे क़ब्ज़े में है। आजकल ऐश कर रहा हूँ।"

आवाज़ मुस्कुराई, "कैसे ऐश?"

मनमोहन ने जवाब दिया, "एक किताब मिल गई थी यहां से... आख़िरी औराक़ गुम हैं लेकिन मैं इसे बीस मर्तबा पढ़ चुका हूँ... सालिम किताब कभी हाथ लगी तो मालूम होगा हीरो-हीरोइन के इश्क़ का अंजाम क्या हुआ?"

आवाज़ हंसी, "आप बड़े दिलचस्प आदमी हैं।"

मनमोहन ने तकल्लुफ़ से कहा, "आप की ज़र्रा नवाज़ी है।"

आवाज़ ने थोड़े तवक़्क़ुफ़ के बाद पूछा, "आप का शग़्ल क्या है?"

"शग़ल?"

"मेरा मतलब है आप करते क्या हैं?"

"क्या करता हूँ... कुछ भी नहीं। एक बेकार इंसान क्या कर सकता है। सार दिन आवारागर्दी करता हूँ, रात को सो जाता हूँ।"

आवाज़ ने पूछा, "ये ज़िंदगी आपको अच्छी लगती है।"

मनमोहन सोचने लगा, "ठहरिए... बात दरअसल ये है कि मैंने इस पर कभी ग़ौर ही नहीं किया। अब आपने पूछा है तो मैं अपने आप से पूछ रहा हूँ कि ये ज़िंदगी तुम्हें अच्छी लगती है या नहीं?"

"कोई जवाब मिला?"

थोड़े वक़्फ़े के बाद मनमोहन ने जवाब दिया, "जी नहीं... लेकिन मेरा ख़याल है कि ऐसी ज़िंदगी मुझे अच्छी लगती ही होगी। जब कि एक अर्से से बसर कर रहा हूँ।"

आवाज़ हंसी। मनमोहन ने कहा, "आप की हंसी बड़ी मुतरन्निम है।"

आवाज़ शर्मा गई, "शुक्रिया!" और सिलसिल-ए-गुफ़्तुगू मुनक़ते कर

दिया।

मनमोहन थोड़ी देर रिसीवर हाथ में लिए खड़ा रहा। फिर मुस्कुरा कर उसे रख दिया और दफ़्तर बंद करके चला गया।

दूसरे रोज़ सुबह आठ बजे जबकि मनमोहन दफ़्तर के बड़े मेज़ पर सो रहा था, टेलीफ़ोन की घंटी बजना शुरू हुई। जमाईयाँ लेते हुए उसने रिसीवर उठाया और कहा, "हलो, फ़ोर फ़ोर फ़ोर फाईव सेवन।"

दूसरी तरफ़ से आवाज़ आई, "आदाब अर्ज़ मनमोहन साहब!"

"आदाब अर्ज़!" मनमोहन एक दम चौंका, "ओह, आप... आदाब अर्ज़।"

"तस्लीमात!"

आवाज़ आई, "आप ग़ालिबन सो रहे थे?"

"जी हाँ, यहां आकर मेरी आदात कुछ बिगड़ रही हैं। वापस फुटपाथ पर गया तो बड़ी मुसीबत हो जाएगी।"

आवाज़ मुस्कुराई, "क्यों?"

"वहां सुबह पाँच बजे से पहले पहले उठना पड़ता है।"

आवाज़ हंसी, मनमोहन ने पूछा, "कल आप ने एक दम टेलीफ़ोन बंद कर दिया।"

आवाज़ शर्माई, "आप ने मेरी हंसी की तारीफ़ क्यों की थी।"

मनमोहन ने कहा, "लो साहब, ये भी अजीब बात कही आप ने... कोई चीज़ जो ख़ूबसूरत हो तो उसकी तारीफ़ नहीं करनी चाहिए?"

"बिल्कुल नहीं!"

"ये शर्त आप मुझ पर आइद नहीं कर सकतीं... मैंने आज तक कोई शर्त अपने ऊपर आइद नहीं होने दी। आप हंसेंगी तो मैं ज़रूर तारीफ़ करूंगा।"

"मैं टेलीफ़ोन बंद कर दूँगी।"

"बड़े शौक़ से।"

"आपको मेरी नाराज़गी का कोई ख़याल नहीं।"

"मैं सबसे पहले अपने आपको नाराज़ नहीं करना चाहता... अगर मैं आपकी हंसी की तारीफ़ न करूं तो मेरा ज़ौक़ मुझ से नाराज़ हो जाएगा... ये ज़ौक़ मुझे बहुत अज़ीज़ है!"

थोड़ी देर ख़ामोशी रही। उसके बाद दूसरी तरफ़ से आवाज़ आई, "माफ़ कीजिएगा, मैं मुलाज़िमा से कुछ कह रही थी... आपका ज़ौक़ आपको बहुत अज़ीज़ है... हाँ ये तो बताईए आपको शौक़ किस चीज़ का है?"

"क्या मतलब?"

"यानी... कोई शग़्ल... कोई काम... मेरा मतलब है, आपको आता क्या है?"

मनमोहन हंसा, "कोई काम नहीं आता... फोटोग्राफी का थोड़ा सा शौक़ है।"

"ये बहुत अच्छा शौक़ है।"

"इसकी अच्छाई या बुराई का मैंने कभी नहीं सोचा।"

आवाज़ ने पूछा, "कैमरा तो आपके पास बहुत अच्छा होगा?"

मनमोहन हंसा, "मेरे पास अपना कोई कैमरा नहीं। दोस्त से मांग कर

शौक़ पूरा कर लेता हूँ। अगर मैंने कभी कुछ कमाया तो एक कैमरा मेरी नज़र में है, वो ख़रीदूंगा।"

आवाज़ ने पूछा, "कौन सा कैमरा?"

मनमोहन ने जवाब दिया, "एग्ज़क्टा, रेफ़लेक्स कैमरा है। मुझे बहुत पसंद है।"

थोड़ी देर ख़ामोशी रही। उसके बाद आवाज़ आई, "मैं कुछ सोच रही थी।"

"क्या?"

"आपने मेरा नाम पूछा न टेलीफ़ोन नंबर दरयाफ़्त किया।"

"मुझे इसकी ज़रूरत ही महसूस नहीं हुई?"

"क्यों?"

"नाम आपका कुछ भी हो, क्या फ़र्क़ पड़ता है... आपको मेरा नंबर मालूम है बस ठीक है... आप अगर चाहेंगी तो मैं आपको टेलीफ़ोन करूं तो नाम और नंबर बता दीजिएगा।"

"मैं नहीं बताऊंगी।"

"लो साहब, ये भी ख़ूब रहा... मैं जब आप से पूछूंगा ही नहीं तो बताने न बताने का सवाल ही कहाँ पैदा होता है।"

आवाज़ मुस्कुराई, "आप अजीब-ओ-ग़रीब आदमी हैं।"

मनमोहन मुस्कुरा दिया, "जी हाँ, कुछ ऐसा ही आदमी हूँ।"

चंद सेकंड ख़ामोशी रही, "आप फिर सोचने लगीं।"

"जी हाँ, कोई और बात इस वक़्त सूझ नहीं रही थी।"

"तो टेलीफ़ोन बंद कर दीजिए... फिर सही।"

आवाज़ किसी क़दर तीखी होगई, "आप बहुत रूखे आदमी हैं... टेलीफ़ोन बंद कर दीजिए। लीजिए में बंद करती हूँ।"

मनमोहन ने रिसीवर रख दिया और मुस्कराने लगा।

आधे घंटे के बाद जब मनमोहन हाथ धो कर कपड़े पहन कर बाहर निकलने के लिए तैयार हुआ तो टेलीफ़ोन की घंटी बजी। उसने रिसीवर उठाया और कहा, "फ़ोर फ़ोर फ़ोर फाईव सेवन!"

आवाज़ आई, "मिस्टर मनमोहन?"

मनमोहन ने जवाब दिया, "जी हाँ मनमोहन, इरशाद?"

आवाज़ मुस्कुराई, "इरशाद ये है कि मेरी नाराज़गी दूर होगई है।"

मनमोहन ने बड़ी शगुफ़्तगी से कहा, "मुझे बड़ी ख़ुशी हुई है।"

"नाश्ता करते हुए मुझे ख़याल आया कि आपके साथ बिगाड़नी नहीं चाहिए... हाँ आपने नाश्ता कर लिया।"

"जी नहीं बाहर निकलने ही वाला था कि आपने टेलीफ़ोन किया।"

"ओह... तो आप जाईए।"

"जी नहीं, मुझे कोई जल्दी नहीं, मेरे पास आज पैसे नहीं हैं। इसलिए मेरा ख़याल है कि आज नाश्ता नहीं होगा।"

"आपकी बातें सुन कर... आप ऐसी बातें क्यों करते हैं... मेरा मतलब है ऐसी बातें आप इसलिए करते हैं कि आपको दुख होता है?"

मनमोहन ने एक लम्हा सोचा, “जी नहीं... मेरा अगर कोई दुख दर्द है तो मैं उसका आदी हो चुका हूँ।”

आवाज़ ने पूछा, “मैं कुछ रुपये आपको भेज दूं?”

मनमोहन ने जवाब दिया, “भेज दीजिए। मेरे फेनान्सरों में एक आपका भी इज़ाफ़ा हो जाएगा!”

“नहीं मैं नहीं भेजूंगी!”

“आपकी मर्ज़ी!”

“मैं टेलीफ़ोन बंद करती हूँ।”

“बेहतर।”

मनमोहन ने रिसीवर रख दिया और मुस्कुराता हुआ दफ़्तर से निकल गया। रात को दस बजे के क़रीब वापस आया और कपड़े बदल कर मेज़ पर लेट कर सोचने लगा कि ये कौन है जो उसे फ़ोन करती है, आवाज़ से सिर्फ़ इतना पता चलता था कि जवान है। हंसी बहुत ही मुतरन्निम थी। गुफ़्तगु से ये साफ़ ज़ाहिर है कि तालीम याफ़्ता और मोहज़्ज़ब है। बहुत देर तक वो उसके मुतअल्लिक़ सोचता रहा। इधर क्लाक ने ग्यारह बजाये उधर टेलीफ़ोन की घंटी बजी।

मनमोहन ने रिसीवर उठाया, “हलो।”

दूसरी तरफ़ से वही आवाज़ आई, “मिस्टर मनमोहन।”

“जी हाँ... मनमोहन... इरशाद।”

“इरशाद ये है कि मैंने आज दिन में कई मर्तबा रिंग किया। आप कहाँ ग़ायब थे?”

“साहब बेकार हूँ, लेकिन फिर भी काम पर जाता हूँ।”

“किस काम पर?”

“आवारागर्दी।”

“वापस कब आए?”

“दस बजे।”

“अब क्या कर रहे थे?”

“मेज़ पर लेटा आपकी आवाज़ से आपकी तस्वीर बना रहा था।”

“बनी?”

“जी नहीं।”

“बनाने की कोशिश न कीजिए... मैं बड़ी बदसूरत हूँ।”

“माफ़ कीजिएगा, अगर आप वाक़ई बदसूरत हैं तो टेलीफ़ोन बंद कर दीजिए, बदसूरती से मुझे नफ़रत है।”

आवाज़ मुस्कुराई, “ऐसा है तो चलिए मैं ख़ूबसूरत हूँ, मैं आपके दिल में नफ़रत नहीं पैदा करना चाहती।”

थोड़ी देर ख़ामोशी रही। मनमोहन ने पूछा, “कुछ सोचने लगीं?”

आवाज़ चौंकी, “जी नहीं... मैं आप से पूछने वाली थी कि...”

“सोच लीजिए अच्छी तरह।”

आवाज़ हंस पड़ी, “आपको गाना सुनाऊं?”

“ज़रूर।”

"ठहरिए।"

गला साफ़ करने की आवाज़ आई। फिर ग़ालिब की ये ग़ज़ल शुरू हुई, "नुक्ता चीं है ग़म-ए-दिल..."

सहगल वाली नई धुन थी। आवाज़ में दर्द और ख़ुलूस था। जब ग़ज़ल ख़त्म हुई तो मनमोहन ने दाद दी, "बहुत ख़ूब... ज़िंदा रहो।"

आवाज़ शर्मा गई, "शुक्रिया..." और टेलीफ़ोन बंद कर दिया।

दफ़्तर के बड़े मेज़ पर मनमोहन के दिल-ओ-दिमाग़ में सारी रात ग़ालिब की ग़ज़ल गूंजती रही। सुबह जल्दी उठा और टेलीफ़ोन का इंतिज़ार करने लगे। तक़रीबन ढाई घंटे कुर्सी पर बैठा रहा मगर टेलीफ़ोन की घंटी न बजी। जब मायूस हो गया तो एक अजीब सी तल्ख़ी उसने अपने हलक़ में महसूस की, उठ कर टहलने लगा। उसके बाद मेज़ पर लेट गया और कुढ़ने लगा। वही किताब जिसको वो मुतअद्दिद मर्तबा पढ़ चुका था उठाई और वर्क़ गर्दानी शुरू करदी। यूंही लेटे लेटे शाम होगई। तक़रीबन सात बजे टेलीफ़ोन की घंटी बजी। मनमोहन ने रिसीवर उठाया और तेज़ी से पूछा, "कौन है?"

वही आवाज़ आई, "मैं!"

मनमोहन का लहजा तेज़ रहा, "इतनी देर तुम कहाँ थीं?"

आवाज़ लरज़ी, "क्यों?"

"मैं सुबह से यहां झक मार रहा हूँ... नाश्ता किया है न दोपहर का खाना खाया है हालाँकि मेरे पास पैसे मौजूद थे।"

आवाज़ आई, "मेरी जब मर्ज़ी होगी टेलीफ़ोन करूंगी... आप..."

मनमोहन ने बात काट कर कहा, "देखो जी ये सिलसिला बंद करो।

टेलीफ़ोन करना है तो एक वक़्त मुक़र्रर करो। मुझसे इंतिज़ार बर्दाश्त नहीं होता।"

आवाज़ मुस्कुराई, "आज की माफ़ी चाहती हूँ। कल से बाक़ायदा सुबह और शाम फ़ोन आया करेगा आपको।"

"ये ठीक है!"

आवाज़ हंसी, "मुझे मालूम नहीं था आप इस क़दर बिगड़े दिल हैं।"

मनमोहन मुस्कुराया, "माफ़ करना। इंतिज़ार से मुझे बहुत कोफ़्त होती है और जब मुझे किसी बात से कोफ़्त होती है तो अपने आपको सज़ा देना शुरू कर देता हूँ।"

"वो कैसे?"

"सुबह तुम्हारा टेलीफ़ोन न आया... चाहिए तो ये था कि मैं चला जाता... लेकिन बैठा दिन भर अंदर ही अंदर कुढ़ता रहा। बचपना है साफ़।"

आवाज़ हमदर्दी में डूब गई, "काश मुझसे ये ग़लती न होती... मैंने क़सदन सुबह टेलीफ़ोन न किया!"

"क्यों?"

"ये मालूम करने के लिए आप इंतिज़ार करेंगे या नहीं?"

मनमोहन हंसा, "बहुत शरीर हो तुम... अच्छा अब टेलीफ़ोन बंद करो। मैं खाना खाने जा रहा हूँ।"

"बेहतर, कब तक लौटियेगा?"

"आधे घंटे तक।"

मनमोहन आधे घंटे के बाद खाना खा कर लौटा तो उसने फ़ोन किया। देर तक दोनों बातें करते रहे। उसके बाद उसने ग़ालिब की एक ग़ज़ल सुनाई। मनमोहन ने दिल से दाद दी। फिर टेलीफ़ोन का सिलसिला मुनक़ता हो गया।

अब हर रोज़ सुबह और शाम मनमोहन को उसका टेलीफ़ोन आता। घंटी की आवाज़ सुनते ही वो टेलीफ़ोन की तरफ़ लपकता। बा'ज़ औक़ात घंटों बातें जारी रहतीं। इस दौरान में मनमोहन ने उससे टेलीफ़ोन का नंबर पूछा न उसका नाम। शुरू शुरू में उसने उसकी आवाज़ की मदद से तख़य्युल के पर्दे पर उसकी तस्वीर खींचने की कोशिश की थी। मगर अब वो जैसे आवाज़ ही से मुतमइन होगया था। आवाज़ ही शक्ल थी, आवाज़ ही सूरत थी। आवाज़ ही जिस्म था, आवाज़ ही रूह थी।

एक दिन उसने पूछा, "मोहन, तुम मेरा नाम क्यों नहीं पूछते?"

मनमोहन ने मुस्कुरा कर कहा, "तुम्हारा नाम तुम्हारी आवाज़ है।"

"जो कि बहुत मुतरन्निम है।"

"इसमें क्या शक है?"

एक दिन वो बड़ा टेढ़ा सवाल कर बैठी, "मोहन तुमने कभी किसी लड़की से मोहब्बत की है?"

मनमोहन ने जवाब दिया, "नहीं।"

"क्यों?"

मोहन एक दम उदास होगया, "इस क्यों का जवाब चंद लफ़्ज़ों में नहीं दे सकता। मुझे अपनी ज़िंदगी का सारा मलबा उठाना पड़ेगा... अगर कोई जवाब न मिले तो बड़ी कोफ़्त होगी।"

"जाने दीजिए।"

टेलीफ़ोन का रिश्ता क़ायम हुए तक़रीबन एक महीना होगया। बिला नागा दिन में दो मर्तबा उसका फ़ोन आता। मनमोहन को अपने दोस्त का ख़त आया कि कर्ज़े का बंदोबस्त होगया है। सात-आठ रोज़ में वो बंबई पहुंचने वाला है। मनमोहन ये ख़त पढ़ कर अफ़्सुर्दा हो गया। उसका टेलीफ़ोन आया तो मनमोहन ने उससे कहा, मेरी दफ़्तर की बादशाही अब चंद दिनों की मेहमान है।

उसने पूछा, "क्यों?"

मनमोहन ने जवाब दिया, "कर्ज़े का बंदोबस्त होगया है... दफ़्तर आबाद होने वाला है।"

"तुम्हारे किसी और दोस्त के घर में टेलीफ़ोन नहीं।"

"कई दोस्त हैं जिनके टेलीफ़ोन हैं, मगर मैं तुम्हें उनका नंबर नहीं दे सकता।"

"क्यों?"

"मैं नहीं चाहता तुम्हारी आवाज़ कोई और सुने।"

"वजह?"

"मैं बहुत हासिद हूँ।"

वो मुस्कुराई, "ये तो बड़ी मुसीबत हुई।"

"क्या किया जाये?"

"आख़िरी दिन जब तुम्हारी बादशाहत ख़त्म होने वाली होगी, मैं तुम्हें अपना नंबर दूंगी।"

"ये ठीक है!"

मनमोहन की सारी अफ़्सुर्दगी दूर होगई। वो उस दिन का इंतिज़ार करने लगा कि दफ़्तर में उसकी बादशाहत ख़त्म हो। अब फिर उसने उसकी आवाज़ की मदद से अपने तख़य्युल के पर्दे पर उसकी तस्वीर खींचने की कोशिश शुरू की। कई तस्वीरें बनीं मगर वो मुत्मइन न हुआ। उसने सोचा चंद दिनों की बात है। उसने टेलीफ़ोन नंबर बता दिया तो वो उसे देख भी सकेगा। इसका ख़याल आते ही उसका दिल-ओ-दिमाग़ सुन्न हो जाता, "मेरी ज़िंदगी का वो लम्हा कितना बड़ा लम्हा होगा जब मैं उसको देखूंगा।"

दूसरे रोज़ जब उसका टेलीफ़ोन आया तो मनमोहन ने उससे कहा, "तुम्हें देखने का इश्तियाक़ पैदा हो गया है।"

"क्यों?"

"तुम ने कहा था कि आख़िरी दिन जब यहां मेरी बादशाहत ख़त्म होने वाली होगी तो तुम मुझे अपना नंबर बता दोगी।"

"कहा था।"

"इसका ये मतलब है तुम मुझे अपना एड्रेस दे दोगी... मैं तुम्हें देख सकूँगा।"

"तुम मुझे जब चाहो देख सकते हो... आज ही देख लो।"

"नहीं नहीं..." फिर कुछ सोच कर कहा, "मैं ज़रा अच्छे लिबास में तुम से मिलना चाहता हूँ... आज ही एक दोस्त से कह रहा हूँ, वो मुझे सूट दिलवा देगा।"

वो हंस पड़ी, "बिल्कुल बच्चे हो तुम... सुनो। जब तुम मुझसे मिलोगे तो

मैं तुम्हें एक तोहफ़ा दूंगी।"

मनमोहन ने जज़्बाती अंदाज़ में कहा, "तुम्हारी मुलाक़ात से बढ़ कर और क्या तोहफ़ा हो सकता है?"

"मैंने तुम्हारे लिए एग्ज़ेक्टा कैमरा ख़रीद लिया है।"

"ओह!"

"इस शर्त पर दूंगी कि पहले मेरा फ़ोटो उतारो।"

मनमोहन मुस्कुराया, "इस शर्त का फ़ैसला मुलाक़ात पर करूंगा।"

थोड़ी देर और गुफ़्तगु हुई उसके बाद उधर से वो बोली, "मैं कल और परसों तुम्हें टेलीफ़ोन नहीं कर सकूंगी।"

मनमोहन ने तशवीश भरे लहजे में पूछा, "क्यों?"

"मैं अपने अज़ीज़ों के साथ कहीं बाहर जा रही हूँ। सिर्फ़ दो दिन ग़ैर हाज़िर रहूंगी। मुझे माफ़ कर देना।"

ये सुनने के बाद मनमोहन सारा दिन दफ़्तर ही में रहा। दूसरे दिन सुबह उठा तो उसने हरारत महसूस की। सोचा कि ये इज़मेह्लाल शायद इसलिए है कि उसका टेलीफ़ोन नहीं आएगा लेकिन दोपहर तक हरारत तेज़ हो गई। बदन तपने लगा। आँखों से शरारे फूटने लगे। मनमोहन मेज़ पर लेट गया। प्यास बार बार सताती थी। उठता और नल से मुँह लगा कर पानी पीता। शाम के क़रीब उसे अपने सीने पर बोझ महसूस होने लगा। दूसरे रोज़ वो बिल्कुल निढाल था। सांस बड़ी दिक़्क़त से आता था। सीने की दुखन बहुत बढ़ गई थी।

कई बार उस पर हिज़यानी कैफ़ियत तारी हुई। बुख़ार की शिद्दत में वो घंटों टेलीफ़ोन पर अपनी महबूब आवाज़ के साथ बातें करता रहा। शाम

को उसकी हालत बहुत ज़्यादा बिगड़ गई। धुंदलाई हुई आँखों से उसने क्लाक की तरफ़ देखा, उसके कानों में अजीब-ओ-ग़रीब आवाज़ें गूंज रही थीं। जैसे हज़ारहा टेलीफ़ोन बोल रहे हैं, सीने में घुंघरू बज रहे थे। चारों तरफ़ आवाज़ें ही आवाज़ें थीं। चुनांचे जब टेलीफ़ोन की घंटी बजी तो उसके कानों तक उसकी आवाज़ न पहुंची। बहुत देर तक घंटी बजती रही। एक दम मनमोहन चौंका। उसके कान अब सुन रहे थे। लड़खड़ाता हुआ उठा और टेलीफ़ोन तक गया। दीवार का सहारा ले कर उसने काँपते हुए हाथों से रिसीवर उठाया और ख़ुश्क होंटों पर लड़की जैसी ज़बान फेर कर कहा, “हलो।”

दूसरी तरफ़ से वो लड़की बोली, “हलो... मोहन?”

मनमोहन की आवाज़ लड़खड़ाई, “हाँ मोहन!”

“ज़रा ऊंची बोलो...”

मनमोहन ने कुछ कहना चाहा, मगर वो उसके हलक़ ही में ख़ुश्क हो गया।

आवाज़ आई, “मैं जल्दी आगई... बड़ी देर से तुम्हें रिंग कर रही हूँ... कहाँ थे तुम?”

मनमोहन का सर घूमने लगा।

आवाज़ आई क्या हो गया है, “तुम्हें?”

मनमोहन ने बड़ी मुश्किल से इतना कहा, “मेरी बादशाहत ख़त्म हो गई है आज।”

उसके मुँह से ख़ून निकला और एक पतली लकीर की सूरत में गर्दन तक दौड़ता चला गया।

आवाज़ आई, “मेरा नंबर नोट करलो... फाइव नॉट थ्री वन फ़ोर, फ़ाइव नॉट थ्री वन फ़ोर... सुबह फ़ोन करना।” ये कह कर उसने रिसीवर रख दिया। मनमोहन औंधे मुँह टेलीफ़ोन पर गिरा... उसके मुँह से ख़ून के बुलबुले फूटने लगे।

* * * * * *

जिस्म और रूह

मुजीब ने अचानक मुझसे सवाल किया, "क्या तुम उस आदमी को जानते हो?"

गुफ़्तुगू का मौज़ू ये था कि दुनिया में ऐसे कई अश्ख़ास मौजूद हैं जो एक मिनट के अंदर अंदर लाखों और करोड़ों को ज़र्ब दे सकते हैं, इनकी तक़सीम कर सकते हैं। आने-पाई का हिसाब चश्म-ए-ज़दन में आपको बता सकते हैं।

इस गुफ़्तुगू के दौरान में मुग़नी ये कह रहा था, "इंग्लिस्तान में एक आदमी है जो एक नज़र देख लेने के बाद फ़ौरन बता देता है कि इस क़ता ज़मीन का तूल-ओ-अ'र्ज़ क्या है, रक़्बा कितना है? उस ने अपने एक बयान में कहा था कि वो अपनी इस ख़ुदादाद सलाहियत से तंग आ गया है। वो जब भी कहीं बाहर खुले खेतों में निकलता है तो उनकी हरियाली और उनका हुस्न उसकी निगाहों से ओझल हो जाता है और वो इस क़ता-ए-ज़मीन की पैमाइश अपनी आँखों के ज़रिये से शुरू कर देता है।

एक मिनट के अंदर वो अंदाज़ा कर लेता है कि ज़मीन का ये टुकड़ा कितना रक़्बा रखता है, उसकी लंबाई कितनी है, चौड़ाई कितनी है, फिर उसे मजबूरन अपने अंदाज़े का इम्तहान लेना पड़ता है। 'फ़िटर टेप' के ज़रिये से उस क़ता-ए-ज़मीन को मापता और वो उसके अंदाज़े के ऐ'न मुताबिक़ निकलता। अगर उसका अंदाज़ा ग़लत होता तो उसे बहुत तस्कीन होती। बा'ज़ औक़ात फ़ातेह अपनी शिकस्त से भी ऐसी लज़्ज़त महसूस करता है जो उसे फ़तह से नहीं मिलती। असल में शिकस्त दूसरी शानदार फ़तह का पेशख़ेमा होती है।

मैंने मुग़नी से कहा, "तुम दुरुस्त कहते हो... दुनिया में हर क़िस्म के

अ'जाइबात मौजूद हैं।"

मैं कुछ और कहना चाहता था कि मुजीब ने जो इस गुफ़्तुगू के दौरान कॉफ़ी पी रहा था, अचानक मुझसे सवाल किया,"क्या तुम उस आदमी को जानते हो?"

मैं सोचने लगा कि मुजीब किस आदमी के मुतअ'ल्लिक़ मुझसे पूछ रहा है, हामिद... नहीं, वो आदमी नहीं मेरा दोस्त है।

अब्बास, उसके मुतअ'ल्लिक़ कुछ कहने-सुनने की ज़रूरत ही महसूस नहीं हो सकती थी। शब्बीर, उसमें कोई ग़ैरमामूली बात नहीं थी। आख़िर ये किस आदमी का हवाला दिया गया था।

मैंने मुजीब से कहा, "तुम किस आदमी का हवाला दे रहे हो?"

मुजीब मुस्कुराया, "तुम्हारा हाफ़िज़ा बहुत कमज़ोर है।"

"भई, मेरा हाफ़िज़ा तो बचपन से ही कमज़ोर रहा है। तुम पहेलियों में बातें न करो। बताओ वो कौन आदमी है जिससे तुम मेरा तआ'रुफ़ कराना चाहते हो।"

मुजीब की मुस्कुराहट में अब एक तरह का असरार था, "बूझ लो!"

"मैं क्या बूझूंगा, जबकि वो आदमी तुम्हारे पेट में है।"

आरिफ़, असग़र और मसऊद बेइख़्तियार हंस पड़े। आरिफ़ ने मुझसे मुख़ातिब हो कर कहा,"वो आदमी अगर मुजीब के पेट में है तो आपको उसकी पैदाइश का इंतिज़ार करना पड़ेगा।"

मैंने मुजीब की तरफ़ एक नज़र देखा और आरिफ़ से मुख़ातिब हुआ, "मैं अपनी सारी उम्र उस मेहदी की विलादत का इंतिज़ार नहीं कर सकता हूँ।"

मसऊद ने अपने सिगरेट को ऐश ट्रे के क़ब्रिस्तान में दफ़न करते हुए कहा,"देखिए साहिबान! हमें अपने दोस्त मिस्टर मुजीब की बात का मज़ाक़ नहीं उड़ाना चाहिए।" ये कह कर वो मुजीब से मुख़ातिब हुआ, "मुजीब साहब, फ़रमाईए आप को क्या कहना है? हम सब बड़े ग़ौर से सुनेंगे।"

मुजीब थोड़ी देर ख़ामोश रहा। उसके बाद अपना बुझा हुआ चुरुट सुलगा कर बोला, "मा'ज़रत चाहता हूँ कि मैंने उस आदमी के मुतअ'ल्लिक़ आपसे पूछा जिसे आप जानते नहीं।"

मैंने कहा, "मुजीब, तुम कैसी बातें करते हो। बहरहाल, तुम उस आदमी को जानते हो।"

मुजीब ने बड़े वसूक़ के साथ कहा! "बहुत अच्छी तरह, जब हम दोनों बर्मा में थे तो दिन-रात इकट्ठे रहते थे। अ'जीब-ओ-ग़रीब आदमी था।"

मसऊद ने पूछा, "किस लिहाज़ से?"

मुजीब ने जवाब दिया, "हर लिहाज़ से, उस जैसा आदमी आपने अपनी ज़िंदगी में कभी नहीं देखा होगा।"

मैंने कहा, "भाई मुजीब, अब बता भी दो वो कौन हज़रत थे?"

"बस हज़रत ही थे।"

आरिफ़ मुस्कुराया, "चलो, क़िस्सा ख़त्म हुआ, वो हज़रत थे, और बस।"

मसऊद ये जानने के लिए बेताब था कि वो हज़रत कौन थे? "भई मुजीब, तुम्हारी हर बात निराली होती है। तुम बताते क्यों नहीं हो कि वो कौन आदमी था जिसका ज़िक्र तुमने अचानक छेड़ दिया?"

मुजीब तबअ'न ख़ामोशी पसंद था। उसके दोस्त-अहबाब हमेशा उसकी तबीयत से नालां रहते, लेकिन उसकी बातें जची तुली होती थीं।

थोड़ी देर ख़ामोश रहने के बाद उसने कहा, "मा'ज़रत ख़्वाह हूँ कि मैंने ख़्वाहमख़्वाह आपको इस मख़मसे में गिरफ़्तार कर दिया। बात दर असल ये है कि जब ये गुफ़्तुगू शुरू हुई तो मैं खो गया। मुझे वो ज़माना याद आगया जिसको मैं कभी नहीं भूल सकता।"

मैंने पूछा, "वो ऐसा ज़माना कौन सा था?"

मुजीब ने एक लंबी कहानी बयान करना शुरू कर दी, "अगर आप समझते हों कि उस ज़माने से मेरी ज़िंदगी के किसी रूमान का तअ'ल्लुक़ है तो मैं आप से कहूंगा कि आप कम फ़ह्म हैं।"

मैंने मुजीब से कहा, "हम तो आपके फ़ैसले के मुंतज़िर हैं। अगर आप समझते हैं कि आप कम फ़ह्म हैं तो ठीक है लेकिन वो आदमी।"

मुजीब मुस्कुराया, "वो आदमी आदमी था... लेकिन उसमें ख़ुदा ने बहुत सी कुव्वतें बख़्शी थीं।"

मरूऊद ने पूछा, "मिसाल के तौर पर..."

मिसाल के तौर पर ये कि वो एक नज़र देखने के बाद बता सकता था कि आपने किस रंग का सूट पहना था, टाई कैसी थी? आपकी नाक टेढ़ी थी या सीधी? आपके किस गाल पर कहाँ और किस जगह तिल था। आपके नाख़ुन कैसे हैं। आपकी दाहिनी आँख के नीचे ज़ख़्म का निशान है। आपकी भंवें मुंडी हुई हैं। मौज़े फ़ुलां साख़्त के पहने हुए थे, क़मीज़ पोपलीन की थी मगर घर में धुली हुई।"

ये सुन कर मैंने वाक़ेअ'तन महसूस किया कि जिस शख़्स का ज़िक्र मुजीब कर रहा है अ'जीब-ओ-ग़रीब हस्ती का मालिक है। चुनांचे मैंने

उससे कहा, “बड़ा मार्का ख़ेज़ आदमी था।”

“जी हाँ, बल्कि इससे भी कुछ ज़्यादा, उसको इस बात का ग़म था कि अगर वो कोई मंज़र, कोई मर्द, कोई औरत सिर्फ़ एक नज़र देख ले तो उसे मिन-ओ-अ'न अपने अलफ़ाज़ में बयान कर सकता है जो कभी ग़लत नहीं होंगे और इसमें कोई शक नहीं कि उसका अंदाज़ा हमेशा दुरुस्त साबित होता था।”

मैंने पूछा, “क्या ये वाक़ई दुरुस्त था।”

“सौ फ़ीसद... एक मर्तबा मैंने उससे बाज़ार में पूछा, ये लड़की जो अभी अभी हमारे पास से गुज़री है, क्या तुम उसके मुतअ'ल्लिक़ भी तफ़सीलात बयान कर सकते हो?”

मैं उस लड़की से एक घंटा पहले मिल चुका था। वो हमारे हमसाए मिस्टर लव ज्वाय की बेटी थी और मेरी बीवी से सलाई के मुस्तआ'र लेने आई थी। मैंने उसे ग़ौर से देखा इसलिए बग़रज़-ए-इम्तहान मैंने मुजीब से ये सवाल किया था।

मुजीब मुस्कुराया, “तुम मेरा इम्तहान लेना चाहते हो।”

“नहीं... नहीं, ये बात नहीं, मैं... मैं।”

“नहीं, तुम मेरा इम्तहान लेना चाहते हो। ख़ैर सुनो! वो लड़की जो अभी अभी हमारे पास से गुज़री है और जिसे... जिसे मैं अच्छी तरह नहीं देख सका। मगर लिबास के मुतअ'ल्लिक़ कुछ कहना फ़ुज़ूल है इसलिए कि हर वो शख़्स जिसकी आँखें सलामत हों और होश-ओ-हवास दुरुस्त हों कह सकता है कि वो किस क़िस्म का था। वैसे एक चीज़ जो मुझे उसमें ख़ासतौर पर दिखाई दी, वो उसके दाहिने हाथ की छंगुलिया थी। उसमें किसी क़दर ख़म है, बाएं हाथ के अंगूठे का नाख़ुन मजरूब था। उसके

लिप स्टिक लगे होंटों से ये मालूम होता है कि वो आराइश के फ़न से महज़ कोरी है।"

मुझे बड़ी हैरत हुई कि उसने एक मामूली सी नज़र में ये सब चीज़ें कैसे भाँप लीं। मैं अभी इसी हैरत में ग़र्क़ था कि मुजीब ने अपना सिलसिला-ए-कलाम जारी रखते हुए कहा, "उसमें जो ख़ास चीज़ मुझे नज़र आई, वो उसके दाहिने गाल का दाग़ था... ग़ालिबन किसी फोड़े का है।"

मुजीब का कहना दुरुस्त था, मैंने इससे पूछा, "ये सब बातें जो तुम इतने वसूक़ से कहते हो, तुम्हें क्योंकर मालूम हो जाती हैं?"

मुजीब मुस्कुराया, "मैं उसके मुतअ'ल्लिक़ कुछ कह नहीं सकता। इसलिए कि मैं समझता हूँ हर आदमी को साहब-ए-नज़र होना चाहिए। साहब-ए-नज़र से मेरी मुराद हर उस शख़्स से है जो एक ही नज़र में दूसरे आदमी के तमाम ख़द-ओ-ख़ाल देख ले।"

मैंने उस से पूछा,"ख़द-ओ-ख़ाल देखने से क्या होता है?"

"बहुत कुछ होता है, ख़द-ओ-ख़ाल ही तो इंसान का सही किरदार बयान करते हैं।"

"करते होंगे। मैं तुम्हारे इस नज़रिए से मुत्तफ़िक़ नहीं हूँ।"

"न हो, मगर मेरा नज़रिया अपनी जगह क़ायम रहेगा।"

"रहे... मुझे इस पर क्या ए'तराज़ हो सकता है। बहरहाल, मैं ये कहे बगैर नहीं रह सकता कि इंसान ग़लती का पुतला है... हो सकता है तुम ग़लती पर हो।"

"यार, गलतियां दुरुस्तियों से ज़्यादा दिलचस्प होती हैं।"

"ये तुम्हारा अ'जीब फ़लसफ़ा है।"

“फ़लसफ़ा गाय का गोबर है।”

“और गोबर?”

मुजीब मुस्कुराया, “वो... वो... उपला कह लीजिए, जो ईंधन के काम आता है।”

हमें मालूम हुआ कि मुजीब एक लड़की के इश्क़ में गिरफ़्तार हो गया है। पहली ही निगाह में उसने उसके जिस्म के हर ख़द-ओ-ख़ाल का सही जायज़ा ले लिया था। वो लड़की बहुत मुतअस्सिर हुई जब उसे मालूम हुआ कि दुनिया में ऐसे आदमी भी मौजूद हैं जो सिर्फ़ एक नज़र में सब चीज़ें देख जाते हैं तो वो मुजीब से शादी करने के लिए रज़ामंद हो गई।

उनकी शादी हो गई... दुल्हन ने कैसे कपड़े पहने थे, उसकी दाएं कलाई में किस डिज़ाइन की दस्त लच्छी थी... उसमें कितने नगीने थे।

ये सब तफ़सीलात उसने हमें बताईं।

उन तफ़सीलात का ख़ुलासा ये है कि उन दोनों में तलाक़ हो गई।

गुरमुख सिंह की वसीयत

पहले छुरा भोंकने की इक्का दुक्का वारदात होती थीं, अब दोनों फ़रीक़ों में बाक़ायदा लड़ाई की ख़बरें आने लगी जिनमें चाकू-छुरियों के इलावा कृपाणें, तलवारें और बंदूक़ें आम इस्तेमाल की जाती थीं। कभी-कभी देसी साख़्त के बम फटने की इत्तिला भी मिलती थी।

अमृतसर में क़रीब क़रीब हर एक का यही ख़्याल था कि ये फ़िर्क़ावाराना फ़सादात देर तक जारी नहीं रहेंगे। जोश है, जूंही ठंडा हुआ, फ़िज़ा फिर अपनी असली हालत पर आजाएगी। इससे पहले ऐसे कई फ़साद अमृतसर में हो चुके थे जो देर पा नहीं थे। दस से पंद्रह रोज़ तक मार कटाई का हंगामा रहता था, फिर ख़ुद बख़ुद फ़िरो हो जाता था। चुनांचे पुराने तजुर्बे की बिना पर लोगों का यही ख़याल था कि ये आग थोड़ी देर के बाद अपना ज़ोर ख़त्म करके ठंडी हो जाएगी। मगर ऐसा न हुआ, बलवों का ज़ोर दिन ब दिन बढ़ता ही गया।

हिंदुओं के मुहल्ले में जो मुसलमान रहते थे भागने लगे। इसी तरह वो हिंदू जो मुसलमानों के मुहल्ले में थे, अपना घर-बार छोड़ के महफ़ूज़ मुक़ामों का रुख़ करने लगे। मगर ये इंतिज़ाम सब के नज़दीक आरिज़ी था, उस वक़्त तक के लिए जब फ़िज़ा फ़सादात के तकद्दुर से पाक हो जाने वाली थी।

मियां अब्दुलहई रिटायर्ड सब जज को तो सौ फ़ीसदी यक़ीन था कि सूरत-ए-हाल बहुत जल्द दुरुस्त हो जाएगी, यही वजह है कि वो ज़्यादा परेशान नहीं थे, उनका एक लड़का था ग्यारह बरस का। एक लड़की थी सत्रह बरस की। एक पुराना मुलाज़िम था जिसकी उम्र सत्तर के लगभग थी। मुख़्तसर सा ख़ानदान था। जब फ़सादात शुरू हुए तो मियां साहिब ने

बतौर हिफ़्ज़-ए-मातक़द्दुम काफ़ी राशन घर में जमा कर लिया था।

इस तरह से वो बिल्कुल मुतमइन थे कि अगर ख़ुदा-ना-ख़ास्ता हालात कुछ ज़्यादा बिगड़ गए और दुकानें वग़ैरा बंद होगईं तो उन्हें खाने-पीने के मुआमले में तरद्दुद नहीं करना पड़ेगा। लेकिन उनकी जवान लड़की सुग़रा बहुत मुतरद्दिद थी। उनका घर तीन मंज़िला था। दूसरी इमारतों के मुक़ाबले में काफ़ी ऊंचा। उसकी ममटी से शहर का तीन चौथाई हिस्सा बख़ूबी नज़र आता था। सुग़रा अब कई दिनों से देख रही थी कि नज़दीक दूर कहीं न कहीं आग लगी होती है। शुरू शुरू में तो फ़ायर ब्रिगेड की टन टन सुनाई देती थी पर अब वो भी बंद होगई थी, इसलिए कि जगह जगह आग भड़कने लगी थी।

रात को अब कुछ और ही समां होता। घुप्प अंधेरे में आग के बड़े-बड़े शोले उठते जैसे देव हैं जो अपने मुँह से आग के फव्वारे से छोड़ रहे हैं। फिर अजीब-अजीब सी आवाज़ें आतीं जो हर हर महादेव और अल्लाह अकबर के नारों के साथ मिल कर बहुत ही वहशतनाक बन जातीं।

सुग़रा बाप से अपने ख़ौफ़-ओ-हरास का ज़िक्र नहीं करती थी। इसलिए कि वो एक बार घर में कह चुके थे कि डरने की कोई वजह नहीं। सब ठीक ठाक हो जाएगा। मियां साहिब की बातें अक्सर दुरुस्त हुआ करती थीं। सुग़रा को इससे एक गो न इत्मिनान था। मगर जब बिजली का सिलसिला मुनक़ते होगया और साथ ही नलों में पानी आना बंद होगया तो उसने मियां साहिब से अपनी तशवीश का इज़हार किया और डरते-डरते राय दी थी कि चंद रोज़ के लिए शरीफ़पुरे उठ जाएं जहां अड़ोस-पड़ोस के सारे मुसलमान आहिस्ता आहिस्ता जा रहे थे।

मियां साहिब ने अपना फ़ैसला न बदला और कहा, “बेकार घबराने की कोई ज़रूरत नहीं। हालात बहुत जल्द ठीक हो जाऐंगे।”

मगर हालात बहुत जल्दी ठीक न हुए और दिन बदिन बिगड़ते गए। वो मुहल्ला जिसमें मियां अब्दुलहई का मकान था मुसलमानों से ख़ाली होगया। और ख़ुदा का करना ऐसा हुआ कि मियां साहिब पर एक रोज़ अचानक फ़ालिज गिरा जिसके बाइस वो साहब-ए-फ़िराश होगए। उनका लड़का बशारत भी जो पहले अकेला घर में ऊपर-नीचे तरह तरह के खेलों में मसरूफ़ रहता था अब बाप की चारपाई के साथ लग कर बैठ गया और हालात की नज़ाकत समझने लगा।

वो बाज़ार जो उनके मकान के साथ मुल्हिक़ था सुनसनान पड़ा था। डाक्टर ग़ुलाम मुस्तफ़ा की डिस्पेंसरी मुद्दत से बंद पड़ी थी। उससे कुछ दूर हट कर डाक्टर गौर अंदता मल थे। सुग़रा ने शहनशीन से देखा था कि उनकी दुकान में भी ताले पड़े हैं। मियां साहब की हालत बहुत मख़दूश थी। सुग़रा इस क़दर परेशान थी कि उसके होश-ओ-हवास बिल्कुल जवाब दे गए थे। बशारत को अलग ले जा कर उसने कहा, "ख़ुदा के लिए, तुम ही कुछ करो। मैं जानती हूँ कि बाहर निकलना ख़तरे से ख़ाली नहीं, मगर तुम जाओ... किसी को भी बुला लाओ। अब्बा जी की हालत बहुत ख़तरनाक है।"

बशारत गया, मगर फ़ौरन ही वापस आगया। उसका चेहरा हल्दी की तरह ज़र्द था। चौक में उसने एक लाश देखी थी, ख़ून से तरबतर... और पास ही बहुत से आदमी ठाटे बांधे एक दुकान लूट रहे थे।

सुग़रा ने अपने ख़ौफ़ज़दा भाई को सीने के साथ लगाया और सब्र-शुक्र के बैठ गई। मगर उससे अपने बाप की हालत नहीं देखी जाती थी। मियां साहब के जिस्म का दाहिना हिस्सा बिल्कुल सुन होगया था जैसे उसमें जान ही नहीं। गोयाई में भी फ़र्क़ पड़ गया था और वो ज़्यादातर इशारों ही से बातें करते थे जिसका मतलब ये था कि सुग़रा घबराने की कोई बात नहीं। ख़ुदा के फ़ज़ल-ओ-करम से सब ठीक हो जाएगा।

कुछ भी न हुआ। रोज़े ख़त्म होने वाले थे, सिर्फ़ दो रह गए थे। मियां साहब का ख़याल था कि ईद से पहले पहले फ़िज़ा बिल्कुल साफ़ हो जाएगी मगर अब ऐसा मालूम होता था कि शायद ईद ही का रोज़ रोज़-ए-क़ियामत हो, क्योंकि ममटी पर से अब शहर के क़रीब क़रीब हर हिस्से से धुंए के बादल उठते दिखाई देते थे। रात को बम फटने की ऐसी ऐसी हौलनाक आवाज़ें आती थीं कि सुग़रा और बशारत एक लहज़े के लिए भी सो नहीं सकते थे।

सुग़रा को यूं भी बाप की तीमारदारी के लिए जागना पड़ता था, मगर अब ये धमाके, ऐसा मालूम होता था कि उसके दिमाग़ के अंदर हो रहे हैं। कभी वो अपने मफ़लूज बाप की तरफ़ देखती और कभी अपने वहशतज़दा भाई की तरफ़... सत्तर बरस का बुड्ढा मुलाज़िम अकबर था जिसका वजूद होने न होने के बराबर था। वो सारा दिन और सारी रात पर अपनी कोठड़ी में खाँसता खंकारता और बलग़म निकालता रहता था।

एक रोज़ तंग आकर सुग़रा उस पर बरस पड़ी, "तुम किस मर्ज़ की दवा हो। देखते नहीं हो, मियां साहब की क्या हालत है। असल में तुम परले दर्जे के नमक हराम हो। अब ख़िदमत का मौका आया है तो दमे का बहाना करके यहां पड़े रहते हो... वो भी ख़ादिम थे जो आक़ा के लिए अपनी जान तक कुर्बान कर देते थे।"

सुग़रा अपना जी हल्का करके चली गई। बाद में उसको अफ़सोस हुआ कि नाहक़ उस ग़रीब को इतनी लानत-मलामत की। रात का खाना थाल में लगा कर उसकी कोठड़ी में गई तो देखा ख़ाली है। बशारत ने घर में इधर उधर तलाश किया मगर वो न मिला। बाहर के दरवाज़े की कुंडी खुली थी जिसका ये मतलब था कि वो मियां साहब के लिए कुछ करने गया है। सुग़रा ने बहुत दुआएं मांगीं कि ख़ुदा उसे कामयाब करे लेकिन दो दिन गुज़र गए और वो न आया।

शाम का वक़्त था। ऐसी कई शामें सुग़रा और बशारत देख चुके थे। जब ईद की आमद-आमद के हंगामे बरपा होते थे, जब आसमान पर चांद देखने के लिए उनकी नज़रें जमी रहती थीं। दूसरे रोज़ ईद थी। सिर्फ़ चांद को इसका ऐलान करना था। दोनों इस ऐलान के लिए कितने बेताब हुआ करते थे।

आसमान पर चांद वाली जगह पर अगर बादल का कोई हटीला टुकड़ा जम जाता तो कितनी कोफ़्त होती थी उन्हें, मगर अब चारों तरफ़ धुंए के बादल थे। सुग़रा और बशारत दोनों ममटी पर चढ़े। दूर कहीं कहीं कोठों पर लोगों के साये धब्बों की सूरत में दिखाई देते थे, मगर मालूम नहीं ये चांद देख रहे थे या जगह जगह सुलगती और भड़कती हुई आग।

चांद भी कुछ ऐसा ढीट था कि धुंए की चादर में से भी नज़र आगया। सुग़रा ने हाथ उठा कर दुआ मांगी कि ख़ुदा अपना फ़ज़ल करे और उसके बाप को तंदुरुस्ती अता फ़रमाए। बशारत दिल ही दिल में कोफ़्त महसूस कर रहा था कि गड़बड़ के बाइस एक अच्छी भली ईद ग़ारत हो गई।

दिन अभी पूरी तरह ढला नहीं था, यानी शाम की स्याही अभी गहरी नहीं हुई थी। मियां साहब की चारपाई छिड़काव किए हुए सहन में बिछी थी। वो उस पर बेहिस-ओ-हरकत लेटे थे और दूर आसमान पर निगाहें जमाए जाने क्या सोच रहे थे।

ईद का चांद देख कर जब सुग़रा ने पास आकर उन्हें सलाम किया तो उन्हों ने इशारे से जवाब दिया। सुग़रा ने सर झुकाया तो उन्होंने वो बाज़ू जो ठीक था उठाया और उस पर शफ़क़त से हाथ फेरा।

सुग़रा की आँखों से टप टप आँसू गिरने लगे तो मियां साहब की आँखें भी नमनाक होगईं, मगर उन्होंने तसल्ली देने की ख़ातिर बमुश्किल अपनी नीम मफ़लूज ज़बान से ये अल्फ़ाज़ निकाले, "अल्लाह तबारक-ओ-ताला

सब ठीक करदेगा।"

ऐन उसी वक़्त बाहर दरवाज़े पर दस्तक हुई। सुग़रा का कलेजा धक से रह गया। उसने बशारत की तरफ़ देखा जिसका चेहरा काग़ज़ की तरह सफ़ेद होगया था।

दरवाज़े पर दस्तक हुई। मियां साहब सुग़रा से मुख़ातिब हुए, "देखो, कौन है!"

सुग़रा ने सोचा कि शायद बुड्ढा अकबर हो। इस ख़याल ही से उसकी आँखें तमतमा उठीं। बशारत का बाज़ू पकड़ कर उसने कहा, "जाओ देखो.... शायद अकबर आया है।"

ये सुन कर मियां साहब ने नफ़ी में यूं सर हिलाया जैसे वो ये कह रहे हैं, "नहीं... ये अकबर नहीं है।"

सुग़रा ने कहा, "तो और कौन हो सकता है अब्बा जी?"

मियां अब्दुलहई ने अपनी क़ुव्वत-ए-गोयाई पर ज़ोर दे कर कुछ कहने की कोशिश की कि बशारत आगया। वो सख़्त ख़ौफ़ज़दा था। एक सांस ऊपर, एक नीचे, सुग़रा को मियां साहब की चारपाई से एक तरफ़ हटा कर उसने हौले से कहा, "एक सिख है!"

सुग़रा की चीख़ निकल गई, "सिख?... क्या कहता है?"

बशारत ने जवाब दिया, "कहता है दरवाज़ा खोलो।"

सुग़रा ने काँपते हुए बशारत को खींच कर अपने साथ चिमटा लिया और बाप की चारपाई पर बैठ गई और अपने बाप की तरफ़ वीरान नज़रों से देखने लगी।

मियां अब्दुलहई के पतले पतले बेजान होंटों पर एक अजीब सी

मुस्कुराहट पैदा हो गई, “जाओ... गुरमुख सिंह है!”

बशारत ने नफ़ी में सर हिलाया, “कोई और है?”

मियां साहब ने फ़ैसलाकुन अंदाज़ में कहा, “जाओ सुग़रा वही है!”

सुग़रा उठी। वो गुरमुख सिंह को जानती थी। पेंशन लेने से कुछ देर पहले उसके बाप ने इस नाम के एक सिख का कोई काम किया था। सुग़रा को अच्छी तरह याद नहीं था। शायद उसको एक झूटे मुक़द्दमे से नजात दिलाई थी। जब से वो हर छोटी ईद से एक दिन पहले रूमाली सिवैयों का एक थैला लेकर आया करता था।

उसके बाप ने कई मर्तबा उससे कहा था, “सरदार जी, आप ये तकलीफ़ न किया करें।” मगर वो हाथ जोड़ कर जवाब दिया करता था, “मियां साहब, वाहगुरु जी की कृपा से आपके पास सब कुछ है। ये तो एक तोहफ़ा ये जो मैं जनाब की ख़िदमत में हर साल लेकर आता हूँ। मुझ पर जो आपने एहसान किया था। उसका बदला तो मेरी सौ पुश्त भी नहीं चुका सकती... ख़ुदा आपको ख़ुश रखे।”

सरदार गुरमुख सिंह को हर साल ईद से एक रोज़ पहले सिवैयों का थैला लाते इतना अर्सा होगया था कि सुग़रा को हैरत हुई कि उसने दस्तक सुन कर ये क्यों ख़याल न किया कि वही होगा, मगर बशारत भी तो उसको सैंकड़ों मर्तबा देख चुका था, फिर उसने क्यों कहा कोई और है... और कौन हो सकता है। ये सोचती सुग़रा डेयोढ़ी तक पहुंची।

दरवाज़ा खोले या अंदर ही से पूछे, उसके मुतअल्लिक़ वो अभी फ़ैसला ही कररही थी कि दरवाज़े पर ज़ोर से दस्तक हुई। सुग़रा का दिल ज़ोर ज़ोर से धड़कने लगा। बमुश्किल तमाम उसने हलक़ से आवाज़ निकाली, “कौन है?”

बशारत पास खड़ा था। उसने दरवाज़े की एक दर्ज़ की तरफ़ इशारा किया और सुग़रा से कहा, "इसमें से देखो?"

सुग़रा ने दर्ज़ में से देखा। गुरमुख सिंह नहीं था। वो तो बहुत बूढ़ा था, लेकिन ये जो बाहर थड़े पर खड़ा था जवान था। सुग़रा अभी दर्ज़ पर आँख जमाए उसका जायज़ा ले रही थी कि उसने फिर दरवाज़ा खटखटाया। सुग़रा ने देखा कि उसके हाथ में काग़ज़ का थैला था वैसा ही जैसा गुरमुख सिंह लाया करता था।

सुग़रा ने दर्ज़ से आँख हटाई और ज़रा बुलंद आवाज़ में दस्तक देने वाले से पूछा, "कौन हैं आप?"

बाहर से आवाज़ आई, "जी... जी मैं... मैं सरदार गुरमुख सिंह का बेटा हूँ... संतोख!"

सुग़रा का ख़ौफ़ बहुत हद तक दूर होगया। बड़ी शाइस्तगी से उसने पूछा, "फ़रमाईए। आप कैसे आए हैं?"

बाहरसे आवाज़ आई, "जी... जज साहब कहाँ हैं।"

सुग़रा ने जवाब दिया, "बीमार हैं।"

सरदार संतोख सिंह ने अफ़सोस आमेज़ लहजे में कहा, "ओह... फिर उसने काग़ज़ का थैला खड़खड़ाया। जी, ये सिवय्यां हैं... सरदार जी का देहांत हो गया है... वो मर गए हैं!"

सुग़रा ने जल्दी से पूछा, "मर गए हैं?"

बाहर से आवाज़ आई, "जी हाँ... एक महीना होगया है... मरने से पहले उन्होंने मुझे ताकीद की थी कि देखो बेटा, मैं जज साहब की ख़िदमत में पूरे दस बरसों से हर छोटी ईद पर सिवय्यां ले जाता रहा हूँ.. ये काम मेरे

मरने के बाद अब तुम्हें करना होगा... मैंने उन्हें वचन दिया था जो मैं पूरा कररहा हूँ... ले लीजिए सिवय्यां।"

सुग़रा इस क़दर मुतास्सिर हुई कि उसकी आँखों में आँसू आगए। उसने थोड़ा सा दरवाज़ा खोला। सरदार गुरमुख सिंह के लड़के ने सिवय्यों का थैला आगे बढ़ा दिया जो सुग़रा ने पकड़ लिया और कहा, "ख़ुदा सरदार जी को जन्नत नसीब करे।"

गुरमुख सिंह का लड़का कुछ तवक्कुफ़ के बाद बोला, "जज साहब बीमार हैं?"

सुग़रा ने जवाब दिया, "जी हाँ!"

"क्या बीमारी है?"

"फ़ालिज !"

"ओह... सरदार जी ज़िंदा होते तो उन्हें ये सुन कर बहुत दुख होता... मरते दम तक उन्हें जज साहब का एहसान याद था। कहते थे कि वो इंसान नहीं देवता है... अल्लाह मियां उन्हें ज़िंदा रखे... उन्हें मेरा सलाम।"

और ये कह कर वो थड़े से उतर गया... सुग़रा सोचती ही रह गई कि वो उसे ठहराए और कहे कि जज साहब के लिए किसी डाक्टर का बंदोबस्त कर दे।

सरदार गुरमुख सिंह का लड़का संतोख जज साहब के मकान से थड़े से उतर कर चंद गज़ के आगे बढ़ा तो चार ठाटा बांधे हुए आदमी उसके पास आए। दो के पास जलती मशालें थीं और दो के पास मिट्टी के तेल के कनस्तर और कुछ दूसरी आतिशख़ेज़ चीज़ें। एक ने संतोख से पूछा, "क्यों सरदार जी, अपना काम कर आए?"

संतोख ने सर हिला कर जवाब दिया, “हाँ कर आया।”

उस आदमी ने ठाटे के अंदर हंस कर पूछा, “तो करदें मुआमला ठंडा जज साहब का।”

“हाँ... जैसी तुम्हारी मर्ज़ी!” ये कह कर सरदार गुरमुख सिंह का लड़का चल दिया।

सड़क के किनारे

“यही दिन थे... आसमान उसकी आँखों की तरह ऐसा ही नीला था जैसा कि आज है। धुला हुआ, निथरा हुआ... और धूप भी ऐसी ही कुनकुनी थी... सुहाने ख़्वाबों की तरह। मिट्टी की बॉस भी ऐसी ही थी जैसी कि इस वक़्त मेरे दिल-ओ-दिमाग़ में रच रही है और मैंने इसी तरह लेटे लेटे अपनी फड़फड़ाती हुई रूह उसके हवाले कर दी थी।”

“उनने मुझ से कहा था... तुमने मुझे जो ये लम्हात अता किए हैं यक़ीन जानो, मेरी ज़िंदगी उनसे ख़ाली थी... जो ख़ाली जगहें तुम ने आज मेरी हस्ती में पुर की हैं, तुम्हारी शुक्रगुज़ार हैं। तुम मेरी ज़िंदगी में न आतीं तो शायद वो हमेशा अधूरी रहती... मेरी समझ में नहीं आता। मैं तुम से और क्या कहूं... मेरी तकमील हो गई है। ऐसे मुकम्मल तौर पर कि महसूस होता है मुझे अब तुम्हारी ज़रूरत नहीं रही... और वो चला गया... हमेशा के लिए चला गया।”

“मेरी आँखें रोईं... मेरा दिल रोया... मैंने उसकी मिन्नत समाजत की। उससे लाख मर्तबा पूछा कि मेरी ज़रूरत अब तुम्हें क्यों नहीं रही... जबकि तुम्हारी ज़रूरत... अपनी तमाम शिद्दतों के साथ अब शुरू होई है। उन लम्हात के बाद जिन्होंने बक़ौल तुम्हारे, तुम्हारी हस्ती की ख़ाली जगहें पुर की हैं।”

उसने कहा, “तुम्हारे वजूद के जिस जिस ज़र्रे की मेरी हस्ती की तामीर-ओ-तकमील को ज़रूरत थी, ये लम्हात चुन चुन कर देते रहे... अब कि तकमील हो गई है तुम्हारा मेरा रिश्ता ख़ुद-ब-ख़ुद ख़त्म हो गया है।”

किस क़दर ज़ालिमाना लफ़्ज़ थे... मुझसे ये पथराव बर्दाश्त न किया गया... मैं चीख़ चीख़ कर रोने लगी... मगर उस पर कुछ असर न हुआ,

मैंने उससे कहा, "ये ज़र्रे जिनसे तुम्हारी हस्ती की तकमील हुई है, मेरे वजूद का एक हिस्सा थे... क्या इनका मुझसे कोई रिश्ता नहीं... क्या मेरे वजूद का बक़ाया हिस्सा उनसे अपना नाता तोड़ सकता है? तुम मुकम्मल हो गए हो... लेकिन मुझे अधूरा कर के... क्या मैंने इसीलिए तुम्हें अपना माबूद बनाया था?"

उसने कहा, "भौंरे, फूलों और कलियों का रस चूस चूस कर शहीद कशीद करते हैं, मगर वो उसकी तलछट तक भी उन फूलों और कलियों के होंटों तक नहीं लाते... ख़ुदा अपनी परस्तिश कराता है, मगर ख़ुद बंदगी नहीं करता... अदम के साथ ख़ल्वत में चंद लम्हात बसर करके उसने वजूद की तकमील की... अब अदम कहाँ है... उसकी अब वजूद को क्या ज़रूरत है। वो एक ऐसी माँ थी जो वजूद को जन्म देते ही ज़चगी के बिस्तर पर फ़ना हो गई थी।"

औरत रो सकती है... दलीलें पेश नहीं कर सकती... उसकी सबसे बड़ी दलील उसकी आँख से ढलका हुआ आँसू है... मैंने उससे कहा, "देखो... मैं रो रही हूँ... मेरी आँखें आँसू बरसा रही हैं तुम जा रहे हो तो जाओ, मगर इनमें से कुछ आँसूओं को तो अपने रूमाल के कफ़न में लपेट कर साथ लेते जाओ... मैं तो सारी उम्र रोती रहूंगी... मुझे इतना तो याद रहेगा कि चंद आँसूओं के कफ़न-दफ़न का सामान तुमने भी किया था... मुझे ख़ुश करने के लिए!"

उसने कहा, "मैं तुम्हें ख़ुश कर चुका हूँ... तुम्हें उस ठोस मसर्रत से हमकनार कर चुका हूँ जिसके तुम सराब ही देखा करती थीं... क्या उसका लुत्फ़ उसका कैफ़, तुम्हारी ज़िंदगी के बक़ाया लम्हात का सहारा नहीं बन सकता। तुम कहती हो कि मेरी तकमील ने तुम्हें अधूरा कर दिया है... लेकिन ये अधूरापन ही क्या तुम्हारी ज़िंदगी को मुतहर्रिक रखने के लिए काफ़ी नहीं... मैं मर्द हूँ... आज तुमने मेरी तकमील की है... कल कोई और

करेगा... मेरा वजूद कुछ ऐसे आब-ओ-गिल से बना है जिसकी ज़िंदगी में ऐसे कई लम्हात आयेंगे जब वो ख़ुद को तिश्ना-ए-तकमील समझेगा... वो तुम जैसी कई औरतें आयेंगी जो उन लम्हात की पैदा की हुई ख़ाली जगहें पुर करेंगी।"

मैं रोती रही, झुँझलाती रही। मैं ने सोचा... ये चंद लम्हात जो अभी अभी मेरी मुट्ठी में थे... नहीं... मैं उन लम्हात की मुट्ठी में थी... मैंने क्यों ख़ुद को उनके हवाले कर दिया... मैंने क्यों अपनी फड़फड़ाती रूह उनके मुँह खोले क़फ़स में डाल दी... उसमें मज़ा था।

एक लुत्फ़ था... एक कैफ़ था... था, ज़रूर था और ये उसके और मेरे तसादुम में था... लेकिन... ये क्या कि वो साबित-ओ-सालिम रहा... और मुझ में तरेड़े पड़ गए... ये क्या, कि वो अब मेरी ज़रूरत महसूस नहीं करता... लेकिन मैं और भी शिद्दत से उसकी ज़रूरत महसूस करती हूँ... वो ताक़तवर बन गया है। मैं नहीफ़ हो गई हूँ... ये क्या कि आसमान पर दो बादल हमआग़ोश हों... एक रो रो कर बरसने लगा, दूसरा बिजली का कौंदा बन कर उस बारिश से खेलता, कुदकड़े लगाता भाग जाये... ये किसका क़ानून है?... आसमानों का?... ज़मीनों का... या उनके बनाने वालों का?

मैं सोचती रही और झुँझलाती रही। दो रूहों का सिमट कर एक हो जाना और एक हो कर वालिहाना वुसअत इख़्तियार कर जाना... क्या ये सब शायरी है... नहीं, दो रूहें सिमट कर ज़रूर उस नन्हे से नुक्ते पर पहुंचती हैं जो फैल कर कायनात बनता है... लेकिन इस कायनात में एक रूह क्यों कभी कभी घायल छोड़ दी जाती है... क्या इस क़सूर पर कि उसने दूसरी रूह को उस नन्हे से नुक्ते पर पहुंचने में मदद थी।

ये कैसी कायनात है। यही दिन थे... आसमान की आँखों की तरह ऐसा ही नीला था जैसा कि आज है और धूप भी ऐसी ही कुनकुनी थी और मैंने

उसी तरह लेटे लेटे अपनी फड़फड़ाती हुई रूह उसके हवाले कर दी थी... वो मौजूद नहीं है... बिजली का कौंदा बन कर जाने वो किन बदलियों की गिर्या-ओ-ज़ारी से खेल रहा है... अपनी तकमील कर के चला गया। एक साँप था जो मुझे डस कर चला गया... लेकिन अब उसकी छोड़ी हुई लकीर क्यों मेरे पेट में करवटें ले रही है... क्या ये मेरी तकमील हो रही है?

नहीं, नहीं... ये कैसी तकमील हो सकती है... ये तो तख़्रीब है।

लेकिन ये मेरे जिस्म की ख़ाली जगहें पुर हो रही हैं... ये जो गढ़्ढे थे किस मल्बे से पुर किए जा रहे हैं... मेरी रगों में ये कैसी सरसराहटें दौड़ रही हैं... मैं सिमट कर अपने पेट में किस नन्हे से नुक्ते पर पहुंचने के लिए पेच-ओ-ताब खा रही हूँ... मेरी नाव डूब कर अब किन समुंदरों में उभरने के लिए उठ रही है?

ये मेरे अंदर दहकते हुए चूल्हों पर किस मेहमान के लिए दूध गर्म किया जा रहा है... ये मेरा दिल मेरे ख़ून को धुनक धुनक कर किसके लिए नर्म-ओ-नाज़ुक रज़ाइयां तैयार कर रहा है। ये मेरा दिमाग़ मेरे हालात के रंग बिरंग धागों से किसके लिए नन्ही-मुन्नी पोशाकें बुन रहा है?

मेरा रंग किसके लिए निखर रहा है... मेरे अंग-अंग और रोम-रोम में फंसी हुई हिचकियां लोरियों में क्यों तबदील हो रही हैं?

यही दिन थे... आसमान उसकी आँखों की तरह ऐसा ही नीला था जैसा कि आज है... लेकिन ये आसमान अपनी बुलंदियों से उतर कर क्यों मेरे पेट में तन गया है... उसकी नीली नीली आँखें क्यों मेरी रगों में दौड़ती फिरती हैं?

मेरे सीने की गोलाइयों में मस्जिदों के मेहराबों ऐसी तक़दीस क्यों आ रही है?

नहीं, नहीं... ये तक़दीस कुछ भी नहीं... मैं इन मेहराबों को ढहा दूंगी... मैं अपने अंदर तमाम चूल्हे सर्द कर दूँगी जिन पर बिन बुलाए मेहमान की ख़ातिर हाडियां चढ़ी हैं... मैं अपने ख़यालात के तमाम रंग बिरंग धागे आपस में उलझा दूंगी।

यही दिन थे... आसमान उसकी आँखों की तरह ऐसा ही नीला था जैसा कि आज है... लेकिन मैं वो दिन क्यों याद करती हूँ जिनके सीने पर से वो अपने नक़्श-ए-क़दम भी उठा कर ले गया था।

लेकिन ये... ये नक़्श-ए-क़दम किसका है... ये जो मेरे पेट की गहराइयों में तड़प रहा है... क्या यह मेरा जाना पहचाना नहीं?

मैं उसे खुरच दूंगी... उसे मिटा दूंगी... ये रसोली है... फोड़ा है... बहुत ख़ौफ़नाक फोड़ा।

लेकिन मुझे क्यों महसूस होता है कि ये फाहा है... फाहा है तो किस ज़ख़्म का? उस ज़ख़्म का जो वो मुझे लगा कर चला गया था?... नहीं नहीं... ये तो ऐसा लगता है किसी पैदाइशी ज़ख़्म के लिए है... ऐसे ज़ख़्म के लिए जो मैं ने कभी देखा ही नहीं था... जो मेरी कोख में जाने कब से सो रहा था।

ये कोख क्या? फ़ुज़ूल सी मिट्टी की हन्डकुलिया... बच्चों का खिलौना। मैं इसे तोड़ फोड़ दूंगी। लेकिन ये कौन मेरे कान में कहता है। ये दुनिया एक चौराहा है... अपना भांडा क्यों इसमें फोड़ती है... याद रख तुझ पर उंगलियां उठेंगी।

उंगलियां उधर क्यों न उठेंगी, जिधर वो अपनी हस्ती मुकम्मल कर के चला गया था... क्या उन उंगलियों को वो रास्ता मालूम नहीं... ये दुनिया एक चौराहा है... लेकिन उस वक़्त तो वो मुझे एक दोराहे पर छोड़ कर चला गया था... इधर भी अधूरापन था। उधर भी अधूरा पन... इधर भी

आँसू, उधर भी आँसू।

लेकिन ये किसका आँसू, मेरे सीप में मोती बन रहा है... ये कहाँ बंधेगा?

उंगलियां उठेंगी... जब सीप का मुँह खुले और मोती फिसल कर बाहर चौराहे में गिर पड़ेगा तो उंगलियां उठेंगी... सीपी की तरफ़ भी और मोती की तरफ़ भी... और ये उंगलियां संपोलियां बन बन कर उन दोनों को डसेंगी और अपने ज़हर से उनको नीला कर देंगी।

आसमान उसकी आँखों की तरह ऐसा ही नीला था जैसा कि आज है... ये गिर क्यों नहीं पड़ता... वो कौन से सुतून हैं जो उसको थामे हुए हैं... क्या उस दिन जो ज़लज़ला आया था वो उन सुतूनों की बुनियादें हिला देने के लिए काफ़ी नहीं था... ये क्यों अब तक मेरे सर के ऊपर उसी तरह तना हुआ है?

मेरी रूह पसीने में ग़र्क़ है... उसका हर मसाम खुला हुआ है। चारों तरफ़ आग दहक रही है... मेरे अंदर कठाली में सोना पिघल रहा है... धोंकनियां चल रही हैं, शोले भड़क रहे हैं। सोना, आतिश फ़िशां पहाड़ के लावे की तरह उबल रहा है... मेरी रगों में नीली आँखें दौड़ दौड़ कर हांप रही हैं... घंटियां बज रही हैं... कोई आ रहा है... कोई आ रहा है।

बंद कर दो.. .बंद कर दो किवाड़...

कठाली उलट गई है... पिघला हुआ सोना बह रहा है... घंटियां बज रही हैं... वो आ रहा है... मेरी आँखें मुंद रही हैं... नीला आसमान गदला हो कर नीचे आ रहा है।

ये किसके रोने की आवाज़ है... उसे चुप कराओ... उसकी चीख़ें मेरे दिल पर हथौड़े मार रही हैं... चुप कराओ... उसे चुप कराओ... उसे चुप

कराओ.. .मैं गोद बन रही हूँ... मैं क्यों गोद बन रही हूँ?

मेरी बांहें खुल रही हैं... चूल्हों पर दूध उबल रहा है... मेरे सीने की गोलाइयाँ प्यालियां बन रही हैं... लाओ इस गोश्त के लोथड़े को मेरे दिल के धुनके हुए ख़ून के नर्म-नर्म गालों में लेटा दो।

मत छीनो... मत छीनो उसे... मुझसे जुदा न करो। ख़ुदा के लिए मुझ से जुदा न करो।

उंगलियां... उंगलियां... उठने दो उंगलियां... मुझे कोई पर्वा नहीं... ये दुनिया चौराहा है... फूटने दो मेरी ज़िंदगी के तमाम भाँडे।

मेरी ज़िंदगी तबाह हो जाएगी? हो जाने दो... मुझे मेरा गोश्त वापस दे दो... मेरी रूह का ये टुकड़ा मुझसे मत छीनो... तुम नहीं जानते ये कितना क़ीमती है... ये गौहर है जो मुझे उन चंद लम्हात ने अता किया है... उन चंद लम्हात ने जिन्होंने मेरे वजूद के कई ज़र्रे चुन-चुन कर किसी की तकमील की थी और मुझे अपने ख़याल में अधूरा छोड़ के चले गए थे... मेरी तकमील आज हुई है।

मान लो... मान लो... मेरे पेट के खला से पूछो... मेरी दूध भरी हुई छातियों से पूछो... उन लोरियों से पूछो, जो मेरे अंग-अंग और रोम-रोम में तमाम हिचकियां सुला कर आगे बढ़ रही हैं... उन झूलनों से पूछो जो मेरे बाज़ूओं में डाले जा रहे हैं।

मेरे चेहरे की ज़र्दियों से पूछो जो गोश्त के इस लोथड़े के गालों को अपनी तमाम सुर्ख़ियां छुपाती रही हैं... उन सांसों से पूछो, जो छुपे चोरी उसको उसका हिस्सा पहुंचाते रहे हैं।

उंगलियां... उठने दो उंगलियां... मैं उन्हें काट डालूंगी... शोर मचेगा... मैं ये उंगलियां उठा कर अपने कानों में ठूंस लूंगी... मैं गूंगी हो जाऊंगी,

बहरी हो जाऊंगी, अंधी हो जाऊंगी... मेरा गोश्त, मेरे इशारे समझ लिया करेगा... मैं उसे टटोल टटोल कर पहचान लिया करूंगी।

मत छीनो... मत छीनो उसे... ये मेरी कोख की मांग का सिंदूर है... ये मेरी ममता के माथे की बिंदिया है... मेरे गुनाह का कड़वा फल है? लोग इस पर थू थू करेंगे?... मैं चाट लूंगी ये सब थूकें... आँवल समझ कर साफ़ कर दूँगी।

देखो, मैं हाथ जोड़ती हूँ... तुम्हारे पांव पड़ती हूँ।

मेरे भरे हुए दूध के बर्तन औंधे न करो... मेरे दिल के धुन्के हुए ख़ून के नर्म-नर्म गालों में आग न लगाओ... मेरी बाँहों के झूलों की रस्सियां न तोड़ो... मेरे कानों को उन गीतों से महरूम न करो जो उसके रोने में मुझे सुनाई देते हैं।

मत छीनो... मत छीनो... मुझसे जुदा न करो... ख़ुदा के लिए मुझे उससे जुदा न करो।

लाहौर, २१ जनवरी

धोबी मंडी से पुलिस ने एक नौज़ाईदा बच्ची को सर्दी से ठिठुरते सड़क के किनारे पड़ी हुई पाया और अपने क़ब्ज़े में ले लिया। किसी संगदिल ने बच्ची की गर्दन को मज़बूती से कपड़े में जकड़ रखा था और उर्यां जिस्म को पानी से गीले कपड़े में बांध रखा था ताकि वो सर्दी से मर जाये। मगर वो ज़िंदा थी, बच्ची बहुत ख़ूबसूरत है। आँखें नीली हैं। उसको हस्पताल पहुंचा दिया गया है।

बी-ज़मानी बेगम

ज़मीन शक़ हो रही है। आसमान काँप रहा है। हर तरफ़ धुआँ ही धुआँ है। आग के शोलों में दुनिया उबल रही है। ज़लज़ले पर ज़लज़ले आ रहे हैं। ये क्या हो रहा है?

"तुम्हें मालूम नहीं?"

"नहीं तो।"

"लो सुनो दुनिया भर को मालूम है।"

"क्या ?"

"वही ज़मानी बेगम... वो मुई चडडू।"

"हाँ हाँ, क्या हुआ उसे!"

"वही जो होता आया है लेकिन इस उम्र में शर्म नहीं आई बदबख़्त को।"

"ये बदबख़्त ज़मानी बेगम है कौन?"

"हाएं वही सिकंदर की होती-सोती। मुई टखियाई, चंगेज़ के पास रही। हलाकू की दाश्ता बनी। कुछ दिन उस लँगड़े तैमूर के साथ मुँह काला करती रही। वहां से निकली तो नेपोलियन की बग़ल में जा घुसी। अब ये मुवा हिटलर बाक़ी रह गया था।"

"तो क्या अब हिटलर के घर है?"

"बुआ घर घाट कैसा। निबाह हो सकता है कभी ऐसी औरत का।"

“तलाक़ हो गई है क्या?”

“तुम कैसी बातें करती हो बुआ... तलाक़ तो वहां हो जो सहरे-जलुवों की ब्याही हो और फिर ऐसे मर्दों का क्या ए'तबार है। दो दिन मज़े किए और चलो छुट्टी।”

“तो अब हो क्या रहा है। ये फ़ज़ीहता किस बात का?”

“फ़ज़ीहता क्या है पूरे दिनों से है। बच्चा पैदा होने वाला है।”

“तो हो क्यों नहीं चुकता।”

“हाँ सच तो है कोई पलौठी का तो है नहीं।”

“डाक्टर आ रहे हैं। देखो आज न कल हो जाएगा।”

डाक्टर आते रहे लेकिन बी ज़मानी के बच्चा पैदा न हुआ। दर्द-ओ-कर्ब की लहरों में इज़ाफ़ा हो गया। ज़लज़ले और ज़्यादा ज़ोर से आने लगे। शोलों की ज़बानें और ज़्यादा तेज़ हो गईं।

डाक्टरों ने कांफ्रेंस की। हिक्मत की सारी किताबें छानी गईं। तय हुआ कि हामिला को तहरान ले जाएं। वहां रूस के माहिर डाक्टर को बुलाया जाये और उससे मशवरा किया जाये।

तहरान में ख़ासतौर पर जल्दी जल्दी एक मेटर्निटी होम तैयार किया गया। बी ज़मानी बेगम दर्द से तड़पती रही और दुनिया के तीन बड़े डाक्टर मशवरा करते रहे।

एक बोला, “साहिबान, इसमें कोई शक नहीं कि होने वाला बच्चा हमारा नहीं लेकिन इंसानियत के नाम पर हमें मरीज़ा को इस मुश्किल से नजात दिलाना ही पड़ेगी।”

दूसरा बोला, “हम तीन बड़े डाक्टर तीन क़िस्म के तरीक़ा-ए-इलाज

के माहिर हैं। सबसे पहले ज़रूरत इस बात की है कि हम एक तरीक़ा-ए-इलाज पर मुत्तफ़िक़ हों। अगर ऐसा हो गया तो बी ज़मानी बेगम के बच्चा पैदा होना कोई मुश्किल काम नहीं।"

तीसरा बोला, "बिल्कुल दुरुस्त है। आईए हम फ़ौरन ये नेक काम शुरू कर दें।"

तीनों तरीक़े मिला कर एक और तरीक़ा बनाया गया, जिस पर तीनों बड़े डाक्टर मुत्तफ़िक़ हो गए।

दुनिया का चेहरा ख़ुशी से तमतमा उठा। मगर बी ज़मानी बेगम के बच्चा पैदा न हुआ।

"ये क्या हो रहा है... बच्चा पैदा क्यों नहीं हुआ अभी तक?"

"बच्चा तो पैदा हो रहा था मगर उसे रोक दिया गया है।"

"क्यों?"

"डाक्टर सोच रहे हैं कि उसे गोद कौन लेगा?"

"हूँ!"

"तो फ़ैसला क्या हुआ?"

"तुम कैसी बातें करती बुआ। ऐसे मुआ'मलों का इतनी जल्दी फ़ैसला कैसे हो सकता है। ख़ैर छोड़ो इस क़िस्से को। कुछ न कुछ हो ही जाएगा। जिसके हाँ औलाद नहीं वो ग़रीब गोद ले लेगा।"

औलाद हर एक के थी। किसी के हाँ चार बच्चे थे, किसी के हाँ पाँच और किसी के हाँ सात। अब फ़ैसला कैसे हो?

एक और कांफ्रेंस हुई। डमबार्टन ओक्स में एक और मेटर्निटी होम

अफ़रा-तफ़री में बनाया गया। तीनों बड़े डाक्टर वहां जमा हुए। हर एक ने सोचा, हर एक ने मुआ'मले की अहमियत समझने की कोशिश की।

और बी ज़मानी बेगम बिस्तर पर पड़ी दर्द से कराहती रही।

एक बोला, "साहिबान, हम साहिब-ए-औलाद हैं। इस बच्चे के वजूद के हम ज़िम्मेदार नहीं। लेकिन इंसानियत का तक़ाज़ा है कि हम इसकी पैदाइश में हर मुम्किन तरीक़े से मदद करें। आख़िर इसमें होने वाले बच्चे का क्या क़ुसूर है।"

दूसरा, "हम डाक्टर हैं, हमारा मज़हब दवा है। हम चाहें तो इस होने वाले नाख़ल्फ़ बच्चे ही को जिस से हमारा कोई रिश्ता नहीं। एक फ़रमांबर्दार, इताअ'त शिआ'र, आज़ादी पसंद और इंसानियत दोस्त नौजवान बना सकते हैं।"

तीसरा बोला, "बिल्कुल दुरुस्त है। इस बच्चे की पैदाइश से दुनिया का एक बहुत बड़ा बोझ दूर हो जाएगा। हम डाक्टर हैं, अपने फ़र्ज़ से हमें ग़ाफ़िल नहीं रहना चाहिए।"

तय हो गया... एक दस्तावेज़ पर अंगूठे लगा दिए गए कि होने वाले बच्चे को ये तीनों डाक्टर गोद लेंगे। तीनों मिल कर उसकी परवरिश करेंगे... लेकिन बी ज़मानी बेगम की तकलीफ़ फिर भी रफ़ा न हुई। वो पड़ी दर्द से कराहती रही।

"आख़िर ये मुसीबत क्या है?"

"कुछ समझ में नहीं आता।"

"क़िस्सा ये है कि बच्चे को गोद लेने का तो फ़ैसला हो गया है लेकिन इस बी ज़मानी का भी तो कुछ बंदोबस्त होना चाहिए।"

“मैं तो कहती हूँ। सात झाड़ू और हुक़्क़ा का पानी।”

“ला’नत भेजें मुई हर्राफ़ा पर।”

“नहीं बुआ। वो सोच रहे हैं कि ये कमबख़्त कहीं फिर...”

“ओह...”

एक और कांफ्रेंस हुई... तीनों बड़े डाक्टर आख़िरी बार पोटसडम में जमा हुए। जल्दी जल्दी एक मेटर्निटी होम तैयार किया गया। बी ज़मानी बेगम दर्द से पेच-ओ-ताब खाती रही और इधर कांफ्रेंस होती रही।

एक बोला, “साहिबान, दुनिया की फ़लाह और बहबूदी के लिए आज इस बात का क़तई तौर पर फ़ैसला हो जाना चाहिए कि बी ज़मानी बेगम का ये बच्चा उसका आख़िरी बच्चा हो।”

दूसरा बोला, “दुनिया के थन इस औरत के लाता’दाद हरामी बच्चों को दूध पिला पिला कर सूख गए हैं। अब हमें उसको बांझ करना ही पड़ेगा।”

तीसरा बोला, “बिल्कुल दुरुस्त है। होने वाले बच्चे की सेहत और तंदुरुस्ती का ख़याल रखते हुए भी हमें ऐसा ही करना चाहिए।”

तय हो गया कि बच्चा फ़ौरन पैदा किया जाये और बी ज़मानी बेगम को हमेशा के लिए बांझ कर दिया जाये।

अ’मल-ए-जर्राही शुरू हुआ। मेटर्निटी होम के बाहर दुनिया की सारी क़ौमें जमा हो गईं। बहुत देर तक सन्नाटा छाया रहा। इसके बाद मेटर्निटी होम का दरवाज़ा फट से खुला। एक सफेद-पोश नर्स बाहर निकली और उसने अपनी बारीक आवाज़ में ऐलान किया, “मुबारक हो, बी ज़मानी बेगम के बच्चा पैदा हो गया है। ज़च्चा और बच्चा दोनों बेहोश हैं।”

दुनिया की सारी कौमें फ़िक्र-ओ-तरद्दुद में ग़र्क़ हो गईं। एक बूढ़ा

लंगोटी पहने खाँसता-खंकारता नर्स की तरफ़ बढ़ा। नर्स ने पूछा, "तुम कौन हो?" बूढ़े ने अपने ख़ुश्क होंटों पर ज़बान फेरी और लर्ज़ां आवाज़ कहा, "मेरा नाम हिंदुस्तान है।"

"ओह, क्या चाहते हो तुम?"

"मैं सिर्फ़ ये पूछने आया हूँ कि लड़का हुआ है या लड़की?"

दुनिया की सारी कौमें बेइख़्तियार खिलखिला कर हंस पड़ीं।

हारता चला गया

लोगों को सिर्फ़ जीतने में मज़ा आता है लेकिन उसे जीत कर हार देने में लुत्फ़ आता है।

जीतने में उसे कभी इतनी दिक़्क़त महसूस नहीं हुई लेकिन हारने में अलबत्ता उसे कई दफ़ा काफ़ी तग-ओ-दो करना पड़ी। शुरू शुरू में बैंक की मुलाज़मत करते हुए जब उसे ख़याल आया कि उसके पास भी दौलत के अंबार होने चाहिऐं तो उसके अ'ज़ीज़-ओ-अ'क़ारिब और दोस्तों ने इस ख़याल का मज़हका उड़ाया था मगर जब वो बैंक की मुलाज़मत छोड़ कर बंबई चला गया तो थोड़े ही अ'र्सा के बाद उसने अपने दोस्तों और अ'ज़ीज़ों की रुपये पैसे से मदद करना शुरू कर दी।

बंबई में उसके लिए कई मैदान थे मगर उसने फ़िल्म के मैदान को मुंतख़ब किया। इसमें दौलत थी, शौहरत थी। इसमें चल फिर कर वो दोनों हाथों से दौलत समेट सकता था और दोनों ही हाथों से लुटा भी सकता था। चुनांचे अभी तक इसी मैदान का सिपाही है।

लाखों नहीं करोड़ों रुपया उसने कमाया और लुटा दिया। कमाने में इतनी देर न लगी जितनी लुटाने में। एक फ़िल्म के लिए गीत लिखे,लाख रुपये धरवा लिये। लेकिन एक लाख रूपों को रन्डियों के कोठों पर, भड़वों की महफ़िलों में, घोड़ दौड़ के मैदानों और क़िमार ख़ानों में हारते हुए उसे काफ़ी देर लगी।

एक फ़िल्म बनाया। दस लाख का मुनाफ़ा हुआ। अब इस रक़म को इधर उधर लुटाने का सवाल पैदा हुआ। चुनांचे उसने अपने हर क़दम में लग़्ज़िश पैदा कर ली। तीन मोटरें ख़रीद लीं। एक नई और दो पुरानी जिनके मुतअ'ल्लिक़ उन्हें अच्छी तरह इल्म था कि बिल्कुल नाकारा हैं। ये

उसने घर के बाहर गलने सड़ने के लिए रख दीं, जो नई थी उसको गैराज में बंद करा दिया। इस बहाने से कि पेट्रोल नहीं मिलता।

उसके लिए टैक्सी ठीक थी। सुबह ली, एक मील के बाद रुकवा ली, किसी क़िमार ख़ाने में चले गए। वो अढ़ाई हज़ार रुपये हार कर दूसरे रोज़ बाहर निकले, टैक्सी खड़ी थी। उसमें बैठे और घर चले गए और जान-बूझ कर किराया अदा करना भूल गए। शाम को बाहर निकले और टैक्सी खड़ी देख कर कहा, "अरे नाबकार, तू अभी तक यहीं खड़ा है... चल मेरे साथ दफ़्तर। तुझे पैसे दिलवा दूं..." दफ़्तर पहुंच कर फिर किराया चुकाना भूल गए और...

ऊपर तले दो तीन फ़िल्म कामयाब हुए जितने रिकार्ड थे सब टूट गए। दौलत के अंबार लग गए। शोहरत आसमान तक जा पहुंची। झुँझला कर उसने ऊपर तले दो-तीन ऐसे फ़िल्म बनाए जिनकी नाकामी अपनी मिसाल आप हो के रह गई। अपनी तबाही के लिए कई दूसरों को भी तबाह कर दिया। लेकिन फ़ौरन ही आस्तीनें चढ़ाईं जो तबाह हो गए। उनको हौसला दिया और एक ऐसा फ़िल्म तैयार कर दिया जो सोने की कान साबित हुआ।

औरतों के मुआ'मले में भी उनकी हार-जीत का यही चक्कर कार फ़रमा रहा है। किसी महफ़िल से या किसी कोठे पर से एक औरत उठाई। उसको बना संवार कर शोहरत की ऊंची गद्दी पर बैठा दिया और उसकी सारी निस्वानियत मुसख़्ख़र करने के बाद उसे ऐसे मौक़े बहम पहुंचाए कि वो किसी दूसरे की गर्दन में अपनी बाहें हमायल कर दे।

बड़े बड़े सरमायादारों और बड़े बड़े इश्क़ पेशा ख़ूबसूरत जवानों से मुक़ाबला हुआ। सर-धड़ की बाज़ियां लगीं। सियासत की बिसात बिछीं लेकिन वो इन तमाम ख़ारदार झाड़ियों में हाथ डाल कर अपना पसंदीदा फूल नोच कर ले आया। दूसरे दिन ही उसको अपने कोट में लगाया और

किसी रक़ीब को मौक़ा दे दिया कि वो झपट्टा मार कर ले जाये।

उन दिनों जब वो फ़ारस रोड के एक क़िमारख़ाने में लगातार दस रोज़ से जा रहा था, उस पर हारने ही की धुन सवार थी। यूं तो उसने ताज़ा ताज़ा एक बहुत ही ख़ूबसूरत ऐक्ट्रस हारी थी और दस लाख रुपये एक फ़िल्म में तबाह कर दिए थे। मगर इन दो हादिसों से उसकी तबीयत सैर नहीं हुई थी। ये दो चीज़ें बहुत ही अचानक तौर पर उसके हाथ से निकल गई थीं। उसका अंदाज़ा इस दफ़ा ग़लत साबित हुआ था, चुनांचे यही वजह है कि वो रोज़ फ़ारस रोड के क़िमार ख़ाने में नाप तौल कर एक मुक़र्ररा रक़म हार रहा था।

हर रोज़ शाम को अपनी जेब में दो सौ रुपये डाल कर वह पवन पुल का रुख़ करता। उसकी टैक्सी टखियाइयों की जंगला लगी दूकानों की क़तार के साथ साथ चलती और वो जा कर बिजली के एक खंबे के पास रुक जाती। अपनी नाक पर मोटे मोटे शीशों वाली ऐ'नक अच्छी तरह जमाता। धोती की लाँग ठीक करता और एक नज़र दाएं जानिब देख कर जहां लोहे के जंगले के पीछे एक निहायत ही बदशक्ल औरत टूटा हुआ आईना रखे सिंगार में मसरूफ़ होती ऊपर बैठक में चला जाता।

दस रोज़ से वो मुतवातिर फ़ारस रोड के इस क़िमार ख़ाने में दो सौ रुपया हारने के लिए आ रहा था। कभी तो ये रुपये दो तीन हाथों ही में ख़त्म हो जाते और कभी इनको हारते हारते सुबह हो जाती।

ग्यारहवें रोज़ बिजली के खंबे के पास जब टैक्सी रुकी तो उसने अपनी नाक पर मोटे मोटे शीशों पर वाली ऐ'नक जमा कर और धोती की लाँग ठीक करके एक नज़र दाएं जानिब देखा तो उसे एक दम महसूस हुआ कि वो दस रोज़ से इस बदशक्ल औरत को देख रहा है। वो हस्ब-ए-दसतूर टूटा हुआ आईना सामने रखे लकड़ी के तख़्त पर बैठी सिंगार में मसरूफ़ थी।

लोहे के जंगले के पास आ कर उसने ग़ौर से उस अधेड़ उम्र की औरत को देखा। रंग स्याह, जिल्द चिकनी, गालों और ठोढ़ी पर नीले रंग के छोटे छोटे सूई से गुँधे हुए दायरे जो चमड़ी की स्याही में क़रीब क़रीब जज़्ब हो गए थे। दाँत बहुत ही बदनुमा, मसूड़े पान और तंबाकू से गले हुए। उसने सोचा, इस औरत के पास कौन आता होगा?

लोहे के जंगले की तरफ़ जब उसने एक क़दम और बढ़ाया तो वो बदशक्ल औरत मुस्कुराई। आईना एक तरफ़ रख कर उसने बड़े ही भोंडेपन से कहा, "क्यों सेठ रहेगा?"

उसने और ज़्यादा ग़ौर से उस औरत की तरफ़ देखा जिसे इस उम्र में भी उम्मीद थी कि उसके गाहक मौजूद हैं। उसको बहुत हैरत हुई। चुनांचे उसने पूछा, "बाई, तुम्हारी क्या उम्र होगी?"

ये सुन कर औरत के जज़्बात को धक्का सा लगा। मुँह बिसोर कर उसने मराठी ज़बान में शायद गाली दी। उसको अपनी ग़लती का एहसास हुआ। चुनांचे उसने बड़े ख़ुलूस के साथ उससे कहा, "बाई, मुझे माफ़ कर दो। मैंने ऐसे ही पूछा था लेकिन मेरे लिए बड़े अचंभे की बात है। हर रोज़ तुम सज धज कर यहां बैठती हो। क्या तुम्हारे पास कोई आता है?"

औरत ने कोई जवाब न दिया। उसने फिर अपनी ग़लती महसूस की और उसने बग़ैर किसी तजस्सुस के पूछा, "तुम्हारा नाम क्या है?"

औरत जो पर्दा हटा कर अंदर जाने वाली थी रुक गई, "गंगूबाई।"

"गंगूबाई, तुम हर रोज़ कितना कमा लेती हो?"

उसके लहजे में हमदर्दी थी। गंगूबाई लोहे के सलाखों के पास आ गई, "छः-सात रुपये... कभी कुछ भी नहीं।"

"छः-सात रुपये और कभी कुछ भी नहीं।" गंगूबाई के ये अलफ़ाज़

दुहराते हुए उन दो सौ रूपयों का ख़याल आया जो उसकी जेब में पड़े थे और जिन को वो सिर्फ़ हार देने के लिए अपने साथ लाया था। उसे मअ'न एक ख़याल आया, "देखो गंगूबाई, तुम रोज़ाना छः-सात रुपये कमाती हो। मुझसे दस ले लिया करो।"

"रहने के?"

"नहीं... लेकिन तुम यही समझ लेना कि मैं रहने के दे रहा हूँ।" ये कह कर उसने जेब में हाथ डाला और दस रुपये का एक नोट निकाल कर सलाख़ों में से अंदर गुज़ार दिया, "ये लो।"

गंगूबाई ने नोट ले लिया लेकिन उसका चेहरा सवाल बना हुआ था।

"देखो गंगूबाई, मैं तुम्हें हर रोज़ इसी वक़्त दस रुपये दे दिया करूंगा लेकिन एक शर्त पर।"

"सरत?"

"शर्त ये है कि दस रुपये लेने के बाद तुम खाना-वाना खा कर अंदर सो जाया करो... रात को मैं तुम्हारी बत्ती जलती न देखूं।"

गंगूबाई के होंटों पर अ'जीब-ओ-ग़रीब मुस्कुराहट पैदा हुई।

"हंसो नहीं। मैं अपने वचन का पक्का रहूँगा।"

ये कह कर वो ऊपर क़िमार ख़ाने में चला गया। सीढ़ियों में उसने सोचा मुझे तो ये रुपये हारने ही होते हैं। दो सौ न सही एक सौ नव्वे सही।

कई दिन गुज़र गए। हर रोज़ हस्ब-ए-दस्तूर उसकी टैक्सी शाम के वक़्त बिजली के खंबे के पास रुकती। दरवाज़ा खोल कर वह बाहर निकलता। मोटे शीशों वाली ऐ'नक में से दाएं जानिब गंगूबाई को आहनी सलाखों के पीछे तख़्त पर बैठी देखता। अपनी धोती की लाँग ठीक करता

जंगले के पास पहुंचता और दस रुपये का एक नोट निकाल कर गंगूबाई को दे देता। गंगूबाई उस नोट को माथे से छू कर सलाम करती और वो एक सौ नव्वे हारने के लिए ऊपर कोठे पर चला जाता। इस दौरान में दो तीन मर्तबा रुपया हारने के बाद जब वो रात को ग्यारह बजे या दो तीन बजे नीचे उतरा तो उस ने गंगूबाई की दुकान बंद पाई।

एक दिन हस्ब-ए-मा'मूल दस रुपये दे कर जब वो कोठे पर गया तो दस बजे ही फ़ारिग़ हो गया। ताश के पत्ते कुछ ऐसे पड़े कि चंद घंटों ही में एक सौ नव्वे रूपों का सफ़ाया हो गया। कोठे से नीचे उतर कर जब वो टैक्सी में बैठने लगा तो उसने क्या देखा कि गंगूबाई की दुकान खुली है और वो लोहे के जंगले के पीछे तख़्त पर यूं बैठी है जैसे ग्राहकों का इंतिज़ार कर रही है। टैक्सी में से बाहर निकल कर वह उसकी दुकान की तरफ़ बढ़ा। गंगूबाई ने उसे देखा तो घबरा गई लेकिन वो पास पहुंच चुका था।

"गंगूबाई ये क्या?"

गंगूबाई ने कोई जवाब न दिया।

"बहुत अफ़सोस है तुमने अपना वचन पूरा न किया... मैंने तुमसे कहा था... रात को मैं तुम्हारी बत्ती जलती न देखूं... लेकिन तुम यहां इस तरह बैठी हो।"

उसके लहजे में दुख था। गंगूबाई सोच में पड़ गई।

"तुम बहुत बुरी हो।" ये कह कर वो वापस जाने लगा।

गंगूबाई ने आवाज़ दी, "ठहरो सेठ।"

वो ठहर गया। गंगूबाई ने हौले-हौले एक एक लफ़्ज़ चबा कर अदा करते हुए कहा, "मैं बहुत बुरी हूँ। पर यहां चांगली भी कौन है? सेठ तुम

दस रुपये दे कर एक की बत्ती बुझाते हो... ज़रा देखो तो कितनी बत्तियां जल रही हैं।"

उसने एक तरफ़ हट कर गली के साथ साथ दौड़ती होई जंगला लगी दुकानों की तरफ़ देखा। एक न ख़त्म होने वाली क़तार थी और बेशुमार बत्तियां रात की कसीफ़ फ़िज़ा में सुलग रही थीं।

"क्या तुम ये सब बत्तियां बुझा सकते हो?"

उसने अपनी ऐ'नक के मोटे मोटे शीशों में से पहले गंगूबाई के सर पर लटकते हुए रोशन बल्ब को देखा। फिर गंगूबाई के मटमैले चेहरे को और गर्दन झुका कर कहा, "नहीं, गंगूबाई नहीं।"

जब वो टैक्सी में बैठा तो उसकी जेब की तरह उसका दिल भी ख़ाली था।

डॉक्टर शिरोडकर

बंबई में डॉक्टर शिरोडकर का बहुत नाम था। इसलिए कि औरतों के अमराज़ का बेहतरीन मुआलिज था। उसके हाथ में शफ़ा थी। उसका शिफ़ाख़ाना बहुत बड़ा था, एक आलीशान इमारत की दो मंज़िलों में जिनमें कई कमरे थे, निचली मंज़िल के कमरे मुतवस्सित और निचले तबक़े की औरतों के लिए मख़सूस थे। बालाई मंज़िल के कमरे अमीर औरतों के लिए।

एक लेबोरेटरी थी। उसके साथ ही कमपाउन्डर का कमरा। ऐक्स रे का कमरा अलाहिदा था। उसकी माहाना आमदनी ढाई-तीन हज़ार के क़रीब होगी।

मरीज़ औरतों के खाने का इंतिज़ाम बहुत अच्छा था जो उसने एक पारसन के सुपुर्द कर रखा था जो उसकी एक दोस्त की बीवी थी।

डॉक्टर शिरोडकर का ये छोटा सा हस्पताल मेटर्निटी होम भी था। बंबई की आबादी के मुतअल्लिक़ आप अंदाज़ा लगा सकते हैं कितनी होगी। वहां बेशुमार सरकारी हस्पताल और मेटर्निटी होम हैं, लेकिन इसके बावजूद डाक्टर शिरोडकर का क्लीनिक भरा रहता।

बा'ज़ औक़ात तो उसे कई केसों को मायूस करना पड़ता। इसलिए कि कोई बेड ख़ाली नहीं रहता था। उस पर लोगों को एतिमाद था। यही वजह है कि वो अपनी बीवियां और जवान लड़कियां उसके हस्पताल में छोड़ आते थे जहां उनका बड़ी तवज्जो से ईलाज किया जाता था।

डॉक्टर शिरोडकर के हस्पताल में दस-बारह नर्सें थीं। ये सबकी सब मेहनती और पुरख़ुलूस थीं। मरीज़ औरतों की बहुत अच्छी तरह देख भाल

करतीं। उन नर्सों का इंतिख़ाब डाक्टर शिरोडकर ने बड़ी छानबीन के बाद किया था। वो बुरी और भद्दी शक्ल की कोई नर्स अपने हस्पताल में रखना नहीं चाहता था।

एक मर्तबा चार नर्सों ने दफ़अतन शादी करने का फ़ैसला किया तो डाक्टर बहुत परेशान हुआ। ये चारों चली गईं। उसने मुख़्तलिफ़ अख़बारों में इश्तिहार दिए कि उसे नर्सों की ज़रूरत है। कई आईं, डॉक्टर शिरोडकर ने उनसे इंटरव्यू किया मगर उसे उनमें किसी की शक्ल पसंद न आई।

किसी का चेहरा टेढ़ा-मेढ़ा, किसी का क़द अंगुशताने भर का। किसी का रंग ख़ौफ़नाक तौर पर काला, किसी की नाक गज़ भर लंबी। लेकिन वो भी अपनी हट का पक्का था। उसने और इश्तिहार अख़बारों में दिए और आख़िर उसने चार ख़ुशशक्ल और नफ़ासतपसंद नर्सें चुन ही लीं।

अब वो मुतमइन था, चुनांचे उसने फिर दिलजमई से काम शुरू कर दिया। मरीज़ औरतें भी ख़ुश होगईं। इसलिए कि चार नर्सों के चले जाने से उनकी ख़बरगीरी अच्छी तरह नहीं हो रही थी, ये नई नर्सें भी ख़ुश थीं कि डॉक्टर शिरोडकर उनसे बड़ी शफ़क़त से पेश आता था। उन्हें वक़्त पर तनख़्वाह मिलती थी। दोपहर का खाना हस्पताल ही उन्हें मुहय्या करता। वर्दी भी हस्पताल के ज़िम्मे थी।

डाक्टर शिरोडकर की आमदनी चूँकि बहुत ज़्यादा थी इसलिए वो इन छोटे-मोटे इख़राजात से घबराता नहीं था। शुरू शुरू में जब उसने सरकारी हस्पताल की मुलाज़मत छोड़कर ख़ुद अपना हस्पताल क़ायम किया तो उसने थोड़ी बहुत कंजूसी की, मगर बहुत जल्द उसने खुल कर ख़र्च करना शुरू कर दिया।

उसका इरादा था कि शादी कर ले। मगर उसे हस्पताल से एक लम्हे की फ़ुर्सत नहीं मिलती थी... दिन-रात उसको वहीं रहना पड़ता। बालाई

मंज़िल में उसने एक छोटा सा कमरा अपने लिए मख़्सूस कर लिया था जिसमें रात को चंद घंटे सो जाता। लेकिन अक्सर उसे जगा दिया जाता जब किसी मरीज़ औरत को उस की फ़ौरी तवज्जो की ज़रूरत होती। तमाम नर्सों को उससे हमदर्दी थी कि उसने अपनी नींद अपना आराम हराम कर रखा है। वो अक्सर उससे कहतीं, “डाक्टर साहब आप कोई असिस्टैंट क्यों नहीं रख लेते?”

डाक्टर शिरोडकर जवाब देता, “जब कोई क़ाबिल मिलेगा तो रख लूंगा।”

वो कहतीं, “आप तो अपनी क़ाबिलियत का चाहते हैं। भला वो कहाँ से मिलेगा?”

“मिल जाएगा।”

नर्सें ये सुन कर ख़ामोश हो जातीं और अलग जा कर आपस में बातें करतीं, “डाक्टर शिरोडकर अपनी सेहत ख़राब कर रहे हैं, एक दिन कहीं कोलैप्स न हो जायें।”

“हाँ उनकी सेहत काफी गिर चुकी है... वज़न भी कम हो गया है।”

“खाते-पीते भी बहुत कम हैं।”

“हर वक़्त मसरूफ़ जो रहते हैं।”

“अब उन्हें कौन समझाए?”

क़रीब-क़रीब हर रोज़ उनके दरमियान इसी क़िस्म की बातें होतीं। उनको डाक्टर से इसलिए भी बहुत ज़्यादा हमदर्दी थी कि वो बहुत शरीफ़ुन्नफ़्स इंसान था... उसके हस्पताल में सैंकड़ों ख़ूबसूरत और जवान औरतें ईलाज के लिए आती थीं मगर उसने कभी उनको बुरी निगाहों से

नहीं देखा था, वो बस अपने काम में मगन रहता।

असल में उसे अपने पेशे से एक क़िस्म का इश्क़ था। वो इस तरह ईलाज करता था जिस तरह कोई शफ़क़त और प्यार का हाथ किसी के सर पर फेरे।

जब वो सरकारी हस्पताल में मुलाज़िम था तो उसके ऑप्रेशन करने के अमल के मुतअल्लिक़ ये मशहूर था कि वो नशतर नहीं चलाता ब्रश से तस्वीरें बनाता है। और ये वाक़िया है कि उसके किए हुए ऑप्रेशन नव्वे फ़ीसद कामयाब रहते थे।

उसको इस फ़न में महारत-ए-ताम हासिल थी। इसके इलावा ख़ुद एतिमादी भी थी जो उसकी कामयाबी का सबसे बड़ा राज़ थी।

एक दिन वो एक औरत का जिसके हाँ औलाद नहीं होती थी, बड़े ग़ौर से मुआइना कर के बाहर निकला और अपने दफ़्तर में गया तो उसने देखा कि एक बड़ी हसीन लड़की बैठी है। डाक्टर शिरोडकर एक लहज़े के लिए ठिटक गया। उसने निस्वानी हुस्न का ऐसा नादिर नमूना पहले कभी नहीं देखा था।

वो अंदर दाख़िल हुआ, लड़की ने कुर्सी पर से उठना चाहा। डाक्टर ने उससे कहा, "बैठो-बैठो" और ये कह कर वो अपनी घूमने वाली कुर्सी पर बैठ गया और पेपर वेट पकड़ कर उसके अंदर हवा के बुलबुलों को देखते हुए उस लड़की से मुख़ातिब हुआ, "बताओ तुम कैसे आईं?"

लड़की ने आँखें झुका कर कहा, "एक प्राईवेट बहुत ही प्राईवेट बात है जो मैं आप से करना चाहती हूँ।"

डाक्टर शिरोडकर ने उसकी तरफ़ देखा... उसकी झुकी हुई आँखें भी बला की ख़ूबसूरत दिखाई दे रही थीं। डाक्टर ने उससे पूछा, "प्राईवेट बात

तुम कर लेना... पहले अपना नाम बताओ।"

लड़की ने जवाब दिया, "मैं... मैं अपना नाम बताना नहीं चाहती।"

डाक्टर की दिलचस्पी इस जवाब से बढ़ गई, "कहाँ रहती हो?"

"शोलापुर में, आज ही यहां पहुंची हूँ।"

डाक्टर ने पेपर वेट मेज़ पर रख दिया, "इतनी दूर से यहां आने का मक़सद क्या है?"

लड़की ने जवाब दिया, "मैंने कहा है न कि मुझे आपसे एक प्राईवेट बात करनी है।"

इतने में एक नर्स अंदर दाख़िल हुई। लड़की घबरा गई। डाक्टर ने उस नर्स को चंद हिदायात दीं जो वो पूछने आई थी और उससे कहा, "अब तुम जा सकती हो, किसी नौकर से कह दो कि वो कमरे के बाहर खड़ा रहे और किसी को अंदर न आने दे।"

नर्स, "जी अच्छा," कह कर चली गई। डाक्टर ने दरवाज़ा बंद कर दिया और अपनी कुर्सी पर बैठ कर उस हसीन लड़की से मुख़ातिब हुआ, "अब तुम अपनी प्राईवेट बात मुझे बता सकती हो।"

शोलापुर की लड़की शदीद घबराहट और उलझन महसूस कर रही थी, उसके होंटों पर लफ़्ज़ आते मगर वापस उसके हलक़ के अंदर चले जाते। आख़िर उसने हिम्मत और जुर्रत से काम लिया और रुक रुक कर सिर्फ़ इतना कहा, "मुझसे... मुझसे एक ग़लती होगई, मैं बहुत घबरा रही हूँ।"

डाक्टर शिरोडकर समझ गया, लेकिन फिर भी उसने उस लड़की से कहा, "गलतियां इंसान से हो ही जाती हैं। तुम से क्या ग़लती हुई है?"

लड़की ने थोड़े वक़्फ़े के बाद जवाब दिया, "वही... वही जो बेसमझ

जवान लड़कियों से हुआ करती हैं।"

डाक्टर ने कहा, "मैं समझ गया, लेकिन अब तुम क्या चाहती हो?"

लड़की फ़ौरन अपने मक़सद की तरफ़ आगई, "मैं चाहती हूँ कि वो ज़ाए हो जाये... सिर्फ़ एक महीना हुआ है।"

डाक्टर शिरोडकर ने कुछ देर सोचा, फिर बड़ी संजीदगी से कहा, "ये जुर्म है। तुम जानती नहीं हो?"

लड़की की भूरी आँखों में ये मोटे-मोटे आँसू उमड आए, "तो मैं ज़हर खालूंगी।"

ये कह कर उसने ज़ार-ओ-क़तार रोना शुरू कर दिया, डाक्टर को उस पर बड़ा तरस आया। वो अपनी जवानी की पहली लग़्ज़िश कर चुकी थी। पता नहीं वो क्या लम्हात थे कि उसने अपनी इस्मत किसी मर्द के हवाले कर दी और अब पछता रही है और इतनी परेशान हो रही है।

उसके पास इससे पहले कई ऐसे केस आचुके थे मगर उसने ये कह कर साफ़ इनकार कर दिया था कि वो जीवन हत्या नहीं कर सकता। ये बहुत बड़ा गुनाह और जुर्म है।

मगर शोलापुर की उस लड़की ने उस पर कुछ ऐसा जादू किया कि वो उसकी ख़ातिर ये जुर्म करने पर तैयार होगया। उसने उसके लिए एक अलाहिदा कमरा मुख़्तस कर दिया। किसी नर्स को उसके अंदर जाने की इजाज़त न थी। इसलिए कि वो उस लड़की के राज़ को अफ़शा करना नहीं चाहता था।

इस्क़ात बहुत ही तकलीफ़देह होता है... जब उसने दवाएं वग़ैरा देकर ये काम कर दिया तो शोलापुर की वो मरहटा लड़की जिसने आख़िर अपना नाम बता दिया था बेहोश होगई, जब होश में आई तो नक़ाहत का

ये आलम था कि वो अपने हाथ से पानी भी नहीं पी सकती थी।

वो चाहती थी कि जल्द घर वापस चली जाये, मगर डाक्टर उसे कैसे इजाज़त दे सकता था जब कि वो चलने फिरने के क़ाबिल ही नहीं थी। उसने मिस ललिता खमटेकर से (शोलापुर की उस हसीना का यही नाम था) कहा, "तुम्हें कम अज़ कम दो महीने आराम करना पड़ेगा। मैं तुम्हारे बाप को लिख दूँगा कि तुम जिस सहेली के पास आई थीं, वहां अचानक तौर पर बीमार होगईं और अब मेरे हस्पताल में ज़ेर-ए-इलाज हो। तरद्दुद की कोई बात नहीं।"

ललिता मान गई। दो महीने डाक्टर शिरोडकर के ज़ेर-ए-इलाज रही। जब रुख़्सत का वक़्त आया तो उसने महसूस किया कि वो गड़बड़ फिर पैदा होगई है। उसने डाक्टर शिरोडकर को इससे आगाह किया।

डाक्टर मुस्कुराया, "कोई फ़िक्र की बात नहीं, मैं तुम से आज शादी करने वाला हूँ।"

साढ़े तीन आने

"मैंने क़त्ल क्यों किया। एक इंसान के ख़ून में अपने हाथ क्यों रंगे, ये एक लंबी दास्तान है । जब तक मैं उसके तमाम अ'वाक़िब ओ अ'वातिफ़ से आपको आगाह नहीं करूंगा, आपको कुछ पता नहीं चलेगा... मगर उस वक़्त आप लोगों की गुफ़्तगु का मौज़ू जुर्म और सज़ा है। इंसान और जेल है... चूँकि मैं जेल में रह चुका हूँ, इसलिए मेरी राय नादुरुस्त नहीं हो सकती।

"मुझे मंटो साहब से पूरा इत्तफ़ाक़ है कि जेल, मुजरिम की इस्लाह नहीं कर सकती। मगर ये हक़ीक़त इतनी बार दुहराई जा चुकी है कि उसपर ज़ोर देने से आदमी को यूं महसूस होता है जैसे वो किसी महफ़िल में हज़ार बार सुनाया हुआ लतीफ़ा बयान कर रहा है... और ये लतीफ़ा नहीं कि इस हक़ीक़त को जानते पहचानते हुए भी हज़ारहा जेलख़ाने मौजूद हैं।

हथकड़ियां हैं और वो नंग-ए-इंसानियत बेड़ियाँ मैं क़ानून का ये ज़ेवर पहन चुका हूँ।"

ये कह कर रिज़वी ने मेरी तरफ़ देखा और मुस्कुराया। उसके मोटे मोटे हब्शियों के से होंट अ'जीब अंदाज़ में फड़के। उसकी छोटी छोटी मख़मूर आँखें, जो क़ातिल की आँखें लगी थीं चमकीं। हम सब चौंक पड़े थे। जब उसने यकायक हमारी गुफ़्तगु में हिस्सा लेना शुरू कर दिया था।

वो हमारे क़रीब कुर्सी पर बैठा क्रीम मिली हुई काफ़ी पी रहा था। जब उसने ख़ुद को मुतआ'रिफ़ कराया तो हमें वो तमाम वाक़ियात याद आ गए जो उसकी क़त्ल की वारदात से वाबस्ता थे। वा'दा माफ़ गवाह बन कर उसने बड़ी सफ़ाई से अपनी और अपने दोस्तों की गर्दन फांसी के फंदे से बचा ली थी।

वो उसी दिन रिहा होकर आया था। बड़े शाइस्ता अंदाज़ में वो मुझसे मुख़ातिब हुआ, "माफ़ कीजिएगा मंटो साहब आप लोगों की गुफ़्तगु से मुझे दिलचस्पी है। मैं अदीब तो नहीं, लेकिन आपकी गुफ़्तगु का जो मौज़ू है उसपर अपनी टूटी-फूटी ज़बान में कुछ न कुछ ज़रूर कह सकता हूँ।

फिर उसने कहा, " मेरा नाम सिद्दीक़ रिज़वी हैलिंडा बाज़ार में जो क़त्ल हुआ था, मैं उससे मुतअ'ल्लिक़ था।"

मैंने उस क़त्ल के मुतअ'ल्लिक़ सिर्फ़ सरसरी तौर पर पढ़ा था। लेकिन जब रिज़वी ने अपना तआ'रुफ़ कराया तो मेरे ज़ेहन में ख़बरों की तमाम सुर्ख़ियां उभर आईं।

हमारी गुफ़्तुगू का मौज़ू ये था कि आया जेल मुजरिम की इस्लाह कर सकती है। मैं ख़ुद महसूस कर रहा था। हम एक बासी रोटी खा रहे हैं। रिज़वी ने जब ये कहा, "ये हक़ीक़त इतनी बार दुहराई जा चुकी है कि उस पर ज़ोर देने से आदमी को यूं महसूस होता है, जैसे वो किसी महफ़िल में हज़ार बार सुनाया हुआ लतीफ़ा बयान कर रहा है।" तो मुझे बड़ी तसकीन हुई। मैंने ये समझा जैसे रिज़वी ने मेरे ख़यालात की तर्जुमानी कर दी है।

क्रीम मिली हुई कॉफ़ी की प्याली ख़त्म करके रिज़वी ने अपनी छोटी छोटी मख़मूर आँखों से मुझे देखा और बड़ी संजीदगी से कहा, "मंटो साहब आदमी जुर्म क्यों करता है... जुर्म क्या है, सज़ा क्या है... मैंने उसके मुतअ'ल्लिक़ बहुत ग़ौर किया है। मैं समझता हूँ कि हर जुर्म के पीछे एक हिस्ट्री होती है... ज़िंदगी के वाक़ियात का एक बहुत बड़ा टुकड़ा होता है, बहुत उलझा हुआ, टेढ़ा मेढ़ा... मैं नफ़्सियात का माहिर नहीं... लेकिन इतना ज़रूर जानता हूँ कि इंसान से ख़ुद जुर्म सरज़द नहीं होता, हालात से होता है!"

नसीर ने कहा, "आपने बिल्कुल दुरुस्त कहा है।"

रिज़वी ने एक और कॉफ़ी का आर्डर दिया और नसीर से कहा, "मुझे मालूम नहीं जनाब, लेकिन मैंने जो कुछ अ'र्ज़ किया है अपने मुशाहिदात की बिना पर अ'र्ज़ किया है वर्ना ये मौज़ू बहुत पुराना है। मेरा ख़याल है कि विक्टर ह्यूगो... फ़रांस का एक मशहूर नावेलिस्ट था... शायद किसी और मुल्क का हो... आप तो ख़ैर जानते ही होंगे, जुर्म और सज़ा पर उसने काफ़ी लिखा है। मुझे उसकी एक तस्नीफ़ के चंद फ़िक़रे याद हैं।"

ये कह कर वह मुझसे मुख़ातिब हुआ, "मंटो साहब, ग़ालिबन आप ही का तर्जुमा थाक्या था? वो सीढ़ी उतार दो जो इंसान को जराइम और मसाइब की तरफ़ ले जाती है... लेकिन मैं सोचता हूं कि वो सीढ़ी कौन सी है। उसके कितने ज़ीने हैं।

"कुछ भी हो, ये सीढ़ी ज़रूर है, उसके ज़ीने भी हैं, लेकिन जहां तक मैं समझता हूँ , बेशुमार हैं। उनको गिन्ना, उनका शुमार करना ही सबसे बड़ी बात है। मंटो साहब, हुकूमतें राय शुमारी करती हैं, हुकूमतें आ'दाद-ओ-शुमार करती हैं, हुकूमतें हर क़िस्म की शुमारी करती हैं... उस सीढ़ी के ज़ीनों की शुमारी क्यों नहीं करतीं। क्या ये उनका फ़र्ज़ नहीं... मैंने क़त्ल किया, लेकिन उस सीढ़ी के कितने ज़ीने तय करके किया? हुकूमत ने मुझे वा'दा माफ़ गवाह बना लिया, इसलिए कि क़त्ल का सुबूत उसके पास नहीं था, लेकिन सवाल ये है कि मैं अपने गुनाह की माफ़ी किससे मांगूं? वो हालात जिन्होंने मुझे क़त्ल करने पर मजबूर किया था। अब मेरे नज़दीक नहीं हैं, उनमें और मुझ में एक बरस का फ़ासिला है। मैं इस फ़ासले से माफ़ी मांगूं या उन हालात से जो बहुत दूर खड़े मेरा मुँह चिड़ा रहे हैं।"

हम सब रिज़वी की बातें बड़े ग़ौर से सुन रहे थे। वो बज़ाहिर ता'लीम याफ़्ता मालूम नहीं होता था, लेकिन उसकी गुफ़्तगु से साबित हुआ कि वो पढ़ा लिखा है और बात करने का सलीक़ा जानता है।

मैंने उससे कुछ कहा होता, लेकिन मैं चाहता था कि वो बातें करता जाये और मैं सुनता जाऊं। इसी लिए मैं उसकी गुफ़्तुगु में हाइल न हुआ।

उसके लिए नई कॉफ़ी आ गई थी। उसे बना कर उसने चंद घूँट पिए और कहना शुरू किया, "ख़ुदा मालूम मैं क्या बकवास करता रहा हूँ, लेकिन मेरे ज़ेहन में हर वक़्त एक आदमी का ख़याल रहा है... उस आदमी का, उस भंगी का जो हमारे साथ जेल में था। उसको साढ़े तीन आने चोरी करने पर एक बरस की सज़ा हुई थी।"

नसीर ने हैरत से पूछा, "सिर्फ़ साढ़े तीन आने चोरी करने पर?"

रिज़वी ने यख़ आलूद जवाब दिया, "जी हाँ, सिर्फ़ साढ़े तीन आने की चोरी पर और जो उसको नसीब न हुए, क्योंकि वो पकड़ा गया। ये रक़म ख़ज़ाने में महफ़ूज़ है और फग्गू भंगी ग़ैर महफ़ूज़ है क्योंकि हो सकता है वो फिर पकड़ा जाये, क्योंकि हो सकता है उसका पेट फिर उसे मजबूर करे, क्योंकि हो सकता है कि उससे गू-मूत साफ़ कराने वाले उसकी तनख़्वाह न दे सकें, क्योंकि हो सकता है उसको तनख़्वाह देने वालों को अपनी तनख़्वाह न मिले... ये हो सकता है का सिलसिला मंटो साहब अ'जीब- ओ-ग़रीब है। सच पूछिए तो दुनिया में सब कुछ हो सकता है... रिज़वी से क़त्ल भी हो सकता है।"

ये कह कर वह थोड़े अ'र्से के लिए ख़ामोश हो गया। नसीर ने उससे कहा, "आप फग्गू भंगी की बात कर रहे थे?"

रिज़वी ने अपनी छिदरी मूंछों पर से कॉफ़ी रूमाल के साथ पोंछी, "जी हाँ फग्गू भंगी चोर होने के बावजूद, या'नी वो क़ानून की नज़रों में चोर था। लेकिन हमारी नज़रों में पूरा ईमानदार। ख़ुदा की क़सम मैंने आज तक उस जैसा ईमानदार आदमी नहीं देखा, साढ़े तीन आने उसने ज़रूर चुराए थे, उस ने साफ़ साफ़ अदालत में कह दिया था कि ये चोरी मैंने ज़रूर

की है, मैं अपने हक़ में कोई गवाही पेश नहीं करना चाहता।

"मैं दो दिन का भूका था, मजबूरन मुझे करीम दर्ज़ी की जेब में हाथ डालना पड़ा। उससे मुझे पाँच रुपये लेने थे... दो महीनों की तनख़्वाह। हुज़ूर उसका भी कुछ कुसूर नहीं था। इसलिए कि उसके कई ग्राहकों ने उसकी सिलाई के पैसे मारे हुए थे। हुज़ूर, मैं पहले भी चोरियां कर चुका हूँ। एक दफ़ा मैंने दस रुपये एक मेम साहब के बटुवे से निकाल लिए थे। मुझे एक महीने की सज़ा हुई थी। फिर मैंने डिप्टी साहब के घर से चांदी का एक खिलौना चुराया था इसलिए कि मेरे बच्चे को निमोनिया था और डाक्टर बहुत फ़ीस मांगता था।

हुज़ूर मैं आपसे झूट नहीं कहता। मैं चोर नहीं हूँ... कुछ हालात ही ऐसे थे कि मुझे चोरियां करनी पड़ीं... और हालात ही ऐसे थे कि मैं पकड़ा गया। मुझसे बड़े बड़े चोर मौजूद हैं लेकिन वो अभी तक पकड़े नहीं गए। हुज़ूर, अब मेरा बच्चा भी नहीं है, बीवी भी नहीं है... लेकिन हुज़ूर अफ़सोस है कि मेरा पेट है, ये मर जाये तो सारा झंझट ही ख़त्म हो जाये। हुज़ूर मुझे माफ़ कर दो, लेकिन हुज़ूर ने उसको माफ़ न किया और आदी चोर समझ कर उसको एक बरस क़ैद बा-मशक़्क़त की सज़ा दे दी।"

रिज़वी बड़े बेतकल्लुफ़ अंदाज़ में बोल रहा था। उसमें कोई तसन्नो, कोई बनावट नहीं थी। ऐसा लगता था कि अलफ़ाज़ ख़ुद-ब-ख़ुद उसकी ज़बान पर आते और बहते चलते जा रहे हैं। मैं बिल्कुल ख़ामोश था। सिगरेट पे सिगरेट पी रहा था और उसकी बातें सुन रहा था। नसीर फिर उससे मुख़ातिब हुआ, "आप फग्गू की ईमानदारी की बात कर रहे थे?"

"जी हाँ।"रिज़वी ने जेब से बीड़ी निकाल कर सुलगाई, "मैं नहीं जानता क़ानून की निगाहों में ईमानदारी क्या चीज़ है, लेकिन मैं इतना जानता हूँ कि मैंने बड़ी ईमानदारी से क़त्ल किया था... और मेरा ख़याल है कि फग्गू भंगी ने भी बड़ी ईमानदारी से साढ़े तीन आने चुराए थे।

"मेरी समझ में नहीं आता कि लोग ईमानदार को सिर्फ़ अच्छी बातों से क्यों मंसूब करते हैं, और सच पूछिए तो मैं अब ये सोचने लगा हूँ कि अच्छाई और बुराई है क्या। एक चीज़ आपके लिए अच्छी हो सकती है, मेरे लिए बुरी। एक सोसाइटी में एक चीज़ अच्छी समझी जाती है, दूसरी में बुरी। हमारे मुसलमानों में बग़लों के बाल बढ़ाना गुनाह समझा जाता है, लेकिन सिख्ख उससे बेनियाज़ हैं।

अगर ये बाल बढ़ाना वाक़ई गुनाह है तो ख़ुदा उनको सज़ा क्यों नहीं देता। अगर कोई ख़ुदा है तो मेरी उससे दरख़्वास्त है कि ख़ुदा के लिए तुम ये इंसानों के क़वानीन तोड़ दो, उनकी बनाई हुई जेलें ढा दो. और आसमानों पर अपनी जेलें ख़ुद बनाओ। ख़ुद अपनी अदालत में उनको सज़ा दो, क्योंकि और कुछ नहीं तो कम अज़ कम ख़ुदा तो हो।"

रिज़वी की इस तक़रीर ने मुझे बहुत मुतअस्सिर किया। उसकी ख़ामकारी ही असल में तअस्सुर का बाइ'स थी। वो बातें करता था तो यूं लगता है जैसे वो हमसे नहीं बल्कि अपने आपसे दिल ही दिल में गुफ़्तुगू कर रहा है।

उसकी बीड़ी बुझ गई थी, ग़ालिबन उसमें तंबाकू की गांठ अटकी हुई थी। इसलिए कि उसने पाँच-छः मर्तबा उसको सुलगाने की कोशिश की। जब न सुलगी तो फेंक दी और मुझसे मुख़ातिब हो कर कहा, "मंटो साहब, फग्गू मुझे अपनी तमाम ज़िंदगी याद रहेगा। आपको बताऊंगा तो आप ज़रूर कहेंगे कि जज़्बातियत है, लेकिन ख़ुदा की क़सम जज़्बातियत को इसमें कोई दख़्ल नहीं। वो मेरा दोस्त नहीं था, नहीं, वो मेरा दोस्त था क्योंकि उसने हर बार ख़ुद को ऐसा ही साबित किया।"

रिज़वी ने जेब में से दूसरी बीड़ी निकाली मगर वो टूटी हुई थी। मैंने उसे सिगरेट पेश किया तो उस ने कुबूल कर लिया, "शुक्रिया, मंटो साहब... माफ़ कीजिएगा, मैंने इतनी बकवास की है, हालाँकि मुझे नहीं करनी

चाहिए थी इसलिए कि माशाअल्लाह आप"

मैंने उसकी बात काटी, "रिज़वी साहब, मैं इस वक़्त मंटो नहीं हूँ सिर्फ़ सआदत हसन हूँ। आप अपनी गुफ़्तुगू जारी रखिए। मैं बड़ी दिलचस्पी से सुन रहा हूँ।"

रिज़वी मुस्कुराया। उसकी छोटी छोटी मख़मूर आँखों में चमक पैदा हुई, "आपकी बड़ी नवाज़िश है।" फिर वो नसीर से मुख़ातिब हुआ, "मैं क्या कह रहा था?"

मैंने उससे कहा, "आप फग्गू की ईमानदारी के मुतअ'ल्लिक़ कुछ कहना चाहते थे।"

"जी हाँ," ये कह कर उसने मेरा पेश किया हुआ सिगरेट सुलगाया, "मंटो साहब, क़ानून की नज़रों में वो आदी चोर था। बीड़ियों के लिए एक दफ़ा उसने आठ आने चुराए थे। बड़ी मुश्किलों से, दीवार फांद कर जब उसने भागने की कोशिश की थी तो उसके टख़ने की हड्डी टूट गई थी।

"क़रीब क़रीब एक बरस तक वो उसका इलाज कराता रहा था, मगर जब मेरा हम इल्ज़ाम दोस्त जरजी बीस बीड़ियां उसकी मअ'र्फ़त भेजता तो वो सबकी सब पुलिस की नज़रें बचा कर मेरे हवाले कर देता। वा'दा माफ़ गवाहों पर बहुत कड़ी निगरानी होती है, लेकिन जरजी ने फग्गू को अपना दोस्त और हमराज़ बना लिया था। वो भंगी था, लेकिन उसकी फ़ित्रत बहुत ख़ुशबूदार थी।

"शुरू शुरू में जब वो जरजी की बीड़ियां लेकर मेरे पास आया तो मैंने सोचा, इस हरामज़ादे चोर ने ज़रूर इनमें से कुछ ग़ायब करली होंगी, मगर बाद में मुझे मालूम हुआ कि वो क़तई तौर पर ईमानदार था।

बीड़ी के लिए उसने आठ आने चुराते हुए अपने टख़ने की हड्डी तुड़वा

ली थी मगर यहां जेल में उसको तंबाकू कहीं से भी नहीं मिल सकता था, वो जरजी की दी हुई बीड़ियां तमाम-ओ-कमाल मेरे हवाले कर देता था, जैसे वो अमानत हों। फिर वो कुछ देर हिचकिचाने के बाद मुझसे कहता, बाबू जी, एक बीड़ी तो दीजिए और मैं उसको सिर्फ़ एक बीड़ी देता... इंसान भी कितना कमीना है!"

रिज़वी ने कुछ इस अंदाज़ से अपना सर झटका जैसे वो अपने आपसे मुतनफ़्फ़िर है, "जैसा कि मैं अ'र्ज़ कर चुका हूँ मुझ पर बहुत कड़ी पाबंदियां आ'इद थीं। वा'दा माफ़ गवाहों के साथ ऐसा ही होता है। जरजी अलबत्ता मेरे मुक़ाबले में बहुत आज़ाद था। उसको रिश्वत दे दिला कर बहुत आसानियां मुहय्या थीं। कपड़े मिल जाते थे, साबुन मिल जाता था, बीड़ियां मिल जाती थीं।

"जेल के अंदर रिश्वत देने के लिए रुपये भी मिल जाते थे। फग्गू भंगी की सज़ा ख़त्म होने में सिर्फ़ चंद दिन बाक़ी रह गए थे, जब उसने आख़िरी बार जरजी की दी हुई बीड़ियां मुझे ला कर दीं। मैंने उसका शुक्रिया अदा किया। वो जेल से निकलने पर ख़ुश नहीं था।

मैंने जब उसको मुबारकबाद दी तो उसने कहा, बाबू जी, मैं फिर यहां आ जाऊँगा। भूके इंसान को चोरीकरनी ही पड़ती है... बिल्कुल ऐसे ही जैसे एक भूके इंसान को खाना खाना ही पड़ता है। बाबू जी आपबड़े अच्छे हैं, मुझे इतनी बीड़ियां देते रहे... ख़ुदा करे आपके सारे दोस्त बरी हो जाएं। जरजी बाबू आपको बहुत चाहते हैं।"

नसीर ने ये सुन कर ग़ालिबन अपने आपसे कहा, "और उसको सिर्फ़ साढ़े तीन आने चुराने के जुर्म में सज़ा मिली थी।"

रिज़वी ने गर्म कॉफ़ी का एक घूँट पी कर ठंडे अंदाज़ में कहा, "जी हाँ, सिर्फ़ साढ़े तीन आने चुराने के जुर्म में... और वो भी खज़ाने में जमा हैं।

ख़ुदा मालूम उनसे किस पेट की आग बुझेगी?"

रिज़वी ने कॉफ़ी का एक और घूँट पिया और मुझसे मुख़ातिब हो कर कहा, "हाँ मंटो साहब, उसकी रिहाई में सिर्फ़ एक दिन रह गया था। मुझे दस रूपयों की अशद ज़रूरत थी... मैं तफ़सील में नहीं जाना चाहता। मुझे ये रुपये एक सिलसिले में संतरी को रिश्वत के तौर पर देने थे। मैंने बड़ी मुश्किलों से काग़ज़ पेंसिल मुहय्या करके जरजी को एक ख़त लिखा था और फग्गू के ज़रिये से उस तक भेजवाया था कि वो मुझे किसी न किसी तरह दस रुपये भेज दे। फग्गू अनपढ़ था। शाम को वो मुझ से मिला। जरजी का रुक़्क़ा उसने मुझे दिया। उसमें दस रुपये का सुर्ख़ पाकिस्तानी नोट क़ैद था। मैंने रुक़्क़ा पढ़ा। ये लिखा था, रिज़वी प्यारे, दस रुपये भेज तो रहा हूँ, मगर एक आदी चोर के हाथ, ख़ुदा करे तुम्हें मिल जाएं क्योंकि ये कल ही जेल से रिहा हो कर जा रहा है। मैंने ये तहरीर पढ़ी तो फग्गू भंगी की तरफ़ देख कर मुस्कुराया। उसको साढ़े तीन आने चुराने के जुर्म में एक बरस की सज़ा हुई थी। मैं सोचने लगा अगर उसने दस रुपये चुराए होते तो साढ़े तीन आने फ़ी बरस के हिसाब से उस को क्या सज़ा मिलती?"

ये कह कर रिज़वी ने कॉफ़ी का आख़िरी घूँट पिया और रुख़सत मांगे बग़ैर कॉफ़ी हाऊस से बाहर चला गया।

तीन मोटी औरतें

एक का नाम मिसेज़ रिचमेन और दूसरी का नाम मिसेज़ सतलफ़ था। एक बेवा थी तो दूसरी दो शौहरों को तलाक़ दे चुकी थी। तीसरी का नाम मिस बेकन था। वो अभी नाकतख़दा थी। उन तीनों की उम्र चालीस के लगभग थी। और ज़िंदगी के दिन मज़े से कट रहे थे।

मिसेज़ सतलफ़ के ख़द्द-ओ-ख़ाल मोटापे की वजह से भद्दे पड़ गए थे। उसकी बाहें कंधे और कूल्हे भारी मालूम होते थे। लेकिन इस उधेड़ उम्र में भी वो बन-संवर कर रहती थी। वो नीला लिबास सिर्फ़ इसलिए पहनती थी कि उसकी आँखों की चमक नुमायाँ हो और बनावटी तरीक़ों से उसने अपने बालों की ख़ूबसूरती भी क़ायम रखी थीं।

उसे मिसेज़ रिचमेन और मिस बेकन इसलिए पसंद थीं कि वो दोनों उसकी निस्बत मोटी थीं और चूँकि वो उम्र में भी उनसे क़दरे छोटी थी इसलिए वो उसे अपनी बच्ची की तरह ख़याल करतीं। ये कोई नापसंदीदा बात न थी। वो दोनों ख़ुश तबीयत थीं। अक्सर तफ़रीहन उसके होने वाले मंगेतर का ज़िक्र छेड़ देती।

वो ख़ुद तो इस इश्क़-ओ-मुहब्बत की उलझन से कोसों दूर थीं लेकिन इस मुआमले में उन्हें मिसेज़ सतलफ़ से पूरी हमदर्दी थी। उन्हें यक़ीन था कि वो दिनों ही में कोई नया गुल खिलाने वाली है।

वो उसके लिए किसी अच्छे बर की तलाश में थीं। कोई पेंशन याफ़्ता एडमिरल जो गोल्फ भी खेलना जानता हो या कोई ऐसा रंडुवा जो घर बार के जंजाल से आज़ाद हो। बहरहाल ये ज़रूरी था कि उसकी आमदनी माकूल हो। वो बड़े ग़ौर से उनकी बातें सुनती और दिल ही दिल में हँस देती।

इसमें कोई शक नहीं कि वो एक बार फिर शादी का तजुर्बा करना चाहती थी। लेकिन शौहर के इंतिख़ाब में उसका मिज़ाज मुख़्तलिफ़ था। उसे किसी स्याह रंग छरेरे बदन के अतालवी की चाहत थी, जिसकी आँखें हद दर्जा चमकीली हों या कोई हिस्पानवी जो आला ख़ानदान से तअल्लुक़ रखता हो और उसकी उम्र किसी सूरत में तीस बरस से एक दिन भी ज़्यादा न हो।

ये सच है कि तीनों एक दूसरी पर जान देती थीं और उनकी आपस में मुहब्बत की वजह सिर्फ़ मोटापा था। और मुतावातिर इकट्ठे ब्रिज खेलने से दोस्ती और गहरी होगई थी। उनकी पहली मुलाक़ात करबसाद में हुई, जहाँ ये एक ही होटल में ठहरी थीं और एक डाक्टर के ज़ेरे ईलाज थीं।

मिसेज़ रिचमेन ख़ुश शक्ल भी थी। उसकी नशीली आँखें, ख़ुरदरे गाल और रंगीन होंट बहुत ही दिलफ़रेब और दिलकश थे। उसे हर वक़्त खाने-पीने की फ़िक्र रहती। मक्खन, बालाई, आलू और चर्बी मिली पुडिंग उसका मन भाता खाना था। वो साल में ग्यारह महीने तो जी भर कर काफ़ी खाती और फिर ईलाज के ज़रिये दुबली होने के लिए एक महीना करबसाद चली जाती। वो दिन-ब-दिन फूलती जा रही थी।

उसका अक़ीदा था कि अगर उसे मन मर्ज़ी की ख़ुराक खाने को न मिले तो ज़िंदगी बेकार है। मगर उसके डाक्टरों को इस बात से इत्तिफ़ाक़ न था। मिसेज़ रिचमेन का ख़याल था कि डाक्टर कुछ ऐसा क़ाबिल नहीं वर्ना क्या अजीब था कि वो ज़रा दुबली हो जाती। उसने मिस बेकन से इस बात का ज़िक्र किया। वो बस एक क़हक़हा लगा कर ख़ामोश हो गई। उसकी आवाज़ बहुत गहरी थी। और चिपटा सा चेहरा! उसकी दोनों आँखों में बिल्ली की आँखों जैसी चमक थी।

उसे मर्दाना पोशाक ज़्यादा पसंद थी और सिर्फ़ उसकी ख़ुश मिज़ाजी की वजह से तीनों सहेलियाँ एक दूसरी से बहुत क़रीब हो गई थीं। वो तीनों

एक ही वक़्त पर खाना खातीं, इकट्ठी सैर को जातीं और टेनिस खेलने के वक़्त भी एक दूसरी से कभी जुदा न होतीं।

इसमें कोई शक नहीं कि वो अपना वज़न करतीं तो अपने मोटापे में कोई फ़र्क़ न पाकर उदास सी हो जातीं। मिस बेकन को ये बात बहुत ही नागवार गुज़री कि बियर्स रिचमेन तिब्बी ईलाज से अपना वज़न बीस पौंड घटा कर बद परहेज़ी की वजह से दिनों में फिर उसी तरह मोटी होजाए और उसके कहने पर तीनों करबसाद छोड़कर चंद हफ़्तों के लिए कहीं और चली जाएँ।

बियर्स कमज़ोर तबीयत थी और उसे एक ऐसे इंसान की ज़रूरत थी जो उसे बद एतिदाली से बचा सके। उसे यक़ीन था कि अब उसे वर्ज़िश करने का ख़ूब मौक़ा मिलेगा। न सिर्फ़ यही बल्कि वहाँ घर में अपनी बावर्चन रख लेने से उसे चर्बी मिली चीज़ें खाने से नजात मिल जाएगी। और कोई वजह न थी कि इन सब का वज़न दिनों में कम हो जाये।

मिसेज़ सतलफ़ अपने घर में अनोखे इरादे बाँध रही थी। उसे यक़ीन था कि वहाँ दिनों में उसका रंग निखर जाएगा और अपने लिए कोई छैला बांका अतालवी फ़रांसीसी या अंग्रेज़ तलाश करेगी। वो तीनों हफ़्ते में सिर्फ़ दो दिन उबले हुए अंडे और टमाटर खातीं और हर सुबह उठ कर अपना वज़न करतीं। मिसेज़ सतलफ़ का वज़न अभी सिर्फ़ १५४ पौंड रह गया और वो तो गोया अपने आप को एक जवाँ साल लड़की समझने लगी।

मिसेज़ बेकन और मिसेज़ रिचमेन के मोटापे में भी काफ़ी फ़र्क़ पड़ गया। वो तीनों मुतमइन नज़र आती थीं। लेकिन ब्रिज खेलने के लिए एक चौथे खिलाड़ी की ज़रूरत ने उन्हें एक हद तक परेशान सा कर दिया।

वो सुबह सवेरे ढीले-ढाले पाजामे पहने चबूतरे पर बैठी दूध में खांड मिलाए बग़ैर चाय पी रही थीं और साथ साथ डाक्टर बर्ट के तैयार किए

हुए बिस्कुट भी खा रही थीं, जिनके मुतअल्लिक़ ये गारंटी दी गई थी कि वो चर्बी से बिल्कुल पाक हैं। नाशते के वक़्त मिस बेकन ने इत्तिफ़ाक़न लीना का ज़िक्र किया।

"वो कौन है?" मिसेज़ सतलफ़ ने पूछा।

"वो मेरे उस चचेरे भाई की बीवी है, जिसका हाल ही में इंतिक़ाल हुआ है। वो गुज़िश्ता दिनों आसाब शिकनी का शिकार रही। क्यों न उसे दो हफ़्ते के लिए यहाँ बुला लें?"

"क्या वो ब्रिज खेलना जानती है?"

"क्यों नहीं... उसके यहाँ आने से किसी दूसरे की ज़रूरत भी न रहेगी।"बात तय होगई... लीना को बुलाने के लिए तार भेजा गया और वो तीसरे दिन आ पहुंची।मिस बेकन उसे स्टेशन पर लेने गई। शौहर की मौत की वजह से लीना के चेहरे पर ग़म के आसार नुमायाँ थे।

मिस बेकन ने उसे दो साल से नहीं देखा था। इसलिए बड़ी गर्मजोशी से उसका मुँह चूम लिया, "तुम बहुत दुबली हो।"। उसने कहा।

लीना मुस्कुरा दी।

"गुज़िश्ता दिनों मेरी तबीयत अलील रही और अब तो वज़न भी बहुत कम होगया है।"

मिस बेकन ने एक सर्द आह भरी, लेकिन ये ज़ाहिर न हो सका कि उसकी वजह रश्क थी या लीना से हमदर्दी। वो उसे एक पुर फ़िज़ा होटल में ले गई। जहाँ दोनों सहेलियों से उसका तआरुफ़ कराया गया।

उसकी बेकसी देख कर मिसेज़ रिचमेन का दिल भर आया और उसके चेहरे की ज़र्दी ने मिसेज़ सतलफ़ को भी बहुत मुतअस्सिर किया। होटल में

थोड़ी देर तफ़रीह के बाद वो लंच के लिए अपनी क़्यामगाह को चल दीं।

"मुझे कुछ रोटी चाहिए।"

लीना के ये अल्फ़ाज़ सहेलियों के कानों पर बहुत गिराँ गुज़रे। वो तो दस साल हुए उसे छोड़ चुकी थी, हालाँकि मिसिज़ रिचमेन ऐसी लालची औरत भी रोटी से परहेज़ करती थी। मिसेज़ बेकन ने अज़राह मेहमान नवाज़ी ख़ानसामाँ से कहा कि फ़ौरन हुक्म की तामील करे।

"थोड़ा मक्खन भी...''

किसी ग़ैर मरई कुव्वत ने एक लम्हे के लिए उन सब के होंट सी दिये।

"ग़ालिबन घर में मक्खन मौजूद नहीं। अभी ख़ानसामाँ से पूछती हूँ।" मिस बेकन ने किसी क़दर तवक्क़ुफ़ से जवाब दिया।

"मक्खन रोटी बहुत पसंद है।" लीना ने मिसेज़ रिचमेन से मुख़ातिब होकर कहा और ख़ानसामाँ से रोटी लेकर बड़े इत्मिनान से उसपर मक्खन लगाया।

मिस बेकन बोली,"हम यहाँ बहुत सादा ग़िज़ा की आदी हैं।"

लीना ने मछली के टुकड़े पर मक्खन लगाते हुए कहा, "मुझे जब तक मक्खन, रोटी आलू और बालाई मिलती रहे बहुत मुतमइन रहती हूँ।"

"अफ़सोस कि यहाँ कहीं बालाई नहीं मिलती।" मिसेज़ रिचमेन ने कहा।

"ओह..." लीना बोली।

लंच पर बग़ैर चर्बी के कबाब चुने गए। इसके अलावा पालक थी और दम बख़्त नाशपातियाँ भी। नाशपाती खाते ही लीना ने मुतजस्सिस नज़रों से ख़ानसामां की तरफ़ देखा और इशारा पाते ही ख़ानसामां खांड लेकर

हाज़िर हो गया। उसने अपनी क़हवा की प्याली में तीन चमचे खांड डाल दी।

"तुम्हें खांड बहुत पसंद है।" मिसेज़ सतलफ़ ने कहा।

"हमें तो सेक्रीन ज़्यादा मर्ग़ूब है।" मिस बेकन ने एक टिकिया अपनी प्याली में डालते हुए कहा।

"ये तो एक बे लज़्ज़त शय है।" लीना ने जवाब दिया।

मिसेज़ रिचमेन मुँह बना कर और ललचाई हुई नज़रों से खांड की तरफ़ देखने लगी। मिस बेकन ने उसे ज़ोर से पुकारा और एक सर्द आह भर कर उसने भी मजबूरन सेक्रीन की टिकिया उठा ली।

लंच से फ़ारिग़ होने के बाद वो ब्रिज खेलने लगीं। लीना ख़ूब खेली। सबने खेल का लुत्फ़ उठाया। मिसेज़ सतलफ़ और मिसेज़ रिचमेन के दिल में मुअज़्ज़ज़ मेहमान के लिए गहरी हमदर्दी का जज़्बा पैदा हो गया। मिस बेकन के दिल की मुराद भी बर आई। और वो यही तो चाहती थी कि लीना उनके साथ दो हफ़्ते ख़ुशी से बसर करे।

चंद साअत बाद मिस बेकन और मिसेज़ रिचमेन गोल्फ़ खेलने चली गई और मिसेज़ सतलफ़ एक जवाँ साल, ख़ुश शक्ल प्रिंस रोकामीर के साथ सैर को निकल गई। लेकिन कुछ देर सुस्ताने के ख़याल से लेट गई। डिनर से थोड़ा सा वक़्त पहले सब लौट आईं।

"लीना प्यारी, कहो वक़्त कैसे गुज़रा।" मिस बेकन ने कहा, "गोल्फ़ खेलते वक़्त ध्यान तुम्हारी ही तरफ़ था।"

"ओह, मैं तो बड़े मज़े से बिस्तर पर ही पड़ी रही और जा कर कॉकटेल भी पी और सुनो... आज एक छोटा सा क़हवाख़ाना पर मेरी नज़र पड़ी, जहाँ बड़ी अच्छी बालाई भी मिल सकती है। मैंने रोज़ाना मकान पर बालाई

मँगवाने का इंतिज़ाम कर लिया है।"

उसकी आँखें चमक रही थीं और उसे यक़ीन था कि वो तीनों उसकी बात को सराहेंगी।

"तुम कितनी अच्छी हो लीना," मिसेज़ बेकन ने कहा, "लेकिन अफ़सोस कि हमें बालाई पसंद नहीं। ऐसी आब-ओ-हवा में ये हमें रास नहीं आ सकती।"

"न सही, मैं जो सलामत हूँ।" लीना ने मुस्कुराते हुए कहा।

"तुम्हें क्या अपनी शक्ल-ओ-सूरत की कोई परवा नहीं।" मिसेज़ सतलफ़ ने मुँह बना कर कहा।

"मुझे तो डाक्टर ने बालाई खाने को कहा है।"

"क्या उसने मक्खन, रोटी, आलू और चारों ही चीज़ें तजवीज़ की हैं?"

"बेशक, तुम्हारी सादी ग़िज़ा से मैं यही मुराद लेती हूँ।"

"तुम यक़ीनन बहुत मोटी हो जाओगी।" लीना खिलखिला कर हंस दी।

रात को उसके सो जाने पर देर तक तीनों नुक्ताचीनी करती रहीं। आज शाम उनकी तबीयत कितनी शगुफ़्ता थी लेकिन अब मिसेज़ रिचमेन बेज़ार सी नज़र आने लगी। मिसेज़ सतलफ़ अलग जली बैठी थी। और मिस बेकन का मिज़ाज भी बरहम हो चुका था।

"मैं क़तअन बर्दाश्त नहीं कर सकती कि वो मेरा मन भाता खाना मेरी आँखों के सामने बैठ कर उड़ाए।" मिसेज़ रिचमेन ने ज़रा तल्ख़ी से कहा।

"ये तो कोई भी बर्दाश्त नहीं कर सकता।" मिस बेकन ने जवाब दिया।

“आख़िर तुमने उसे यहां बुलाया ही क्यों?”

“मुझे इस बात की क्या ख़बर थी।”

“अगर उसके दिल में अपने मरहूम शौहर का ज़रा भी ख़याल होता तो वो कभी पेट भर कर न खाती... उसे फ़ौत हुए अभी दो महीने तो गुज़रे हैं।”

“अजीब मेहमान है कि उसे हमारी मर्ज़ी का खाना ही पसंद नहीं।”

“सुना, वो कल क्या कह रही थी, उसे डाक्टर ने मक्खन रोटी, आलू और बालाई खाने को कहा है।”

“उसे तो फिर किसी सेनोटोरियम का रुख़ करना चाहिए।”

“वो मेहमान है तो तुम्हारी। हमारा तो उससे कोई रिश्ता नहीं। मैं तो मुतावातिर दो हफ़्ते तक उस पेटू का तमाशा देखती रही हूँ।”

“सिर्फ़ खाने-पीने को ज़िंदगी का मक़सद समझ लेना बड़ी बेहूदगी है।”

“तुम क्या मुझे बेहूदा पुकार रही हो।” मिसेज़ सतलफ़ ने कहा।

“आपस में बदगुमानी से फ़ायदा?” मिसेज़ रिचमेन ने बात काट कर कहा।

“मैं हर्गिज़ बर्दाश्त नहीं कर सकती कि तुम हमारे सोते में बावर्चीख़ाना में घुस कर खाती-पीती रहो।”

इन अल्फ़ाज़ ने मिस बेकन के तन-बदन में एक आग लगा दी। वो उछल कर खड़ी होगई। “मिसेज़ सतलफ़ अपनी ज़बान सँभालो। तुम क्या मुझे इतना ही कमीना ख़याल करती हो।”

“आख़िर तुम्हारा वज़न क्यों नहीं कम होता।”

“बिल्कुल ग़लत, मेरा तो सेरों वज़न कम होगया है।”वो बच्चों की तरह फूट फूट कर रोने लगी और आँसू उसकी आँखों से टपक टपक कर छाती पर गिरने लगे।

“प्यारी तुम मेरा मतलब नहीं समझीं...”

ये कह कर मिसेज़ सतलफ़ घुटनों के बल झुकी और उसके जिस्म को अपनी आग़ोश में लेने की कोशिश की। उसका भी दिल भर आया और आँखों से आँसूओं की लड़ी जारी होगई।

“तो क्या मैं दुबली दिखाई नहीं देती।” मिस बेकन ने हिचकी लेते हुए कहा।

“हाँ बेशक...” मिसेज़ सतलफ़ ने भर्राई हुई आवाज़ में जवाब दिया।

मिसेज़ रिचमेन भी जो फ़ित्रतन निहायत कमज़ोर तबीयत वाक़ा हुई थी, अब रोने लगीं। ये मंज़र बहुत रिक्क़त ख़ेज़ था। मिस बेकन ऐसी औरत को आँसू बहाते देख कर संग दिल इंसान भी मोम हो जाता।

बिलआख़िर उन्होंने अपने आँसू पोंछे और एक ने ब्रांडी और पानी के चंद घूँट पिए। वो अब इस बात पर मुत्तफ़िक़ थीं कि लीना डाक्टर की हिदायत के मुताबिक़ अपनी मन मर्ज़ी की ग़िज़ा खाए। आख़िर वो उनकी मेहमान ठहरी। उनका फ़र्ज था कि हर तरह उसका कलेजा ठंडा करें। उन्होंने एक दूसरी का गर्मजोशी से मुँह चूमा और अपनी अपनी ख़्वाबगाहों में चली गईं।

ये सच है कि इंसानी फ़ितरत बहुत कमज़ोर है और उस पर किसी का कोई इख़्तियार नहीं। ग़िज़ा के मुआमले में अब हर एक अपनी मर्ज़ी की मालिक थी।

उन्होंने मछली के कबाब शुरू किए तो लीना की सिवय्यां मक्खन और

पनीर पर बसर होने लगी। वो हफ़्ते में दो बार उबले हुए अंडे और कच्चे टमाटर खातीं। लीना मटर के दाने बालाई में मिला कर खाती। उसे अब टमाटर को मुख़्तलिफ़ मसालों में पका कर खाने का शौक़ चर्राया था। उसका ख़ानसामां भी बड़ा बा मज़ाक था। वो हर बार एक बेहतर चीज़ तैयार करके मेज़ पर चुन देता।

लीना ने एक मौक़े पर ये भी कहा कि "डाक्टर ने उसे लंच पर बरगंडी की अर्ग़वानी शराब और डिनर पर शम्पैन इस्तिमाल करने को कहा है।" इन अल्फ़ाज़ ने तीनों सहेलियों को दम बख़ुद कर दिया। वो अभी अभी हंस खेल रही थीं लेकिन यकायक कैफ़ियत बदल गई।

मिसेज़ रिचमेन का तो गोया रंग ज़र्द पड़ गया। मिसेज़ सतलफ़ की नीली आँखों में एक ख़ौफ़नाक सी चमक पैदा होगई और मिस बेकन की आवाज़ भर्रा गई। ब्रिज खेलते वक़्त वो बड़े नर्म लहजे में एक दूसरे से बात क्या करतीं। लेकिन अब बात बात पर बिगड़ने लगीं।

लीना ने उन्हें बहुतेरा समझाया बुझाया कि खेल के वक़्त आपस में तकरार मुनासिब नहीं। लेकिन बे सूद। वो ख़ुश थी कि खेल में शुरू ही से उसका पल्ला भारी रहा है और दिनों में उसने एक बड़ी रक़म जीत ली है। तीनों मोटी सहेलियों को अब एक दूसरी से नफ़रत होने लगी। वो अपने मेहमान से भी बदज़न हो चुकी थीं।

इसके बावजूद अक्सर एक दूसरी के ख़िलाफ़ कान भरतीं। लीना के सामने वो एक दूसरी से ज़ाहिरन मिलती रहीं, लेकिन फिर ये बात भी न रही। वो एक दूसरी से बहुत मायूस हो चुकी थीं। मिस बेकन लीना को रुख़्सत करने स्टेशन पर गई।

गाड़ी पर सवार होते वक़्त वो बोली,"मेरे पास अलफ़ाज़ नहीं कि तुम्हारी मेहमान नवाज़ी का शुक्रिया अदा कर सकूं"

"तुम्हारी सोहबत बहुत पुरलुत्फ़ रही..." मिस बेकन ने जवाब दिया।

जब गाड़ी रवाना हुई तो उसने इस ज़ोर से आह भरी कि प्लेटफार्म उसके पांव के नीचे काँप काँप गया और वो "उफ़ उफ़" का शोर बुलंद करती घर लौटी।

उसने ग़ुस्ल करने का लिबास पहना और होटल की तरफ़ आ निकली। एका एकी वो मचल सी गई। उसकी आँखों के सामने मिसेज़ रिचमेन नया पायजामा और गले में मोतियों की माला पहने, बनाव सिंघार किए बैठी थी।

वो उसकी तरफ़ बढ़ी, "क्या कर रही हो?"

उसके ये अल्फ़ाज़ दो पहाड़ों में बादल की गरज की तरह सुनाई दिए।

"कुछ खा रही हूँ।"

उसके सामने मक्खन, सेब का मुरब्बा, क़हवा और बालाई वग़ैरा चुने हुए थे, वो गर्म रोटी पर मक्खन की मोटी तह जमा कर उस पर मुरब्बा और बालाई डाल रही थी।

"तुम खाने की लालच में अपनी जान दे दोगी।"

"कोई परवा नहीं।" मिसेज़ रिचमेन ने एक बड़ा लुक़्मा चबाते हुए कहा।

"तुम और भी मोटी हो जाओगी।"

"बस ख़ामोश, उस नाबकार को ख़ुदा समझे जिसे मैं मुतावातिर दो हफ़्ते से हलक़ में रंगा-रंग के निवाले ठूंसते देखती रही हूँ। एक इंसान तो इतना हज़म नहीं कर सकता।"

मिस बेकन की आँखों में आँसू आगए। वो बिल्कुल बेजान सी होगई। उसे उस वक़्त शायद एक मज़बूत मर्द की ज़रूरत थी जो उसे घुटने पर

लगा कर पुचकारे। वो ख़ामोशी से पास ही कुर्सी पर बैठ गई। ख़ादिम हाज़िर हुआ और उसने क़हवे की तरफ़ इशारा करके उसे लाने को कहा।

वो हाथ बढ़ा कर क्रीम रोल उठाने लगी। लेकिन मिसेज़ रिचमेन ने रिकाबी एक तरफ़ रख दी। मिस बेकन जल-भुन गई और उसे एक ऐसे नाम से मुख़ातिब किया जो ख़ासतौर पर औरतों के शायान-ए-शान न था... इतने में ख़ादिम उसके लिए मक्खन, मुरब्बा और क़हवा लिये आया।

"पगले, बालाई लाना भूल गया..." वो शेरनी की तरह बिफर कर बोली।

उसने खाना शुरू किया और हलक़ में मक्खन, मुरब्बा ठूंसने लगी। होटल में अब रंगा-रंग के इंसानों की चहल पहल नज़र आने लगी। मिसेज़ सतलफ़ भी प्रिंस रोकामीर के साथ चहल-क़दमी करती इधर आ निकली। वो पहले अपने गिर्द एक रेशमी लिबादा मज़बूती से लपेटे हुई थी ताकि इस तरह वो कुछ दुबली दिखाई दे।

अपनी ठोढ़ी का नुक़्स छुपाने के लिए उसने सर को ऊपर उठाया हुआ था। वो बहुत मसरूर थी... एक दोशीज़ा की तरह। प्रिंस उससे इजाज़त ले कर पाँच मिनट के लिए मर्दाना कमरे में अपने बाल संवारने गया और वो भी अपने रुख़सारों को ग़ाज़ा चमकाने के लिए ज़नाना कमरे की तरफ़ आई। एका एकी उसकी नज़र अपनी दोनों सहेलियों पर पड़ी, वो रुक गई।

"तुम पेटू हैवान"

वो कुर्सी पर बैठ गई और ख़ादिम को आवाज़ दी। उसके ज़ेहन से अब प्रिंस का ख़याल भी उतर चुका था। आँख झपकते में ख़ादिम हाज़िर होगया।"मेरे खाने को भी यहीं लाओ।"

"और मेरे लिए सिवय्यां..."

"मिस बेकन!" मिसेज़ रिचमेन पुकार उठी।

"बस ख़ामोश ।"

"तो मैं भी यही खाऊंगी।"

क़हवा लाया गया और क्रीम रोल और बालाई भी। वो गर्म रोटी पर बालाई तह जमा कर खाने लगीं। मुरब्बे के बड़े चमचे हलक़ में ठूंस लिये। वो गोया एक ख़ास एहतिमाम से खा रही थीं। ऐसे मौक़ा पर मिसेज़ सतलफ़ के लिए प्रिंस से लगाव एक बेमअनी बात थी।

"मैंने पच्चीस साल से आलू नहीं खाए," मिस बेकन ने धीमी आवाज़ में कहा।

मिसेज़ रिचमेन ने फ़ौरन ख़ादिम को तीनों के लिए भुने हुए आलू लाने को कहा।

एक लम्हे के बाद भुने हुए आलू उनके सामने थे और वो बड़े चटख़ारे लेकर खाने लगीं। तीनों सहेलियों ने एक दूसरे की तरफ़ देखा और सर्द आहें भरने लगीं। अब उनके दरमियान ग़लत फ़हमी रफ़अ हो चुकी थी। और दिलों में इंतिहाई मुहब्बत का जज़्बा मोजज़न था। उन्हें यक़ीन न आता था कि आज से पहले वो एक दूसरे से क़ता-ए-तअल्लुक़ पर आमादा हो चुकी थीं। आलू अब ख़त्म हो चुके थे।

"होटल में चॉकलेट तो ज़रूर होंगे।" मिसेज़ रिचमेन ने कहा।

"क्यों नहीं।"

एक लम्हा बाद मिस बेकन अपना मुँह खोले हलक़ में चॉकलेट ठूंस रही थी। उसने दूसरे पर हाथ डाला और मुँह में डालने से पहले दोनों सहेलियों

की तरफ़ नज़र उठाए नाबकार लीना को कोसने लगी।

"तुम जो चाहो कहो लेकिन ये हक़ीक़त है कि वो ब्रिज खेलना नहीं जानती ।"

"बेशक।" मिसेज़ सतलफ़ ने इत्तिफ़ाक़ करते हुए कहा।

मिसेज़ रिचमेन का ज़ेहन उस वक़्त किसी लज़ीज़ केक की फ़िक्र में था।

इंक़िलाब-पसंद

मेरी और सलीम की दोस्ती को पाँच साल का अर्सा गुज़र चुका है। उस ज़माने में हमने एक ही स्कूल से दसवीं जमात का इम्तिहान पास किया, एक ही कॉलेज में दाख़िल हुए और एक ही साथ एफ़.ए. के इम्तिहान में शामिल हो कर फ़ेल हुए। फिर पुराना कॉलेज छोड़कर एक नए कॉलेज में दाख़िल हुए... उस साल मैं तो पास हो गया। मगर सलीम सू-ए-क़िस्मत से फिर फ़ेल हो गया।

सलीम की दुबारा नाकामयाबी से लोग ये नतीजा अख़्ज़ करते हैं कि वो आवारा मिज़ाज और नालायक़ है। ये बिल्कुल इफ़्तिरा है। सलीम का बग़ली दोस्त होने की हैसियत से मैं ये वसूक़ से कह सकता हूँ कि सलीम का दिमाग़ बहुत रोशन है। अगर वो कॉलेज की पढ़ाई की तरफ़ ज़रा भी तवज्जो देता तो कोई वजह न थी कि वो सूबा भर में अव्वल न रहता।

अब यहां ये सवाल पैदा होता है कि उसने पढ़ाई की तरफ़ क्यों तवज्जो न दी? जहां तक मेरा ज़ेहन काम देता है मुझे उसकी तमाम तर वजह, वो ख़यालात मालूम होते हैं जो एक अर्से से उसके दिल-ओ-दिमाग़ पर आहिस्ता आहिस्ता छा रहे थे?

दसवीं जमात और कॉलेज में दाख़िल होते वक़्त सलीम का दिमाग़ उन तमाम उलझनों से आज़ाद था। जिन्होंने उसे उन दिनों पागलख़ाने की चारदीवारी में क़ैद कर रखा है।

अय्याम-ए-कॉलेज में वो दीगर तलबा की तरह खेल कूद में हिस्सा लिया करता था। सब लड़कों में हर दिल अज़ीज़ था। मगर यकायक उसके वालिद की नागहानी मौत ने उसके मुतबस्सिम चेहरे पर ग़म की नक़ाब ओढ़ा दी... अब खेल कूद की जगह ग़ौर-ओ-फ़िक्र ने ले ली।

वो क्या ख़यालात थे, जो सलीम के मुज़्तरिब दिमाग़ में पैदा हुए? ये मुझे मालूम नहीं। सलीम की नफ़्सियात का मुताला करना बहुत अहम काम है। इसके इलावा वो ख़ुद अपनी दिली आवाज़ से ना आश्ना था। उसने कई मर्तबा गुफ़्तुगू करते वक़्त या यूंही सैर करते हुए अचानक मेरा बाज़ू पकड़ कर कहा है, "अब्बास जी चाहता है कि..."

"हाँ, हाँ, क्या जी चाहता है।" मैंने उसकी तरफ़ तमाम तवज्जो मब्ज़ूल करके पूछा है। मगर मेरे इस इस्तिफ़सार पर उसके चेहरे की ग़ैरमामूली तबदीली और गले में सांस के तसादुम ने साफ़ तौर पर ज़ाहिर किया कि वो अपने दिली मुद्दा को ख़ुद न पहचानते हुए अल्फ़ाज़ में साफ़ तौर पर ज़ाहिर नहीं कर सकता।

वो शख़्स जो अपने एहसासात को किसी शक्ल में पेश कर के दूसरे ज़ेहन पर मुंतक़िल कर सकता है। वो दरअसल अपने दिल का बोझ हल्का करने की क़ुदरत का मालिक है और वो शख़्स जो महसूस करता है। मगर अपने एहसास को ख़ुद आप अच्छी तरह नहीं समझता। और फिर इस इज़्तिराब को बयान करने की क़ुदरत नहीं रखता, उस शख़्स के मुतरादिफ़ है जो अपने हलक़ में ठुँसी हुई चीज़ को बाहर निकालने की कोशिश कर रहा हो। मगर वो गले से नीचे उतरती चली जा रही हो... ये एक ज़ेहनी अज़ाब है। जिसकी तफ़सील लफ़्ज़ों में नहीं आ सकती।

सलीम शुरू ही से अपनी आवाज़ से नाआश्ना रहा है, और होता भी क्योंकर, जब उसके सीने में ख़यालात का एक हुजूम छाया रहता था।

बा'ज़ औक़ात ऐसा भी हुआ है कि वो बैठा बैठा उठ खड़ा हुआ है और कमरे में चक्कर लगा कर लंबे-लंबे सांस भरने शुरू कर दिए... ग़ालिबन वो अपने अंदरूनी इंतिशार से तंग आकर उन ख़यालात को जो उसके सीने में भाप के मानिंद चक्कर लगा रहे होते, सांसों के ज़रीये बाहर निकालने का कोशां हुआ करता था।

इज़्तिराब के इन्ही तकलीफ़देह लम्हात में उसने अक्सर औक़ात मुझसे मुख़ातिब हो कर कहा, "अब्बास! ये ख़ाकी कश्ती किसी रोज़ तुन्द मौजों की ताब न ला कर चट्टानों से टकरा कर पाश पाश हो जाएगी... मुझे अंदेशा है कि..."

वो अपने अंदेशे को पूरी तरह बयान नहीं कर सकता था। सलीम किसी मुतवक़्क़े हादिसे का मुंतज़िर ज़रूर था। मगर उसे ये मालूम न था कि वो हादिसा किस शक्ल में पर्दा ज़हूर पर नुमूदार होगा... उसकी निगाहें एक अर्से से धुंदले ख़यालात की सूरत में एक मौहूम साया देख रही थीं जो उसकी तरफ़ बढ़ता चला आ रहा था। मगर वो ये नहीं बता सकता था कि इस तारीक शक्ल के पर्दे में क्या निहां है।

मैंने सलीम की नफ़्सियात समझने की बहुत कोशिश की है। मगर मुझे उसकी मुनक़लिब आदात के होते हुए कभी मालूम नहीं हो सका कि वो किन गहराईयों में ग़ोताज़न है और वो इस दुनिया में रह कर अपने मुस्तक़बिल के लिए क्या करना चाहता है जब कि अपने वालिद के इंतिक़ाल के बाद वो हर क़िस्म के सरमाए से महरूम कर दिया गया था।

मैं एक अर्से से सलीम को मुनक़लिब होते देख रहा था। उसकी आदात दिन ब दिन बदल रही थीं... कल का खलनडरा लड़का, मेरा हम-जमाअत एक मुफ़क्किर में तबदील हो रहा था। ये तबदीली मेरे लिए सख़्त बाइस-ए-हैरत थी।

कुछ अर्से से सलीम की तबीयत पर एक ग़ैरमामूली सुकून छा गया था। जब देखो अपने घर में ख़ामोश बैठा हुआ है और अपने भारी सर को घुटनों में थामे कुछ सोच रहा है... वो क्या सोच रहा होता। ये मेरी तरह ख़ुद उसे भी मालूम न था।

उन लम्हात में मैंने उसे अक्सर औक़ात अपनी गर्म आँखों पर दवात

का आहनी ढकना या गिलास का बैरूनी हिस्सा फेरते देखा है... शायद वो इस अमल से अपनी आँखों की हरारत कम करना चाहता था।

सलीम ने कॉलेज छोड़ते ही ग़ैर मुल्की मुसन्निफ़ों की भारी-भरकम तसानीफ़ का मुताला शुरू कर दिया था। शुरू शुरू में मुझे उसकी मेज़ पर एक किताब नज़र आई। फिर आहिस्ता-आहिस्ता उस अलमारी में जिसमें वो शतरंज, ताश और इसी क़िस्म की दीगर खेलें रखा करता था, किताबें ही किताबें नज़र आने लगीं... इसके इलावा वो कई कई दिनों तक घर से कहीं बाहर चला जाया करता था।

जहां तक मेरा ख़याल है सलीम की तबीयत का ग़ैरमामूली सुकून इन किताबों के अनथक मुताला का नतीजा था जो उसने बड़े करीने से अलमारी में सजा रखी थीं।

सलीम का अज़ीज़ तरीन दोस्त होने की हैसियत में मैं उसकी तबीयत के ग़ैरमामूली सुकून से सख़्त परेशान था। मुझे अंदेशा था कि ये सुकून किसी वहशतख़ेज़ तूफ़ान का पेशख़ेमा है। इसके इलावा मुझे सलीम की सेहत का भी ख़याल था। वो पहले ही बहुत कमज़ोर जुस्से का वाक़ा हुआ था। इस पर उसने ख़्वाह-मख़्वाह अपने आप को ख़ुदा मालूम किन किन उलझनों में फंसा लिया था।

सलीम की उम्र बमुश्किल बीस साल की होगी। मगर उसकी आँखों के नीचे शब बेदारी की वजह से स्याह हलक़े पड़ गए थे। पेशानी जो इससे क़ब्ल बिल्कुल हमवार थी अब उस पर कई शिकन पड़े रहते थे... जो उसकी ज़ेहनी परेशानी को ज़ाहिर करते थे।

चेहरा जो कुछ अर्सा पहले बहुत शगुफ़्ता हुआ करता था। अब उस पर नाक और लब के दरमियान गहरी लकीरें पड़ गई थीं। जिन्होंने सलीम को क़ब्ल अज़-वक़्त मोअम्मर बना दिया था... इस ग़ैरमामूली तबदीली

को मैंने अपनी आँखों के सामने वकूअपज़ीर होते देखा है। जो मुझे एक शोबदे से कम मालूम नहीं होती... ये क्या तअज्जुब की बात है कि मेरी उम्र का लड़का मेरी नज़रों के सामने बूढ़ा हो जाये।

सलीम पागलख़ाने में है। इसमें कोई शक नहीं। मगर इसके ये मानी नहीं हो सकते कि वो सड़ी और दीवाना है। उसे ग़ालिबन इस बिना पर पागलख़ाने भेजा गया है कि वो बाज़ारों में बुलंद-बाँग तक़रीरें करता है... राह गुज़रों को पकड़-पकड़ कर उन्हें ज़िंदगी के मुश्किल मसाइल बता कर जवाब तलब करता है और उमरा के हरीर पोश बच्चों का लिबास उतार कर नंगे बच्चों को पहना देता है।

मुम्किन है, ये हरकात डाक्टरों के नज़दीक दीवानगी की अलामतें हों। मगर मैं यक़ीन के साथ का सकता हूँ कि सलीम पागल नहीं है बल्कि वो लोग जिन्होंने उसे अमन-ए-आम्मा में ख़लल डालने वाला तसव्वुर करते हुए आहनी सलाख़ों के पिंजरे में क़ैद कर दिया है, किसी दीवाने हैवान से कम नहीं हैं!

अगर वो अपनी ग़ैर मरबूत तक़रीर के ज़रिये लोगों तक अपना पैग़ाम पहुंचाना चाहता है तो क्या उनका फ़र्ज़ नहीं कि वो उसके हर लफ़्ज़ को ग़ौर से सुनें?

अगर वो राह गुज़ारों के साथ फ़ल्सफ़ा-ए-हयात पर तबादला-ए-ख़यालात करना चाहता है तो क्या इसके ये मानी लिए जाऐंगे कि उसका वजूद मजलिसी दायरे के लिए नुक़्सानदेह है? क्या ज़िंदगी के हक़ीक़ी मानी से बाख़बर होना हर इंसान का फ़र्ज़ नहीं है? अगर वो मुतमव्विल अश्ख़ास के बच्चों का लिबास उतार कर गुरबा के ब्रहना बच्चों का तन ढाँपना चाहता है तो क्या ये अमल उन अफ़राद को उनके फ़राइज़ से आगाह नहीं करता जो फ़लकबोस इमारतों में दूसरे लोगों के बलबूते पर आराम की ज़िंदगी बसर कर रहे हैं। क्या नंगों की सतर पोशी करना ऐसा

फ़ेअल है कि इसे दीवानगी पर महमूल किया जाये?

सलीम हरगिज़ पागल नहीं है। मगर मुझे ये तस्लीम है कि उसके अफ़्क़ार ने उसे बेख़ुद ज़रूर बना रखा है।

दरअसल वो दुनिया को कुछ पैग़ाम देना चाहता है। मगर दे नहीं सकता, एक कमसिन बच्चे की तरह वो तुतला तुतला कर अपने कलबी एहसासात बयान करना चाहता है। मगर अल्फ़ाज़ उसकी ज़बान पर आते ही बिखर जाते हैं।

वो इससे क़ब्ल ज़ेहनी अज़ीयत में मुब्तला है। मगर अब उसे और अज़ीयत में डाल दिया गया है। वो पहले ही से अपने अफ़्क़ार की उलझनों में गिरफ़्तार है और अब उसे ज़िंदाँनुमा कोठड़ी में क़ैद कर दिया गया है... क्या ये ज़ुल्म नहीं है?

मैंने आज तक सलीम की कोई भी ऐसी हरकत नहीं देखी जिससे मैं ये नतीजा निकाल सकूं कि वो दीवाना है। हाँ, अलबत्ता कुछ अर्से से मैं उसके ज़ेहनी इन्क़िलाबात का मुशाहिदा ज़रूर करता रहा हूँ।

शुरू शुरू में जब मैंने उसके कमरे के तमाम फ़र्नीचर को अपनी अपनी जगह से हटा हुआ पाया तो मैंने इस तबदीली की तरफ़ ख़ास तवज्जो न दी, दरअसल मैंने उस वक़्त जो ख़याल किया कि शायद सलीम ने फ़र्नीचर की मौजूदा जगह को ज़्यादा मौज़ूं ख़याल किया है और हक़ीक़त तो ये है कि मेरी नज़रों को जो कुर्सियों और मेज़ों को कई सालों से एक जगह देखने की आदी थीं, वो ग़ैर मुतवक़्क़े तबदीली बहुत भली मालूम हुई।

इस वाक़े के चंद रोज़ बाद जब मैं कॉलेज से फ़ारिग़ हो कर सलीम के कमरे में दाख़िल हुआ तो क्या देखता हूँ कि फ़िल्मी मुमसिलों की दो तसावीर जो एक अर्से से कमरे की दीवारों पर आवेज़ां थीं और जिन्हें मैं

और सलीम ने बहुत मुश्किल के बाद फ़राहम किया था, बाहर टोकरी में फटी पड़ी हैं और उनकी जगह उन्ही चौखटों में मुख़्तलिफ़ मुसन्निफ़ों की तस्वीरें लटक रही हैं... चूँकि मैं ख़ुद उन तसावीर का इतना मुश्ताक़ न था। इसलिए मुझे सलीम का ये इंक़िलाब बहुत पसंद आया। चुनांचे हम उस रोज़ देर तक उन तस्वीरों के मुतअल्लिक़ गुफ़्तुगू भी करते रहे।

जहां तक मुझे याद है इस वाक़िया के बाद सलीम के कमरे में एक माह तक कोई ख़ास काबिल-ए-ज़िक्र तबदीली वाक़े नहीं हुई। मगर इस अर्से के बाद मैंने एक रोज़ अचानक कमरे में बड़ा सा तख़्त पड़ा पाया... जिस पर सलीम ने कपड़ा बिछा कर किताबें चुन रखीं थीं और आप क़रीब ही ज़मीन पर एक तकिया का सहारा लिए कुछ लिखने में मसरूफ़ था।

मैं ये देख कर सख़्त मुतअज्जिब हुआ और कमरे में दाख़िल होते ही सलीम से ये सवाल किया, "क्यों मियां! इस तख़्त के क्या मानी?"

सलीम जैसा कि उसकी आदत थी, मुस्कुराया और कहने लगा, "कुर्सियों पर रोज़ाना बैठते-बैठते तबीयत उकता गई है। अब ये फ़र्श वाला सिलसिला ही रहेगा।"

बात माकूल थी। मैं चुप रहा। वाक़ई रोज़ाना एक ही चीज़ का इस्तेमाल करते करते तबीयत ज़रूर उचाट हो जाया करती है। मगर जब पंद्रह-बीस रोज़ के बाद मैंने वो तख़्त मा तकिए के ग़ायब पाया तो मेरे तअज्जुब की कोई इंतिहा न रही और मुझे शुबहा सा हुआ कि कहीं मेरा दोस्त वाक़ई ख़ब्ती तो नहीं हो गया है।

सलीम सख़्त गर्म-मिज़ाज वाक़े हुआ है। इसके इलावा उसके वज़नी अफ़्क़ार ने उसे मामूल से ज़्यादा चिड़चिड़ा बना रखा था। इसलिए मैं उमूमन उससे ऐसे सवालात नहीं किया करता जो उसके दिमाग़ी तवाज़ुन को दरहम-बरहम कर दें या जिनसे वो ख़्वाह मख़्वाह खिज जाये।

फ़र्नीचर की तबदीली, तस्वीरों का इंक़िलाब, तख़्त की आमद और फिर उसका ग़ायब हो जाना वाक़ई किसी हद तक तअज्जुबख़ेज़ ज़रूर हैं और वाजिब था कि मैं इन उमूर की वजह दरयाफ़्त करता। मगर चूँकि मुझे सलीम को आज़ुर्दा-ए-ख़ातिर करना, और उसके काम में दख़ल देना मंज़ूर न था, इसलिए मैं ख़ामोश रहा।

थोड़े अर्से के बाद सलीम के कमरे में हर दूसरे-तीसरे दिन कोई न कोई तबदीली देखना मेरा मामूल हो गया... अगर आज कमरे में तख़्त मौजूद है तो हफ़्ते के बाद वहां से उठा दिया गया है। इसके दो रोज़ बाद वो मेज़ जो कुछ अर्सा पहले कमरे के दाएं तरफ़ पड़ी थी। रात-रात में वहां से उठा कर दूसरी तरफ़ रख दी गई है।

अँगीठी पर रखी हुई तसावीर के ज़ाविए बदले जा रहे हैं। कपड़े लटकाने की खूंटियां एक जगह से उखेड़ कर दूसरी जगह पर जड़ दी गई हैं। कुर्सियों के रुख़ तबदील किए गए हैं... गोया कमरे की हर शय एक क़िस्म की क़वाइद कराई जाती थी।

एक रोज़ जब मैंने कमरे के तमाम फ़र्नीचर को मुख़ालिफ़ रुख़ में पाया तो मुझसे न रहा गया और मैंने सलीम से दरयाफ़्त कर ही लिया, "सलीम, मैं एक अर्से से इस कमरे को गिरगिट की तरह रंग बदलता देख रहा हूँ। आख़िर बताओ तो सही ये तुम्हारा कोई नया फ़ल्सफ़ा है।?"

"तुम जानते नहीं हो, मैं इन्क़िलाब पसंद हूँ," सलीम ने जवाब दिया। ये सुन कर मैं और भी मुतअज्जिब हुआ।

अगर सलीम ने ये अल्फ़ाज़ अपनी हस्ब-ए-मामूल मुस्कुराहट के साथ कहे होते तो मैं यक़ीनी तौर पर ये ख़याल करता कि वो सिर्फ़ मज़ाक़ कर रहा है। मगर ये जवाब देते वक़्त उसका चेहरा इस अमर का शाहिद था कि वो संजीदा है। और मेरे सवाल का जवाब वो उन्ही अल्फ़ाज़ में देना

चाहता है लेकिन फिर भी मैं तज़बज़ुब की हालत में था।

चुनांचे मैंने उससे कहा, "मज़ाक़ कर रहे हो यार?"

"तुम्हारी क़सम बहुत बड़ा इन्क़िलाब पसंद," ये कहते हुए वो खिलखिला कर हंस पड़ा।

मुझे याद है कि इसके बाद उसने ऐसी गुफ़्तुगू शुरू की थी। मगर हम दोनों किसी और मौज़ू पर इज़हार-ए-ख़यालात करने लग गए थे। ये सलीम की आदत है कि वो बहुत सी बातों को दिलचस्प गुफ़्तुगू के पर्दे में छुपा लिया करता है।

इन दिनों जब कभी मैं सलीम के जवाब पर ग़ौर करता हूँ, मुझे मालूम होता है कि सलीम दर हक़ीक़त इन्क़िलाब पसंद वाक़े हुआ है। इसके ये मानी नहीं कि वो किसी सलतनत का तख़्ता उलटने के दरपे है। या वो दीगर इन्क़िलाब पसंदों की तरह चौराहों में बम फेंक कर दहशत फैलाना चाहता है। बल्कि जहां तक मेरा ख़याल है, वो हर चीज़ में इन्क़िलाब देखना चाहता है।

यही वजह है कि उसकी नज़रें अपने कमरे में पड़ी हुई अश्या को एक ही जगह पर न देख सकती थीं। मुम्किन है मेरा ये क़ियाफ़ा किसी हद तक ग़लत हो। मगर मैं ये वसूक़ से कह सकता हूँ कि उसकी जुस्तुजू किसी ऐसे इन्क़िलाब की तरफ़ रुजू करती है जिसके आसार उसके कमरे की रोज़ाना तबदीलियों से ज़ाहिर हैं।

बादियुन्नज़र में कमरे की अश्या को रोज़ उलट-पलट करते रहना दीवानगी के मुतरादिफ़ है। लेकिन अगर सलीम की इन बेमानी हरकात का अमीक़ मुताला किया जाये तो ये अमर रोशन हो जाएगा कि उनके पस-ए-पर्दा एक ऐसी क़ुव्वत काम कर रही थी जिससे वो ख़ुद नाआशना था।

इसी क़ुव्वत ने जिसे मैं ज़ेहनी तअस्सुब का नाम देता हूँ, सलीम के दिमाग़ में तलातुम बपा कर दिया और इसका नतीजा ये हुआ कि वो इस तूफ़ान की ताब न ला कर अज़-ख़ुद रफ़्ता हो गया और पागलख़ाने की चारदीवारी में क़ैद कर दिया गया।

पागलख़ाने जाने से कुछ रोज़ पहले सलीम मुझे अचानक शहर के एक होटल में चाय पीता हुआ मिला। मैं और वो दोनों एक छोटे से कमरे में बैठ गए। इसलिए कि मैं उससे कुछ गुफ़्तुगू करना चाहता था।

मैंने अपने बाज़ार के चंद दुकानदारों से सुना था कि अब सलीम होटलों में पागलों की तरह तक़रीरें करता है... मैं ये चाहता था कि उससे फ़ौरन मिल कर उसे इस क़िस्म की हरकात करने से मना कर दूं। इसके इलावा ये अंदेशा था कि शायद वो कहीं सचमुच मख़्बूतुल हवास न हो गया हो। चूँकि मैं उससे फ़ौरन ही बात करना चाहता था इसलिए मैंने होटल में गुफ़्तुगू करना मुनासिब समझा।

कुर्सी पर बैठते वक़्त मैं ग़ौर से सलीम के चेहरे की तरफ़ देख रहा था। वो मुझे इस तरह घूरते देख कर सख़्त मुतअज्जिब हुआ। वो कहने लगा, "शायद मैं सलीम नहीं हूँ।"

आवाज़ में किस क़दर दर्द था। गो ये जुम्ला आप की नज़रों में बिल्कुल सादा मालूम हो। मगर ख़ुदा गवाह है, मेरी आँखें बेइख़्तयार नमनाक हो गईं।

"शायद मैं सलीम नहीं हूँ"... गोया वो हर वक़्त इस बात का मुतवक़्क़े था कि किसी रोज़ उसका बेहतरीन दोस्त भी उसे न पहचान सकेगा। शायद उसे मालूम था कि वो बहुत हद तक तबदील हो चुका है।

मैंने ज़ब्त से काम लिया और अपने आँसुओं को रूमाल में छुपा कर उसके कांधे पर हाथ रखते हुए कहा, "सलीम, मैंने सुना है कि तुमने मेरे

लाहौर जाने के बाद यहां बाज़ारों में तक़रीरें करनी शुरू कर दी हैं... जानते भी हो। अब तुम्हें शहर का बच्चा-बच्चा पागल के नाम से पुकारता है।"

"पागल! शहर का बच्चा-बच्चा मुझे पागल के नाम से पुकारता है... पागल!... हाँ अब्बास, मैं पागल हूँ... पागल... दीवाना... ख़िरद बाख़्ता... लोग मुझे दीवाना कहते हैं... मालूम है क्यों?"

यहां तक कि वो मेरी तरफ़ सर-ता-पा इस्तिफ़हाम बन कर देखने लगा। मगर मेरी तरफ़ से कोई जवाब न पा कर वो दुबारा गोया हुआ,"इसलिए कि मैं उन्हें ग़रीबों के नंगे बच्चे दिखला-दिखला कर ये पूछता हूँ कि इस बढ़ती हुई ग़ुर्बत का क्या ईलाज हो सकता है?... वो मुझे कोई जवाब नहीं दे सकते। इसलिए वो मुझे पागल तसव्वुर करते हैं...

"आह अगर मुझे सिर्फ़ ये मालूम हो कि ज़ुल्मत के इस ज़माने में रोशनी की एक शुआ क्योंकर फ़राहम की जा सकती है। हज़ारों ग़रीब बच्चों का तारीक मुस्तक़बिल क्योंकर मुनव्वर बनाया जा सकता है।

"वो मुझे पागल कहते हैं... वो जिनकी नब्ज़-ए-हयात दूसरों के ख़ून की मरहून गिन्नत है, वो जिनका फ़िर्दोस ग़ुरबा के जहन्नम की मुस्तआर ईंटों से उस्तुवार किया गया है, जिनके साज़-ए-इशरत के हर तार के साथ बेवाओं की आहें, यतीमों की उर्यानी, लावारिस बच्चों की सदा-ए-गिरिया लिपटी हुई है... कहीं, मगर एक ज़माना आने वाला है जब यही परवर्दा-ए-ग़ुर्बत अपने दिलों के मुशतर्का लहू में उंगलियां डुबो-डुबो कर उन लोगों की पेशानियों पर अपनी लानतें लिखेंगे... वो वक़्त नज़दीक है जब अर्ज़ी जन्नत के दरवाज़े हर शख़्स के लिए वा होंगे।

"मैं पूछता हूँ कि अगर मैं आराम में हूँ तो क्या वजह है कि तुम तकलीफ़ की ज़िंदगी बसर करो?... क्या यही इंसानियत है कि मैं कारख़ाने का

मालिक होते हुए हर शब एक नई रक़ासा का नाच देखता हूँ, हर रोज़ क्लब में सैंकड़ों रुपये क़िमारबाज़ी की नज़र कर देता हूँ और अपनी निकम्मी से निकम्मी ख़्वाहिश पर बेदरेग़ रुपया बहा कर अपना दिल ख़ुश करता हूँ, और मेरे मज़दूरों को एक वक़्त की रोटी नसीब नहीं होती।

"उनके बच्चे मिट्टी के एक खिलौने के लिए तरसते हैं... फिर लुत्फ़ ये है कि मैं मुहज़्ज़ब हूँ, मेरी हर जगह इज़्ज़त की जाती है और वो लोग जिनका पसीना मेरे लिए गौहर तैयार करता है। मजलिसी दायरे में हक़ारत की नज़र से देखे जाते हैं। मैं ख़ुद उनसे नफ़रत करता हूँ... तुम ही बताओ, क्या ये दोनों ज़ालिम-ओ-मज़लूम अपने फ़राइज़ से नाआश्ना नहीं हैं? मैं इन दोनों को उनके फ़राइज़ से आगाह करना चाहता हूँ। मगर किस तरह करूं?... ये मुझे मालूम नहीं।"

सलीम ने इस क़दर कह कर हाँपते हुए ठंडी चाय का एक घूँट भरा और मेरी तरफ़ देखे बग़ैर फिर बोलना शुरू कर दिया, "मैं पागल नहीं हूँ... मुझे एक वकील समझो। बग़ैर किसी उम्मीद के, जो उस चीज़ की वकालत कर रहा है जो बिल्कुल गुम हो चुकी है... मैं एक दबी हुई आवाज़ हूँ... इंसानियत एक मुँह है और मैं एक चीख़।

"मैं अपनी आवाज़ दूसरों तक पहुंचाने की कोशिश करता हूँ मगर वो मेरे ख़यालात के बोझ तले दबी हुई है। मैं बहुत कुछ कहना चाहता हूँ मगर इसीलिए कुछ कह नहीं सकता कि मुझे बहुत कुछ कहना है। मैं अपना पैग़ाम कहाँ से शुरू करूं... ये मुझे मालूम नहीं।

"मैं अपनी आवाज़ के बिखरे हुए टुकड़े फ़राहम करता हूँ, ज़ेहनी अज़ीयत के धुंदले ग़ुबार में से चंद ख़यालात तमहीद के तौर पर पेश करने की सई करता हूँ। अपने एहसासात की अमीक़ गहराईयों से चंद एहसास सतह पर लाता हूँ कि दूसरे अज़हान पर मुंतक़िल कर सकूं मगर मेरी आवाज़ के टुकड़े फिर मुंतशिर हो जाते हैं। ख़यालात फिर तारीकी में

रुपोश हो जाते हैं।

"एहसासात फिर ग़ोता लगा जाते हैं... मैं कुछ नहीं कह सकता। जब मैं ये देखता हूँ कि मेरे ख़यालात मुंतशिर होने के बाद फिर जमा हो रहे हैं तो जहां कहीं मेरी कुव्वत-ए-गोयाई काम देती है, मैं शहर के रूअसा से मुख़ातिब हो कर ये कहने लग जाता हूँ।

"मर्मरीं महल्लात के मकीनो! तुम इस वसीअ कायनात में सिर्फ़ सूरज की रोशनी देखते हो, मगर यक़ीन जानो, इसके साये भी होते हैं... तुम मुझे सलीम के नाम से जानते हो, ये ग़लती है... मैं वो कपकपी हूँ जो एक कुंवारी लड़की के जिस्म पर तारी होती है। जब वो ग़ुर्बत से तंग आकर पहली दफ़ा एवान-ए-गुनाह की तरफ़ क़दम बढ़ाने लगे... आओ हम सब काँपें!

"तुम हंसते हो, मगर नहीं तुम्हें मुझे ज़रूर सुनना होगा... मैं एक ग़ोताख़ोर हूँ। कुदरत ने मुझे तारीक समुंदर की गहराईयों में डूबो दिया कि मैं कुछ ढूंढ कर लाऊं... मैं एक बेबहा मोती लाया हूँ... वो सच्चाई है... इस तलाश में मैंने ग़ुर्बत देखी है, गरस्नगी बर्दाशत की है। लोगों की नफ़रत से दो-चार हुआ हूँ।

"जाड़े में ग़रीबों की रगों में ख़ून को मुंजमिद होते देखा है, नौजवान लड़कियों को इशरतकदों की ज़ीनत बढ़ाते देखा है इसलिए कि वो मजबूर थीं... अब मैं यही कुछ तुम्हारे मुँह पर क़ै कर देना चाहता हूँ कि तुम्हें तस्वीर-ए-ज़िंदगी का तारीक पहलू नज़र आ जाये।

इंसानियत एक दिल है। हर शख़्स के पहलू में एक ही क़िस्म का दिल मौजूद है। अगर तुम्हारे बूट ग़रीब मज़दूरों के नंगे सीनों पर ठोकरें लगाते हैं। अगर तुम अपने शहवानी जज़्बात की भड़कती हुई आग किसी हमसाया नादार लड़की की इस्मतदरी से ठंडी करते हो।

अगर तुम्हारी ग़फ़लत से हज़ारहा यतीम बच्चे गहवारा-ए-जहालत में पल कर जेलों को आबाद करते हैं। अगर तुम्हारा दिल काजल के मानिंद स्याह है तो ये तुम्हारा कुसूर नहीं। ऐवान-ए-मुआशरत ही कुछ ऐसे ढब पर उस्तुवार किया गया है कि उसकी हर छत अपनी हमसाया छत को दाबे हुए है... हर ईंट दूसरी ईंट को।

जानते हो, मौजूदा निज़ाम के क्या मानी हैं? ये कि लोगों के सीनों को जिहालतकदा बनाए। इंसानी तलज़्ज़ुज़ की कश्ती हो और हवस की मौजों में बहा दे, जवान लड़कियों की इस्मत छीन कर उन्हें ऐवान-ए-तिजारत में खुले बंदों हुस्न-फ़रोशी पर मजबूर कर दे, ग़रीबों का ख़ून चूस कर उन्हें जली हुई राख के मानिंद क़ब्र की मिट्टी में यकसाँ करदे... क्या इसी को तुम तहज़ीब का नाम देते हो... भयानक क़स्साबी! तारीक शैतनियत!

आह, अगर तुम सिर्फ़ वो देख सको जिसका मैंने मुशाहिदा किया है! ऐसे बहुत से लोग हैं जो कब्रनुमा झोंपड़ों में ज़िंदगी के सांस पूरे कर रहे हैं। तुम्हारी नज़रों के सामने ऐसे अफ़राद मौजूद हैं जो मौत के मुँह में जी रहे हैं। ऐसी लड़कियां हैं, जो बारह साल की उम्र में इस्मत फ़रोशी शुरू करती हैं और बीस साल की उम्र में क़ब्र की सर्दी से लिपट जाती हैं।

मगर तुम... हाँ तुम, जो अपने लिबास की तराश के मुतअल्लिक़ घंटों ग़ौर करते रहते हो। ये नहीं देखते, बल्कि उलटा ग़रीबों से छीन कर उमरा की दौलतों में इज़ाफ़ा करते हो। मज़दूर से लेकर काहिल के हवाले कर देते हो। डिग्री पहने इंसान का लिबास उतार कर हरीर पोश के सुपुर्द कर देते हो।

तुम गुरबा के ग़ैर मुख़्ततिम मसाइब पर हंसते हो। मगर तुम्हें ये मालूम नहीं कि अगर दरख़्त का निचला हिस्सा लाग़र मुर्दा हो रहा है तो किसी रोज़ वो बालाई हिस्से के बोझ को बर्दाश्त न करते हुए गिर पड़ेगा।"

यहां तक बोल कर सलीम ख़ामोश हो गया और ठंडी चाय को आहिस्ता आहिस्ता पीने लगा।

तक़रीर के दौरान में मैं सहज़दा आदमी की तरह चुप चुप बैठा उसके मुँह से निकले हुए अल्फ़ाज़ जो बारिश की तरह बरस रहे थे, बग़ौर सुनता रहा। मैं सख़्त हैरान था कि वो सलीम जो आज से कुछ अर्सा पहले बिल्कुल ख़ामोश हुआ करता था, इतनी तवील तक़रीर क्योंकर जारी रख सका है।

इसके इलावा ख़यालात किस क़दर हक़ पर मब्नी थे और आवाज़ में कितना असर था... मैं अभी उसकी तक़रीर के मुतअल्लिक़ कुछ सोच ही रहा था कि वो फिर बोला, "ख़ानदान के ख़ानदान शहर के ये नहंग निगल जाते हैं। अवाम के अख़लाक़ क़वानीन से मस्ख़ किए जाते हैं। लोगों के ज़ख़्म जुर्मानों से कुरेदे जाते हैं। टैक्सों के ज़रिये दामन-ए-ग़ुर्बत कतरा जाता है।

"तबाह शुदा ज़ेहनियत जिहालत की तारीकी स्याह बना देती है। हर तरफ़ हालत-ए-नज़ा के सांस की लर्ज़ां आवाज़ें, उर्यानी, गुनाह और फ़रेब है। मगर दावा ये है कि अवाम अम्न की ज़िंदगी बसर कर रहे हैं... क्या इसके ये मानी नहीं हैं कि हमारी आँखों पर स्याह पट्टी बांधी जा रही है।

"हमारे कानों में पिघला हुआ सीसा उतारा जा रहा है। हमारे जिस्म मसाइब के कूड़े से बेहिस बनाए जा रहे हैं। ताकि हम न देख सकें, न सुन सकें और न महसूस कर सकें!... इंसान जिसे बुलंदियों पर परवाज़ करना था। क्या उसके बाल-ओ-पर नोच कर उसे ज़मीन पर रेंगने के लिए मजबूर नहीं किया जा रहा?...

"क्या उमरा की नज़र फ़रेब इमारतें मज़दूरों के गोशत-पोस्त से तैयार

नहीं की जातीं? क्या अवाम के मकतूब-ए-हयात पर जराइम की मोहर सब्त नहीं की जाती? क्या मजलिसी बदन की रगों में बदी का ख़ून मोजज़न नहीं है। क्या जम्हूर की ज़िंदगी कशमकश-ए-पैहम, अनथक मेहनत और कुव्वत-ए-बर्दाश्त का मुरक्कब नहीं है? बताओ बताओ, बताते क्यों नहीं?"

"दुरुस्त है," मेरे मुँह से बेइख़्तियार निकल गया।

"तो फिर इसका ईलाज करना तुम्हारा फ़र्ज़ है... क्या तुम कोई तरीक़ा नहीं बता सकते कि इस इंसानी तज़लील को क्योंकर रोका जा सकता है... मगर आह! तुम्हें मालूम नहीं, मुझे ख़ुद मालूम नहीं!"

थोड़ी देर के बाद वो मेरा हाथ पकड़ कर राज़दाराना लहजे में यूं कहने लगा, "अब्बास! अवाम सख़्त तकलीफ़ बर्दाश्त कर रहे हैं। बा'ज़ औक़ात जब कभी मैं किसी सोख़्ता हाल इंसान के सीने से आह बुलंद होते देखता हूँ तो मुझे अंदेशा होता है कि कहीं शहर न जल जाये! अच्छा अब मैं जाता हूँ, तुम लाहौर वापस कब जा रहे हो?"

ये कह कर वो उठा और टोपी सँभाल कर बाहर चलने लगा।

"ठहरो! मैं भी तुम्हारे साथ चलता हूँ... कहाँ जाओगे अब?" उसे यकलख़्त कहीं जाने के लिए तैयार देख कर मैंने उसे फ़ौरन ही कहा।

"मगर मैं अकेला जाना चाहता हूँ... किसी बाग़ में जाऊंगा।"

मैं ख़ामोश हो गया और वो होटल से निकल कर बाज़ार के हुजूम में गुम हो गया, इस गुफ़्तुगू के चौथे रोज़ मुझे लाहौर में इत्तिला मिली कि सलीम ने मेरे जाने के बाद बाज़ारों में दीवानावार शोर बरपा करना शुरू कर दिया था। इसलिए उसे पागलख़ाने में दाख़िल कर लिया गया है।

ना-मुकम्मल तहरीर

मैं जब कभी ज़ेल का वाक़िया याद करता हूँ, मेरे होंटों में सुईयां सी चुभने लगती हैं।

सारी रात बारिश होती रही थी जिसके बाइ'स मौसम ख़ुनक हो गया था। जब मैं सुबह सवेरे ग़ुस्ल के लिए होटल से बाहर निकला तो धुली हुई पहाड़ियों और नहाए हुए हरे भरे चीड़ों की ताज़गी देख कर तबीयत पर वही कैफ़ियत पैदा हुई जो ख़ूबसूरत कुंवारियों के झुरमुट में बैठने से पैदा होती है।

बारिश बंद थी, अलबत्ता नन्ही नन्ही फ़ुवार पड़ रही थी। पहाड़ियों के ऊंचे ऊंचे दरख़्तों पर आवारा बदलियां ऊँघ रही थीं, गोया रात भर बरसने के बाद थक कर चूर चूर हो गई हैं।

मैं चश्मे की तरफ़ रवाना हुआ। कांधे पर तौलिया था। एक हाथ में साबुनदानी थी, दूसरे में नेकर। जब सड़क का मोड़ तय करने लगा तो आँखों के सामने धुंद ही धुंद नज़र आई। बादल का एक भूला भटका टुकड़ा था जो शायद आसमानी फ़िज़ा से उक्ता कर इधर आ निकला था। इस बादल ने सड़क के दूसरे हिस्से को आँखों से बिल्कुल ओझल कर दिया था। मैंने ऊपर आसमान की तरफ़ देखा। वहां भी सपेदी ही सपेदी नज़र आई और ऐसा मालूम हुआ कि ऊपर से कोई धुनकी हुई रूई बिखेर रहा है।

इतने में हवा के तेज़ झोंकों ने इस सपेदी में इर्तआ'श पैदा किया और इस धुंद में से दूर मिसाल बुख़ारात अ'लाहिदा होने लगे और मेरी नंगी बाहों से मस हुए। बर्फ़ से उठते हुए धुंए की सर्दी के एहसास से वही कैफ़ियत पैदा होती है जो उन बुख़ारात ने पैदा की।

इस बादल में से गुज़रते वक़्त सांस के ज़रिये से ये सपैद सपैद बुख़ारात मेरे अंदर दाख़िल हो गए जिससे फेफड़ों को बड़ी राहत महसूस हुई। मैंने जी भर के उससे लुत्फ़ उठाया। जब बादल के इस टुकड़े को तय करके में बाहर आया तो आँखों को कुछ सुझाई न दिया। मेरे चश्मे के शीशे काग़ज़ के मानिंद सफ़ेद हो गए थे। फिर एका एकी मुझे सर्दी महसूस होने लगी और जब मैंने अपने कपड़ों की तरफ़ देखा तो वो शबनम आलूद तकिए की तरह गीले हो रहे थे।

मैं ग़ुस्लख़ाने के मुआ'मले में बेहद सुस्त हूँ और सर्दियों के मौसम में तो रोज़ाना ग़ुस्ल का मैं बिल्कुल क़ाइल नहीं। दरअसल नहाने धोने का फ़लसफ़ा मेरी समझ से हमेशा बालातर रहा है। ग़ुस्ल का मतलब ये है कि ग़लाज़त दूर की जाये और रोज़ नहाने का ये मतलब हुआ कि आदमी रात में ग़लीज़ और गंदा हो जाता है। हाथ-मुँह धो लिया जाये, पैर साफ़ कर लिये जाएं, सर के बाल धो लिये जाएं इसलिए कि ये सब चीज़ें जल्दी मैली हो सकती हैं। मगर हर रोज़ बदन क्यों साफ़ किया जाये जब कि ये बहुत देर के बाद मैला होता है।

गर्मियों में तो ख़ैर मैं नहाने का मतलब समझ सकता हूँ मगर सर्दियों में इसका कोई मसरफ़ मुझे नज़र नहीं आता। आख़िर क्या मुसीबत पड़ी है कि हर रोज़ सुबह सवेरे इंसान ग़ुस्लख़ाने में जाये। सर्दी के मारे पूरे दो घंटों तक दाँत बजते रहें, उंगलियां सुन्न हो जाएं, नाक बर्फ़ की डली बिन जाये... ग़ुस्ल न हुआ, अच्छी ख़ासी मुसीबत हुई।

ग़ुस्ल के बारे में अब भी मेरा यही ख़याल है, लेकिन जिस पहाड़ी गांव का मैं ज़िक्र कर रहा हूँ, वहां की फ़िज़ा ही कुछ इस क़िस्म की थी कि जो चीज़ें मुझे अब मुहमल नज़र आती हैं या इससे पहले नज़र आया करती थीं, वहां बामा'नी दिखाई देती थीं... इस ग़ुस्ल ही को लीजिए। उस पहाड़ी गांव में जितना अ'र्सा मैं रहा हर रोज़ मेरा पहला काम ये होता था कि

नहाऊँ और देर तक नहाता रहूं।

चश्मे पर पहुंच कर मैंने कपड़े उतारे। नेकर पहनी और जब पानी की उस गिरती हुई धार के पास गया जो पत्थरों पर गिर कर नन्हे नन्हे छींटे उड़ा रही थी तो पानी की एक सर्द बूँद मेरी पीठ पर आ पड़ी। मैं तड़प कर एक तरफ़ हट गया। जहां बूँद गिरी थी उस जगह गुदगुदी, परकार की नोक की तरह चुभी और सारे जिस्म पर फैल गई। मैं सिमटा, काँपा और सोचने लगा, मुझे वाक़ई नहाना चाहिए या कि नहीं। क़रीब था कि मैं बाग़ी हो जाऊं लेकिन आस पास निगाह दौड़ाई तो हर शय नहाई हुई नज़र आई, चुनांचे जो बाग़ियाना ख़याल मेरे दिमाग़ में उस शरीर बूँद ने पैदा किए थे ठंडे हो गए।

सर्द पानी की गुदगुदियाँ शुरू शुरू में तो मुझे बहुत नागवार गुज़रीं, मगर जब मैं जी कड़ा कर के धार के नीचे बैठ गया तो वो लुत्फ़ आया कि बयान नहीं कर सकता। दोनों हाथों के साथ ज़ोर ज़ोर से पानी के छींटे उड़ाने से सर्दी की शिद्दत कम हो जाती थी, चुनांचे जब मैंने ये गुर मालूम कर लिया तो फिर इस लुत्फ़ में और भी इज़ाफ़ा हो गया।

सर पर पानी की मोटी धार ने अ'जीब कैफ़ियत पैदा करदी। फिर जब पानी के दबाव से बाल पेशानी पर से नीचे लटक आए और उन्होंने आँखों और मुँह में घुसना शुरू कर दिया तो ज़ोर ज़ोर से फूंकें मार कर उनको हटाने की नाकाम सई ने मज़ा और भी दोबाला कर दिया। कभी कभी डूब कर उभरते हुए आदमी का एहसास भी मुझे हुआ और मैंने सोचा कि जो लोग डूब कर मर जाते हैं उनको ऐसी मौत में बेहद लुत्फ़ आता होगा। चश्मे का पानी आँसूओं की तरह शफ़्फ़ाफ़ था। मुझे ऐसा महसूस हो रहा था कि मेरे इर्द गिर्द बुलबुलों और पानी के छींटों का मुशायरा होरहा है।

ग़ुस्ल से फ़ारिग़ होकर मैंने तौलिये से बदन पोंछा और सर्दी का एहसास कम करने के लिए धीमे धीमे सुरों में एक गीत गुनगुनाना शुरू कर दिया।

कभी कभी ये सुरीली गुनगुनाहट हवा के झोंकों से मुर्तइ'श हो जाती और मैं ये समझता कि मेरे बजाय कोई और आदमी बहुत दूर गा रहा है, इस पर मैं तौलिये को ज़्यादा ज़ोर के साथ बदन पर मलने लगता।

बदन ख़ुश्क हो गया तो मैंने कपड़े पहने। इस अस्ना में बूंदा बांदी शुरू हो गई। मैंने आसमान की तरफ़ देखा। मेरे ऐ'न ऊपर बादल का एक इस्फ़ंज नुमा टुकड़ा छतरी की तरह फैला हुआ था। मैंने जल्दी जल्दी पहाड़ी पर से नीचे उतरना शुरू किया और फ़ौरन ही कूदता फाँदता सड़क में उतर आया।

मुतवक़्क़े बारिश से बचने के लिए मैंने क़दम तेज़ कर दिए, लेकिन अभी सड़क पर बमुश्किल एक जरीब का फ़ासला तय करने पाया था कि "ए बकरी बकरी" की आवाज़ बलंद हुई, फिर इसके साथ ही दूर पहाड़ियों ने इस आवाज़ को दबोच कर दुबारा हवा में उछाल दिया। मेरे जी में आई कि मैं भी इस आवाज़ को गेंद की तरह दबोच लूं और हमेशा के लिए अपनी जेब में डाल लूं।

मैं ठहर गया। वही मानूस दिल नवाज़ सदा थी जो इससे क़ब्ल मैं कई मर्तबा सुन चुका था। बज़ाहिर "ए बकरी बकरी" तीन मा'मूली लफ़्ज़ हैं और काग़ज़ पर ये कोई ऐसा तसव्वुर पेश नहीं करते जो अनोखा और हसीन हो मगर वाक़िया है कि मेरे लिए इनमें वो सब कुछ था जो रूह को मसरूर कर सकता है। जूंही ये आवाज़ मेरी समाअ'त से मस होती मुझे ये मालूम होता कि पहाड़ की छाती में से सदियों की रुकी हुई आवाज़ निकली है और सीधी आसमान तक पहुंच गई है।

"ए" बिल्कुल धीमी आवाज़ में और "बकरी बकरी" बलंद और फ़लक रस सुरों में। एक लम्हे के लिए ये नारा-ए-शबाब पहाड़ियों की संगीन दीवारों में गूंजता डूबता, उभरता, थरथराता और रबाब के तारों की आख़िरी लरज़िश की तरह काँपता फ़िज़ा में घुल मिल जाता।

काली काली बदलियां छा रही थीं। फ़िज़ा नम-आलूद थी। हवा के झोंकों में इस नमी ने ग़नूदगी की सी कैफ़ियत पैदा कर दी थी। मैंने ऊपर पहाड़ी पर उगी हुई हरी हरी झाड़ियों की तरफ़ देखा और उन के अ'क़ब में मुझे दो तीन सफ़ेद बकरियां नज़र आईं... मैंने ऊपर चढ़ना शुरू कर दिया। एक मुँह ज़ोर बकरी वज़ीर को घसीटे लिये जा रही थी और वो उसको डांट बताने के लिए, "ए बकरी बकरी" पुकार रही थी।

उसका मुँह ग़ुस्सा और ज़ोर लगाने के बाइ'स पिघले हुए तांबे की रंगत इख़्तियार कर गया था। बकरी के गले में बंधी हुई रस्सी को पूरी ताक़त से खींचने में उसका सीना ग़ैर मा'मूली तौर पर उरियां हो गया था। सर पीछे झुका था, दोनों हाथ आगे बढ़े हुए थे, सर पर से दुपट्टा उतर कर बाहों में चला आया था। पेशानी पर स्याह बालों की लटें बल खाती हुई संपोलियां मालूम हो रही थीं।

एक सब्ज़ झाड़ी के पास पहुंच कर बकरी दफ़अ'तन ठहर गई और उसके नर्म नर्म पत्तों को अपनी थूथनी से सूँघना शुरू कर दिया। ये देख कर वज़ीर ने इतमिनान का सांस लिया और अपना उतरा हुआ दुपट्टा एक बड़े से पत्थर पर रख कर उसने पास वाले दरख़्त के तने से बकरी के गले में बंधी हुई रस्सी बांधी और दूसरे पेड़ की झुकी हुई टहनी पकड़ कर झूला झूलने लगी।

मैं झाड़ियों के पीछे खड़ा था। बाज़ू ऊपर उठाने के बाइ'स उसकी खुली आस्तीन नीचे ढलक आई। कपड़े के ये छिलके से जब उतरे तो उसके बाज़ू कंधों तक उरियां हो गए। बड़ी ख़ूबसूरत बाहें थीं। यूं मालूम होता था कि हाथी के दो बड़े दाँत ऊपर को उठे हुए हैं। बेदाग़, हमवार और ज़िंदगी से भरपूर।

वो झूला झूल रही थी और उसके दोनों बाज़ू कुछ इस अंदाज़ से ऊपर की जानिब उठे हुए थे कि मुझे ये अंदेशा लाहक़ हुआ कि वो आसमान की

तरफ़ परवाज़ कर जाएगी। झाड़ियों के अ'क़ब से निकल कर मैं उसके सामने आ गया। दफ़अ'तन उसने मेरी तरफ़ निगाहें उठाई। सिटपिटाई, टहनी को अपने हाथों की गिरफ़्त से आज़ाद कर दिया। गिरी, सँभली और हलक़ में से एक मद्धम चीख़ निकालती दौड़ कर दुपट्टा लेने के लिए पत्थर की तरफ़ बढ़ी... मगर दुपट्टा मेरी बग़ल में था।

उसने दुपट्टे की तलाश में ये जानते बूझते कि वो मेरी बग़ल में है, इधर उधर देखा और मुस्कुरा दी। उसकी आँखों में हया के गुलाबी डोरे उभर आए। गाल और सुर्ख़ हो गए और वो सिमटने की कोशिश करने लगी। दोनों बाज़ूओं की मदद से उसने अपने सीने की शोख़ियों को छुपा लिया और उन्हें और ज़्यादा छुपाने की कोशिश करती वो पत्थर पर बैठ गई। इस पर भी जब उसे इतमिनान न हुआ तो उसने घुटने ऊपर कर लिये और बिगड़ कर मुझसे कहने लगी, “ये आप क्या कर रहे हैं। मेरा दुपट्टा लाईए।”

मैं बढ़ा और बग़ल में से दुपट्टा निकाल कर उसके घुटने पर रख दिया। मुझे उसके बैठने का अंदाज़ बहुत पसंद आया। चुनांचे मैं भी उसी तरह उसके पास बैठ गया। उसकी तरफ़ ग़ौर से देखा तो मुझे ऐसा मालूम हुआ कि वज़ीर, जवान आवाज़ों का एक बहुत बड़ा अंबार है और मैं... और मैं ख़ुदा मालूम क्या हूँ। उसको हाथ लगाऊंगा तो वो बाजे की तरह बजना शुरू हो जाएगी। ऐसे सुर उसमें से निकलेंगे जो मुझे ऊपर बहुत ऊपर ले जाऐंगे और ज़मीन और आसमान के दरमियान किसी ऐसी जगह मुअ'ल्लक़ कर देंगे जहां मैं कोई आवाज़ सुन न सकूँगा।

वज़ीर ने मुझे जंगली बिल्ली की तरह घूर कर देखा गोया कहना चाहती है, अब जाओ, यहां धरना दे कर क्यों बैठ गए हो। मैंने उसके इस ख़ामोश हुक्म की कोई परवा न की और कहा,“चश्मे से वापस आ रहा था कि तुम्हारी आवाज़ सुनी, बे-इख़्तियार खिंचा चला आया। वज़ीर, तुम्हारी ये

आवाज़ मुझे यक़ीनन पागल बना देगी... जानती हो पागल आदमी बड़े ख़तरनाक होते हैं।"

मेरी ये बात सुन कर उसको हैरत हुई, "ये क्या पागलपन है... मेरी आवाज़ किसी को क्यों पागल बनाने लगी।"

मैंने कहा, "जैसे कुछ जानती ही नहीं हो... दुनिया में ये राग-रागनियां कहाँ से आई हैं, लेकिन छोड़ो इस क़िस्से को। ये बताओ, मेरी एक बात मानोगी?"

"मान लूंगी, पर आप ये तो कहिए बात क्या है?"

"एक दफ़ा मेरी ख़ातिर,'ए, बकरी बकरी', का नारा बलंद कर दो।"

मुझे हाथ से धक्का दे कर उसने तेज़ लहजे में कहा, "ये क्या पागलपन है। बनाने के लिए सिर्फ़ एक मैं ही रह गई हूँ।"

"वज़ीर, बख़ुदा मैं तुम्हें बना नहीं रहा। मुझे तुम्हारी ये आवाज़ पसंद है। झूट कहूं तो... ले अब मान भी जाओ, बस एक बार!"

"जी नहीं।"

"मैं तुम से इल्तिजा करता हूँ।"

"मैंने ये आवाज़ न कभी निकाली है और न अब निकालूंगी।"

"मैं एक बार फिर दरख़्वास्त करता हूँ।"

"या अल्लाह... ये क्या मुसीबत है।" वज़ीर ने अपना बदन सुकेड़ लिया, "और अगर मैं न मानूं तो... या'नी ये भी क्या ज़रूरी है कि मैं इसी वक़्त आपके कहने पर बेकार चिल्लाना शुरू कर दूँ। आप तो ख़्वाह-मख़्वाह छेड़ख़ानी कर रहे हैं और मैं निगोड़ी जाने क्या समझ रही हूँ... भई होगा, हमें ये मज़ाक़ अच्छा नहीं लगता।"

"वज़ीर!" मैंने बड़ी संजीदगी के साथ कहा, "मेरी तरफ़ देखो, मेरे चेहरे से तुम इस बात का इतमिनान कर सकती हो कि मैं हंसी मज़ाक़ नहीं कर रहा।"

उसने मेरे चेहरे की तरफ़ मस्नूई ग़ौर से देखा और मेरी नाक पर उंगली रख कर कहा, "आपकी नाक पर ये नन्हा सा तल कितना भला दिखाई देता है।"

उस वक़्त मेरे जी में आई कि उस पत्थर पर जिस पर वो बैठी हुई है मैं नाक घिसना शुरू कर दूँ ताकि वो नन्हा सा तिल हमेशा के लिए मिट जाये। वज़ीर ने मेरी तरफ़ देखा तो वो ये समझी कि मैं रूठने का इरादा कर रहा हूँ, चुनांचे उसने फ़ौरन अपनी बकरियों की तरफ़ देखा और मुझ से कहा, "बाबा, आप ख़फ़ा न हो जिए..."

क़रीब था कि वो अपनी मख़्सूस आवाज़ बुलंद करे कि एका एकी झिजक उस पर ग़ालिब आगई। बहुत ज़्यादा शर्मा कर उसने अपनी गर्दन झुका ली, "पर मैं पूछती हूँ, इसमें ख़ास बात ही क्या है।"

मैंने बिगड़ कर कहा, "वज़ीर, तुम अब बातें न बनाओ।"

दूसरी तरफ़ मुँह कर के उसने एका की बलंद आवाज़ में "ए, बकरी बकरी" पुकारा। इसके बाद शर्मीली हंसी का एक फ़व्वारा सा उसके मुँह से छूट पड़ा। मैं बलंदियों में परवाज़ कर गया... कितनी साफ़ और शफ़्फ़ाफ़ आवाज़ थी। धुली फ़िज़ा में उसकी गूंज देर तक, दूर नज़र से ओझल हो जाने वाले परिन्दों के परों की तरह चमकती रही, फिर जज़्ब हो गई।

वज़ीर की तरफ़ मैंने देखा, अब वो ख़ामोश थी। उसका चेहरा ग़ैरमा'मूली तौर पर साफ़ था। आँखें नहाती हुई चिड़ियों की तरह बेक़रार थीं। हँसने के बाइ'स उनमें आँसू भर आए थे। होंट इस अंदाज़ से खुले हुए थे कि मेरे होंटों में सरसराहट पैदा हो गई। ख़ुदा मालूम क्या हुआ...

मैंने वज़ीर को अपने बाज़ूओं में ले लिया। उसका सर मेरी गोदी में ढलक आया... लेकिन एका एकी ज़ोर से वो अपना बाज़ू मेरे झुके हुए सर और अपने मुतहैयर चेहरे के दरमियान ले आई और धड़कते हुए लहजे में कहने लगी, “हटाईए, हटाईए इन होंटों को!”

मेरी गोद से निकल कर वो भाग गई और मेरे होंटों की तहरीर नामुकम्मल रह गई।

इस वाक़िए को एक ज़माना गुज़र चुका है, मगर जब कभी मैं उसको याद करता हूँ मेरे होंटों में सूईयां सी चुभने लगती हैं... ये नामुकम्मल बोसा हमेशा मेरे होंटों पर अटका रहेगा।

बलवंत सिंह मजेठिया

शाह साहब से जब मेरी मुलाक़ात हुई तो हम फ़ौरन बेतकल्लुफ़ हो गए। मुझे सिर्फ़ इतना मालूम था कि वो सय्यद हैं और मेरे दूर-दराज़ के रिश्तेदार भी हैं। वो मेरे दूर या क़रीब के रिश्तेदार कैसे हो सकते थे, इसके मुतअल्लिक़ मैं कुछ नहीं कह सकता। वो सय्यद थे और मैं एक महज़ कश्मीरी।

बहरहाल, उनसे मेरी बेतकल्लुफ़ी बहुत बढ़ गई। उनको अदब से कोई शग़फ़ नहीं था। लेकिन जब उनको मालूम हुआ कि मैं अफ़साना निगार हूँ तो उन्होंने मुझ से मेरी चंद किताबें मुस्तआर लीं और पढ़ीं।

ये किताबें जो अफ़सानों के मजमुए थीं, उन्होंने पढ़ीं, और मुझे बहुत तअज्जुब हुआ कि उन्होंने चंद अफ़सानों की बहुत तारीफ़ की। इत्तिफ़ाक़ से ये अफ़साने ऐसे थे जो दुनिया में शाहकार तस्लीम किए जा चुके थे।

शाह साहब मेरे पड़ोसी थे। उन्होंने एक मकान अलॉट करा रखा था, लेकिन ख़ानदान के अफ़राद चूँकि ज़्यादा थे इसलिए उन्होंने अपने फ़्लैट के नीचे मोटर गैराज पर भी क़ब्ज़ा कर लिया था। इसमें उन्होंने अपनी बैठक का इंतिज़ाम किया था। ऊपर ज़नाना था। शाह साहब के दोस्त बेशुमार थे इसलिए इस गैराज में वो उनकी ख़ातिर मदारत करते थे।

एक दिन उनसे अफ़सानों के बारे में बातें हुईं तो उन्होंने मुझसे कहा, “मेरी ज़िंदगी में ऐसी कई हक़ीक़तें हैं जिनको तुम अफ़साने बना कर पेश कर सकते हो।”

मैं हर वक़्त अफ़सानों की तलाश में रहता हूँ, चुनांचे मैं फ़ौरन मुतवज्जा हुआ और शाह साहब से कहा, “मुझे उम्मीद है कि आप अच्छा मवाद देंगे।”

शाह साहब ने जवाबन कहा, "मैं अफ़साना निगार नहीं... लेकिन मेरी ज़िंदगी में एक ऐसा वाक़िया हुआ है जो क़ाबिल-ए-ज़िक्र है... मैंने क़ाबिल-ए-ज़िक्र इसलिए कहा है कि आप बहुत बड़े अफ़साना निगार हैं, वर्ना ये वाक़िया जो अब मैं बयान करने वाला हूँ, मेरे नज़दीक बेहद हैरत अंगेज़ है।"

मैंने शाह साहब से कहा, "ऐसा भी क्या हैरत अंगेज़ होगा!" फिर थोड़े से वक़्फ़े के बाद उसमें थोड़ी सी इस्लाह की, "लेकिन हो सकता है कि आपके लिए वो वाक़ई हैरत अंगेज़ हो।"

शाह साहब ने कहा, "जी! मैं नहीं कह सकता कि जो वाक़िया मैं आपको सुनाने वाला हूँ, हर शख़्स के लिए हैरत का बाइस होगा... मैं अपनी ज़ात के मुतअल्लिक़ आपसे अर्ज़ कर रहा हूँ... और ये हक़ीक़त है कि मैं जो दास्तान आपको सुनाऊंगा, इस वक़्त तक मेरी ज़िंदगी में मुहैय्यर-उल-उकूल हैसियत रखती है।"

शाह साहब ने नेल कटर से अपने नाख़ुन काटने शुरू किए। मैं उनकी दास्तान सुनने के लिए बेताब था, मगर शायद वो आग़ाज़ के मुतअल्लिक़ सोच रहे थे कि अपनी दास्तान को कहाँ से शुरू करूं। मेरा ख़याल दुरुस्त था कि जो कुछ उन पर बीता था, उसको कई बरस हो चुके थे। वो तमाम वाक़ियात की याद अपने ज़ेहन में ताज़ा कर रहे थे।

मैं ने सिगरेट सुलगाया। उन्होंने अपनी दस उंगलियों के नाख़ुन काट कर नेल कटर तिपाई पर रखा और मुझसे मुख़ातिब हुए, "मैं उन दिनों काबुल में था।" ये कह कर चंद लम्हात ख़ामोश रहे, उसके बाद बोले... "मेरी वहां बहुत बड़ी दुकान थी जिसमें बढ़िया से बढ़िया सामान मौजूद रहता था।"

मैंने शाह साहब से पूछा, "आप जनरल मर्चेन्ट थे?"

शाह साहब ने जवाब दिया, "जी हाँ... काबुल का सब से बड़ा जनरल मर्चेन्ट... मेरी दुकान में काबुल की क़रीब क़रीब हर औरत सौदा लेने आती थी... आपसे एक बात अर्ज़ करूं... साथ के दुकानदार जब ये देखते थे कि किसी रोज़ औरतों की बजाय मेरी दुकान में मर्द गाहक आए हैं तो वो मुझसे फ़ारसी ज़बान में अफ़सोस का इज़हार करते थे कि आग़ा आज ये क्या हुआ... काबुल की औरतें और लड़कियां मर गईं या तुम्हारे नसीब सो गए।"

शाह साहब मुस्कुरा देते थे... इसके इलावा और वो क्या जवाब दे सकते थे। लेकिन उनको इस बात का पूरा एहसास था कि उनकी दुकान में ग्राहकों की अक्सरियत औरतों और लड़कियों की होती है, और वो ये भी जानते थे कि ये सब उनकी चर्ब-ज़बानी का मोजिज़ा है।

उन्होंने मुझसे कहा, "मंटो साहब! मैं बेहतरीन सेल्ज़ मैन हूँ... ख़ासतौर पर औरतों के साथ तो मैं इस तरह सौदा कर सकता हूँ कि यहां लाहौर में कोई भी नहीं कर सकता। बी.ए हूँ... थोड़ी बहुत साईकालोजी भी मैंने पढ़ी है, इसलिए मुझे मालूम है कि औरतों से किस तरह डील किया जा सकता है... यही वजह थी कि सारे काबुल में एक मेरी दुकान ही ऐसी थी जिसमें हर वक़्त कोई न कोई गाहक मौजूद होता था।"

मैंने शाह साहब की ये ख़ुद तारीफ़ी सुनी और उनसे कहा, "यक़ीनन आप बेहतरीन सेल्ज़ मैन हैं कि आपकी गुफ़्तुगू का अंदाज़ ही इसका सबूत है।"

शाह साहब मुस्कुराए, "मगर मुझे अफ़सोस है कि मैं अपनी दास्तान बेहतरीन सेल्ज़ मैन के अंदाज़-ए-बयान में बयान नहीं कर सकूंगा।"

मैंने उनसे कहा, "आप शुरू तो कीजिए!"

शाह साहब ने चंद लम्हात अपने हाफ़िज़े को फिर टटोला और अपनी

दास्तान शुरू की, "मंटो साहब! जैसा कि मैं आपसे पहले अर्ज़ कर चुका हूँ कि मैं काबुल में था। ये कोई दस बरस पहले की बात है जब मेरी सेहत बहुत अच्छी थी। यूं तो मैं अब भी तन-ओ-मंद कहलाता हूँ, मगर उस ज़माने में मेरा जिस्म आज के मुक़ाबले में दोगुना था।

"हर रोज़ वरज़िश करता था, सैकड़ों डंड पेलता था, मुगदर घुमाता था। सिगरेट पीता था न शराब, बस एक अच्छा खाने की आदत थी। अफ़ग़ानी नहीं, हिंदुस्तानी। चुनांचे मैं अमृतसर से अपने साथ एक बहुत अच्छा कश्मीरी बावर्ची ले गया था जो हर रोज़ मेरे लिए लज़ीज़ से लज़ीज़ खाने तैयार कर के मेज़ पर रखता था। मेरी ज़िंदगी बड़ी हमवार गुज़रती थी। आमदनी बहुत माकूल थी। बैंक में लाखों अफ़ग़ानी रुपये जमा थे... लेकिन..."

शाह साहब थोड़ी देर के लिए ख़ामोश हो गए। मैंने उनसे पूछा, "लेकिन कह कर आप चुप हो गए... इसका ये मतलब नहीं निकलता कि आप फिर भी नाख़ुश थे।"

शाह साहब ने एतराफ़ किया, "जी हाँ! मैं इन तमाम आसाइशों के बावजूद नाख़ुश था। इसलिए कि मैं अकेला था... मुजर्रद था... अगर मेरी दुकान में औरतें और लड़कियां ज़्यादा न आतीं तो बहुत मुम्किन है कि मुझे अपने तजर्रुद का एहसास न होता... लेकिन मुआमला इसके बरअक्स था। काबुल की हर साहब-ए-सरवत औरत मेरी दुकान में आती थी... दुकान में दाख़िल होते ही ये औरतें और लड़कियां अपना बुर्क़ा उतार कर एक तरफ़ रखतीं और सौदा ख़रीदने में मसरूफ़ हो जातीं।

"मंटो साहब! आपका शायद ये ख़याल हो कि वो बड़ा शरई क़िस्म का लिबास पहनती होंगी, मगर हक़ीक़त इसके बिल्कुल बरअक्स है। यूं तो वहां की औरतें और लड़कियां पर्दा करती हैं मगर लिबास ठेट यूरोपीयन पहनती हैं। स्कर्ट, कटे हुए बाल, रंगे हुए नाख़ुन, पिंडलियां नंगी... जब

वो मेरी दुकान में आती थीं तो अपने बुर्के उतार कर एक तरफ़ रख देती थीं और माल देखने में मस्रूफ़ हो जाती थीं।"

शाह साहब ने बोलना बंद किया तो मैं ने उनसे पूछा, "आपको उनमें से किसी से मोहब्बत तो यक़ीनन हो गई होगी?"

शाह साहब बहुत संजीदा हो गए, "जी हाँ! एक लड़की से हो गई थी जो अपना बुर्क़ा नहीं उतारती थी, हत्ता कि नक़ाब भी नहीं उठाती थी।"

मैंने उन से पूछा, "कौन थी वो?"

उन्होंने जवाब दिया, "एक बहुत बड़े घराने से मुतअल्लिक़ थी। उसका बाप फ़ौज का आला अफ़सर था। बड़ा सख़्तगीर... मुझे उससे सिर्फ़ इसलिए मोहब्बत हुई कि वो हाथों के इलावा अपने जिस्म का कोई हिस्सा नहीं दिखाती थी।"

मैंने पूछा, "इसकी क्या वजह?"

शाह साहब ने कहा, "मुझे मालूम नहीं, और न मैंने उससे कभी इस बारे में इस्तिफ़सार ही किया... लेकिन मेरे तसव्वुर में वो इंतिहा दर्जे की हसीन थी। गोरी चिट्टी... जिस्म ख़्वाह बुर्क़े में लिपटा हो, लेकिन उसके तनासुब के मुतअल्लिक़ अंदाज़ा लगाना ज़्यादा मुश्किल नहीं था।

"मैं ने चोर आँखों से देख लिया था कि वो जवानी का आदर्श मुजस्समा है... लेकिन मुसीबत ये थी कि वो चंद मिनटों के लिए मेरी दुकान में आती थी। चीज़ें ख़रीदने और उनकी क़ीमतों के बारे में फ़ैसला करने में चंद मिनट सर्फ़ करती थी और चली जाती थी।"

मैंने शाह साहब से कहा, "ये सिलसिला कब तक जारी रहा?"

"क़रीब के छः महीने तक मुझमें इतनी हिम्मत ही नहीं थी कि मैं उससे

अपनी मोहब्बत का इज़हार करूं। मैं उससे बहुत मरऊब था इसलिए वो दूसरों से मुख़्तलिफ़ थी। उसमें एक अजीब क़िस्म की रऊनत थी... मैं उसको बेतरह घूरता था, हालाँकि ये शाइस्तगी नहीं थी लेकिन मैं अपने दिल के हाथों मजबूर था... मंटो साहब! एक दिन मैं दुकान में बैठा था उसके मुतअल्लिक़ सोच रहा था कि टेलीफ़ोन की घंटी बजी।

"नौकर ने रिसीवर उठाया और मुझसे कहा कि कोई ख़ातून आपसे बात करना चाहती हैं। मैंने सोचा कि कोई गाहक होगी और नए माल के मुतअल्लिक़ पूछना चाहती होगी। उठकर मैं ने रिसीवर हाथ में लिया और पूछा, मादाम! आप क्या चाहती हैं? उधर से आवाज़ आई, क्या आप सय्यद मुज़फ़्फ़र अली हैं? मैंने जवाब दिया, जी हाँ... इरशाद!

अब मैं ने आवाज़ पहचान ली थी... ये उसी की थी... उसी की जो मेरी दुकान में बुर्क़ा नहीं उतारती थी। मैं घबरा गया, मंटो साहब! ये आशिक़ होना भी एक अजीब लानत है।"

ये सुन कर मैं मुस्कुरा दिया, "आप ठीक फ़रमाते हैं शाह साहब... लेकिन अफ़सोस है कि मैं इस लानत में अभी तक गिरफ़्तार नहीं हुआ।"

शाह साहब को बहुत अफ़सोस हुआ, "हद हो गई... इंसान अपनी जवानी में कम-अज़-कम एक मर्तबा तो ज़रूर इश्क़ में गिरफ़्तार होता है... ख़ैर, आपको अभी तक इश्क़ नहीं हुआ तो ख़ुदा करे कि बहुत जल्द हो जाये, क्योंकि ये मर्ज़ बहुत दिलचस्प है।"

मैंने मुस्कराकर शाह साहब से कहा, "आप अपनी दास्तान बयान कीजिए... मुझे इश्क़ होगा तो मैं आपसे वादा करता हूँ कि आपको उसकी पूरी रूदाद सुना दूंगा।"

शाह साहब कुर्सी पर से उठ कर पलंगड़ी पर लेट गए और आँखें बंद कर लीं, "मंटो साहब... मैं उस लड़की के इश्क़ में इस बुरी तरह गिरफ़्तार

हुआ कि वर्ज़िश करना भूल गया... वो मेरी दुकान पर अक्सर आती थी... मैं उसको घूरता था... लेकिन देखिए मेरा दिमाग़ कितना ख़राब हो गया है, ये उसी इश्क़ ख़ाना ख़राब का बाइस है।

"मैं आपसे उसके टेलीफ़ोन की बात कर रहा था... जब मैंने रिसीवर उठाया और उसकी आवाज़ पहचान ली तो उसने मुझसे कहा, देखो मैं जब भी तुम्हारी दुकान पर आती हूँ, तुम मुझे घूरते हो। अगर अपनी ख़ैरियत चाहते हो, तो ठीक हो जाओ वर्ना तुम्हारे हक़ में बुरा होगा। मंटो साहब! मैं जवाब सोच ही रहा था कि उसने टेलीफ़ोन का सिलसिला मुनक़ते कर दिया। मैं देर तक गूंगे रिसीवर को कान के साथ लगाए खड़ा रहा और सोचता रहा कि इस धमकी का मतलब क्या है?"

मैंने शाह साहब से पूछा, "क्या वो धमकी अस्ली थी?"

"जी हाँ... चौथे रोज़ वो मेरी दुकान में आई तो मैं ने उसकी नक़ाब की तरफ़ फिर उन्ही निगाहों से देखा तो उसने झुँझला कर मेरे मुलाज़िमों के सामने मुझसे कहा... "तुम्हें शर्म नहीं आती कि तुम मुझे इस तरह देखते हो।"

मैं सुन्न हो गया... लेकिन उसने चंद चीज़ें खरीदीं। दाम दिए और अपनी मोटर में बैठ कर चली गई।"

मैं शाह साहब की दास्तान में काफ़ी दिलचस्पी ले रहा था, "अजीब लड़की थी... आपसे उसे नफ़रत भी थी, मगर इसके बावजूद आपकी दुकान में आती थी।"

शाह साहब ने आँखें खोलीं, "मंटो साहब! यही वजह थी कि मेरे दिल में ये ख़याल पैदा हुआ कि उसकी नफ़रत-ओ-हक़ारत मस्नूई है, दरअसल वो मेरी मोहब्बत से मुताअस्सिर हो चुकी है और महज़ बनावट के तौर पर ग़ुस्से का इज़हार करती है... लेकिन जब एक रोज़ उसने मुझे बहुत ज़ोर से

लॉन-तान की तो मैं सर्द हो गया... पर उसकी मोहब्बत थी जो मेरे दिल से जाती ही नहीं थी।

"मैंने बहुत कोशिश की कि उसको भूल जाऊं... मैंने ख़ुद को समझाया कि तुम अजीब बेवकूफ़ हो। एक लड़की जिसकी तुमने शक्ल नहीं देखी... जो तुमसे नफ़रत करती है, तुम उससे इश्क़ फ़र्मा रहे हो। बा'ज़ आओ, तुम्हारा कारोबार माशा अल्लाह बहुत अच्छा है। सारे अफ़ग़ानिस्तान में तुम्हारी साख है। ये क्या झक मार रहे हो... लेकिन मंटो साहब! इश्क़ बहुत बुरी बला है। मैं उससे अपना पीछा न छुड़ा सका..."

मैंने उनसे कहा, "आप ख़्वाह मख़्वाह दास्तान तवील बनाते जा रहे हैं। अंजाम पर पहुंचिए।"

शाह साहब पलंगड़ी पर से उठे और कुर्सी पर बैठ गए, "हज़रत! ऐसी दास्तानें अक्सर तवील हुआ करती हैं। इश्क़ एक मर्ज़ है और जब तक तूल न पकड़े, मर्ज़ नहीं होता। महज़ एक मज़ाक़ होता है... ख़ैर! अब जब कि आप चाहते हैं कि मैं अपनी दास्तान तवील न बनाऊं तो मुख़्तसर तौर पर अर्ज़ करता हूँ कि मेरा इश्क़ जब बहुत शिद्दत इख़्तियार कर गया तो एक रोज़ मैं बे इख़्तियार रोने लगा।"

मेरे शहर अमृतसर का एक बाशिंदा सरदार बलवंत सिंह था जो मजीठ के एक अच्छे ख़ानदान का फ़र्द था। वो काबुल में एक इंजीनियरिंग फ़र्म में मुलाज़िम था। खाने-पीने वाला आदमी था, इसलिए वो हर महीने मुझसे पच्चास-साठ रुपये क़र्ज़ ले जाता था। मज़ीद क़र्ज़ लेने की ग़रज़ ही से वो उस वक़्त मेरी दुकान में आया, जबकि मेरी आँखें नमनाक थीं।

वो मेरे पास कुर्सी पर बैठ गया। उसने मालूम नहीं मुझसे क्या पूछा और मैंने जाने क्या जवाब दिया। लेकिन जब उसने मुझसे ये कहा, "दोस्त! तुमको कोई रोग लग गया है, तो मैं चौंक पड़ा, नहीं नहीं... ऐसी कोई बात

नहीं...

सरदार बलवंत सिंह मजीठिया अपनी घनी मुंछों के अंदर मुस्कुराया, "तुम झूट बोलते हो, साफ़-साफ़ बताओ, तुम्हें यहां किसी से इश्क़ हुआ है... मैं ख़ामोश रहा तो वो फिर बोला, देखो अगर कोई मुश्किल दरपेश है तो हम सब ठीक कर देंगे... जब उसने इसी क़िस्म की चंद और बातें कीं तो मैंने सारा मुआमला उसको बता दिया।"

मैंने पूछा, "तो उसने मुश्किल आसान करने का क्या गुर बताया?"

शाह साहब ने कहा, "उसने मुझे एक मंत्र बताया।"

"मंत्र!"

"जी हाँ।"

"आप सय्यद हैं... क्या आप मंत्र-जंतर पर ईमान ला सकते हैं?"

शाह साहब ने कहा, "लाना तो नहीं चाहिए था कि ये हमारे मज़हब में जायज़ नहीं... लेकिन उस वक़्त सरदार बलवंत सिंह का मशवरा मानना ही पड़ा, इसलिए कि इश्क़ बुरी बला है... उसने मुझे एक मंत्र बताया कि सात रंगों के फूल लो। उनमें से हर एक पर ये मंत्र पढ़ कर फूंको और मंगल के रोज़ उसी लड़की को किसी न किसी तरीक़े से सुंघा दो... ये मंत्र मुझे अभी तक याद है।"

मैंने उनसे कहा, "ज़रा सुनाईए तो!"

शाह साहब ने एक लहज़े के लिए अपने हाफ़िज़े को टटोला और कहा:

"को रो दस मुखिया देवी

फल खिड़े फुल हसे

फुल चुग्गे नाहर सिंह प्यारे

जो कोई ले फूलों की बॉस

कभी ना छोड़े हमारा साथ

हमें छोड़ा किसी और को करे

पेट फूल भस्म हो मरे

दुहाई सुलेमान पीर पैग़ंबर की!

मैंने ये मंत्र सुना तो मुझे अपना लड़कपन याद आ गया, जब मैंने मंत्रों की एक किताब ख़रीदी थी और उसमें से एक मंत्र अज़बर इस ग़रज़ से किया था कि मैं स्कूल के तमाम इम्तहानों में पास होता चला जाऊं... ये मंत्र मुझे अब तक याद है... ओन्ग् नुमा काम शीरी उतमादे भर यंग परा स्वाह... लेकिन उसके पढ़ने का नतीजा ये निकला कि मैं नौवीं जमात में फ़ेल हो गया था।

मैंने उस मंत्र का ज़िक्र शाह साहब से न किया और उनसे पूछा, “तो आपने सात रंग के फूलों पर ये मंत्र पढ़ा?”

“जी हाँ... मैंने सात रंग के फूल सोमवार को इकट्ठे किए। उनपर ये मंत्र पढ़ा और उस लड़की को टेलीफ़ोन किया कि मेरी दुकान में चेकोस्लोवाकिया से बहुत अच्छा माल आया है। मंगल को वो आके देख ले।”

मैंने शाह साहब से पूछा, “क्या वो आई?”

“जी हाँ... वो आई... उसने मुझे टेलीफ़ोन पर कह दिया था कि वो आएगी। शाम को पाँच बजे के क़रीब। मैं उसका इंतिज़ार करता रहा। वो ठीक पाँच बज कर पाँच मिनट पर आई और उसने चेकोस्लोवाकिया के

माल के मुतअल्लिक़ इस्तिफ़सार किया। ग़रज़ ये है कि माल-वाल का क़िस्सा बिल्कुल फ़राड था।

"मैंने उससे कहा कि मुलाज़िमों ने अभी तक पेटियां नहीं खोलीं, आप कल तशरीफ़ लाईएगा। वो बहुत जुज़-बुज़ हुई। मैं मंत्र पढ़े फूलों की तरफ़ देख रहा था... इत्तिफ़ाक़ की बात कि उसने भी उन फूलों की तरफ़ देखा और मुझ से कहा ये फूल तुम्हारी मेज़ पर कहाँ से आगए? मैंने जवाब दिया ये मैंने आपके लिए ख़रीदे थे। अगर आपको पसंद हों... मेरा मतलब है अगर आपको इन की ख़ुशबू पसंद होतो आप इन्हें क़बूल फ़रमाएं... उसने वो सात फूल उठाए और उन्हें सूँघा।"

मैंने उनसे पूछा, "उस लड़की का रद्द-ए-अमल क्या था?"

शाह साहब ने जवाब दिया, "उसने नाक-भौं चढ़ा कर कहा... ये फूल हैं? इनमें न तो ख़ुशबू है न बदबू... बहरहाल, उसने वो फूल सूंघे... चंद चीज़ें खरीदीं और चली गई।

शाम को सरदार बलवंत सिंह मजीठिया मेरी दुकान पर आया। उसने मुझसे पूछा कहो, वो फूल सुंघा दिए? मैंने उससे कहा सुंघा तो दिए लेकिन इसका नतीजा क्या निकलेगा, ये मुझे मालूम नहीं। सरदार बलवंत सिंह हंसा।

उसने बड़े ज़ोर से मेरा हाथ दबाया और कहा, "दोस्त! अब तुम्हारा काम समझो कि पंद्रह आने हो गया है।"

मुझे बड़ी हैरत थी कि मंत्र के ज़रिये ऐसा काम पंद्रह आने क्यों कर हो सकता है, मगर सय्यद साहब ने कहना शुरू किया, "मंटो साहब! आप यक़ीन मानिए कि मेरा काम पंद्रह आने मुकम्मल हो गया... दूसरे दिन कूकू जान का टेलीफ़ोन आया कि वो कुछ चीज़ें ख़रीदने के लिए आ रही है।

मैंने उसका इस्तिक़बाल किया। वो कोई चीज़ ख़रीदना नहीं चाहती थी। बहुत देर तक वो मेरी दुकान में इधर उधर फिरती रही। इसके बाद वो मुझसे मुख़ातिब हुई, तुमसे मैं कई मर्तबा कह चुकी हूँ कि मुझे घूरा न करो और वो जो तुमने फूल सुंघाए थे, उसका क्या मतलब था?"

मैंने कूकू जान से लुकनत भरे लहजे में कहा, "मैं... मैं... वो फूल जो थे... फूल थे... मैंने... मैंने... माल जो चेकोस्लोवाकिया से आया था, खुला हुआ नहीं था, इसलिए मैंने वो फूल आपकी ख़िदमत में पेश कर दिए।

कूकू जान बुर्क़े में सख़्त मुज़्तरिब थी... उसने इज़्तिराब भरे लहजे में कहा, "तुमने मुझे फूल क्यों सुंघाए?"

मैंने उससे बड़े मासूमाना अंदाज़ में पूछा, "क्या आपको उससे कोई तकलीफ़ हुई?"

वो बड़े गर्म अंदाज़ में बोली, "तकलीफ़...? मैं सारी रात वो सात फूल देखती रही हूँ... फूल आते थे और जब मैं उन्हें हासिल करना चाहती थी तो वो मुझसे परे हट जाते थे... ये कैसे फूल थे?"

मैंने जवाब दिया, "मेरे वतन के थे... चूँकि मेरे वतन के थे, इसलिए मैंने आपकी ख़िदमत में पेश किए... लेकिन मुझे हैरत है कि वो रात भर आपको क्यों नज़र आते और सताते रहे।"

मैंने शाह साहब से पूछा, "ये फूल आपने कहाँ से मंगवाए थे?"

शाह साहब ने जवाब दिया, "जी! मंगवाए कहाँ से थे, वहीं अफ़ग़ानिस्तान के थे... निहायत वाहियात क़िस्म के फूल जिनमें ख़ुशबू नाम को भी नहीं थी।

शाम को सरदार बलवंत सिंह आया, मज़ीद क़र्ज़ लेने के लिए। उसने

मुझसे क़र्ज़ लेने से पहले दरयाफ़्त किया, "कहिए शाह साहब! उस मुआमले का क्या हुआ, मैंने उसको सारी बात बता दी... वो क़र्ज़ लेना भूल गया। अपना बालों भरा हाथ मेरे कंधे पर ज़ोर से मार कर चिल्लाया... शाह जी! आपका काम सोलह आने हो गया है... विस्की की एक बोतल मंगाईए।"

शाह साहब ने मुझे बताया कि उन्होंने विस्की की बोतल के इलावा एक डिब्बा सिगरेटों का भी मंगवाया, जिसमें से सरदार बलवंत सिंह मजीठिया तंबाकू नोशों के ठेट अंदाज़ में पे-दर-पे कई सिगरेट फूंकते रहे। जब जाने लगे तो उन्होंने शाह साहब से कहा कि "देखो अभी थोड़ी सी कसर बाक़ी है। अगले मंगल को तुम और सात फूल लो और उनपर वही मंत्र पढ़ कर उस लड़की को सुंघा दो... बेड़ा पार हो जाएगा...।"

शाह साहब बहुत परेशान हुए। उसकी समझ में नहीं आता था कि वो अबकी कूकू जान को फूल कैसे सुंघा सकेंगे जबकि वो इस मुआमले के मुतअल्लिक़ शाकी थी। लेकिन मुआमला इश्क़ का था, इसलिए शाह साहब मौत के मुँह में जाने के लिए भी तैयार थे।

शाह साहब ने पेशावर से फूल मंगवाए... उनमें से सात मुंतख़ब किए और हर एक पर मंत्र पढ़ा और अपने मेज़ के गुलदान में रख दिए। इसके इलावा उन्होंने अपनी दुकान में जा-ब-जा गुलदान रखवाए और उनमें फूल सजा दिए।

पीर को साहब ने कूकू जान को टेलीफ़ोन किया और उससे फिर झूट बोला कि चेकोस्लोवाकिया का माल खुल गया है। आप आईए और देख लीजिए। कूकू जान आई, मगर माल वाल मौजूद नहीं था... शाह साहब थोड़ी देर के लिए बौखलाए, फिर ज़रा होश सँभाल कर अपने नौकरों को लॉन तान की कि तुमने अभी तक माल क्यों नहीं खोला।

कूकू जान के साथ उसकी वालिदा बूबू जान भी थी। वो एक तरफ़

टायलट का सामान देखने में मस्रूफ़ थी। कूकू जान ने जब दुकान में जा-ब-जा फूल देखे तो वो मुतअज्जिब होने के इलावा मुज़्तरिब भी हुई।

मेरी मेज़ पर वो ख़ास फूल पड़े थे। वो उनके पास आई, गुलदान में से उठा कर उसने उन्हें सूँघा और मुझसे कहा, "ये अफ़ग़ानिस्तान के फूल नहीं।"

मैंने जवाब दिया, "जी हाँ... ये मेरे वतन के हैं... और मैंने ख़ास आपके लिए मंगवाए हैं।" बूबू जान ख़रीद-ओ-फ़रोख़्त में मशग़ूल थी। इस दौरान में कूकू जान से मैंने अपनी वालहाना मोहब्बत का इज़हार किया। वो सख़्त नाराज़ हुई और अपनी माँ के साथ चली गई।

शाम को सरदार बलवंत सिंह मजीठिया आया... उससे बातचीत हुई। मैंने उसको दस रुपये क़र्ज़ दिए। जब उसने रुपये अपनी जेब में डाले तो मुझसे पूछा, "आज मंगल है... वो फूल सुंघा दिए थे आपने?"

मैंने सारा वाक़िया बयान कर दिया... सरदार बलवंत सिंह ने अपना बालों भरा हाथ ज़ोर से मेरे हाथ पर मारा और कहा, "शाह जी, अब काम सतरह आने पूरा हो गया है... विस्की की एक बोतल मँगाओ।"

शाह साहब ने विस्की की बोतल मंगवाई। सरदार बलवंत सिंह मजीठिया ने आधी दुकान में पी और आधी अपने साथ ले गया। मैंने शाह साहब से पूछा, "दूसरी दफ़ा फूल सूंघने से क्या नतीजा बरामद हुआ?"

शाह साहब ने जवाब दिया, "वो बहुत बेचैन हो गई। उसे दिन-रात इतने फूल नज़र आने लगे कि एक दिन वो सख़्त इज़्तिराब की हालत में आई। बुर्क़ा जो उसने कभी उतारा नहीं था, केले के छिलके की तरह उतार कर एक तरफ़ फेंका और मुझसे मुख़ातिब हुई।

"देखो शाह! तुमने मुझ पर कोई जादू कर दिया है... मैंने उसके चेहरे

की तरफ़ देखा जो मुझे पहली बार नज़र आया था, मंटो साहब! मैंने अपनी ज़िंदगी में उस जैसी हसीन लड़की अब तक नहीं देखी... मैं उसको देखता रहा।

उसने बड़े तेज़-ओ-तुंद लहजे में कहा, "तुमने मुझे फूल क्यों सुंघाए थे... मैं पागल हुई जा रही हूँ... दिन हो या रात, हर वक़्त मुझे वो तुम्हारे फूल दिखाई देते हैं। मुझे मालूम है कि तुम मुझसे मोहब्बत करते हो। लेकिन तुम्हें मालूम होना चाहिए कि मैं एक शरीफ़ घराने की लड़की हूँ। मेरे वालिदैन अनक़रीब मेरी शादी कर रहे हैं। तुमने मुझ पर क्या जादू फूंका है।"

ये कह कर उसने मेरे मेज़ पर से गुलदान में से फूल निकाले और फ़र्श पर फेंक कर अपनी सैंडल से मसल दिए। लेकिन मुझे महसूस होता था कि वो नाराज़ होने के बावजूद नाराज़ नहीं थी और चाहती थी कि मैं उससे बातें करूं। लेकिन मुझे इसका यक़ीन नहीं था इसलिए ख़ामोश रहा... वो कुछ देर ग़ुस्से की हालत में खड़ी रही। इसके बाद उसने बुर्क़ा पहना और चली गई।"

मैंने शाह साहब से पूछा, "तो सरदार बलवंत सिंह मजीठिया का मंत्र काम कर गया!"

"जी हाँ, काम कर गया... उसको फूल ही फूल नज़र आते थे। मैंने कई मर्तबा सोचा कि ये सब बकवास है, मगर कूकू जान की बातों से मुझे यक़ीन हो गया कि मंत्र अपना असर कर गया है, हालाँकि जो मंत्र आप सुन चुके हैं, इसमें ऐसी कोई बात नहीं जिससे आदमी को ये मालूम हो कि वो असर करेगा... लेकिन वाक़िया ये है कि वो जब फिर मेरी दुकान में आई तो बुर्क़ा उतार कर मुझ से बग़लगीर हो गई और रोना शुरू कर दिया।

"मैंने उसको कई मर्तबा चूमा। उसने कोई मुज़ाहमत न की। थोड़ी देर के बाद मेरी मेज़ पर गुलदान में जो फूल पड़े थे, उसने निकाले और उन्हें नोच कर एक तरफ़ फेंक दिया। इसके बाद वो बुर्क़ा पहन कर तेज़ी से बाहर निकल गई।"

दास्तान काफ़ी तवालत पकड़ रही थी। मैंने साहब से कहा, "आप मुख़्तसर फ़रमाईए कि अंजाम क्या हुआ... क्या वो लड़की आपको मिल गई?"

शाह साहब ने एक आह भरी, "जी नहीं, उसकी शादी हो गई। मगर हजला-ए-अरूसी में दाख़िल होते ही मालूम नहीं क्या हुआ कि वो गिरी और गिरते ही मर गई... उसके हाथ में सात फूल थे मुख़्तलिफ़ रंगों के।"

मैंने देखा कि शाह साहब की पलंगड़ी के साथ तिपाई पर पीतल के फूलदान में सात मुख़्तलिफ़ रंगों के फूल अड़से हुए थे।